*Doodgewone dingen*

JENNY MCPHEE

# Doodgewone dingen

Vertaald door Jeannet Dekker

ARENA

*Voor Tommaso en Leandro*

Oorspronkelijke titel: *No Ordinary Matter* by Free Press
© Oorspronkelijke uitgave: 2004 Jenny McPhee
© Nederlandse uitgave: Arena Amsterdam, 2005
© Vertaling uit het Engels: Jeannet Dekker
Omslagontwerp: Studio Jan de Boer BNO
Foto voorzijde omslag: Getty Images/Cosmo Condina
Foto achterzijde omslag: Pryde Brown
Typografie en zetwerk: Studio Cursief, Amsterdam
ISBN 90 6974 659 X
NUR 302

Het was een bijzonder onschuldige planeet,
op die grote flinke hersenen na.

— KURT VONNEGUT, *Galápagos*


De waarheid is vreemder dan fictie, maar dat komt
omdat fictie zich aan de mogelijkheden dient te houden;
de waarheid niet.

— MARK TWAIN


Het brein – is groter dan de hemel –
Want – zet ze zij aan zij –
Het een kan de ander met gemak
bevatten – en jou erbij.

— EMILY DICKINSON

# Een

I

Veronica zat achter in Konditorei Hongarije te wachten op haar oudere zus, Lillian. Ze keek de kleine ruimte rond en vroeg zich af of ze even naar buiten zou gaan voor een sigaret. De bezoekers van het koffiehuis waren grotendeels vaste klanten die beladen met leesmateriaal vol ezelsoren en koffie- en theevlekken binnenkwamen en urenlang tafeltjes deelden met medebohémiens die in het verleden waren blijven hangen, ondertussen ontelbare koppen koffie wegwerkend. Een laptop was in Konditorei Hongarije een even zeldzaam verschijnsel als een potlood in Silicon Valley. De vaste bezoekers waren echter geheel volgens de tijdgeest gedwongen geweest het roken op te geven, in elk geval binnen. Toen Veronica nog studeerde, was het mode om bij een kop koffie een Lucky Strike of Gitane te roken. Nu mocht er alleen worden gerookt op het terrasje voor de zaak, dat in de indrukwekkende schaduw van de kathedraal van St. John the Divine lag.

Terwijl Veronica op Lillian zat te wachten, nipte ze aan een kop Wiener melange en at ze hamansoren, driehoekig gebak met een vulling van maanzaad, pruimen en walnoten. Al bijna veertien jaar lang, sinds Veronica eerstejaars aan Barnard was en Lillian net was begonnen met haar promotieonderzoek in de neurowetenschap aan Columbia, troffen de twee zussen elkaar nagenoeg elke eerste maandag van de maand om negen uur 's morgens in dit schemerige, maar warme en zoetgeurende tentje.

Veronica, die een half pakje per dag rookte, vond het vreselijk als mensen tegen haar zeiden dat ze niet mocht roken omdat dat haar eraan herinnerde dat ze niet zou moeten roken, waardoor ze

7

boos werd en in de verdediging schoot; een toestand die ze erg on-aangenaam vond. Maar misschien was het maar beter dat ze volgens de regels van de konditorei op deze maandagochtenden niet mocht roken, want daardoor bleven Lillians in medisch opzicht bijzonder gedetailleerde beschrijvingen van de trage en pijnlijke dood die ze zou sterven als ze bleef roken, haar bespaard. Het was echter niet Veronica's gewoonte om op een dergelijk lange termijn te denken, en trouwens, ze vond het heerlijk om te roken – ze hield van de smaak, de geur, de manier waarop ze eruitzag met een sigaret in haar hand, en ze hield vooral van het gevoel dat ze, al duurde dat maar één sigaret lang, uitdagend was. Wat of wie ze precies uitdaagde – de dood, haar zus, het ministerie van Volksgezondheid – wist ze verre van zeker.

Veronica verlangde hevig naar een sigaret voor bij haar koffie terwijl ze in het schemerige licht van de klokvormige wandlamp die vlak boven haar tafel hing naar het script tuurde dat ze voor een aflevering van *Doodgewone dingen* had geschreven. Later die dag diende ze haar eerste opzet ter beoordeling aan de hoofdschrijver te geven, wat zou betekenen dat het onvermijdelijk was dat het een en ander zou worden herschreven voordat de medeproducent, Jane Lust, het zou goedkeuren. Niet één keer in al de vijf jaar dat Veronica als scenarioschrijver voor *Doodgewone dingen* werkte, had de hoofdschrijver haar bijdrage zonder meer goedgekeurd. Veronica nam aan dat de hoofdschrijvers alle scripts, hoe goed of slecht ze ook waren, teruggaven met de mededeling dat ze moesten worden herschreven, alleen maar om er zeker van te zijn dat de andere schrijvers het niet in hun hoofd zouden halen om een poging te doen om hogerop te komen. Wat Veronica betreft hoefden ze zich geen zorgen te maken. Ze voelde totaal geen behoefte om hoofdschrijver te worden. Een dergelijke promotie zou meer geld en betere secondaire arbeidsvoorwaarden betekenen, maar ook toetreding tot de staf op kantoor, waardoor het najagen van haar grote ambitie, het schrijven van musicals, ernstig zou worden gehinderd. Toen Veronica werd aangenomen, had Jane Lust tegen haar gezegd dat ze, als ze ook maar een greintje verstand in haar

8

kop had, de baan niet moest aannemen, dat schrijvers niet als bij-baantje zouden moeten schrijven, dat ze zou eindigen als scenarist voor soaps. Ze had gezegd dat Veronica statistisch gezien een gro-tere kans liep om te slagen als schrijver als ze een actrice uit de soap zou zijn, dat de namen van de scenaristen die ooit aan ander werk waren toegekomen, om nog maar te zwijgen over het aantal wiens werk was gepubliceerd of in productie was genomen, met gemak aan de binnenkant van een doosje lucifers pasten. Veronica deed het script dicht en schoof het opzij. Soaps waren nog ongeloofwaardiger dan musicals, oordeelde ze. Haar blik gleed net over de kunst die deze maand de wanden van de kondito-rei sierde – aquarellen van industriegebieden in New Jersey – toen ze beroering in het koffiehuis bespeurde. Elke keer wanneer Lillian ergens binnenstapte, draaiden mensen zichtbaar hun hoofd om. Zowel mannen als vrouwen keken nog een keer en bleven haar steelse blikken toewerpen terwijl ze probeerden na te gaan welke beroemde filmster of welk bekend supermodel ze op haar vrije dag hadden betrapt. En daar stond ze dan bij de toonbank haar bestel-ling te plaatsen: een meter tachtig lang, blond, beeldschoon. Hoe-wel Veronica al jaren geleden met de schoonheid van haar zus had leren leven, was de steek van jaloezie die ze voelde niet minder scherp geworden, maar wat zich had ontwikkeld, was dit: Veroni-ca's verlangen om Lillian te *zijn* was nog slechts een verlangen om te weten *hoe het was* om Lillian te zijn. Op zich was de schoonheid van Veronica behoorlijk opvallend te noemen, maar haar gemid-delde lengte, donkere ogen en korte donkere haar vielen naast Lil-lian in het niet.

'En met wie gaat de vrouw van dokter White deze week naar bed?' vroeg Lillian met een gebaar naar het script. Veronica wist dat Lillian maar een gooi deed – ze keek nooit naar het program-ma. Zelfs nadat Veronica had weten te regelen dat Lillian adviseur voor de soap werd waar het neurologische kwesties betrof, keek Lillian nog steeds niet. Omdat Lillian als neuroloog in St. Luke's werkte en als onderzoeker aan het Berlin Hoshi Laboratorium van het Centrum voor Neurobiologie van Columbia was verbonden, had Jane Lust haar dolgraag willen inhuren. Geheugenverlies was vaste prik in *Doodgewone dingen*, maar af en toe dook er ook een geval van slaapziekte of de ziekte van Alzheimer op en voorzag Lillian de schrijvers van het juiste medische jargon.

Wat haar werk betreft was Lillian een beetje een rebel. Ze had een graad in de neuropsychologie behaald en was gespecialiseerd in het neurologisch herstel na verwondingen aan het hoofd. Sommige collega's vonden haar een genie, 'een wetenschapper die haar tijd ver vooruit is', maar de meeste waren van mening dat ze haar werk niet serieus genoeg nam. Ze was in dienst van een ziekenhuis dat er een neurologische afdeling op na hield die eigenlijk geen naam mocht hebben; ze werkte in een laboratorium dat berucht was om zijn excentriekelingen; haar publicaties gingen dan weer over dit, dan weer over dat; en het ergste was nog dat ze zich leende voor ordinaire ondernemingen als soaps en verzekeringsmaatschappijen. Het verachtelijkste wat volgens Veronica over Lillian werd beweerd was dat ze de regelmatige publicatie van haar werk en haar functie in het Berlin Hoshi Laboratorium geheel aan haar opvallende schoonheid te danken had. Dat had Veronica deels van Lillian zelf gehoord en deels van haar eigen vriend, Nick, wiens jeugdvriend samen met Lillian medicijnen had gestudeerd. Veronica had tegen Nick gezegd dat hij de roddels van zijn vriend niet aan haar moest vertellen, maar diep in haar hart vond ze het heerlijk om vanuit een andere bron iets over haar zus te horen.

'De kandidaat van deze week,' zei Veronica, 'is dokter Roger Norman, de psychiater die haar van haar nymfomanie probeert af te helpen.' Eve White was reeds met het voltallige personeel van Medisch Centrum Paramount naar bed geweest – sterker nog, de scriptschrijvers moesten steeds nieuwe artsen, broeders, verpleegkundigen en patiënten opvoeren die ze kon verleiden. 'Maar ik denk niet dat de hoofdschrijver het zal goedkeuren, want dokter Norman is Eves enige hoop. Als zij seks hebben, moet ze of doodgaan of worden genezen. En beide mogelijkheden zijn erg onwaarschijnlijk, omdat de kijkcijfers door dat nymfogedoe huizenhoog zijn.' Veronica nam het laatste hapje van haar hamansoren. 'Ik denk dat ze het nog wel een paar maanden willen uitmelken, maar we zijn door de mannen voor Eve heen.'

'Hoe kun je zoiets eten? Maanzaad en pruimen?' zei Lillian. Zelfs wanneer ze een zuur gezicht trok, was ze nog oogverblindend mooi.

'Lillian, je ziet me al jaren dit soort dingen eten,' zei Veronica. 'Waarom erger je je er nu vandaag opeens aan?' Haar zus had een bloedhekel aan het Oost-Europese gebak dat stijf stond van de suiker en waarin, zo had ze eens geopperd, ook het zweet van het voorhoofd van een dikke huisvrouw met een scherpe tong als ingrediënt was verwerkt.

'Ik erger me niet. Ik ben zwanger. Ik heb vanmorgen een thuistest gedaan die positief was.'

'Lillian,' riep een serveerster, die vervolgens een kop zwarte Amerikaanse koffie kwam brengen.

'Dat was snel,' zei Veronica, doelend op de conceptie, niet op de koffie.

Een paar maanden eerder had Lillian Veronica medegedeeld dat ze had besloten een kind te nemen. Ze was vijfendertig, had ze uitgelegd, en het was het juiste moment. Er was geen man voor wie ze een bijzondere belangstelling koesterde en zeker geen man met wie ze de ervaring wilde delen. Wat de opvoeding van kinderen betreft deden mannen sowieso niet veel, of ze deden alles, zoals bij weduwnaars en huismannen het geval was. Ze ging er gewoon vanuit dat de stelregel van Margaret Mead klopte en dat het vaderschap een sociale uitvinding was.

'Het is een nieuw millennium én een verkiezingsjaar. Dat zou je behoefte aan nieuwe dingen wel even moeten bevredigen, zonder dat je meteen een kind hoeft te krijgen,' had Veronica op dat moment gezegd, om Lillians plan vervolgens snel uit haar gedachten te bannen. Veronica besefte nu dat ze haar zus niet had willen geloven omdat ze bang was voor een ander te worden ingewisseld. Ze wist dat ze zich blij en uitzinnig zou moeten voelen vanwege Lillians goede nieuws, en zo voelde ze zich ook, maar ze was ook onredelijk en irrationeel jaloers.

'Is er een vader?' vroeg Veronica. Ze keek om zich heen om er zeker van te zijn dat niemand mee zat te luisteren. De enige persoon in hun nabijheid had een koptelefoon op. Hij leek volkomen verdiept in zijn van talloze markeringen voorziene exemplaar van *Ulysses*. Natuurlijk moest er een of andere vader zijn, dacht ze, al was het maar een spermadonor – maar Veronica kon zich heel goed voorstellen dat haar zus een manier had bedacht die nog onwaarschijnlijker was dan goddelijk ingrijpen.

'Alex Drake, een patiënt in het ziekenhuis,' zei Lillian, nippend aan haar koffie. 'Hij bezocht de spoedeisende hulp omdat hij tijdens het yogaën een handstand had gemaakt, tegen een spiegel was gevallen en snijwonden aan zijn schenen en dijen had. Omdat de verpleegkundige bij de receptie "hoofdwond" in plaats van "handstand" had genoteerd, werd ik erbij geroepen. Toen ik kwam kijken en te horen kreeg dat ze me niet nodig hadden, ving ik een glimp van hem op. Zijn lichamelijke schoonheid wees op goede genen, en dus bemachtigde ik een bloedmonster en deed een paar tests.' Ze nipte aan haar koffie. 'Ik verkreeg zijn adres, wachtte totdat ik klaar was met mijn dienst en volgde hem daarna naar een sapbar. Ik zal je de rest besparen.'

'Hoe...' begon Veronica.

'Geprepareerd condoom.' Lillian haalde haar schouders op.

'Jezus, Lillian, die vent weet het niet eens?' vroeg Veronica.

'Natuurlijk niet. Hij is een acteur zonder werk met een woning vol geurkaarsen.' Ze sloeg haar ogen ten hemel. 'Als de zygoot een beetje geluk heeft, zijn die new-age-genen repressief. Ik heb hem wel naar zijn familie gevraagd, in een poging meer over zijn afkomst te weten te komen. Zijn vader en moeder zijn allebei arts, wat ik bemoedigend vond. Toen ik hem uithoorde over de oorsprong van zijn achternaam – stamt hij af van sir Francis Drake? – vertelde hij dat hij is geadopteerd en momenteel bezig is met een zoektocht naar zijn biologische ouders.' Ze lachte en sloeg weer haar ogen ten hemel. 'Wat niet weet, wat niet deert. Bedenk eens hoeveel mannen niet eens willen weten wie hun kinderen zijn.'

'Maar toch,' zei Veronica, 'is het niet eerlijk.'

'Als deze wereld eerlijk zou zijn, zouden we zeeanemonen zijn, hermafrodieten die zichzelf bevruchten. Hoe is het met Nick?'

Lillian mocht Nick niet. In de vier jaar dat hij en Veronica nu samen waren, had ze hem slechts een paar keer ontmoet, maar haar negatieve oordeel over hem stond vast. Ze was de enige ter wereld van wie Veronica wist dat ze niet onder de indruk was van Nicks jongensachtige charme, verfijnde intellect en snelle gevatheid. Toen Veronica Lillian had gevraagd waarom ze hem niet mocht, had ze uitgelegd: 'Hij noch zijn schilderijen kunnen mijn gevoelens van ongeloof doen verdwijnen.' Sindsdien had Veronica het nog maar zelden over hem gehad, en Lillian gebruikte hem alleen maar om van onderwerp te veranderen.

'Zijn volgende vernissage is in april. Je bent natuurlijk uitgenodigd.' Veronica's blik viel op een felgekleurd schilderij van de brug over de Delaware in Trenton. Tussen de gebinten stond in grote rode letters: TRENTON GEEFT, DE WERELD NEEMT. Veronica, die in een stad in de buurt was opgegroeid, was die brug talloze malen overgestoken en had altijd medelijden met Trenton gehad omdat het niet kon houden wat het maakte. 'Lillian, het is Valentijnsdag. Weet je wat dat betekent?'

'Dat een heleboel mensen doen alsof ze van elkaar houden. Dat bloemenwinkels, bonbonzaken, kaartenwinkels en restaurants een flinke winst draaien.' Ze zuchtte en stopte haar haar achter haar oren. 'En dat het precies vijfentwintig jaar geleden is dat onze vader overleed.'

De gevolgen van dat feit waren in Veronica's leven eerder rustig op de achtergrond aanwezig dan dat ze het beheersten, maar om de een of andere reden gaf Lillians achteloze opmerking Veronica op dat moment het gevoel dat ze in haar verdriet zou verdrinken. Misschien kwam het door de toon die haar zus bezigde, vol van ingehouden woede en teleurstelling en, daar was Veronica zeker van, een beschuldigend zinspelen. Ze wou dat ze kon vergeten dat zij tijdens het ongeluk de enige andere inzittende van de auto was geweest. Ze kon zich de knoop op haar vaders overhemd herinneren. Die had niet in het knoopsgat gezeten. Net voor het ongeluk had ze haar hand uitgestoken om zijn hemd dicht te knopen. Veronica bleef echter – uit gewoonte, omdat het haar aard niet was, of misschien zelfs door haar zelfdiscipline – nooit lang op de rand van de wanhoop hangen. Ze ging door, er zeker van dat alles wel weer snel goed zou komen.

'Ja, maar Lillian, is het geen ongelooflijk toeval dat je juist vandaag hebt ontdekt dat je zwanger bent?' zei ze.

'Ik geloof niet in toeval.'

'Heb je mij ooit de schuld gegeven?' vroeg Veronica opeens. Lillian en zij wijdden aan het verleden zelfs nog minder woorden dan aan Nick. Af en toe spraken ze over hun moeder, Agnes, wanneer die vanuit Nieuw-Zeeland had gebeld – maar zelfs die gesprekken waren kort.

'Waarvan?'

'Van de dood van papa?' De jongen met de koptelefoon was in slaap gevallen, met *Ulysses* als zijn kussen.

'Waarschijnlijk wel,' zei Lillian, en ze dronk haar kopje leeg. 'Maar ik was vooral jaloers omdat jij in die auto zat. Ik wil nog steeds weten waarheen hij met jou op weg was. Agnes heeft me altijd de indruk gegeven dat hij jou aan zijn andere gezin wilde voorstellen. Ik wil gewoon weten waarom hij jou, en niet mij, heeft meegenomen, waar hij ook heen ging.'

Veronica's herinneringen aan het ongeluk waren erg vaag, maar ze was er vrij zeker van dat ze niet een bepaalde bestemming hadden gehad. 'We gingen nergens heen. Hij had gewoon zin om er even uit te gaan, een ritje te maken.' Na zijn dood had haar moeder een tijdlang regelmatig gevraagd: 'Waar ging hij met jou naartoe, Veronica? Je mag het me best vertellen. Het is voorbij. Je kunt het me nu wel vertellen.' Veronica kon zich herinneren dat haar vader in de auto had zitten zingen. Ze kon zich herinneren dat ze haar hand naar zijn knoop had uitgestoken. En ze kon zich herinneren dat ze had gedacht dat zij het ongeluk had veroorzaakt, ook al had haar moeder haar verzekerd dat haar vader een aneurysma had gehad, dat niemand er ook maar iets aan had kunnen doen.

Veronica wilde Lillian vragen wat ze bedoelde toen ze zei dat ze jaloers op Veronica was omdat die in de auto had gezeten, met name omdat Veronica haar leven lang al had gewenst dat dit ene feit gewoon niet waar was, dat ze tot haar eigen ontzetting zelfs had gemerkt dat deze wens nog heviger was dan de wens dat haar vader niet was gestorven. Maar Lillian keek op haar horloge en stond op om te vertrekken.

'Wat wil je liever?' vroeg Veronica. 'Een jongen of een meisje?'

'O, dat maakt me niet uit,' zei Lillian, die haar jas aantrok. 'Mijn zygoot is sowieso verdoemd.' En ze verliet Konditorei Hongarije, terwijl een paar mensen zoals te verwachten was hun hoofden omdraaiden.

II

Veronica en haar vader waren op een zaterdag alleen thuis. Haar moeder en Lillian waren een chocoladetaart aan het kopen die ze als valentijnstoetje zouden eten. Veronica, die acht was, had op het allerlaatste moment besloten om thuis bij haar vader te blijven. Hun vader was zelden thuis – hij was elke week een dag of drie, vier voor zaken onderweg en was soms zelfs een paar weken achtereen van huis. Wanneer hij thuis was, streden Veronica, Lillian en in zekere mate ook Agnes om zijn aandacht, maar wat Veronica betreft was het niet echt een strijd omdat Lillian doorgaans won. Veronica wou nu dat ze met haar moeder en Lillian naar de winkel was gegaan. Ze voelde zich erg opgelaten omdat ze in de woonkamer op de grond lag te tekenen terwijl haar vader met hoofdpijn op de bank lag en kettingrokend naar het plafond staarde. Ze keek herhaaldelijk in zijn richting maar keek hem nooit recht aan, bang dat hij zou verdwijnen als ze dat deed, of, erger nog, dat ze zou merken dat hij er sowieso nooit was geweest. In plaats daarvan prentte ze hem in haar geheugen. Hij had kort, zijdezacht bruin haar, kuiltjes in zijn wangen, een brede glimlach en felblauwe ogen die je recht aan konden kijken zonder je echt te zien.

Nadat ze haar verlegenheid had overwonnen, besloot ze deze

uren samen met haar vader maximaal uit te buiten. Ze moest ervoor zorgen dat ze zijn aandacht trok, maar omdat ze niets stoms wilde zeggen, vroeg ze zich af wat ze hem zou kunnen vragen waardoor ze slim zou lijken – net als Lillian. Ze kon hem vragen of hij haar met haar huiswerk wilde helpen, maar dat zou saai voor hem zijn. Ze kon hem naar zijn werk vragen, maar daar hadden haar moeder en hij altijd ruzie over. De dood zou een goed onderwerp kunnen zijn. Het was Veronica opgevallen dat een hele kamer stil kon vallen wanneer een kind dat woord uitsprak, en dat de grote mensen ophielden met praten en gingen luisteren en vragen gingen stellen.

'Ga je dood?' vroeg ze.

Hij drukte zijn sigaret uit en ging rechtop zitten. 'Voorlopig nog niet.'

Het werkte.

'Wanneer wel?' vervolgde ze.

'Pas als ik heel, heel erg oud ben, Nica, en grijs haar en een kromme rug heb.'

Hij gebruikte haar koosnaampje van vroeger en deed net alsof ze nog klein was.

'Zal het eng zijn, of interessant?' drong ze aan.

Haar vader keek haar nieuwsgierig en verbaasd aan, alsof hij een geheime schat had ontdekt of een nieuwe en onverwachte vriendschap had gesloten. De wazige blik in zijn ogen was verdwenen.

'Ik heb het idee,' zei hij, 'dat het het interessantste is wat ik ooit zal doen. Kom op.' Hij stond op. 'Dan gaan we.'

'Waarheen?' vroeg Veronica.

'Ergens heen, het maakt niet uit waarheen, gewoon even de tijd doden,' zei hij, terwijl hij van de bank opstond. Hij bleef staan, keek haar even aan en vervolgde toen: 'Nee, eerlijk gezegd wil ik je aan iemand voorstellen. Je moet de waarheid weten, Veronica. Kom mee.'

'En mama en Lillian dan?' vroeg Veronica, die er niet zo zeker van was dat 'de waarheid' leuk zou zijn.

'Die vinden ons vroeg of laat wel, waar we ook zitten.'

Veronica moest zich uitrekken om over het dashboard en door de voorruit van de schildpadgroene Dodge Charger van haar vader heen te kunnen kijken. Zolang ze zich kon herinneren, reed haar vader al in die auto, en de auto was in meerdere opzichten zijn huis, net zoals een schild dat voor een schildpad was. De achterbank was bezaaid met boeken, overhemden, mappen, sokken, t-shirts, kranten en een grote leren toilettas, en op de grond stonden twee grote rode koelboxen. De armen van haar vader rustten lui op het stuur. Ze zag dat hij was vergeten om het derde knoopje van zijn overhemd dicht te doen. Ze wilde het tegen hem zeggen, maar deed het toch maar niet. Het was allemaal zo nieuw dat ze zich heel erg met hem verbonden voelde. Hij stak een sigaret op.

Na een tijdje zei hij: 'Nica, geloof nooit een woord van wat ze tegen je zeggen, goed?'

'Van wat wie tegen me zegt, papa?'

'Iedereen, echt iedereen. Je moeder, je zus, leraren, artsen. Het betekent niet dat ze allemaal leugenaars zijn, het betekent dat ze blind zijn, al kunnen ze zien. Maar je kunt een situatie van allerlei verschillende kanten bekijken. Bekijk het altijd van alle kanten, liefje. Wil je me dat beloven, wat ze ook tegen je zeggen, wat er ook gebeurt?'

'Natuurlijk,' zei ze, haar blik van hem afwendend.

'Goed zo, meisje. Ze zullen je dingen over mij vertellen die niet waar zijn, maar die zul je niet geloven, hè? Nee, die zul je niet geloven, want je bent een lief meisje, een meisje dat weet dat ze het van alle kanten moet bekijken.'

Het zweet kwam in Veronica's handen te staan. Zijn stem klonk vreemd, gemaakt enthousiast, als de stem van een autoverkoper of een quizmaster op tv, en ze wist dat er iets mis was met wat hij haar vroeg te doen. Het was alsof ze een vreemde voor haar vader had aangezien en bij hem in de auto was gestapt. Ze wou dat Lillian erbij was. Hij drukte zijn sigaret uit en ze reden een tijdje zwijgend verder. Toen begon hij, tot Veronica's grote opluchting, zijn lievelingsliedje van de Beatles te zingen: 'When I get older, losing my hair...'

Veronica vond het heerlijk om haar vader te horen zingen. Zijn stem was diep en soepel, en het was alsof zij en het liedje het enige ter wereld waren. Hij zong bijna nooit wanneer Lillian in de buurt was, want wanneer hij dat deed, liep ze de kamer uit. Op een keer was hij achter haar aan gelopen en had hij haar toegezongen, terwijl ze naar hem schreeuwde dat hij op moest houden. Agnes had tegen hem gezegd dat hij moest stoppen, dat hij Lillian in verlegenheid bracht. Dat kon Veronica amper geloven, omdat er niets was wat Lillian in verlegenheid bracht. Uiteindelijk had hij toegegeven, terwijl hij zei: 'Je bent een harde, Lillian. Af en toe moet je toegeven aan de dingen waarvan je houdt.' Sindsdien zong hij bijna alleen nog maar voor Veronica.

'*Will you still be sending me a Valentine...*'

Veronica stak haar hand uit om het losse knoopje van zijn overhemd vast te maken, en ze kon zich herinneren dat dat witte rondje het laatste was wat ze had gezien. Daarna niets meer. Ze hoorde dingen. Geluiden in de verte, geklik, gerammel, tegelijkertijd hard en hol, als de geluiden die ze 's avonds laat in haar slaapkamer uit de radiator hoorde komen. Ze hoorde een sirene, eerst ver weg en verontrustend, als een plaat met een kras erop, daarna luid, veranderlijk. Een vreselijk metalig gekraak zorgde ervoor dat ze haar ogen opendeed. Een man die ondersteboven stond, was bezig het portier open te maken met een breekijzer. Achter hem zag ze zwaailichten.

'Gaat het?' vroeg hij.

Ze zei niets. Ze zag dat de voorruit aan de kant van de bestuurder was gebroken. Ze zag bloed. Haar vader zag ze niet.

Ze dacht: hij is dood, en betrad toen het zwarte fluweel van de bewusteloosheid.

Toen ze in het ziekenhuis weer bijkwam, rook ze het seringenparfum van haar moeder. Ze probeerde zich om te draaien en zichzelf in haar kussen te begraven, maar daardoor kreeg ze het gevoel dat ze met een mes in haar borst werd gestoken. Ze voelde dat iemand heel lichtjes in haar hand kneep. Ze deed haar ogen open. De huid van haar moeders gezicht was rimpelig en vlekkerig, en haar schouderlange kastanjebruine haar was niet geborsteld. In haar lippen zaten kloofjes, en ze waren niet voorzien van het gebruikelijke laagje donkere lippenstift. Haar bruine ogen glansden en keken wazig, net als wanneer ze wijn dronk. Een spier in haar wang vertrok zich.

'O, Nica,' fluisterde haar moeder.

Lillian stond aan het voeteneinde van het bed met dat boze gezicht dat ze ook had wanneer Veronica zonder het te vragen iets had geleend.

'Hij is nog niet dood,' zei Lillian. 'Hij ligt in coma. Agnes zegt dat het er niet goed uitziet.'

'Lillian,' zei Agnes op scherpe toon. 'Moet je nu altijd zo bot zijn? Ze is net bijgekomen. Laat haar even.'

'Je hebt een sleutelbeen en een paar ribben gebroken,' vervolgde Lillian, 'en je hebt je hoofd zo hard gestoten dat je een hersenschudding hebt. Ze willen nog een paar onderzoeken doen, maar ze denken dat je over een paar weken wel weer beter bent.'

'Zo is het genoeg, Lillian,' zei Agnes. 'Laat je zusje nu even met rust.'

Veronica probeerde zich weer af te wenden, maar hield daarmee op toen ze een felle steek in haar schouder voelde. Ze staarde naar het plafond. Was het echt mogelijk dat zij het ongeluk had veroorzaakt?

In de dagen die volgden, liepen verpleegsters af en aan, namen haar temperatuur op, gaven haar pillen, hielpen haar naar de wc te gaan. Artsen knepen en drukten in elk mogelijk ledemaat en orgaan. Ze werd in een rolstoel naar de röntgenafdeling gereden. Lillian kwam na school naar het ziekenhuis en bleef bij Veronica. Agnes, die als verpleegster in het ziekenhuis werkte, kwam overdag vaak even langs, at 's avonds na haar dienst samen met de meisjes en nam Lillian daarna mee naar huis. Tijdens deze bezoekjes liet Agnes geen gelegenheid voorbijgaan om haar telkens dezelfde vragen te stellen.

'Veronica, waar gingen je vader en jij heen? Waar bracht hij je naartoe? Wat heeft hij tegen je gezegd?'

Dan zag Veronica het witte knoopje voor zich. Dan keek ze naar het met tranen besmeurde gezicht van haar moeder en vertelde haar alles wat ze wist.

'We gingen nergens heen, alleen maar een stukje rijden, om de tijd te doden. Hij heeft niets tegen me gezegd. Hij heeft alleen maar voor me gezongen.'

Twee dagen na het ongeluk werd ze wakker en merkte dat Lillian en Agnes aan het voeteneinde van haar bed stonden.

'Hij is dood,' meldde Lillian. 'De begrafenis is morgen, maar van Agnes mogen we er niet heen.'

Veronica begon te huilen. Door haar tranen heen keek ze naar Lillian, die uit het raam van het ziekenhuis staarde.

'Ik vind het zo erg,' snikte Veronica.

'Jij was er in elk geval bij,' zei Lillian.

Veronica trok de dekens over haar hoofd, waardoor ze erg veel pijn in haar borst kreeg. Ze begreep niet waarom haar zus zo wreed deed – ze moest weten dat de laatste plek ter wereld waar Veronica die dag had willen zijn, in de auto bij haar vader was geweest.

### III

Vanuit het raam van haar werkkamer thuis kon Veronica het Empire State Building, het Chrysler Building, een streepje van de Hudson en een reclamebord aan de overkant van de straat zien waarop een foto van een gevoerde doodskist stond. Onder de doodskist stond de kreet: ROKEN IS DODELIJK. De telefoon ging en Veronica stak een Marlboro Light op. Het geluid van de telefoon was een enorme opluchting. Ze had het grootste deel van de ochtend naar haar computer zitten staren en niets getikt. Er waren uren verstreken waarin ze had zitten piekeren over de titel van haar musical over Boss Tweed en Tammany Hall, de corrupte politieke machinerie die na de Burgeroorlog alle aspecten van het leven in de stad New York had beïnvloed. Het was een slecht teken dat ze uren zat te twijfelen over de titel van een project waarvan ze niet eens zeker wist of ze het zou afmaken. Desalniettemin had ze nu een werktitel: *Voor wat, hoort wat.*

Ze nam op.

'Hallo?'

'Hallo, schat.'

Veronica nam een lange haal van haar sigaret en blies een zacht kussentje van rook de kamer in. Aan de andere kant van de lijn hing Jane Lust, al dertig jaar hoofdschrijver van vijf soaps. Ze was de afgelopen seizoenen medeproducent van *Doodgewone dingen* geweest. Een tijdlang waren de levensechte drama's die in talkshows te zien waren in geweest en de volkomen onwerkelijke wereld van de soaps uit. *Doodgewone dingen* had op het punt gestaan om te worden geschrapt toen Jane het roer overnam. In de wetenschap dat haar carrière voorbij zou zijn als ze niet iets drastisch deed, had ze de zender er op de een of andere manier van weten te overtuigen om de soap op prime time een laatste kans te geven. Ze wilde Veronica niet vertellen hoe ze dat had gedaan. Ze had goed gegokt, want sinds *Mary Hartman, Mary Hartman* was er geen soap meer geweest die zo'n eclatant succes was. Nu was er niets chiquers dan *Doodgewone dingen*, niets sociaal aanvaardbaarder dan de ordinaire plotlijnen. De sterren van soaps werden keer op keer in de salons van Park Avenue uitgenodigd. In elitaire en literaire kringen werden de karakters van de personages tijdens etentjes ontleed. Tot diep in de nacht werd er over toekomstige ontwikkelingen gespeculeerd. Vroeger had Veronica tegenover Nicks avantgardistische kunstzinnige vrienden de behoefte gevoeld om uit te leggen dat ze alleen maar voor soaps werkte om het geld te verdienen waarmee ze haar echte artistieke ambities kon najagen. Wanneer ze nu in het kringetje rond Nick vertelde wat ze deed, stonden ze versteld van haar vermogen om met zulk uiterst kitscherig materiaal – melodramatisch, gekunsteld, taal die was doordrenkt met etiquette uit de jaren vijftig – zo'n groot publiek te bereiken.

'Je werk is buitengewoon goed, Vera,' zei Jane. 'Dat baart me zorgen.'

Jane had besloten Veronica persoonlijk onder haar hoede te nemen, wat tegelijkertijd vleiend en verontrustend was. Jane had in haar jeugd romanschrijfster willen worden en had nu besloten dat ze haar leven via Veronica wilde herleven. Ze had Veronica voor verscheidene onderonsjes bij haar thuis uitgenodigd en haar zover proberen te krijgen dat ze stopte met het schrijven voor soaps nu ze nog jong was en in staat een subtiele zin te produceren. Wanneer Veronica ter sprake bracht dat ze het geld nodig had, zei Jane steevast: 'Verhonger maar.' Wanneer Veronica tegen Jane zei dat ze naast haar werk ook nog tamelijk vaak aan haar musical kon werken, keek Jane haar doorgaans sceptisch aan en zei: 'Nou, waarom is hij dan nog niet klaar?'

'Goed, hoeveel moet er worden herschreven?' vroeg Veronica. De hoofdschrijver had het script blijkbaar aan Jane doorgespeeld, wat betekende dat het of heel goed of heel slecht was. Veronica had het gevoel dat de subplot over de nymfomane die met haar psychiater naar bed ging niet in goede aarde was gevallen, zoals ze ook wel had kunnen voorspellen.

'Hier en daar moet wat worden verbeterd,' zei Jane diplomatiek. 'Het hoeft je niet meer dan een paar uur te kosten.'

Gelukkig zei ze uur, en geen minuten, dacht Veronica. Als ze minuten had gezegd, had dat dagen werk betekend. Een paar uur was waarschijnlijk een tamelijk goede inschatting.

'Ik waardeer je suggestie voor de plot, maar Eve White zou nooit met dokter Roger Norman naar bed gaan,' zei Jane vastbesloten. 'Sommige grenzen overschrijd je niet, zelfs niet in een soap. Een verkrachter en zijn slachtoffer kunnen verliefd op elkaar worden en trouwen, maar een psychiater mag gewoon geen seks met een patiënte hebben. Het is een sterk taboe tegenover een zwak taboe, en dat is ons vak. Een sterk taboe – dingen als kindermoord, seks met kinderen, en incest – is voor ons wat een houten staak voor een vampier is. Dat soort verhalen moet je overlaten aan de roddelbladen of de literatuur.'

Dat soort uitspraken maakte van Jane een producer. Maar het loste niet de vraag op wie Eve White nu een beurt moest geven.

'Trouwens,' ging Jane verder, 'we hebben eindelijk een acteur aangenomen die de nieuwe arts in Medisch Centrum Paramount gaat spelen. Waarom schrijf je hem niet als het nieuwste slachtoffer van Laralee de serie in?'

Laralee Lamore was de naam van de actrice die Eve White speelde. Ze was onder grote belangstelling van de media bezig te scheiden van Nigel Thorpe, beter bekend als dokter Trent White, hoofd van de afdeling neurochirurgie in Medisch Centrum Paramount, die zowel in de serie als in het echte leven haar man was. Nigel beschuldigde zijn vrouw ten overstaan van de rechtbank en de pers van herhaaldelijk overspel. Het kostte Laralee de grootste moeite om zich te verdedigen, omdat haar personage in *Doodgewone dingen* een nymfomane was. Iedereen ging ervan uit dat ze in het echte leven ook een slet was. Zowel het contract van Nigel als dat van Laralee stond op het punt om wel of niet te worden vernieuwd.

'Ik zal kijken wat ik kan doen,' zei Veronica, die uit het raam naar het reclamebord met de doodskist staarde.

'We hebben hem dokter Night Wesley genoemd en een neurochirurg van hem gemaakt. Hij moet meteen beginnen, al is het maar met af en toe even door het beeld lopen.'

'Night? Dat is gewaagd.' Ze kozen altijd de onopvallendste, meest voorkomende namen voor de personages, ervan uitgaande dat de gemiddelde Amerikaan zich eerder met een Tom dan met een Tobias zou kunnen vereenzelvigen. Het gevolg was dat de meeste acteurs uit *Doodgewone dingen* personages vertolkten met saaie namen die je zo weer vergat terwijl hun echte namen ongebruikelijk en zelfs exotisch waren. Je had Tripp Jones (dokter Grant Monroe, een onverbeterlijke rokkenjager), die homo was maar in het openbaar nooit zonder blondine aan elke arm werd gesignaleerd. Bianca McGee (Faith York, de zus van Eve White), getrouwd met een directeur van de zender, had al meer dan tien jaar lang een verhouding met Nigel Thorpe. Ashley Diamond (Crystal Clear, de hoofdverpleegkundige en aan barbituraten verslaafde ex-vriendin van dokter Grant Monroe) vertrok uit *Doodgewone dingen* om zich aan een loopbaan in reality-tv te wijden. En Melody Weaver (Lily White, de door een verkrachting verwekte tienerdochter van

Trent en Eve) had een verhouding met de echtgenoot van Bianca McGee die bij de zender werkte. Jane Lust gebruikte voor de plotlijnen regelmatig voorvallen uit de echte levens van de acteurs.

'We hebben ons uitgeleefd op zijn voornaam omdat zijn echte naam, Alex Drake, klinkt alsof hij in de soap is geboren.'

Veronica glimlachte. Die naam klonk bekend. Ze hadden hem waarschijnlijk een paar seizoenen geleden voor de soap gebruikt. 'Night Wesley. Dat bevalt me wel. Het klinkt chic. Wordt hij geacht chic te zijn?'

'Lieverd, je mag met hem doen wat je maar wilt.'

'Vast,' zei Veronica lachend, 'wat ik maar wil, zoals altijd.' Veronica had nagenoeg geen invloed op plot en karakterontwikkeling. Ze kreeg een bijzonder strak omlijnde beschrijving en werd geacht simpelweg de puntjes door middel van clichématige, moreel verantwoorde dialogen met elkaar te verbinden. In al die jaren waarin Veronica binnen de lijntjes van *Doodgewone dingen* had zitten kleuren, had Jane haar stukje bij beetje iets meer ruimte gegeven, maar ze liet de teugels nooit helemaal vieren.

'Wat is er verder mis met mijn script?' vroeg ze. Ze zoog gretig aan haar sigaret en bedacht dat de naam Alex Drake haar inderdaad ontzettend bekend voorkwam.

'Verder niet veel,' zei Jane. 'Zullen we kaartjes gaan halen voor Patrick Stewart in *The Ride Down Mt. Morgan* van Arthur Miller?'

Jane en Veronica gingen af en toe samen uit , voor de lol. Ze scheelden waarschijnlijk een jaar of dertig, al was het moeilijk te zeggen hoe oud Jane precies was. Het enige wat ze over haar leeftijd wilde zeggen, was dat elk decennium tot haar eigen verbazing beter was dan het vorige. Veronica had nooit kunnen voorspellen dat ze zulke goede vriendinnen zouden worden, maar Jane had iets wat Veronica op haar gemak stelde. In haar eigen kringetje, dat eigenlijk Nicks kringetje was, was ze zich zo bewust van zichzelf dat zelfs een bioscoopje pakken uitermate vermoeiend was. Was popcorn in of uit? Moest ze de film goed vinden of niet? Er achteraf iets over zeggen of niet? Er tijdens de film iets over zeggen of niet? Er bestonden onder haar vrienden erg strenge gedragsregels die weliswaar bijzonder nauwgezet waren maar ook voortdurend veranderden. Wie deze regels precies vaststelde, was onduidelijk, maar aan de regels zelf viel tijdens hun bestaan niet te tornen. Jane vroeg van Veronica niets meer dan te zijn wie ze was, wat op het gebied van het musical schrijven een zekere druk betekende, maar ook dat vond Veronica prettig aan Jane.

'Ik ben dol op Patrick Stewart, maar ik ga liever naar een musical. Hé, weet je of hij kan zingen? Maar goed, Jane, draai er niet omheen. Geef me een volledig overzicht van de schade aan het script,' zei Veronica, haar sigaret uitdrukkend. Had Lillian het laatst op maandag in Konditorei Hongarije niet over sir Francis Drake gehad?

'Er is niets wat door een paar minuten werk niet kan worden rechtgezet.'

Jakkie, dacht Veronica, minuten.

'De subplot van Lily White is veel te klein – dat moet je over een paar pagina's meer uitsmeren.'

'Jane, het is niet aan mij om er iets over te zeggen,' klaagde ze, 'maar Lily's werk voor ouderen en minderbedeelde kinderen is vreselijk saai. Daar kan ik niet veel meer uithalen. Kunnen we geen kleptomane van haar maken of haar een Hell's Angels als vriendje geven? Ik bedoel, met die moeder van haar kan dat meisje toch moeilijk zo... hoe moet ik het zeggen... lelieblank zijn.'

'Doe het gewoon. Het bevel komt van bovenaf.' Het gerucht wilde dat de twintigjarige actrice Melody Weaver, die de zestienjarige Lily speelde, haar vijfenvijftigjarige uitvoerend-producent-minnaar onder druk zette om meer speeltijd te krijgen. Tegelijkertijd wilde ze niet dat haar personage iets onbetamelijks zou doen, om te voorkomen dat ze haar ouders, regelmatige kijkers die tot de mormoonse kerk behoorden, zou beledigen.

'Goed, dan ga ik wel weer terug naar het weeshuis.'

Alex Drake, besefte Veronica opeens, was de naam van de spermadonor van Lillian. 'Jane, zei je net dat de nieuwe acteur Alex Drake heet?'

'Ja, hoezo? Ken je hem?'

'Nee, nee. Mijn zus kent iemand die zo heet, maar ik weet zeker dat dat iemand anders is.' Ze achtte de kans nihil dat de Alex Drake die op het punt stond het nieuwste lid van het team van neurochirurgen van Medisch Centrum Paramount te worden ook de vader van haar ongeboren neefje of nichtje was.

'Als je hem wilt leren kennen: we houden ons gebruikelijke welkom-bij-de-serie-feestje voor hem in de Tavern on the Green. Hoe gaat het met Lillian? Wil ze nog steeds in haar eentje een kind krijgen?'

Toen ze een maand eerder waren gaan schaatsen bij Chelsea Piers had Veronica Jane over Lillians plannen verteld, ervan uitgaande dat het wel weer over zou waaien. Jane, die Lillians opzettelijke botheid vermoeiend vond, was nogal onder de indruk geweest. 'Ik sta steevast aan de kant van een spermabandiet,' had ze gezegd. Terwijl Veronica en Jane over de ijsbaan gleden, arm in arm, synchroon bewegend, had Jane haar verteld dat ze een kind zou nemen als ze het over zou kunnen doen, met of zonder man (Jane was twee keer gescheiden en momenteel weduwe, een toestand die ze als 'veel gemakkelijker dan gescheiden' omschreef). 'Natuurlijk zou ik achteraf gezien van alles anders doen,' had ze gezegd.

Veronica had altijd gedacht dat ze kinderen zou krijgen als ze ergens in de dertig was. Nu was ze tweeëndertig, en eerlijk gezegd was ze er helemaal niet zeker van dat Nick de vader van haar kinderen zou worden. Ze was verliefd op hem. Hij was succesvol, knap, werd door iedereen aanbeden. Maar als er een kind aanwezig was, een kind aan wie ook maar één volwassene enige aandacht schonk, concurreerde Nick met dat kind om die aandacht. Zelfs van dat tamelijk onvolwassen trekje wist Nick iets charmants en vertederends te maken, maar Veronica wilde een echte vader voor haar kinderen, geen concurrent. En ze kon zich trouwens erg moeilijk voorstellen dat ze ooit van hem een kind zou krijgen omdat ze het na vijf jaar zelfs nog niet eens echt over samenwonen hadden gehad – het excuus was dat ze beiden een woning hadden waarvan de huur niet mocht worden verhoogd en die ze dus onmogelijk konden opgeven.

'Wil Lillian nog steeds een kind?' vroeg Jane.

'Ze is zwanger.' Veronica probeerde zich te herinneren wat Lillian over de vader van de baby had verteld: knap op een manier die op een goede genenpoel wees, hield van yoga, kaarsen, new-age-gedoe. Hij klonk eigenlijk wel aangenaam. En wat deed hij voor de kost? Kunstenaar? Nee, dat zou Veronica hebben onthouden vanwege Nick. Musicus? Nee, dat zou ze ook hebben onthouden omdat ze op zoek was naar iemand die de partituur voor haar musical kon schrijven. Arts? Nee, Lillian keek neer op andere artsen. Schrijver, nee. Elektricien? Misschien.

'Ze is wel efficiënt, die zus van je. Wie is de vader?'

'Een spermadonor,' zei Veronica, die zich met een schok het beroep van Alex Drake herinnerde: acteur zonder werk. Blijkbaar had hij werk gevonden.


## IV


Een lange rij toeristen stond op een rood tapijt te wachten voor de lift naar het uitkijkpunt op de bovenste verdieping van het Empire State Building. Veronica was er op haar zesde voor het laatst met haar zus en ouders geweest. Het enige wat ze zich van dat uitje kon herinneren was dat Lillian haar voordat ze thuis vertrokken, een oude foto uit *Life* had laten zien die ze in de bibliotheek had gevonden. Er stond een vrouw op die op het gedeukte dak van een auto lag. Lillian legde uit dat de vrouw van het Empire State Building was gesprongen, en hoewel haar lichaam nog heel leek, waren al haar 206 botten door de kracht van de klap waarschijnlijk verpulverd.

Deze keer hadden Veronica en Lillian een afspraak met Bryan Byrd, privé-detective, die kantoor hield op de negenenzeventigste verdieping. Het was Veronica's idee geweest om iemand in te huren die het verleden van hun vader kon napluizen, en tot haar schrik had Lillian ermee ingestemd. Hun kennis over hem was op hun achtste en elfde abrupt tot een einde gekomen, en wat er aan kennis was, was gehuld in mysterie. Hun moeder had na zijn dood zelden over hem gepraat, en als ze onder druk werd gezet, werd ze boos of kreeg ze last van migraine of stapte ze gewoon in haar auto en reed weg, zodat de meisjes zich afvroegen of ze ooit weer terug zou komen. Nadat Agnes naar Nieuw-Zeeland was verhuisd, behoorde hun vader voorgoed tot het verleden. Ze moesten in elk geval weten waar zijn lichaam was begraven, vond Veronica, als er tenminste ergens een graf was. En de detective kon voor eens en altijd de vraag beantwoorden of hun vader er inderdaad een ander gezin op na had gehouden en daar met Veronica naar op weg was toen het ongeluk gebeurde. Tweede gezinnen kwamen eigenlijk vrij vaak voor. In de vijf seizoenen dat Veronica voor *Doodgewone dingen* werkte, was het fenomeen al twee keer de revue gepasseerd.

Een bewaker – een lange zwarte man met de bouw van een footballspeler, die de receptie voor niet-toeristen bemande – vroeg hun waar ze naartoe gingen.

'De negenenzeventigste verdieping?' herhaalde hij, met eerst een blik op Veronica en toen op Lillian. 'Op weg naar Byrd? Nou, die heeft mazzel vandaag.'

Veronica bedacht net dat het een positief teken was dat hun potentiële detective op zo'n goede voet met de bewaking stond toen ze op een plank achter de balie een miniatuur-tv zag staan. Eve White en de pas ingehuurde dokter Night Wesley waren in beeld en vielen, hartstochtelijk en overtuigend, op een bed neer, en Veronica besefte dat de bewaker naar de herhaling van *Doodgewone dingen* keek die overdag werd uitgezonden. Toen ze op de lift stonden te wachten, ging Veronica met opzet tussen Lillian en de tv in staan. Ze negeerde elk greintje fatsoen dat ze bezat en dat haar opdroeg om haar zus over Alex Drake en zijn dubbelganger te vertellen. Voor Veronica was dat een volkomen nieuw gevoel dat ze als opwindend ervoer.

De deuren van de lift gleden dicht, en Veronica was blij dat ze de lobby hadden verlaten, ook al betekende dat dat ze met andere mensen in een metalen doos naar een hoogte opsteeg die een bloedneus kon veroorzaken. Stel dat hij een andere Alex Drake was, waarom zou ze Lillian dan bezorgd maken? redeneerde Veronica. Al had die logica weinig om het lijf, moest Veronica toegeven, omdat Lillian nooit ergens bezorgd over was. De lift bewoog zo soepel dat Veronica op het paneel met nummers moest kijken om zich ervan te verzekeren dat de lift daadwerkelijk bewoog. Het was gewoon zo dat Veronica, in een wereld waarin haar zus wat hun gezamenlijke geschiedenis betreft altijd de baas was geweest, nu proefde en genoot van de huiveringwekkende macht die deze kennis haar gaf. Het was alsof ze een enorme dosis van de roddels van Nicks studievriend toegediend kreeg.

De lift stopte op weg naar boven bij verschillende verdiepingen, waarbij de deuren met een onopvallende elektronische toon open- en dichtgingen. Veronica was er niet bijzonder trots op dat ze zich overgaf aan zulke malle fantasietjes, maar ze zag er nog geen kwaad in. Sterker nog, als ze er eenmaal zeker van zou zijn dat de twee Alex Drakes niet dezelfde persoon waren, zou het een grappig verhaal zijn dat ze aan Lillian kon vertellen. Flinterdunne logica, wist Veronica. Anekdotes waren voor Lillian wat chocolade voor een suikerpatiënt was: ze vielen gewoon niet zo heel erg goed. Vanaf de zevenenvijftigste tot de negenenzeventigste verdieping stonden Veronica en Lillian alleen in de lift. Veronica dacht opzettelijk na over de vraag wat Nick en zij die avond zouden gaan eten, voor het geval dat Lillian naar haar gedachten stond te luisteren, iets waarvan Veronica ooit had geloofd dat ze het kon.

Een zwart bord met witte letters gaf aan welke bedrijven er op de negenenzeventigste verdieping waren gevestigd: Filmproductiemaatschappij Appels en Sinaasappels; Bryan Byrd, privé-detective; Oost West Meubelimport; Modieuze Mode-ontwerpen; Galleria Benevento; Buena Vista Fotografie; Reisbureau Singh Singh. Een kleine witte pijl naast de naam van Bryan Byrd wees naar de gang aan de rechterzijde. Veronica en Lillian bleven roerloos voor het bord in de gang staan. De liftdeuren waren allang achter hen dichtgeschoven.

'We hoeven dit niet te doen,' zei Veronica ten slotte. 'We kunnen ons omdraaien en de lift naar beneden pakken en het hierbij laten.'

Nu ze al zo ver waren gekomen, was weggaan wel het laatste wat Veronica wilde, maar ze wist dat ze haar zus de mogelijkheid van een ontsnapping moest bieden, juist omdat Lillian daar dan nooit voor zou kiezen.

Lillian wierp haar een snelle blik toe die 'Denk maar niet dat ik me er niet van bewust ben dat je me probeert te manipuleren' zei en liep toen in de richting die de witte pijl aanwees. Op de vloer lag linoleum met groene en bruine spikkels, en het rook er een beetje naar sigaren. Veronica zou wel een sigaret lusten maar wist dat dat kleine geschenk aan haarzelf nog heel lang zou moeten wachten.

'Ik weet niet helemaal zeker waarom we hier zijn,' zei Lillian. 'Het voelt gevaarlijk, waardoor ik begin te denken dat we er goed aan doen. Aan de andere kant kan dit ook een oefening in verveling worden.' Ze bleef staan en gooide haar lange blonde haar over haar schouders. Een losse lok bleef achter en hing eenzaam op de voorkant van haar zwarte jasje. Veronica voelde de neiging om hem bij zijn maatjes te stoppen, maar wist dat ze dat beter niet kon doen.

'Wat willen we precies weten wat we nog niet weten en waarom willen we het weten?' vroeg Lillian.

Veronica negeerde haar gezonde verstand en stopte het haar van haar zus op zijn plaats.

'Jij bent de arts,' zei ze vriendelijk.

'Jij bent de schrijfster,' kaatste Lillian terug. 'Je bent gespecialiseerd in motivatie. Ik kijk niet naar het waarom, ik kijk naar het hoe.' Ze deed een stap achteruit, weg van Veronica, in de richting van de lift. De sigarenlucht werd sterker en Veronica zag dat ze voor Modieuze Mode-ontwerpen stonden. Ze vroeg zich af of Bryan Byrd degene was die sigaren rookte en of de Modieuze mensen daarover steen en been klaagden. Het fluorescerende licht in de gang deed Lillians huid glanzen.

'Wacht even,' zei Veronica, die de situatie probeerde te redden voordat het nog erger werd. 'Laten we even bedenken wat we liever niet over onze vader te weten willen komen.' Ze telde de mogelijkheden op haar vingers af. 'Hij had een verhouding; hij had een tweede gezin; hij was lid van een religieuze sekte. Is dat allemaal zo erg?'

Lillian zei: 'Hij was lid van de KGB, de CIA, de American Militia, de Ku Klux Klan. Hij was een seriemoordenaar. Ik zou heel graag willen weten of hij zich met een van die dingen bezighield, Veronica, maar ik ben bang dat onze vader gewoon een gefrustreerde zakenman uit New Jersey was die voortijdig aan zijn einde is gekomen.'

'Hoe dan ook, ik denk dat ik het wel wil weten.' Veronica stelde zich voor dat er een sigaret tussen haar vingers hing die gewoon wachtte totdat hij zou worden aangestoken. Ze legde lichtjes haar hand op Lillians arm. Lillian vond het vreselijk om te worden aangeraakt, maar jaren van ervaring hadden Veronica geleerd dat de juiste korte aanraking op het juiste moment overredend kon zijn.

'O, goed dan,' zei Lillian, die zich omdraaide. 'Laten we maar met die vent gaan praten.'

Achter een bureau in de wachtruimte voor het kantoor van Bryan Byrd zat een secretaresse haar teennagels zwart te lakken.

'Lillian en Veronica Moore?' vroeg ze. Haar korte haar was blauw, en wanneer ze iets zei, waren flitsen van een grote zilveren knop in haar tong te zien. Ze kon niet ouder zijn dan twintig. 'Ga maar even zitten, hij is aan het bellen. Sorry voor de nagellak. Er komen niet veel cliënten naar kantoor.' Haar stem klonk een tikje fluitend. Ze stopte het kwastje terug in het flesje met nagellak, stond op en liep op blote voeten het kantoor van Bryan Byrd in. Ze droeg een broekpak van roze polyester. 'Ik zeg wel even dat u er bent,' zei ze. Veronica vroeg zich af of deze relatie tussen secretaresse en baas net zo was als die in *Doodgewone dingen*.

In het kantoor van Bryan Byrd was geen enkel vleugje sigarenrook te bespeuren. Naast zijn bureau stond een glanzende koperen tuba, als een trouw huisdier, met de koffer open op de grond. En net als een huisdier leek het instrument op een impressionistische manier op zijn baasje. Hij was een grote man, maar niet dik, en hij had een opvallend knap gezicht – opvallend omdat de trekken afzonderlijk allemaal vreemd waren. Zijn bruingroene ogen stonden een tikje scheef, zijn neus was groot, zijn mond breed en gewelfd. Hij was bijna helemaal kaal. Het beetje haar dat hij had, zat als een stralenkrans rond zijn hoofd en was even blond als dat van Lillian. Hij droeg een linnen pak in de kleur van wit marmer (en dat in februari) dat losjes als een toga om hem heen hing en de indruk versterkte dat hij een man was die in een andere tijd thuishoorde. Romeins, raj, het jazztijdperk, Mars. Hij belde met een gsm terwijl hij ondertussen heen en weer liep voor een paar ramen die een schitterend uitzicht op het noordoosten boden: op het Chrysler Building, de East River, de Triborough Bridge. Op zijn bureau stond een amaryllis die volop bloeide, met vier rood met witte bloemen op twee lange stelen, als middeleeuwse trompetten die de komst van een belangrijk persoon aankondigden.

'Nog steeds geen spoor van haar, mevrouw Goodwin; New York is een grote stad,' zei Bryan Byrd. 'Maar maakt u zich maar geen zorgen, vroeg of laat komt ze wel boven water.' Hij knipoogde naar zijn secretaresse, die de kamer weer verliet en de deur achter haar sloot. Hij gebaarde dat Veronica en Lillian in de twee zwarte houten stoelen voor zijn bureau konden plaatsnemen en ging zelf ook zitten. Zijn woorden tot de vrouw aan de telefoon waren niet bepaald geruststellend geweest. Het kantoor was netjes maar allerminst karig. Het grote bureau en de archiefkasten waren van donker mahoniehout gemaakt. Aan een kant was een zithoekje met een salontafel en stoelen van teak en rotan. De twee staande lampen met kappen van melkglas en een zilveren bureaulamp brandden allemaal, hoewel de kamer baadde in het daglicht. De esdoornhouten bladen van de plafondventilator draaiden lui in het rond. Misschien kwam het hele zaakje wel van Oost West Meubelimport dat verderop in de gang zat, bedacht Veronica.

Nadat Bryan Byrd een paar maal tegen de telefoon had geknikt, zei hij eindelijk dag tegen mevrouw Goodwin en verbrak de verbinding. Hij vouwde zijn perfect gemanicuurde handen over elkaar en legde ze voor zich op zijn bureau.

'Waarmee kan ik u van dienst zijn?'

'Onze vader is in 1976 bij een auto-ongeluk om het leven gekomen,' begon Veronica. 'Ik zat bij hem in de auto. Onze moeder heeft altijd gedacht dat hij me ergens mee naartoe wilde nemen, misschien wel naar zijn andere gezin.' Ze zweeg even en keek naar het gezicht van de detective om te zien of hij geschrokken of geamuseerd was of haar woorden bevestigde. Maar hij leek afgeleid. Hij keek haar recht aan maar leek tegelijkertijd met een soort tweede blik Lillian te observeren. 'Onze opa en oma zijn voor onze geboorte gestorven en onze ouders waren allebei enig kind,' vervolgde ze. 'Onze moeder woont in Nieuw-Zeeland en wil niet over hem praten. We weten niet waar zijn graf is en we weten niet eens zeker wat zijn beroep was. We kregen altijd te horen dat hij zakenman was. Lillian denkt dat hij verzekeringen verkocht.'

'En wat is mijn rol hierin?' vroeg Bryan Byrd.

'Begin met het lijk,' zei Lillian. 'Dan kunt u verdergaan met zijn werkkring, het andere gezin. Ik denk dat dit een erg eenvoudige opdracht voor u is, meneer Byrd.'

Bryan klopte op zijn tuba. 'Altijd wanneer mensen dat tegen me zeggen, ben ik de klos.'

'Werkt dat ding,' vroeg Lillian, wijzend naar de tuba, 'beter dan hout?'

'Veel beter.' Hij stond op en liep naar het raam. Het licht in de kamer leek plotseling te veranderen van citroen- naar gemberkleurig. 'Ik ben bijgelovig, paranoïde, zoek bewust dingen op waarvoor ik bang ben, ik lijd aan stemmingswisselingen. Ik heb last van verscheidene neurologische klachten die elk moment in volledige ziektebeelden kunnen ontaarden, wat u gezien uw werk natuurlijk zou kunnen interesseren,' zei hij, zijn blik op Lillian richtend en haar aankijkend. Maar zijn blik was niet het gebruikelijke gelonk. Het was alsof hij een zeldzaam specimen bekeek dat op een braderie te zien was.

'U hebt uw huiswerk gedaan, meneer Byrd, en ik het mijne ook,' antwoordde Lillian. 'U staat erom bekend dat u voor het merendeel van uw cliënten, zij het niet voor alle, de gewenste resultaten boekt. U bent omschreven als eigenaardig en wispelturig. U hobbyt wat in de neurowetenschappen en hebt, zoals u al zei, een uitermate complexe persoonlijkheid. Ik neem aan dat het bewust opzoeken van dingen waarvoor u bang bent de reden is dat uw kantoor zich op de negenenzeventigste verdieping van het Empire State Building bevindt?'

Bryan aarzelde; er leek een vlaag van angst over zijn gezicht te schieten, en toen glimlachte hij. Veronica keek naar haar zus, toen naar Bryan en vervolgens naar buiten, alsof ze daar een verklaring zou kunnen vinden voor hetgeen ze nu bespraken.

'In juli 1945,' legde Bryan uit, 'vloog er op een bijzonder mistige ochtend een b-25-bommenwerper tegen de negenenzeventigste verdieping van het Empire State Building, waarbij tien mensen om het leven kwamen.'

'O,' zei Veronica, die hier dolgraag weg wilde. Wat was dit voor gek? Hij was haar aangeraden door een vriend van Jane Lust, maar nu voelde ze zich uitermate schuldig omdat ze haar zus – die nog wel zwanger was – aan deze overduidelijk gestoorde man had blootgesteld, hoewel Lillian, die altijd grondig was, blijkbaar informatie over hem had vergaard en mogelijk dus enig idee had gehad waaraan ze was begonnen.

'Nou, ik wil best even kijken wat ik over uw vader zou kunnen ontdekken,' zei Bryan, die terugliep naar zijn bureau. 'Maar zouden we volgens u niet beter bij uw moeder kunnen beginnen, aangezien alles zo overduidelijk tot haar te herleiden is?'

De zussen antwoordden gelijktijdig: 'Dat gaat niet.'

Tijdens de zomer voordat Veronica aan haar studie zou beginnen, had hun moeder aangekondigd dat ze New Jersey voor Nieuw-Zeeland ging verruilen zodat ze 'een nieuwe start' kon maken. Een paar maanden nadat ze in dat land was aangekomen, had ze een boerderij gekocht op de Canterbury Plains, vier uur rijden van Christchurch, waar ze kippen, ganzen, lammeren, lama's, geiten, varkens en pauwen was gaan fokken. Ze vergat nooit haar dochters op hun verjaardagen en met Kerstmis en op een paar willekeurige dagen daar tussenin te bellen. Ze had haar kinderen lang geleden al duidelijk gemaakt dat ze haar plicht wat hen betreft had vervuld, maar al haar contacten met hen schenen te zijn vervuld van een soort schuldgevoel. Er werd veelvuldig over wederzijdse bezoeken gesproken, maar allen vermeden zorgvuldig over details te praten. Het gespreksonderwerp waaraan de voorkeur werd gegeven was het weer in beide landen.

'Nou, dat is een hele opluchting,' zei de detective.

'Hoe bedoelt u?' vroeg Veronica.

'U sprak tegelijkertijd. Dat brengt geluk,' zei hij.

In het volgende halfuur namen ze gedrieën alle mogelijke aanwijzingen, details, gedachten, ideeën en herinneringen door die de detective konden helpen bij het zoeken naar informatie over Charles Moore en het beantwoorden van de vraag waarheen hij vijfentwintig jaar geleden met Veronica op weg naartoe kon zijn geweest. Bryan Byrd maakte geen enkele aantekening. Op een zeker moment keek hij op zijn horloge, stond op, liep om zijn bureau heen en leunde er tegenaan. 'Ik reken vijftig dollar per uur en honderdvijftig als eerste aanbetaling. U betaalt al mijn onkosten.' Hij zweeg even. 'En ik kan u nu al eerlijk zeggen dat u waarschijnlijk zo rond de vijfhonderd dollar zult uitgeven en niets méér over uw vader te weten zult komen.' Hij keek in de richting van Lillian en voegde eraan toe: 'U bent wetenschapper. De menselijke honger naar kennis is niet te stillen, wat er ook gebeurt. Het beste en waarschijnlijkste scenario is dat ik niets over uw vader te weten kom en dat u nooit zult weten waarheen hij met Veronica op weg was. Het op een na beste scenario is dat ik iets banaals ontdek, bijvoorbeeld dat hij echt in verzekeringen zat, en dat hij met Veronica' – hij knikte in haar richting – 'op weg was naar de bioscoop. Het zal dan een tijdje duren voordat u over de teleurstelling van dergelijk doodgewoon nieuws heen bent, gezien het feit dat uw verbeelding de afgelopen vijfentwintig jaar bewust en onbewust met dit raadsel bezig is geweest.' Bryan Byrd aaide over zijn tuba. 'In het ergste geval kom ik iets vreselijks of beschamends over uw vader te weten, wat voor u alleen maar meer vragen zal oproepen. Wat er ook gebeurt, ik krijg betaald.'

'Ik dacht dat we u voor uw ervaring op uw vakgebied betaalden, meneer Byrd, en niet voor uw advies,' zei Lillian, die haar jas aan-trok. Veronica was blij dat ze eindelijk konden vertrekken.

'Het advies is gratis,' zei Bryan Byrd. 'Ik ben laatst naar het nieu-we Rose-planetarium in het natuurhistorisch museum gaan kij-ken.' Hij deed de deur van zijn kantoor open. Zijn secretaresse, van wie de tongpiercing glansde, zat aan de telefoon te babbelen. 'De tentoonstelling,' ging hij verder, 'probeert vooral om de verhou-dingen tussen de aarde en de mens ten opzichte van de rest van het heelal duidelijk te maken: de verhouding van de aarde tot de zon, de verhouding van de zon tot de melkweg, enzovoort, enzovoort, waardoor we beseffen dat wij er in het grotere geheel helemaal niet toe doen. Er is ook een model van de hersenen op ware grootte te zien. Een meisje, dat Frans bleek te zijn, stond voor die massa dikke kwabben en vroeg aan haar moeder: "*Maman, pourquoi on a besoin d'un cerveau?*"'

'Ik snap wat u bedoelt,' zei Lillian. Veronica had wederom totaal geen idee waarover ze het hadden, al kende ze voldoende Frans om te begrijpen dat het meisje had gevraagd waarom we hersenen hebben.

'Als u besluit van mijn diensten gebruik te maken,' ging de privé-detective verder, 'kunt u het voorschot aan mijn secretaresse betalen. Ik neem binnen een paar weken contact met u op.' Hij ver-dween weer in zijn kamer en deed de deur achter zich dicht.

Als haar zus één eigenschap had waarop Veronica altijd kon re-kenen, dan was het wel haar vermogen te verrassen. Veronica had durven zweren dat de hele zaak wat Lillian betreft niet door zou gaan, dat het idee om een detective in te huren een vergissing was geweest en kon worden bijgeschreven in de steeds langer worden-de lijst met dingen waarvan een mens spijt had en waaraan we, als Sisyphus, in de loop der tijd als vanzelf wennen. Veronica bleef zwijgend naast Lillian staan toen die de secretaresse van Bryan Byrd honderdvijftig dollar contant gaf. Toen ze in de lift naar bene-den stonden, wilde Veronica aan Lillian vragen wat Bryan Byrd te-gen het einde van het gesprek met die opmerking over het meisje en de hersenen had willen zeggen. Veronica dacht dat hij waarschijnlijk iets gewichtigs wilde zeggen als 'zonder de geest zou niets er voor ons toe doen' of 'we zijn niet in staat een uitleg over onszelf te geven'. Maar er moest meer zijn geweest, anders had Lillian nooit vooraf betaald voor een reis die god mocht weten waarheen voerde, met als reisleider een tubaspeler die zichzelf als psychopaat betitelde. Lillian leek echter niet in de stemming voor een gesprek.

## V

De Tavern on the Green was de tweede huiskamer van Jane Lust. Het restaurant lag vier straten van de studio en één straat van haar appartement aan Central Park West vandaan, en daarom hield ze al haar ontbijtbesprekingen, lunches en etentjes in het 'sprankelende' etablissement in Central Park. De Tavern was de belichaming van pure kitsch, net als Jane. Veronica was er al een paar keer eerder geweest vanwege dingen die met *Doodgewone dingen* en Jane te maken hadden, maar doorgaans meed ze dit soort bijeenkomsten. Het feestje voor Alex Drake wilde ze echter niet missen. Hoe ze er precies achter moest komen of deze Alex de Alex van Lillian was, wist ze niet zeker. Ze kon subtiel zijn: 'Hou je van yoga?' Of op de vlakte: 'Is de spoedeisende hulp in de New Yorkse ziekenhuizen niet beschamend slecht?' Of onomwonden: 'Heb je de afgelopen maand nog seks met een lange blondine gehad?' Ze zou gewoon moeten improviseren.

Het 'etentje' waarmee Jane Alex welkom wilde heten in de *Doodgewone dingen*-'familie' was een diner voor vijftig man, onder wie directeuren, de cast en zorgvuldig uitgekozen leden van de staf en de pers. Veronica, die gekleed was in een mouwloze jurk van witte wol, paarse netkousen en hoge zwarte laarzen, werd door de gerant naar de terraskamer geleid. Ze was vroeg gekomen, voor het geval de eregast ook vroeg was en gezelschap kon gebruiken. Dat zou misschien wel de beste kans zijn die ze die avond zou krijgen.

De weinige gasten die al aanwezig waren, dromden samen rond de open bar. Het vertrek zag eruit als een dure uitvoering van een zaal waar een bruiloft kon worden gevierd: een uit glas opgetrokken paviljoen met kroonluchters van Waterford-kristal in de vorm van bruidstaarten, een met de hand versierd gestuukt plafond, een uitzicht op Central Park en de wolkenkrabbers van Manhattan dat een film waardig was en, natuurlijk, de beroemde half miljoen blauwe lichtjes die in de bomen vlak voor de ramen van de Tavern hingen. Het was allemaal erg sprookjesachtig, vond Veronica, totdat je iets beter naar het decor keek – de goudkleurig geschilderde bamboestoelen met de bekleding vol vlekken, de tafelkleden met bloemmotief die een goedkope imitatie van die van Martha Stewart waren, het kamerbrede veelkleurige tapijt dat geschikt was voor binnen en buiten, de verplichte, tot waaiers gevouwen servetten van neplinnen waarmee iets te veel monden waren afgeveegd. In de gangen en zalen van het restaurant vermengden de geuren van massaal geproduceerd eten, luchtverfrissers en schoonmaakmiddelen zich. En ondanks de pracht van de flonkerende kroonluchters was het wattage te hoog en het licht bijna verschroeiend.

Veronica liet haar blik door de zaal dwalen en stelde direct vast dat Alex Drake nergens te bekennen was. Daar stond tegenover dat haar meeste collega-schrijvers er al wel waren, met drankjes in de hand en voorafjes in de mond. Schrijvers behoorden tot een beroepsgroep die berucht was om zijn zuinigheid en honger. Bij dit soort gelegenheden werd ze altijd bij hen aan tafel gezet en moest ze verhitte en tactloze discussies verdragen over de vraag wie nu eigenlijk de beste of vruchtbaarste schrijver van hen was, wie het beste was in het beschrijven van de karakters of de plot – dat alles in een wanhopige poging om te verhullen dat ze stuk voor stuk allemaal inwisselbare broodschrijvers waren. Maar de echte reden waarom ze dit soort feestjes meed, was Nick, die deze middelmatige intellectuelen alleen maar aangaapte en deed alsof hij een beter mens was omdat het hem in intellectueel en artistiek opzicht min of meer kwam aanwaaien. Het duurde nooit lang voordat hij op feestjes in het middelpunt van de belangstelling kwam te staan – een onvermijdelijke gebeurtenis die de gastvrouw (Jane) noch de eregast bijzonder veel plezier deed.

Veronica had aan Jane Lust gevraagd of ze haar niet bij de schrijvers wilde neerzetten. Ze wist dat ze niet bij de acteurs kon gaan zitten – het was een stilzwijgende afspraak dat schrijvers en acteurs niet goed samengingen omdat de acteurs de schrijvers al snel 'behulpzame' suggesties over de ontwikkeling van hun personage gingen geven of lieten merken welke plotwending hen het meeste zou bevallen. En de schrijvers, die nooit iets over hun kant konden laten gaan, waren in het gunstigste geval beledigd en begrepen in het slechtste geval steeds minder van het personage, wat weer aan hun scripts te merken was. Veronica wilde niet dat de andere schrijvers haar afstandelijk zouden vinden en ging, terwijl het vertrek zich langzaam begon te vullen, een drankje halen en bleef een paar minuten gezellig met hen babbelen.

Jane Lust maakte haar entree in een smaragdgroen pakje, met bijpassende oogschaduw en schoenen, haar roodblonde haar in een suikerspinachtige krul op haar hoofd. En niet ver achter haar liep Alex, lichtblond, blauwe ogen, in het echt veel knapper dan op tv, gezond, sportief. Hij droeg een donkerbruine ribfluwelen broek met brede ribbels en een coltrui van zwarte wol. Dat moet Alex zijn, dacht Veronica. Het was niet logisch, maar ze voelde onmiddellijk dat ze een diepere band met hem had, alsof ze een oude vriend herkende in plaats van iemand voor de eerste keer zag. Natuurlijk kon dit indringende 'gevoel' heel goed worden verklaard uit het feit dat ze hem al talloze malen op tv had gezien. Ze keek nog eens. Nog steeds knap. Maar ze zag dat hij iets op zijn gezicht had, een framboeskleurige veeg net onder zijn linkeroog, op het hoogste punt van zijn jukbeen. Misschien een kneuzing ten gevolge van zijn yoga-ongelukje?

Veronica liep net naar Jane en Alex toe toen ze werd opgehouden door een collega die Jim heette, een korte, magere, intense man met een snor. Ze hadden ooit samen in een toneelschrijfgroepje gezeten, maar dat was na een paar maanden uit elkaar gevallen, waarna hij filmscenario's was gaan schrijven. Hij had er de afgelopen vijf jaar elk jaar een geschreven en verkocht, maar ze werden nooit verfilmd. 'Op de dag van de première geef ik mijn vaste baan op,' zei hij altijd. Hij voelde een zekere verwantschap met Veronica omdat ze allebei 'hogere doelen nastreefden'. Hij vertelde haar hoe weinig het bij zijn laatste project had gescheeld – het geld was al binnen, Steve Buscemi zou regisseren en een rol spelen, de acteurs waren ingehuurd, DreamWorks had belangstelling, maar toen kreeg 'Steve' een enorme etterende puist boven op zijn neus en had hij zich definitief teruggetrokken. Veronica zag dat Jane en Alex zich langs de gasten bewogen, bij haar vandaan, terwijl zij geduldig naar Jims wederwaardigheden stond te luisteren. Op een zeker moment hield Jim op met praten en volgde haar blik. 'O, hij.' Jim grinnikte. 'Laralee heeft misschien eindelijk haar evenknie gevonden. Heb je het verhaal van het bed al gehoord?'

'Het bed?' vroeg Veronica.

'Ja, ze deden de scène waarin de nieuwe dokter en Eve voor de eerste keer samen op het bed vallen. Ze gingen er zo in op dat ze letterlijk door het bed heen gingen. De matras zakte naar beneden en Laralee verrekte haar knie.' Hij schudde lachend zijn hoofd. 'Ik weet zeker dat dat verhaal de komende weken in alle soapbladen zal staan.'

Een ober meldde dat de amuse – bisque van kreeft met dragoncrème fraîche – was opgediend, en ze gingen ieder op zoek naar hun soep. Toen Veronica door de zaal naar haar stoel liep, dacht ze: een Don Juan met de neiging tot brokken maken, het moet hem wel zijn.

Aan Veronica's tafel zaten een cameraman, een belichtingstechnicus, iemand die over de continuïteit op de set ging en een visagiste die Candace heette. Veronica kon niet geloven dat ze zoveel geluk had. Candace wist natuurlijk alles over die vlek op Alex' gezicht. Veronica liet het gebabbel aan tafel over zich heen komen en wachtte haar kans af. Pasquale, de cameraman, zei dat hij voor het laatst in de Tavern on the Green was geweest ter gelegenheid van het premièrefeestje van *Santa Claus: The Movie*. 'Jezus, toen leek het hier wel de noordpool,' zei hij, 'ze hadden echte dwergen ingehuurd die voor elfjes speelden.' Dat leidde ertoe dat Lucy, die over de continuïteit ging, opperde dat ze moesten proberen om alle films op te noemen waarvoor opnamen in de Tavern on the Green waren gemaakt.

'Dat is makkelijk,' zei Veronica. 'Geen een.'

'O, toe nou,' zeiden de anderen op precies hetzelfde moment – en ze moest denken aan Bryan Byrds uitspraak dat dat geluk bracht – 'wees niet zo'n spelbreker.'

Dus terwijl ze op hun zalm in kruidenjasje of gemarineerde biologisch-dynamische eend kauwden, groeven ze in hun cinematografische herinneringen, terwijl Veronica zich wanhopig afvroeg hoe ze het gesprek de goede richting op kon sturen. Toen het tijd was voor het dessert – kwarktaart op New Yorkse wijze of een bombe met pindakaas – hadden ze de plots van *Crimes and Misdemeanors, Arthur, It Had to Be You, Ghostbusters, Wall Street, New York Stories* en, heel passend, dacht Veronica, *The Night We Never Met* uit hun geheugen opgegraven en besproken.

Het begon te sneeuwen en Veronica had het gevoel dat ze in een ongerepte sneeuwbol zat. Ongerept was niet bepaald het juiste woord voor haar huidige situatie. Bij de koffie besefte Veronica dat het juiste moment nooit zou aanbreken. Ze zou het gewoon onomwonden moeten vragen.

'Candace, ik zag dat Alex Drake een kneuzing op zijn gezicht heeft. Hoe is hij daaraan gekomen?' wilde ze weten, alsof ze daar beroepsmatig het grootste recht toe had.

'Het is geen kneuzing, het is een moedervlek,' zei Candace, die de vraag blijkbaar al vaker had gekregen. 'Zo weg te werken met een beetje make-up. Ik heb ooit een actrice met een pigmentprobleem gekend – zonder make-up leek haar gezicht wel een lappendeken. Het kostte me elke dag anderhalf uur, maar tegen de tijd dat ik met haar klaar was, had ze een smetteloos perzikhuidje. Dat kleine vlekje dat Alex heeft, fluitje van een cent. Maar hij is niet van mij. Luigi doet hem.'

Dat was het dan, dacht Veronica, die opstond. Lillian zou nooit iemand hebben uitgekozen die een moedervlek op zijn gezicht had. En als ze dat wel zou hebben gedaan, had ze het wel tegen Veronica gezegd.

'Willen jullie me excuseren,' zei ze, 'mijn koets kan elk moment in een pompoen veranderen.'

Buiten sneeuwde het nog steeds, en er stond een groepje mensen op een taxi te wachten. Zou Lillian een moedervlek hebben verzwegen? Het maakte niet uit, Veronica's snode plan was toch belachelijk. Ze zou naar huis gaan, Lillian bellen, haar vertellen over het toeval met Alex Drake, haar vragen of ze naar *Doodgewone dingen* wilde kijken en een streep onder de kwestie zetten. In de tussentijd moest ze bepalen hoe ze thuis moest komen. De metro naar haar huis vertrok een paar lange straten verder en het was koud en het sneeuwde. Er was geen taxi te krijgen. Aan de andere kant van de oprijlaan zag ze een paar koetsjes staan. Ze woonde al tien jaar in New York en had nog nooit in zo'n koetsje gereden. Ze vroeg zich af hoe duur het zou zijn om zich in een koets naar huis te laten rijden. Grote, dikke sneeuwvlokken, van het soort dat bleef plakken, kwamen op haar haar, haar neus, in haar wimpers neer. Metro, koets, metro, koets? Ze kon maar niet beslissen. Nick zou de koets pakken, dacht ze, maar alleen als minimaal vijf mensen uit zichzelf naar hem zouden staan kijken.

'Ik durf te wedden dat ik weet wat je denkt.' Het was Alex Drake. Op de schouders van zijn marineblauwe kasjmieren jas zat al een dikke laag sneeuwvlokken. Hoe lang stond hij er al? 'Jane heeft me je binnen aangewezen, maar je verdween voordat ik naar je toe kon komen. Waar moet je heen?' vroeg hij.

'Een heel eind de Upper West Side in,' zei ze. Zijn moedervlek was niet meer dan een enkele achteloze penseelstreek.

'Ik ook,' zei hij, en hij pakte haar hand en trok haar mee naar de paarden. 'Ik trakteer. Ik wil dit al jaren doen, maar pas nu voelt het karma goed.' Ze klauterden achter in het koetsje en gingen naast elkaar, zonder elkaar aan te raken, op de zitting van rood leer zitten. Er hing een sterke lucht van paardenmest. Alex zei tegen de koetsier, een blozend mannetje in een gerafelde overjas, dat hij Park Drive tot aan 110th Street moest nemen. De koetsier gaf hun een deken en Alex spreidde die uit over hun schoot. Terwijl de hoeven van het paard op het asfalt kataklopten, vormden de koetsier en zijn hoge hoed een silhouet tegen een grijszwarte lucht vol dwarrelende sneeuwvlokken. Veronica wist met heel haar hart dat de Alex Drake die de vader van het kind van haar zus was en de Alex Drake die op dat moment op een winterse avond naast haar in de koets zat een en dezelfde persoon waren. Als hij niet dezelfde vent was, dan zou het pas griezelig zijn. Nee, hij was het, en Veronica werd meteen in de verleiding gebracht om iets te doen waarvan ze heel erg veel spijt zou krijgen, iets waardoor zelfs Sisyphus dankbaar zou zijn voor zijn rots.

# Twee

## VI

Lillian kwam ruim voor Veronica bij Konditorei Hongarije aan. Het was het begin van de lente en het regende; heel toepassselijk. Ze plaatste haar bestelling en ging toen aan een tafeltje achterin zitten waar ze door een half doorweekt exemplaar van de *Village Voice* bladerde waarmee ze haar hoofd had bedekt toen ze vanaf het ziekenhuis aan de overkant van de straat hierheen was gerend. De geur van dampende, versgebakken etenswaren in combinatie met een poging tot lezen in het doffe grijze licht bracht in Lillian een zwak gevoel van misselijkheid naar boven. Ze vroeg zich af hoeveel van de bibliofiele types die het koffiehuis bezochten ten gevolge van de zwakke lampen slechte ogen hadden gekregen. Toen ze om zich heen keek, zag ze dat de meeste andere bezoekers een bril droegen en hun neuzen in boeken hadden gestoken. Als lezers zouden ze beter moeten weten, dacht ze.

Het zwakke gevoel was nu een golf. Ze stelde haar blik scherp en concentreerde zich op de rechte lijnen van de deur. Ze had er expres voor gezorgd dat ze vroeg was omdat ze de afgelopen twee maanden laat was geweest en de regelmaat daarvan haar stoorde. Ze voelde zich de laatste tijd bovendien niet alleen misselijk, maar ook in de war, en een ontmoeting met Veronica zou dat gevoel helpen afzwakken. Ze wist niet zeker waarom Veronica dat effect op haar had, want het grootste deel van de tijd ergerde ze zich oprecht aan haar zus. Maar Veronica was nog steeds de enige persoon in Lillians leven die de seriemoordenaartest kon doorstaan: ook al had Lillian de lichaampjes van honderden kindertjes in stukjes gehakt en er hamburgers van gemaakt, dan nog zou Veronica haar van een alibi voorzien. Lillian voelde de sterke neiging om over te geven. Ze wilde net naar het toilet gaan toen de serveerster haar naam riep en haar een kop zwarte koffie en een croissant kwam brengen. In plaats van braken besloot Lillian een poging tot eten te doen.

Lillian was drie toen Veronica werd geboren. Hun moeder, Agnes, had dit schreeuwende, behoeftige, ratachtige dier mee naar huis genomen, waardoor Lillian een levenslange afkeer van kleine kinderen had gekregen, en na verloop van tijd had ze besloten er zelf nooit een te nemen. Tweeëndertig jaar later droeg ze zes weken oud leven in zich, met een kloppend hartje dat niet groter was dan een maanzaadje. Het had de aanzet van een neusje, netvliezen, nieren, een lever en ledematen, en de zenuwbaan tussen de hersenen en het ruggenmerg was zich net aan het sluiten. Toen Lillian plotseling haar langdurige weerzin had opgegeven en besloten had zwanger te worden, had ze het idee dat er ergens in haar lichaam een biologische wekker was afgegaan van de hand gewezen. Het was, zo had ze geconcludeerd, eerder een diepgewortelde angst voor het moederschap – een soort moederlijke hoogtevrees – die haar voortdreef.

De nieuwste kunst die in Konditorei Hongarije tentoon werd gesteld, bestond uit doosvormige collages van *objets trouvés*. Lillian staarde net naar een koffiekop van Zabar die uitpuilde van de kleurige dopjes van crackflesjes toen Veronica binnenkwam, met een paraplu die over de hele vloer een spoor van water achterliet. Ze had een schuldbewuste uitstraling die Lillian onmiddellijk vertelde dat ze een geheim koesterde. Lillian zou in een paar korte zetten moeten bepalen of het een geheim was waarvan Veronica wilde dat ze het wist of waarvan Veronica niet wilde dat ze het wist. Ze hoopte dat het het laatste was, gewoon omdat dat haar zou afleiden. Als het het eerste was, zou het iets saais zijn als een promotie, of het feit dat ze de eerste opzet van haar musical af had, iets waarop Veronica vanwege haar martelaarscomplex niet onomwonden trots mocht zijn maar wat ze heel bescheiden moest verbergen en waarover ze alleen iets zou zeggen als ernaar werd gevraagd. Wat vermoeiend, dacht Lillian, die aan haar croissant knabbelde. Aan Veronica te zien – blozende wangen, snel bewegende, glanzende ogen, de rode paraplu – was het geheim iets seksueels, wat betekende dat zelfs Veronica waarschijnlijk niet eens besefte dat ze een geheim had. Dat soort informatie uit haar lospeuteren zou veel vermakelijker zijn.

Terwijl Veronica een van die weerzinwekkende Oost-Europese deegwaren bestelde, vroeg Lillian zich af of Nick een concurrent had. Ze begreep niet waarom haar zus nog steeds niet genoeg had gekregen van Nick en zijn circusnummer. Lillian had hem slechts een paar keer gezien, maar dat was meer dan genoeg om een oordeel te kunnen vellen. Toen ze hem in actie zag, kon ze de spreekstalmeester bijna horen: 'Komt allen kijken naar de Grote Nick: een en al charme en geen inhoud. Komt u maar dichterbij, en zie een compleet overbodig menselijk wezen. Komt kijken naar de man die niet alleen een stuk steen kan versieren, maar er nog trots op is ook.' Hij had alleen maar belangstelling voor zichzelf en zijn eigen genoegens en geloofde oprecht dat de wereld al zijn grillen moest verdragen omdat hij 'kunst beoefende'. Hij was een acuut geval van het Grote-Man-syndroom. Lillian was er zeker van dat haar zus haar musical nooit zou voltooien zolang hij met haar sliep. Een lijder aan het Grote-Man-syndroom – vrouwen konden er ook door worden getroffen; het bekendste geval was Gertrude Stein – stond niet toe dat de seksuele partner van de Grote Man zelf ook grootse ambities koesterde. Als de levensgezellin al grootheid kon bereiken, dan was dat uitsluitend doordat die op haar afstraalde – maar dan gebeurde dat ook in overvloed, zoals bijvoorbeeld in het geval van Adam en Eva, Gertrude en Alice, F. Scott en Zelda, Bill en Hillary, enzovoort. Afgezien van Nick begreep Lillian sowieso niet dat musicals schrijven het levensdoel van haar zus was. Musicals wisten, net als Veronica, van geen ophouden, waren op een agressieve manier positief en hoopvol, soms zelfs tot het punt van onderdrukking. En suikerzoet op muziek gezet sentiment was het enige wat bij Lillian werkelijk het schaamrood op de kaken bracht. En dat was, dacht Lillian, mogelijk de reden.

'Deze kunst is je reinste afgeleide drek,' zei Lillian bij wijze van begroeting tegen Veronica, die ging zitten. 'Hierbij vergeleken lijkt dat gedoe van Nick je reinste genialiteit.'

'Ik weet het niet. Ik vind het eigenlijk wel leuk,' zei Veronica, die om zich heen naar de ingelijste collages keek.

Lillian besefte dat ze het mis had. Wat Veronica's geheim ook was, het was uitgesloten dat ze een verhouding had. Dat was gewoon niets voor haar – ze was te recht door zee, te deugdzaam, ze had te veel last van haar schuldgevoel om Nick te kunnen bedriegen.

'Het is oppervlakkig,' zei Lillian, die haar croissant opzij schoof. 'En niet origineel.'

Veronica haalde haar schouders op, wilde iets zeggen, zweeg en begon weer opnieuw. Ze kneep haar lippen opeen en blies toen haar pony van haar voorhoofd. Het was een gebaar dat ze al sinds haar jeugd maakte op momenten dat ze zichzelf censureerde.

'Ik wil niet zen klinken, maar is niet alles herhaling?' zei ze uiteindelijk.

Lillian had het onmiskenbare gevoel dat dat niet was wat Veronica had willen zeggen, dat ze op het punt had gestaan haar geheim te onthullen maar op het allerlaatste moment van gedachten was veranderd en voor de veiligheid van een vage, indirecte dialoog had gekozen.

'Een spiraalvormige melkweg,' vervolgde Veronica, 'lijkt griezelig veel op een satellietfoto van een orkaan, die sprekend lijkt op een groepje amoeben onder een microscoop. De eerste regel van het tweede deel van Eliots *The Waste Land* komt bijna woordelijk overeen met het begin van Shakespeares beschrijving van Cleopatra aan boord van haar schip in *Antonius en Cleopatra*, die bijna woord voor woord is overgenomen uit de levensbeschrijving van Marcus Antonius van Plutarchus.'

Lillian, die zich alweer wat meer zichzelf voelde dan de laatste tijd het geval was geweest, keek haar zus aan. Wat het ook was, er was iets belangrijks gaande. 'Hierbij is geen sprake van willekeurige herhaling,' zei ze. 'Er is niets "griezeligs" aan de symmetrie van de natuur, die kan worden beschreven met een getal dat pi heet. Je tweede voorbeeld is een geval van literaire diefstal door de eeuwen heen, en niet een soort kosmische echo.'

'Veronica,' riep een serveerster, en Veronica sprong op met een nerveuze uitdrukking op haar gezicht, alsof ze er zo-even van was beschuldigd dat ze zichzelf was. Lillian wuifde naar de jonge vrouw die midden in het vertrek om zich heen stond te kijken, op zoek naar Veronica.

'Denk je dat Shakespeare en Eliot dieven waren?' vroeg Veronica toen ze haar lepel gebruikte om een flinke klodder slagroom van de Wiener melange te scheppen die net voor haar was neergezet.

Lillian probeerde Veronica's geleiachtige, met knalrode kersen en kwark gevulde strudel te negeren en vroeg zich af wat er volgens Veronica nu eigenlijk gestolen was. Blijkbaar iets volslagen idioots als een paar ideetjes voor haar musical. Wat een slap excuus voor een schuldig geheim, bedacht Lillian klagelijk.

'Iedereen steelt,' zei Lillian. 'Hoe opzichtiger het wordt gedaan, des te groter het genie. Wetenschappers stelen voortdurend elkaars ideeën, sleutelen eraan, maken ze mooier. Ik weet zeker dat uiteindelijk zelfs $e=mc^2$ een schitterende transformatie zal ondergaan.'

Veronica nam een hapje van haar strudel. Toen ze klaar was, zei ze: 'Laatst zei Nick tijdens een etentje, als een soort spelletje voor de gasten, dat ze zich moesten voorstellen dat ze zouden moeten kiezen tussen het bestaan van Einsteins $e=mc^2$ en *The Love Song of J. Alfred Prufrock* van Eliot. De halve tafel koos $e=mc^2$, de andere helft koos *Prufrock*. Uiteindelijk was de beslissende stem die van Nick, die verklaarde dat hij *The Love Song of J. Alfred Prufrock* zou nemen omdat niemand anders dan T.S. Eliot dat had kunnen schrijven terwijl er vroeg of laat wel iemand anders dan Einstein met $e=mc^2$ op de proppen zou zijn gekomen.'

'Je moet echt van die vent af zien te komen voordat zijn ego nog groter dan het heelal wordt,' zei Lillian, die trachtte bemoedigend te zijn vanwege de uiterst kleine kans dat er toch iemand anders was.

'Toe, Lillian, er zit wat in.'

'Een gedicht noch een vergelijking, die beide buitengewoon mooi kunnen zijn, komen los van al het andere uit één brein te voorschijn,' zei Lillian, die zich bij het zien van Veronica's half opgegeten gebak weer misselijk begon te voelen. 'De hersenen onderscheiden zich van onze andere organen omdat ze niet alleen voor hun aanvankelijke ontwikkeling, maar ook voor hun latere functioneren van menselijke interactie afhankelijk zijn. Of iets – een gedicht, een vergelijking, een kind – onvermijdelijk is, kan slechts achteraf worden bepaald.'

'O, mijn god,' riep Veronica uit. 'Ik vergat bijna dat je zwanger bent. Hoe voel je je?'

Een aantal mensen aan de tafeltjes om hen heen keken op. Zwangerschap, dacht Lillian, buitenissig en wonderbaarlijk, in even grote mate aanbeden als gevreesd. Ze was, hoe absurd het ook was, zeker omdat ze arts was, blij dat Veronica was vergeten dat ze zwanger was, alsof dat aangaf hoe goed Lillian erin slaagde de werkelijkheid van haar eigen lichamelijke toestand te negeren. Lillian weigerde opzettelijk om alle lichamelijke of geestelijke buitenissigheden die ze ervoer in verband te brengen met het uiterst energieke guppy dat met zijn vingers en tenen vol vliezen in haar baarmoeder spartelde. Hoewel Lillian zich heel erg bewust was van de ongelooflijke schade die ontkenning kon aanrichten, geloofde ze heilig in de doeltreffendheid ervan. Nu ze elke minuut een ontelbaar aantal veranderingen in haar lichaam bespeurde, leek het negeren van de waarheid haar, in elk geval op dit moment, het redelijkste wat ze kon doen.

'Misselijk,' antwoordde Lillian.

'Ochtendmisselijkheid?' vroeg Veronica.

'Ochtendmisselijkheid is een term die door mannen is verzonnen,' snauwde Lillian. 'Ze zien dat hun zwangere vrouw 's morgens misselijk is en denken dat ze dat alleen 's ochtends is omdat ze haar de rest van de dag niet zien.' Ze schudde haar hoofd, waarbij haar lange blonde haren als zonnestralen of slangen langs haar gezicht streken. 'Vrouwen kunnen niet eens zwanger zijn zonder dat mannen hun ervaringen voor hen beschrijven.'

'O,' zei Veronica met een schaapachtig gezicht. 'Dus je bent niet alleen maar 's morgens misselijk?'

'Misselijkheid tijdens de zwangerschap kan op elk moment van de dag of nacht optreden en treft zestig tot negentig procent van de vrouwen in de eerste weken, maar kan ook de hele zwangerschap duren. Er is geen eenduidige verklaring voor. Elke combinatie van hogere doses oestrogeen, een versterkte reukzin, een te veel aan maagzuur en een toenemende vermoeidheid kan de oorzaak zijn.' Lillian voelde zich stukken beter nu haar misselijkheid afnam en ze haar balans weer had gevonden. 'Of, en dat is net zo goed mogelijk,' vervolgde ze, 'de misselijkheid en het braken zijn een somatische uiting van een emotionele reactie op de fantasie dat een buitenaards wezen ons lichaam in beslag heeft genomen en het in de komende maanden ingrijpend zal vervormen.'

'Maak je je daar zorgen over?'

'Waarover?'

'Over je lichaam, je weet wel, dat het verandert. Je bent zo lang en dun dat het vooruitzicht van een dikke buik behoorlijk verontrustend moet zijn.'

Dit was een perfect voorbeeld van hoe irritant Veronica kon zijn, als een mug die in je oor zoemde en diende te worden geslagen. Maar als je sloeg, zou je je eigen hoofd raken.

'Wat echt erg zal zijn, Veronica, is dit: ik zal in de blik van iedere man die naar me kijkt, zien dat hij jaloers is op de man die me zwanger heeft gemaakt.' Veronica's mond vormde een lint van onbehagen. Lillian had geen medelijden. 'Goed. Voor de draad ermee. Wat is je geheim?'

'Mijn geheim?' vroeg Veronica, wier kleur in een blos veranderde.

'Je hebt een geheim,' stelde Lillian vast.

'Is dat zo?' vroeg ze, weer haar pony van haar voorhoofd blazend. Haar blik kruiste een halve seconde die van Lillian, wendde zich af, en toen vervolgde ze: 'Nee, dat heb ik niet. Je weet dat ik geen geheimen voor je heb.'

Veronica was nooit in staat geweest tot liegen.

51

'Ik hoop oprecht, omwille van ons allebei,' zei Lillian, 'dat je talloze geheimen voor me hebt.' Een ding was zeker, stelde Lillian vast, Veronica had in elk geval een geheim en het was het soort geheim waarvan ze niet wilde dat Lillian er iets vanaf wist.

Veronica at haar stuk gebak op. 'Nog iets van Bryan Byrd gehoord?' vroeg ze, en toen giechelde ze. 'Die naam klinkt echt als iets uit een van mijn liedjes.'

'Niets,' antwoordde Lillian, die haar koffie opdronk, al wist ze dat de bitterheid waarschijnlijk weer misselijkheid zou veroorzaken. 'Ik denk niet dat onze zaak boven aan zijn lijstje staat. Maar dit ben ik wel tegengekomen.' Ze schoof de *Village Voice* over tafel. Hij lag open op een pagina met advertenties voor jazzclubs. Ze wees naar de advertentie waarin stond: 'Bryan Byrd en de Low Blows spelen in Smoke, Broadway 1350, ter hoogte van 105th Street. Zondag om 9 en 11 uur 's avonds.'

'Is dat die vent van ons?' vroeg Veronica.

'Zin om heen te gaan?' vroeg Lillian. Het was een vraag die hun beiden verbaasde.

VII

Op de avond dat Lillian na een verblijf van bijna een jaar in Vavuniya, een druk stadje in het noorden van Sri Lanka dat het beste van de oorlog probeerde te maken, naar New York zou vertrekken, had ze trek in pizza. Het was haar dertigste verjaardag. De enige pizzatent in Colombo bevond zich in het Hotel Ceylon Intercontinental, ver weg op Marine Drive, in de buurt van de haven. Het was een behoorlijke afstand vanaf de boeddhistische meisjesschool waar Lillian logeerde en die in een chique woonwijk lag die Cinnamon Gardens heette, in de buurt van Victoria Park. Ze zou een riksja moeten nemen, maar ze keek uit naar het ritje door de stad, ook al betekende dat dat ze door een chauffeur die op adrenaline leefde in een gemotoriseerde eierdop met drie wielen en motor kriskras door het verkeer zou worden geloodst. Er waren

geen duidelijke rijbanen of voorrangsregels – en auto's, vracht-
auto's, kinderen, zwerfhonden, karren en motorfietsen streden allemaal om hun stukje van de weg.

Buiten op straat, voor de school en tegenover het raadhuis met
zijn pilaren en koepel, hield ze een riksja aan. Hoewel ze al bijna
een jaar in het land verbleef, was ze er nog steeds niet aan gewend
dat men links reed. De zon stond laag en scheen wit van de hitte in
haar ogen. Ze zei tegen de chauffeur waar ze heen wilde en nam
niet eens de moeite om over de prijs te onderhandelen. Ze zou betalen wat hij vroeg, wat minstens vijf of zes keer zoveel als het normale tarief zou zijn. Het kon haar niet schelen. Die prijs betaalde
ze graag voor het feit dat ze niet aan het vermoeiende onderhandelen hoefde te beginnen.

Lillian was drie dagen eerder in Colombo aangekomen. In het
ziekenhuis in Vavuniya had ze samen met andere vrijwilligers van
Wereld van Artsen in een team gewerkt waarvan het aantal leden
voortdurend tussen de twee en zeven varieerde. Zoals gewoonlijk
sloot Lillian geen vriendschappen, wat niet moeilijk was omdat
niemand lang bleef. Ze haalde diep adem en probeerde de wel-
riekende geur van de frangipanebomen te scheiden van de sterke
diesellucht. Ze vond het heerlijk dat ze zich niet langer in de 'con-
flictzone' bevond, waar machinegeweren even alomtegenwoordig
waren als palmbomen en waar bommen en landmijnen even vaak
afgingen als claxons, waar de gewonde soldaten die naar het ziekenhuis werden gebracht vaker wel dan niet meisjes van vijftien
waren. Ze had geholpen bij het opzetten van plaatselijke psycho-
sociale hulpverlening voor gehandicapten en bewoners van een
gebied waar de kunst van de zelfmoordaanslag al elf jaar lang werd
geperfectioneerd. Ze had enige vooruitgang met de kliniek geboekt, maar uiteindelijk had ze de meeste tijd gestoken in het werken op de spoedeisende hulp, waar ze het vaak zonder antibiotica,
pijnstillende medicijnen of verdoving moest stellen.

De riksja ratelde langs Victoria Park. Op het perfect onderhou-
den terrein dat werd overschaduwd door ijzerhout, palmyrapal-
men en regenbomen, lag een stel lotusvijvers. Lillian had het rustig

zonder het afgelopen jaar in Sri Lanka kunnen stellen. Ze ontbeerde elk greintje onbaatzuchtigheid, dus het idee dat ze onder onmogelijke omstandigheden vrijwilligerswerk zou gaan doen in een land waarvan ze amper wist dat het bestond, grensde aan het absurde. Aan de andere kant had de lesbische chirurge die haar tijdens het laatste jaar van haar opleiding had ingehuurd zo overvloedig met haar lopen flirten dat Lillian zich had opgegeven voor Wereld van Artsen (volgens Veronica deed de naam van de organisatie eerder aan een soap dan aan een medische hulporganisatie denken), alleen maar om de vrouw een plezier te doen. Natuurlijk werd de chirurge uiteindelijk teleurgesteld. Ze was liever met Lillian naar bed gegaan dan te zien dat die vrijwillig als arts in de Derde Wereld ging werken, maar ze nam wat ze kon krijgen. Lillian had geen voorkeur voor een bepaalde plaats. Ze vond het wel interessant dat ze halverwege de route naar haar moeder in Nieuw-Zeeland eindigde. Op een zeker moment werd er over een bezoek gesproken, maar natuurlijk kwam het er nooit van. Uiteindelijk had Lillian uit de eerste hand ervaring met het geven van medische hulp in een oorlogsgebied opgedaan, had ze een overspannen olifant te keer zien gaan, had ze een watervaraan van één meter tachtig aangeraakt, had ze naar riool stinkende doerian gegeten en had ze de sciencefictionachtige zonsopgang vanaf de top van Adam's Peak aanschouwd. Maar Lillian koesterde geen romantische gevoelens voor exotica – dit waren simpelweg ervaringen die ze in plaats van andere ervaringen had opgedaan.

Nu de zon onderging, lieten de vliegende honden zich als bommetjes uit de bomen vallen, om vervolgens sloom hun vleugels te spreiden en op zoek naar het avondeten te gaan. De vliegende honden gaven haar de rillingen, dus ze sloot haar ogen en ademde de geuren in: brandende palmbladeren, suikerspin, hibiscus. De riksja ging opeens opzij en ze deed haar ogen open. Ze reden net langs bioscoop De Vrijheid, waar Lillian tijdens haar verblijf in Colombo talloze Sri Lankaanse films had gezien. Haar kennis van het Tamil of het Singalees was miniem, maar in die weelderige visuele spektakelstukken met hun opgewekte liederen speelde taal geen rol. Afgezien van ontsnappen aan de oorlog en aan te veel on-menselijkheid en menselijkheid was Veronica Lillians belangrijk-ste reden om naar bioscoop De Vrijheid te gaan. Lillian had een hekel aan musicals, maar door naar de Sri Lankaanse versies te kij-ken had ze iets meer begrip gekregen voor haar zusters verlangen om er een te schrijven. Musicals konden eigenlijk worden gezien als inspirerende middelen tot zelfverheerlijking. *Anything goes* in musicals, zoals Cole Porter had vastgesteld en haar vader vaak had gezongen, en dat kon Lillian wel waarderen. Aan de andere kant, wanneer Lillian geen heimwee had en helder kon nadenken, be-schouwde ze musicals als fabrieken van zelfbespotting en gêne. Ze had niet gedacht dat ze haar zus zo zou missen, of op zo'n manier. Ze miste de irritatie die Veronica bij haar kon opwekken, ze miste de mogelijkheid om Veronica te negeren, ze miste het gevoel dat haar jaloezie en ontzag haar gaf, ze miste de directheid van haar liefde, de indirectheid van haar eigen liefde voor haar.

Ze reden door rood en draaiden Kollupitiya op, dat verderop Galle Face Centre Road en daarna Marine Drive zou worden. 'Daar,' zei de chauffeur hoofdschuddend en wijzend, 'is Premadasa vermoord.' President Ranasinghe Premadasa was twee jaar eerder tijdens een optocht ter ere van de eerste mei door een zelfmoord-aanslag om het leven gekomen. Toen hij nog leefde, had hij als de grote hoop op beëindiging van de oorlog gegolden. Dood was hij een soort heilige geworden – zijn portret stond in elk huis, zijn reïncarnatie werd regelmatig gezien. Lillian was nog nooit langs die plek gereden zonder dat hij haar was aangewezen. 'De moorde-naar was vrijwel zeker een Tijger,' zei de chauffeur. 'De politie heeft zijn hoofd gevonden, hij had zijn capsule met cyanide in zijn wang verstopt.' Ook dat had Lillian al eerder gehoord. Alle belangrijke leden van het rebellenleger uit het noorden, de Tamiltijgers, droe-gen een cyanidetablet rond hun hals. Lillian had een aantal van die capsules met eigen ogen rond de nek van soldaten in het zieken-huis zien hangen. De Tamiltijgers ontkenden echter elke betrok-kenheid bij de moord op de president.

Op Galle Road kwamen ze langs het Galle Face Hotel, een met

tegels bedekte Victoriaanse weelde die uitkeek over de Indische Oceaan en het zuidelijke deel van de Galle Face Green overheerste. Het hotel was beroemd om zijn bar, waar elk moment Graham Greene of Paul Bowles leek te kunnen binnenlopen. De Galle Face Green – een rechthoekig gazon met een geasfalteerd wandelpad aan de kant van de zee – was de plek waar de stadsbewoners een frisse neus gingen halen, muziek beluisterden, hun vrienden troffen, met minnaars afspraken, eindeloos veel prullen van straatventers kochten, vliegerden, zoetigheid en gefrituurde lekkernijen aten die op straat werden verkocht en naar de eindeloze parade van mensen keken. Het tafereel deed Lillian altijd aan een Aziatische versie van Seurats *Zondagmiddag op het eiland van La Grande Jatte* denken.

De chauffeur trapte zo hard op de rem van de riksja dat het kleine eivormige voertuig 360 graden om zijn as tolde. Tijdens de draai werd Lillian uit haar stoel gesmeten en ze eindigde in het struikgewas naast de weg. Ze raakte bewusteloos – ze wist niet hoe lang. Toen ze haar ogen opende, zag ze een paarse hemel en hoorde ze veel geschreeuw. Ze ging op haar knieën zitten, verscholen achter een hortensia, en keek naar de straat. Er stond een hele menigte om de riksja heen. De chauffeur schreeuwde en huilde en werd door een paar mannen vastgehouden. Een klein meisje, van misschien een jaar of zes – hoewel ze gezien het voedingspatroon ook minstens twaalf kon zijn – lag onder de riksja, met een plas bloed rond haar hoofd. Ze leek dood te zijn, haar nek te hebben gebroken. Lillian dacht aan Veronica, haar vader, het ongeluk. Hoe had dit opnieuw kunnen gebeuren?

De chauffeur probeerde zich jammerend uit de greep van de andere mannen te bevrijden en liet zijn blik over de menigte gaan. Ze wist dat hij naar haar zocht – een lange blonde blanke vrouw die gemakkelijk in het oog liep. Lillian werd overvallen door een paranoïde fantasie. Als de menigte haar zou vinden, dacht ze, zouden ze haar verantwoordelijk houden voor de dood van het kind. Misschien zouden ze haar in elkaar slaan, of in het gevang gooien. Het zou maanden, of misschien wel jaren kunnen duren voordat ze het Sri Lankaanse rechtssysteem zou hebben bedwongen. Misschien zou ze nooit meer kunnen vertrekken. Misschien zou ze de rest van haar leven in een of andere godvergeten gevangenis in de rimboe of in een strafkolonie ergens in het midden van de Indische Oceaan moeten doorbrengen. Ze bleef gehurkt achter de struik zitten. Daarna liep ze ineengedoken en met een sjaal over haar hoofd en gezicht langs de rand van de menigte en voegde zich daarna tussen de mensen op het geasfalteerde wandelpad. Ze liep snel, maar niet zo snel dat ze de aandacht trok, totdat ze de andere kant van het grasveld en het Galle Face Hotel had bereikt. Op de imposante treden die naar de ingang leidden, heette een portier in een witte jas en enkellange lendedoek haar welkom met een brede glimlach en een kleine buiging. Ze richtte zich in haar volle lengte op, liet haar sjaal zakken en keek achterom naar de plaats van het ongeluk. De hemel had de kleur van opaal gekregen: blauw, geel, oranje, groen, bruin, tien schakeringen violet. De menigte was nog groter geworden. Ze hoorde sirenes. Ze wendde zich af en liep door de lobby naar de bar op de veranda. Ze ging onder draaiende kamerwaaiers op meubilair van teakhout en rotan zitten, bestelde de eerste van een reeks dubbele whisky's en staarde naar de zee, die in een oneindig aantal tinten groen lag te glinsteren.

## VIII

Tijdens Lillians eerste bezoek als zwangere vrouw aan de aan Park Avenue gevestigde praktijk van Kate Cornell, haar gynaecoloog en voormalige kamergenote tijdens hun studie medicijnen, kreeg ze van de receptioniste, een blondine met de naam Betty, te horen dat ze in een bekertje moest plassen dat ze op het toilet kon vinden en daarna haar naam erop moest zetten.

'We gaan kijken of je echt zwanger bent en controleren je bloedsuiker om te zien of je diabetes hebt,' legde de receptioniste uit, 'maar je plasje vertelt ons ook van alles over jou en je kindje.' Ze glimlachte. 'Je zult er aan moeten wennen dat je bij elk bezoek een plasje afgeeft, maar ik herinner je er wel aan als je het vergeet.'

Ze duwde Lillian zachtjes in de richting van het toilet, dat met spulletjes van Laura Ashley was ingericht en waar ze deed wat haar was opgedragen. Het maakte niet uit hoe aardig Lillian Kate vond of hoeveel respect ze voor haar werk had (ze waren altijd kennissen gebleven, gewoon omdat Lillian geen vriendinnen had), ze wist dat de medische aspecten van deze ervaring haar op de proef zouden stellen. Lillian had haar bezoek aan Kate al uitgesteld. Ze had ervoor gezorgd dat ze niet een, maar twee maanden over tijd was toen ze een afspraak maakte, alleen maar om te voorkomen dat bijvoorbeeld haar urine 'een plasje' zou worden genoemd. Artsen, dacht Lillian, worden artsen omdat we het vreselijk vinden om patiënt te zijn.

Nadat ze een plas had gedaan, waste ze haar handen, plakte een etiket op haar bekertje en zette het naast de andere bekers die waren gevuld met gele vloeistof in verschillende schakeringen, variërend van bijna oranje tot narcisgeel tot lichtgeel. Op één bekertje, waarin bijzonder heldere urine zat, stond alleen een voornaam, Muffy, gevolgd door een tekening van een lachend gezichtje. Volgens Lillian was Muffy of ongelooflijk grappig of onuitstaanbaar. Ze hoopte dat ze tijdens de bezoeken die ze de komende maanden aan de praktijk aan Park Avenue zou brengen niet zou ontdekken welk van de twee ze was. Ze was niet van plan haar ervaringen als zwangere vrouw met andere aanstaande moeders te 'delen'. Ze zag niet in waarom het krijgen van een kind – hoewel de ervaring waarschijnlijk te vergelijken was met een lang militair beleg – voor vrouwen als een of ander allesomvattend excuus voor het kweken van een hechte band zou moeten gelden. Ze keek nog een keer naar het groepje bekers op het plankje in de wc en begreep niet goed wat ze moest denken van het tamelijk primitieve systeem voor het vergaren van urine dat haar dokter hanteerde. Maar toen besefte Lillian dat de bekers Muffy waarschijnlijk herinnerden aan de pauze op de crèche, en het werd haar duidelijk dat de bekers niet meer dan wederom een voorbeeld waren van een maatschappelijk complot om zwangere vrouwen te infantiliseren en hen van hun kracht en individualiteit te ontdoen. Kate zou ongetwijfeld zeggen dat dergelijke gevoelens een tikje paranoïde waren, maar Lillian kende de waarheid. Er was niets ontzagwekkender, en daarmee lastiger, dan een zwangere vrouw. Zelfs God was uitgevonden om het tegen haar op te nemen.

Een kroonluchter hing als een bloem in het midden van het plafond in de wachtkamer. Vier pluchen fauteuils werden elk geflankeerd door een bijzettafeltje met een marmeren blad waarop een keurige uitstalling van mode-, ouderschaps- en zakenbladen lag. Een tafel werd bekroond door een enorm boeket verse bloemen, waaronder kattenstaarten en paarse distels. Alle vier de fauteuils waren bezet, wat betekende dat Kate uitliep – een slechte gewoonte van haar, maar eentje waarvan Lillian zeker wist dat Kates patiënten het niet erg vonden, want als ze eindelijk klaar met je was, hetzij in de onderzoekkamer of later in haar spreekkamer, kon ze je het gevoel geven dat ze niets ter wereld liever deed dan naar jou luisteren. Ze roddelde over bekende mensen (over degenen die zich niet tot haar patiënten rekenden), sprak over actuele ontwikkelingen of een boek dat ze net had gelezen, of vroeg je naar de film die je het laatst had gezien, alsof ze niet nog een aantal patiënten had die in verschillende stadia van de bevalling in het ziekenhuis lagen, alsof ze niet die middag nog een keizersnede moest doen en een volle wachtkamer had.

Omdat Lillian niet van wachten hield, zorgde ze er bij haar jaarlijkse uitstrijkje voor dat ze als eerste van de dag werd geholpen, voordat Kates wijdlopige manier van werken kans had gezien zich volledig te ontwikkelen. Maar omdat Lillian deze afspraak vrij laat had gemaakt en Kate door *Time*, *Newsweek*, usa *Today*, *Ms.*, *Bust* en het Amerikaanse Genootschap van Verloskundigen en Gynaecologen als de beste in haar vakgebied was aangewezen, was er alleen nog 's middags een gaatje geweest. Wanneer het om haar eigen cliënten ging (ze vermeed het woord patiënt – die benaming moest samenhangen met het feit dat een mens bijzonder *patient*, geduldig, moest zijn om zorg te kunnen ontvangen) was Lillian steevast op tijd. Dat deed ze eerder voor zichzelf dan uit bezorgdheid over haar cliënten. Als ze op tijd begon, hoefde ze zich niet druk te maken over gekwetste ego's en voelde ze niet de verplichting om een consult langer te rekken dan de tijd die er voor stond. Een uitzondering vormde een cliënte die Charlotte Taylor heette en die ze vóór haar bezoek aan Kate nog had gezien. Bij Charlotte was alles wat ook maar enigszins met regels of routine samenhing allang terzijde geschoven.

Lillian had Charlotte ongeveer een half jaar geleden leren kennen. Een autoverzekeringsmaatschappij had Lillian gevraagd of ze in haar hoedanigheid als arts kon beoordelen of Charlottes afasie samenhing met een afwijking die er altijd al was geweest of dat de kwaal het gevolg was van de hoofdwond die ze bij een auto-ongeluk had opgelopen. Toen Lillian Charlotte – een blonde zesjarige met blauwe ogen en een neus vol sproeten – had leren kennen, leek ze in alle opzichten een normaal kind te zijn, dat giechelend en lachend met de poppen en het speelgoed in Lillians spreekkamer speelde, maar in plaats van te praten uitte ze vreemde keelklanken en kirrende geluiden. En ze liet niet merken dat ze begreep wat er tegen haar werd gezegd. Kort voor haar zesde verjaardag was ze stukje bij beetje opgehouden met praten. Haar ouders konden op dat moment geen bepaalde gebeurtenis, trauma of wat dan ook aanwijzen wat het zwijgen van hun kind, haar terugtrekken uit de wereld der woorden, kon hebben veroorzaakt. Haar vader, die wiskunde gaf op een school voor volwassenenonderwijs, had ijverig vragen gesteld aan al haar leerkrachten, de ouders van haar klasgenootjes op de kleuterschool en de conciërges en kantinedames op school, maar daar was niets uitgekomen. Het antwoord luidde altijd hetzelfde: Charlotte was een volkomen normaal, spontaan, opgewekt en knap kind. Ze namen Charlotte mee naar verschillende specialisten, die grotendeels voor raadsels stonden maar gevreesde uitspraken als 'een mogelijke tumor' en 'het syndroom van Landau-Kleffner' deden. Voordat ze konden beginnen aan de reeks scans die nodig waren om een diagnose te kunnen stellen, raakten Charlotte en haar moeder betrokken bij een auto-ongeluk. De moeder van Charlotte kwam om het leven, en

60

Charlotte stootte haar hoofd op een dusdanige manier dat ze enkele uren buiten bewustzijn was.

Volgens Ben, de vader van Charlotte, veranderde de toestand van zijn dochter na het ongeluk ingrijpend. Er waren veel dingen veranderd, maar het verontrustendste was dat Charlotte, die zelfs in de periode waarin ze niet sprak erg aan haar moeder gehecht was geweest, niet liet blijken dat ze besefte dat haar moeder er niet meer was, 'alsof', had Ben duidelijk gekwetst gezegd, 'haar moeder nooit heeft bestaan.' Hij vertelde aan Lillian dat Charlotte kort na het ongeluk soms urenlang 'van de wereld was'. Dan zat ze urenlang op een stoel, ogen open, maar met een nietsziende blik, alsof ze een zombie was. Op andere momenten huilde ze aan een stuk door en schreeuwde ze als ze werd aangeraakt. De symptomen wezen op een aandoening aan de temporale kwab, maar haar eeg's waren stuk voor stuk normaal. Lillian onderzocht ze keer op keer op pieken, een onregelmatig ritme, langzame golven – op welk onopvallend elektrisch geruis dan ook – maar vond niets. Het syndroom van Landau-Kleffner lag als diagnose voor de hand, maar de kenmerkende symptomen van die kwaal – abnormale hersengolven in de temporo-occipatale delen tijdens de slaap – waren geheel afwezig.

In medisch opzicht zag het ernaar uit dat Charlotte een motivatiestoornis had ('de enige motivatie die Charlotte zou kunnen hebben is dat ze op de een of andere manier wist dat haar moeder zou sterven,' zei Ben tegen Lillian) in plaats van een organische stoornis, wat betekende dat Lillian, al vanaf het allereerste begin, de verzekeringsmaatschappij van haar bevindingen op de hoogte had moeten stellen. Maar dat deed ze niet. Ze liet de inspecteur geloven dat er sprake was van neurologische schade ten gevolge van het ongeluk en zei dat ze meer tijd wilde om haar cliënt te onderzoeken. Ze overtuigde Ben ervan dat het in zijn eigen belang was als hij minstens twee keer per week voor een evaluatie met Charlotte langs zou komen. Lillian had op zijn minst een neuroloog die gespecialiseerd was in kinderen moeten consulteren. Waarom Lillian eigenlijk zo'n obsessie voor Charlotte was gaan koesteren, was niet duidelijk. Er waren parallellen met het ongeluk van Veronica en haar vader, maar Lillian zag met een zekere regelmaat kinderen die bij een auto-ongeluk een hoofdwond hadden opgelopen – per slot van rekening was dat haar specialiteit – en ze had nog nooit zulke intense gevoelens voor een van hen, of voor wie dan ook, gehad. Lillian merkte dat ze in alle opzichten – professioneel, persoonlijk, spiritueel (als iets dergelijks mogelijk was) – in deze zaak opging.

Charlotte had tijdens haar eerste bezoeken in het geheel niet laten merken dat ze zich van Lillians aanwezigheid bewust was – ze speelde of mompelde of zat in een hoekje van Lillians spreekkamer in zichzelf te lachen – en tijdens die eerste maand had Lillian Charlotte nog nooit in haar catatonische toestand gezien. Totdat Lillian, vanwege een noodgeval, een keer te laat voor het consult was. Toen ze eindelijk binnenkwam, zat Charlotte op de stoel in Lillians spreekkamer naar de muur te staren, met haar ogen op iets gericht, maar blijkbaar zonder iets te zien. Ze bleef in precies die houding zitten, zonder te bewegen, totdat het tijdstip was aangebroken waarop ze gewoonlijk weer vertrok. Op dat moment ontwaakte ze opeens uit haar trance en liep meteen de kamer uit. Tijdens de eerste bezoeken die hierop volgden, vertoonde ze wederom dit gedrag, waarbij ze af en toe uit haar trance ontwaakte en snikkend heen en weer wiegde. Tijdens die weken had Lillian eindelijk het gevoel dat Charlotte met haar probeerde te communiceren.

Tijdens de maanden die volgden ontwikkelde Lillian, hoewel Charlotte geen uiterlijke tekenen van 'herstel' vertoonde, een nonverbale verstandhouding met het kind die ze buitengewoon intiem en veelbetekenend vond. Wat er tussen hen gaande was, was een soort emotionele telepathie. Lillian had geen idee wat er in de geest van het kind omging, maar ze geloofde dat ze zich op dezelfde golflengte als Charlottes emotionele gesteldheid bevond, en vice versa. Wanneer Charlotte Lillians spreekkamer betrad, kon Lillian meteen voelen of het kind somber, opgetogen, tevreden, gefrustreerd, boos of verdrietig was. Ze probeerde haar eigen gevoelens goed verborgen te houden, maar Charlotte was een paar keer tamelijk blij de kamer binnengekomen en kort daarna in snikken uitgebarsten. Lillian geloofde dat Charlotte met haar meeleefde.

Het wederzijdse meeleven had niets met kijken te maken. Charlotte keek Lillian bijna nooit rechtstreeks aan, en Lillian volgde al snel haar voorbeeld. Ze wendde nu als vanzelf haar blik af wanneer Charlotte haar kamer binnenkwam en keek tijdens het gehele consult geen enkele keer in haar richting. Charlotte zocht al snel een plekje ergens in de kamer op, waarna ze een uur lang zwijgend bij elkaar zaten. Na de bezoeken kon Lillian zich niet herinneren wat Charlotte had gedragen, maar wist ze wel precies in welke stemming het kind had verkeerd – om nog maar te zwijgen over die van haarzelf. De band tussen hen was zo verleidelijk en overweldigend dat Lillian, als ze om de een of andere reden een keer gedwongen waren een consult over te slaan, een soort somber stemmende onthoudingsverschijnselen ervoer en uitkeek naar het moment waarop ze Charlotte weer zou zien. Lillian begon eveneens last te krijgen van korte paniekaanvallen die werden veroorzaakt door de angst dat haar relatie met Charlotte ooit zou veranderen, dat het kind 'beter' zou worden en dat Lillian niet langer toegang zou hebben tot zulke levendige en diepgaande emotionele ervaringen. Lillian vond al deze nuances, veranderingen en stemmingswisselingen fascinerend. Nu Lillian echter zwanger was, was het onvermijdelijk dat de band tussen haar en Charlotte zou veranderen – het was alleen nog niet te zeggen in welk opzicht.

Kates assistente Tina, een mollige brunette met een babyblauwe haarband, een broekpak van wit polyester en gemakkelijke schoenen, verscheen in de wachtkamer en gebaarde dat Lillian haar moest volgen. In de onderzoekskamer gaf Tina Lillian een badjas van roze katoen en zei dat ze zich moest uitkleden. Een paar minuten later kwam ze weer binnen en zei: 'Gefeliciteerd, je had gelijk. Je bent inderdaad zwanger. Is dit de eerste keer?'

'Voor zover ik weet,' zei Lillian.

'Zullen we je dan even wegen en je bloeddruk meten?' zei Tina.

Lillian ging op de weegschaal staan en ging daarna zwijgend zitten terwijl Tina de band met klittenband rond haar bovenarm vastmaakte, in het pompje kneep, een getal noemde en toen zei: 'Mooi, precies wat we graag zien. Die kleine maakt een gezonde start.'

Uit dit gebabbel maakte Lillian op dat er niet veel vrouwen voor een abortus naar Kate kwamen. Tina haalde een kalender in de vorm van een wieltje uit haar zak. 'Wanneer ben je voor het laatst ongesteld geweest?'

'Ik ben acht weken zwanger,' zei Lillian. Ze noemde de datum van haar laatste menstruatie.

Tina knipoogde samenzweerderig naar haar en zei: 'Dat moet me een nacht zijn geweest als je het zo zeker weet.' Ze rommelde wat met haar kalendertje en zei toen: 'Je hebt gelijk, acht weken, wauw, op de dag af. Dat moet me zeker een nacht zijn geweest. Zullen we even een echo maken om de datum te bevestigen en kijken of we het hartje kunnen zien kloppen?' Het was geen vraag waarop een antwoord werd verwacht. 'Ga maar even liggen. De gel voelt koud aan.'

Het echo-apparaat, een product van General Electric dat Logiq heette, kwam zoemend tot leven, en op het scherm werd een patroon van kleine grijze en witte stipjes zichtbaar. Op het uiteinde van een stokje in de vorm van een paddestoel drong een koud goedje haar vagina binnen en drukte tegen haar baarmoeder. Ze staarde naar het scherm en zag een vlekje in de vorm van een limaboon met een kleine pulserende kern.

'Daar zijn we dan,' zei Tina. 'Geen problemen. Je hebt een kereltje dat het zich lekker gemakkelijk heeft gemaakt.' Ze begon met haar linkerhand de muis te bedienen en voegde eraan toe: 'Of meisje. Het is natuurlijk nog te vroeg om daar iets over te kunnen zeggen. Ik meet even een paar dingen op, en daarna kun je een afdruk krijgen.'

Lillian staarde weer naar het scherm waar de piepkleine massa eenzaam pompend in een zee van grijs lag. Wat was de *logiqa* ervan, dacht ze. Een eenzame traan gleed uit de hoek van haar oog en kwam op de behandeltafel neer. Ze ging snel verliggen om hem aan het zicht te onttrekken.

'Het spijt me, liefje, heb ik je pijn gedaan?' vroeg Tina, die het stokje verschoof. Ze bleef naar het scherm kijken en klikte hier en toen weer daar, blijkbaar om de moederkoek op te meten. Vervolgens maakte ze een afdruk van het scherm, gaf die aan Lillian en zei: 'Voor je baby-album.' Toen ze de kamer verliet, zei ze opgewekt: 'Dokter Cornell komt er zo aan!'

Lillians eerste opwelling was de afbeelding aan Veronica te laten zien – en aan Charlotte. Lillian vroeg zich af of ze Veronica over Charlotte moest vertellen. Voor de eerste keer in haar leven werd Lillian geplaagd door de vraag of haar relatie met haar cliënt mogelijk ongepast was. Lillian werd nog sterker geplaagd door het feit dat ze zich die vraag sowieso stelde. Ze baseerde haar werkhouding op de veronderstelling dat alle relaties die iets te betekenen hebben, ongepast zijn. Ze begreep niet waarom ze door haar band met Charlotte opeens aan zichzelf ging twijfelen. Een verklaring was dat het iets te maken had met haar recente bezoek aan Bryan Byrd. Blijkbaar was diens onderzoek naar het verleden van haar vader, zijn jacht op een mogelijk tweede gezin en zijn zoektocht naar het lichaam van haar vader veel verontrustender dan ze had kunnen vermoeden. Ze had het idee dat het inhuren van Bryan Byrd een vergissing was geweest. Maak geen slapende honden wakker. Zondag gingen Veronica en zij naar jazzclub Smoke om de detective de tuba te horen bespelen. Ze zou Veronica ervan overtuigen dat ze het onderzoek moesten afblazen en het verleden met rust moesten laten.

'Mijn assistente, Tina,' zei Kate, die net binnenkwam, 'durfde je niet te vertellen dat je op Halloween bent uitgerekend.' Zoals gewoonlijk zag Kate eruit alsof ze op weg was naar een etentje – pakje van Armani, hoge hakken, haarlak, mascara, lippenstift. Ze nam niet de moeite om de witte katoenen doktersjas aan te trekken die aan de achterkant van de deur hing. 'Ik zei tegen haar dat je het hoogstwaarschijnlijk zo hebt gepland omdat de kans groot is dat de vader een afstammeling van graaf Dracula is.' Kate legde haar handen op Lillians onderbuik en duwde. 'Doet het zeer?' Kate had op haar manier de vraag naar het vaderschap gesteld.

'Nee.' Lillian beantwoordde hem niet.

'Mag ik je souvenir zien?' vroeg ze.

Lillian gaf haar de afdruk van de echo. Kate wierp er een snelle blik op en zei: 'Enig, veel schattiger dan die van Madonna. Ik zie je in de spreekkamer.'

Kate had een bureau van esdoornhout in Queen Anne-stijl met drie bijpassende stoelen, haar eigen en twee voor het bureau, waarschijnlijk voor stelletjes in verwachting. Op een tafel in de hoek stond een bloemstuk, het evenbeeld van dat in de wachtkamer. Kamerhoge boekenkasten stonden tegen de wand achter haar bureau en waren willekeurig gevuld met romans, tuinboeken, ingebonden vakbladen en naslagwerken. Een paar planken waren gewijd aan ingelijste foto's van haar neefjes en nichtjes.

'Ik weet zeker dat ik je dit niet zou moeten vertellen,' zei Kate, die nadat Lillian was gaan zitten de deur van haar kamer sloot, 'maar als er iemand is die het begrijpt, ben jij het.' Ze ging aan haar bureau zitten, legde haar kin in haar hand en keek Lillian recht aan terwijl ze sprak. 'Op de vreemdste momenten – als ik erg gestrest ben, of als ik op vakantie ben of een boek lees, in de operatiekamer, tijdens het vrijen – hoor ik in mijn hoofd keer op keer een zin die afkomstig is uit *Gejaagd door de wind* en wordt uitgesproken door Butterfly McQueen, die een slavinnetje speelt dat Prissy heet. Prissy heeft op lopen scheppen dat ze een ervaren vroedvrouw is en heel goed in staat is om Melanies kind ter wereld te brengen, maar wanneer het zover is en Melanie het vreselijk moeilijk heeft, wendt ze zich tot Scarlett, die van haar eist dat ze iets laat zien, en jammert: "Maar Miz Scarlett, ik weet niks van kinderen krijgen." Daarom zeg ik het nu luid en duidelijk, Miz Lillian, ik weet niks van kinderen krijgen.'

Lillian ontspande, zoals ze had verwacht. Ze was in uitstekende handen.

Als Bryan Byrd Lillian en Veronica al tussen de mensen had zien zitten, liet hij er niets van merken. Ze zaten aan een tafeltje achter in Smoke, een klein stijlvol jazzcafé met banken, fluwelen gordijnen en een vloerkleed. Bryan Byrd stond op het podium zijn tuba te bespelen, en meer dan eens keek hij recht naar hun tafel, maar hij wuifde noch knikte. Er brandden een paar toneellampen, maar het kleine vertrek werd voornamelijk verlicht door korte kokervormige witte kaarsen in vierkante glazen asbakken die op elke tafel stonden. Veronica, die een gele jurk met enorme zonnebloemen erop droeg die bijna niet over het hoofd kon worden gezien, nipte aan een wodka martini. Lillian, geheel in het zwart, had een glas melk besteld dat ze nog niet had aangeraakt.

Na een late start was het optreden van Bryan Byrd en de Low Blows nu in volle gang. Het geheel uit mannen bestaande ensemble telde een tweede tubaspeler, een pianist, een basgitarist en een drummer. Bryan Byrd droeg een ruimvallend roomkleurig linnen pak, een olijfgroene halsdoek in de kleur van zijn ogen en bordeauxrode veterschoenen. Bij het begin van het optreden kondigde hij, zijn kale hoofd glanzend, aan dat ze zouden beginnen met 'liedjes van Eubie Blake en Gershwin, gevolgd door New Orleansjazz en mopjes van Tuba Fats, daarna Howard Johnson en wat Mississippi-blues, om te eindigen met funk, drum and bass, en misschien een beetje lo-fi'. Het zei Lillian allemaal niets. Muziek was een taal die ze niet sprak en amper hoorde. Wat ze tot nu toe had gehoord, klonk als een koor buitenaardsen op een beursvloer, en met name de tuba klonk als de scheten van een of ander hemelwezen.

'Vind je niet dat hij een beetje op Orson Welles in *Citizen Kane* lijkt?' had Veronica tijdens de eerste set gefluisterd.

'*Touch of Evil*,' had Lillian bijna zonder nadenken geantwoord.

Tijdens de eerste pauze van de groep had Lillian tegen Veronica gezegd dat ze Bryan Byrd na het optreden wilde ontslaan. Ze had uitgelegd dat hem inhuren geldverspilling was en dat hij alleen maar dingen zou ontdekken die ze al wisten of maar beter niet konden weten. Veronica was het onmiddellijk met haar eens geweest, wat Lillian verbaasde gezien het feit dat haar zus zo graag 'de waarheid' had willen ontdekken. Veronica verborg dus inderdaad iets.

Smoke deed zijn naam eer aan en was gevuld met rook, en Lillian genoot op een perverse manier van Veronica's worsteling om niet te roken. Toen de band voor de tweede keer pauze nam, zei Lillian: 'Toe dan, steek er eentje op. Maar vergeet niet dat ik, als je langzaam aan verstikking sterft en je naar het kleinste beetje adem hapt, aan je bed zal staan en "Ik zei het toch" tegen je zal zeggen.'

'Ik sla even over,' zei Veronica. Het kaarslicht flikkerde over haar gezicht.

'Hoe is het met Nick?' vroeg Lillian, die het voor de eerste keer echt wilde weten, in de hoop dat hij eindelijk uit beeld was verdwenen.

'O, heel goed,' antwoordde ze met gedwongen enthousiasme. 'Hij heeft vorige week een paar stukken verkocht en de opdracht gekregen om een muurschildering voor het mausoleum van een rijke verzamelaar te maken.'

Ze ging verder met een eindeloze opsomming van de beroepsmatige prestaties die Nick de laatste tijd had geleverd, zijn bezoekjes aan de sportschool, zijn verbeterde slaappatroon. Het werd al snel duidelijk dat Veronica helemaal was vergeten dat Lillian een hekel aan Nick had.

'Gaat het?' onderbrak Lillian haar. 'Weet je nog wie ik ben?'

'Sorry,' zei Veronica, met een blik op haar handen. Lillian wachtte af. 'Ik denk dat hij een verhouding had.'

'Nick?' vroeg Lillian.

'Nee, nee, nee,' zei ze hoofdschuddend, alsof alleen al het idee onmogelijk was. 'Onze vader. Ik denk echt dat Charles een verhouding had. Dat had ik je nog willen vertellen. Laatst kon ik me herinneren dat ik – ik was thuis en zal een jaar of zeven, acht zijn geweest – de telefoon opnam en Charles met een vrouw hoorde praten.'

'O,' zei Lillian, een tikje teleurgesteld dat Veronica's ontsteltenis was gebaseerd op iets wat mogelijk wel of niet een kwart eeuw geleden was gebeurd. 'Het was waarschijnlijk de telefoniste. Luister, ik vind dat we de zaak beter kunnen laten rusten. Wat maakt het nu nog uit of hij een verhouding had of niet?'

Lillian kon zich haar vader eigenlijk niet goed herinneren – vooral omdat hij niet zo vaak thuis was geweest en er dus niet veel te herinneren viel. En van wat ze van de manier waarop herinneringen in de hersenen functioneerden wist, viel op te maken dat ze als bron van onwrikbare waarheden over het verleden onbetrouwbaar waren. Ze kon dus nooit zeker weten of de paar herinneringen die ze aan hem had echte herinneringen waren of verhalen die haar moeder haar had verteld of verhalen die ze over hem had bedacht in een poging hem echter te maken. Hoe dan ook, haar algehele indruk van hem was dezelfde als de algehele indruk van haar geheugen: onbetrouwbaar en om die reden waardeloos. Als het om het geheugen ging, koos Lillian uiteindelijk zowel persoonlijk als beroepsmatig de kant van de lotuseters, de vreemde eilandbewoners in *De Odyssee* die zich te buiten gingen aan lotusbladeren om hun verleden en familiebanden te vergeten.

'Maar stel dat Charles een ander gezin had?' vroeg Veronica. 'Zouden we onze verwanten niet willen kennen?'

Lillian zuchtte. 'Waarom? De meeste mensen proberen hun verwanten te ontlopen. Ben ik niet genoeg voor je?'

Veronica, in het kaarslicht, leek gepijnigd.

'Dat was een grapje,' zei Lillian. 'Dus we zijn het eens. Vanavond, na het optreden, zeggen we tegen onze muzikale detective dat hij er een streep onder kan zetten.'

Veronica knikte op hetzelfde moment dat Bryan Byrd achter de microfoon ging staan. 'Voordat we aan onze laatste set met pomorock gaan beginnen, wil ik een lied opdragen aan Lillian Moore, die zich vanavond in het publiek bevindt.'

Veronica hapte naar adem. Lillian was minder verbaasd. Ze voelde dat hij iets van plan was, dat hij vermoedde dat ze hem wilde ontslaan, en dat hij haar hiermee een slag voor wilde zijn, of, erger nog, dat hij op haar gefixeerd was geraakt. Ze staarde de detective recht aan, zonder een spier in haar gezicht of lichaam te vertrekken. Ze had paranoia, in de juiste dosering, altijd een van de stimulerendste emoties gevonden. Een paranoïde gevoel jegens een koperblazende, Orson Welles imiterende detective was echter niet echt wat ze onder een uitdaging verstond. Maar aan de andere kant: waarom niet?

'Dit is een mopje voor de tuba, van de hand van de grote Arnold Jacobs, met als titel: "Het programmeren van het brein: op zoek naar de bron van de vibratie".'

Hij bleef staan en speelde solo een kort riffje op de tuba. Lillian nam aan dat hij indruk wilde maken, wilde laten zien wat hij in zijn mars had, haar wederom duidelijk wilde maken dat hij geobsedeerd was door het brein. Dacht hij echt dat hij hiermee indruk op haar kon maken, of voerde hij iets anders in zijn schild, zoals haar paranoia haar influisterde? Ze hoorde de muziek eigenlijk helemaal niet en vond het moeilijk om naar zijn telkens opbollende wangen te kijken terwijl speeksel als zeeschuim van hem afspatte. Ze was blij toen hij klaar was. Ze klapte niet. Voordat hij weer bij de band ging zitten, zei hij tegen het publiek dat de volgende set een paar liedjes voor tuba en drum zou bevatten, te beginnen met 'Open zaak', 'Gesloten zaak', 'Hele zaak' en 'Roerende zaak', en zou eindigen met hun klassieker 'De avonturen van grote en kleine boodschap'. Dat laatste lied, vond Lillian, terugdenkend aan haar bezoek aan de dokter, had hij beter aan haar kunnen opdragen.

Nu ze zich herinnerde dat ze zwanger was, begreep ze opeens waarom ze niet wilde dat de detective meer over haar vader zou ontdekken. Het was niet logisch. Ze ging een kind krijgen dat nooit zou weten wie zijn of haar vader was, terwijl zij tegelijkertijd een beroeps inhuurde om meer over haar eigen vader te weten te komen. Het was oneerlijk, tegenstrijdig, paradoxaal, onredelijk, onzorgvuldig en om die reden heel erg de moeite waard om mee door te gaan. Deze tegenstrijdige belangen – een kind zonder vader krijgen, meer over haar eigen vader ontdekken – hadden in haar voorbewustzijn met elkaar gestreden. Nu ze zich ervan be-

wust was wat er aan de hand was, zoals de behoorlijk onbetrouw-
bare Freud zou zeggen, zou alles goedkomen, waaronder, zo hoopte ze, haar relatie met Charlotte. Ze voelde zich erg opgelucht en
zelfs een beetje dankbaar jegens Bryan Byrd, want het feit dat hij
een lied aan haar had opgedragen had ongetwijfeld bijgedragen
aan haar openbaring. Zodra het optreden ten einde was, zou ze
Veronica moeten laten weten dat ze weer van gedachten was veranderd en dat ze nu wilde dat Bryan Byrd zijn onderzoek zou
voortzetten.

Na een toegift – een ander drum- en tubalied, getiteld 'Is het
klote om jou te zijn?' – kwam Bryan Byrd naar hun tafeltje toe.

'Ik ben gevleid,' zei hij, 'of kwamen jullie me bespioneren? Jullie
vermommingen zijn uitstekend.' Hij keek naar hun kleren. 'Ik
neem aan dat Veronica de zon is, en dat jij, Lillian, de zonsverduis-
tering bent.'

Veronica giechelde, nog zo'n nerveuze gewoonte van haar, en
begon toen aan een van schuldgevoel vervulde alleenspraak die
Lillian te vermakelijk vond om te onderbreken.

'Eigenlijk zijn we hier om je te ontslaan,' begon Veronica. 'We
wonen allebei in de buurt, en het leek ons beter om het persoonlijk
te doen. Weet je, ik denk dat het gewoon de tijd en moeite niet
waard is om voort te borduren op dat gekke idee van me dat mijn
vader een dubbelleven leidde. Maar...' en op dat moment legde
ze een hand op zijn arm, '... ik wil je laten weten dat we vanavond
vooral zijn gekomen om je te horen spelen. En daar ben ik zo blij
om. Jij en je band zijn echt fantastisch, afwisselend bedachtzaam
en swingend, luchtig en zwaar. De zwaardere composities leken tegelijkertijd improviserend en metronomisch exact, en over het
algemeen waren jullie technisch uitstekend.'

'Veronica,' zei Bryan Byrd toen ze was uitgesproken, en hij legde
zijn hand op haar arm. 'Je hebt me ontslagen, niet ontmand. Ik
kom er wel overheen.'

Lillian onderdrukte een glimlach.

'O,' zei Veronica. Ze blies haar pony van haar voorhoofd. 'Ik
denk dat ik nu even die sigaret ga roken.'

'Als we je meer dan 150 dollar schuldig zijn,' zei Lillian, die heel goed wist dat ze hem later zou bellen en tegen hem zou zeggen dat wat niet doorging toch weer door zou gaan (dat had een regel uit een liedje van Gershwin kunnen zijn, een van de favoriete componisten van haar vader – ze had wel een paar enigszins betrouwbare herinneringen), maar ze genoot nu te veel van dit moment om het met haar jongste inzicht te saboteren. 'Stuur me maar gewoon de rekening.'

'De zaak kan worden gesloten,' zei Bryan, en Lillian meende een vlaag van opluchting over zijn gezicht te zien trekken. Hij had iets ontdekt, concludeerde ze, iets vervelends over haar vader, en hij was blij dat hij uit zijn rol als boodschapper werd ontslagen.

'Maar nu jullie hier toch zijn en mijn spel hebben verdragen, mag ik jullie zeker wel iets te drinken aanbieden?' vroeg hij.

'Graag,' zei Veronica.

'Nee, bedankt,' zei Lillian.

Bryan Byrd ging aan hun tafeltje zitten en gebaarde naar de serveerster. 'Nog een rondje hier, en ik neem hetzelfde als zij,' zei hij, wijzend op Lillian en haar glas melk.

# *Drie*

## X

Toen Veronica zich op een straffe, heldere aprilmorgen over Amsterdam Avenue naar Konditorei Hongarije haastte, was ze vastbesloten om Lillian over Alex te vertellen. Ze had het al weken voor zich uitgeschoven, en de moeite die het haar kostte om hem voor zowel Nick als Lillian verborgen te houden, maakte haar stapelgek. Ze had geen idee hoe Lillian zou reageren, maar haar verhouding met Alex zou voorbij zijn. Dat was het beste, ook al had Veronica het gevoel dat ze zichzelf aan een vrijwillige lobotomie onderwierp.

Hoe had ze kunnen weten dat haar gevaarlijke flirt in een echte affaire zou veranderen? Nadat ze op die besneeuwde avond samen naar huis waren gereden, hadden zij en Alex elkaar gekust. Het was een aanhoudende kus, maar niet iets om je schuldig over te voelen. Veronica keek met belangstelling toe hoe ze haar eigen verleden herschreef. Het was waar dat de kus in verhouding tot wat er daarna gebeurde als betrekkelijk onschuldig kon worden beschouwd, maar op dat moment was ze verteerd geweest door schuldgevoel, niet alleen vanwege de kus zelf, maar ook vanwege haar verlangen naar meer. Ze had een zeker genoegen ontleend aan het feit dat ze zo onverschrokken en moedig was geweest om een man te kussen die haar zus ook had gekust. Hadden Lillian en Alex elkaar eigenlijk gekust? vroeg Veronica zich af. En ze was tamelijk verbaasd geweest dat de gedachte dat ze Nick, de lieveling van alle etentjes, de man aan wiens voeten de kunstwereld van New York lag, zou kunnen bedriegen eigenlijk zo bevredigend was. Toch was ze vastbesloten om op dat moment een streep onder het hele gedoe met Alex te zetten, en niet om aan iets nieuws te beginnen.

Het probleem was dat ze een oorbel was verloren, een oorbel met een robijn en diamant die al generaties lang in Nicks familie was en die Nick van zijn vroegtijdig overleden moeder op haar sterfbed had gekregen. Nick had de oorbellen nooit echt aan Veronica gegeven (en natuurlijk evenmin het bijpassende collier en de armband), maar bij bepaalde gelegenheden, en zeker tijdens avonden waarop hij haar niet vergezelde, vond hij het leuk om de sieraden uit hun doosje van grijs fluweel te halen en ze haar hoogstpersoonlijk, met de grootste zorgvuldigheid, om te doen.

Toen Veronica had ontdekt dat het familiestuk was verdwenen, was ze in paniek geraakt en had ze het verlies van de oorbel als een teken van haar bedrog gezien, als een straf voor haar onacceptabele gedrag. Ze had een nacht lang wakker gelegen en over de karmische gevolgen liggen piekeren, een gepieker dat ze slechts onderbrak voor het bedenken van vergezochte verhalen vol rampspoed waarmee ze het verlies tegenover Nick zou verklaren. De volgende morgen ging de telefoon. Het was Alex, die haar verwarring van inmiddels kosmische afmetingen nog groter maakte. Ze was onder de indruk van het feit dat hij op de een of andere manier haar nummer had weten te bemachtigen, maar voordat hij de kans kreeg om meer dan zijn naam te zeggen, onderbrak ze hem: 'Er is iets vreselijks gebeurd. Ik ben de oorbel van de dode moeder van mijn vriend kwijt en het is allemaal jouw schuld.'

'Ik help je wel zoeken,' zei hij.

Door zijn vriendelijkheid was ze met stomheid geslagen, en onmiddellijk verloor ze zich in een fantasie waarin Alex de oorbel vond en haar grote redder was.

'Ik ben een kei in dingen vinden,' zei hij. 'Dat is het enige wat ik erg goed kan. Ik kom eraan.'

Zodra hij had opgehangen en ze niet langer kon protesteren, besefte ze dat het helemaal geen goed idee was dat hij langs zou komen. Tegelijkertijd maakte ze zich zorgen omdat hij niet wist waar ze woonde, maar toen kon ze zich herinneren dat hij erbij was geweest toen de koets haar de avond tevoren thuis had afgezet. Ze vroeg zich af of ze hem beneden moest laten staan, maar het zou niet eerlijk van haar zijn als ze zo onbeleefd zou zijn. Dit was per slot van rekening helemaal niet zijn schuld. En trouwens, bedacht ze, misschien kon hij haar inderdaad helpen de oorbel te vinden, waarvan Nick aannam dat hij knusjes in zijn doosje van grijs fluweel lag.

Toen Alex er was, zochten ze samen in haar hele woning, maar zonder resultaat. Hij kon zich nog herinneren dat ze allebei de oorbellen had gedragen toen ze elkaar voor de Tavern on the Green voor het eerst troffen, en hij stelde voor dat ze op zoek zouden gaan naar de koets. In de taxi op weg naar Central Park West vroeg Veronica aan Alex of dit de eerste keer was dat hij een rol in een soap vertolkte. Hij zei dat hij rollen in bijna alle soaps had gehad, voornamelijk als arts, al had hij in *Mooi en meedogenloos* een priester gespeeld die bijkluste als huurmoordenaar. Zijn personages vonden zonder uitzondering de dood (de huurmoordenaar pleegde zelfs zelfmoord) en daarom hoopte hij dat zijn optreden in *Doodgewone dingen* tot iets permanenters zou leiden – tenzij reïncarnatie een vast ingrediënt van soaps zou worden.

Toen ze bij de Tavern on the Green aankwamen, stond de koetsier met het blozende gezicht er niet. Veronica vertelde de andere koetsiers hoe hij eruitzag, en zij waren er zeker van dat ze het over iemand had die Liam heette, maar ze hadden Liam al dagen niet meer gezien – misschien was zijn paard wel met een ander aan de rol, zeiden ze, lachend. Ze stuurden haar naar de standplaats op Fifty-ninth Street bij het Plaza Hotel, waar Liam zowaar in zijn koets de *Post* zat te lezen, met een paard dat behoorlijk nuchter was. Hij keek Veronica en Alex boos aan, maar liet zich wel van de bok zakken en liet hen de koets doorzoeken. Alex vond de oorbel tussen de kussens. Om het te vieren, nodigde Veronica Alex uit voor een champagneontbijt in het Plaza Hotel. Het een leidde tot het ander, en ze lieten een tweede fles Veuve Clicqout naar de suite komen. Een dergelijke extravagantie deed haar gek genoeg aan Nick denken, maar het was bevrijdend om voor de verandering eens degene te zijn die het deed in plaats van degene die het onderging.

Veronica voelde zich misselijk van haar enorme schuldgevoel toen ze bij Konditorei Hongarije aankwam, en ze aarzelde even voordat ze haar bestelling plaatste. Ze bestelde een Wiener melange en een chocoladesoes met een vulling van kersen (al had ze helemaal geen honger) zodat ze niet Lillians argwaan zou wekken. Dit bizarre en ontwijkende gedrag raakte kant noch wal als Veronica inderdaad van plan was om open kaart te spelen tegenover Lillian, die aan een tafeltje achterin zat, met haar blonde haar als een waterval over het boek – waarschijnlijk een of ander neurologisch tijdschrift – dat ze met behulp van een zaklantaarn aan het lezen was.

Veronica had besloten haar zus te vertellen dat ze naar een feestje was geweest ter verwelkoming van de nieuwe acteur die in *Doodgewone dingen* de rol van dokter Night Wesley, de nieuwe neurochirurg in Medisch Centrum Paramount, zou spelen. Ze had flink met hem zitten flirten bij wijze van wat ze als een onbewuste wraakoefening (daar zou Lillian begrip voor hebben) tegenover Nick en zijn bezitterige gedrag jegens haar beschouwde. Na het feestje, zou ze uitleggen, waren de nieuwe acteur en zij samen in bed geëindigd, waardoor haar leven in een chaos was veranderd (Nick, werk). Pas later had ze twee en twee bij elkaar opgeteld en zich gerealiseerd dat er sprake was van een akelig toeval: de acteur was Alex Drake, de vader van Lillians ongeboren kind. Toen was het al te laat om er nog iets aan te veranderen. Ze zou niet aan haar zus onthullen dat de verhouding daarna nog was voortgezet, maar haar doen geloven dat die meteen was geëindigd. Veronica wilde net nerveus, maar voorbereid naar haar zus lopen toen ze iemand aan haar arm voelde trekken.

'Uw naam, mevrouw, u bent vergeten me te vertellen hoe u heet.' De serveerster was klein en dun, met donker haar waaromheen ze als een zigeunerin een rode hoofddoek had gewikkeld. Veronica vroeg zich af of ze echt Hongaars was.

'Alex,' antwoordde Veronica, en ze raakte vervolgens in paniek toen ze de serveerster 'Alex' op haar bonnenboekje zag schrijven. Ze keek even naar haar zus om te zien of die het gesprek had gadegeslagen, maar Lillian was nog steeds in haar boek verdiept. 'Sorry,' fluisterde Veronica, met haar vinger wijzend naar het bonnenboekje, 'ik heet Veronica. Heb je dat genoteerd? Veronica.' Ze besefte dat haar verhaal op één punt niet klopte: Lillian geloofde niet in toeval.

'Ja, hoor,' zei de vrouw. 'Veronica.'

Toen Veronica het tafeltje van Lillian naderde, keek ze naar de kunst aan de muren. De Joseph Cornell-achtige collages in dozen hadden plaatsgemaakt voor zwartwitfoto's van een aantal individuele werkkamers. Sommige waren bezaaid met papieren en boeken, in andere was geen drukwerk te bekennen, sommige waren slordig, andere opgeruimd, sommige waren ultramodern uitgevoerd in glas en chroom, andere waren Victoriaans, in sommige stond een bureau, in andere niet, maar in alle werkkamers stonden stoelen, banken of chaises longues. In elke foto was een kleurenafbeelding van een glanzend rode kinderslee gephotoshopt – achter een bank, onder een bureau, midden op een vloerkleed, hangend aan de muur, achter de deur.

'Sorry dat ik zo laat ben,' zei Veronica, een tikje buiten adem, bang voor wat ze moest gaan doen.

'Dat geeft niet,' zei Lillian, die haar zaklantaarn uitdeed en naar Veronica glimlachte met een warmte die Veronica zelden op het gezicht van haar zus zag. 'Ik ben de laatste tijd zelf ook vaak te laat. En ik had trouwens heel boeiend leesvoer.'

Veronica ging aan het tafeltje zitten en schraapte haar keel, zich voorbereidend op haar bekentenis. Ze keek even naar Lillians boek, in de verwachting dat de titel *Effectieve neurowetenschap* of *De anatomie van het menselijke brein* zou zijn. Maar Lillian bleek *Wat je kunt verwachten als je in verwachting bent* te lezen, een standaardwerk op het gebied van de zwangerschapslectuur en niet bepaald een tekst waarvan Veronica had verwacht dat de zwangere Lillian hem ter hand zou nemen. Veronica was er meer dan ooit van overtuigd dat het enige wat je in het leven kon verwachten het onverwachte was. Maar het leesvoer van haar zus herinnerde haar aan iets wat ze vaak vergat – er was een baby in het spel – en Veronica werd overvallen door haar eigen variant op de ingewikkelde mengeling van hoop en angst die iedere volwassene voelt wanneer er sprake is van een nieuw leven.

'Lillian,' vroeg Veronica, 'is alles in orde?'

'Ik wilde jou net hetzelfde vragen. Ik ben al dagen niet meer misselijk geweest. Dit werk,' zei ze, een klopje op het boek gevend, 'is sociaal-historisch gezien fascinerend materiaal. Binnen afzienbare tijd zal het als een boek van grote historische betekenis worden beschouwd omdat er zo duidelijk uit blijkt hoe angstig en onwetend wij zijn waar het de bevalling betreft. En zodra natuurlijke bevallingen dankzij klonen en kunstbaarmoeders tot het verleden behoren, zal dit boek net zo'n aandoenlijke en nostalgische klassieker als *Het kleine huis op de prairie* worden.'

Ze klonk als Lillian, ze zag eruit als Lillian, maar ze had nog steeds die overdreven onvoorstelbare gelukzalige uitdrukking op haar gezicht. Ze droeg zelfs een nieuw, zij het akelig bekend zoetig, crèmig talkpoederachtig luchtje. Veronica nam aan dat het niet erg zou zijn als ze Lillian pas over Alex zou vertellen nadat ze haar koffie had opgedronken.

'Luister, Veronica,' zei Lillian, die haar boek en zaklantaarn weglegde. 'Ik moet iets met je bespreken.'

Veronica, die heel even in de klauwen van de paranoia viel, een omhelzing waarmee ze maar al te vertrouwd was, wist zeker dat haar zus van haar verhouding met Alex wist en haar erop zou aanspreken. Vreemd genoeg voelde ze zich eerder boos dan geschrokken – alsof Lillian haar had afgetroefd. Ze vroeg zich af hoe Lillian erachter was gekomen, of ze hen ergens had gezien, hoe lang ze het al wist, wat ze zou gaan zeggen.

'Ik wil het met je over de toekomst van de zygoot hebben,' zei Lillian.

Veronica voelde zich een beetje dwaas, maar ze kon er niets aan doen, ze had nog steeds het gevoel dat Lillian iets in haar schild voerde. Per slot van rekening was het nog wat vroeg om te bespreken waar het kind het beste kon gaan studeren. Misschien wist Lillian wel van Alex, misschien wist ze wel dat ze, sinds ze elkaar op

het feestje hadden leren kennen, elke dag wel een paar uur met elkaar hadden doorgebracht, dat ze volkomen geobsedeerd door
hem was geraakt, dat ze niet langer een samenhangend gesprek
kon voeren zonder door gedachten aan hem te worden geplaagd,
dat ze Nick uit de weg ging met het excuus dat ze het zo druk had
(hij leek niets te merken), terwijl ze amper in staat was geweest
scripts voor *Doodgewone dingen* uit haar pen te krijgen. Als ze niet
bij Alex was, was *Voor wat, hoort wat* het enige wat haar interesseerde. Ze had gedurende de afgelopen drie weken pagina na pagina geschreven, terwijl ze zich de hele tijd voorstelde dat ze het hem
voorlas vanuit de hartvormige badkuip in de bruidssuite in het
Ritz-Carlton, of vanaf een berenvelletje voor een laaiende open
haard in een Zwitsers chalet – slechts gekleed in een slipje.

'Aangezien onze vader dood is en Agnes, nou ja, Agnes is, vroeg
ik me af of jij voogd van het kind zou willen worden als mij iets
mocht overkomen?' vroeg Lillian.

'Alex, Alex,' hoorde Veronica de serveerster in zigeunerkleding
roepen.

'Maar natuurlijk, Lillian,' haastte Veronica zich te zeggen, terwijl
ze de vrouw probeerde te overstemmen en elk oogcontact probeerde te mijden. 'Ik zou niets ter wereld liever doen dan een moeder voor jouw kind zijn.' Veronica zweeg even. De hoeken van Lillians mond kropen omhoog. 'Maar er zal je niets overkomen,
Lillian. Waarom ben je zo macaber?'

'Alex, Alex.' De stem kwam dichterbij. Veronica liet haar portemonnee op de grond vallen, zodat ze zich een paar seconden lang
onder de tafel kon verstoppen, in de hoop dat de serveerster het op
zou geven en weg zou lopen.

'Veronica, doe niet zo onhandig. Let eens op.' Lillian was weer
meer zichzelf nu ze Veronica aanleiding gaf om te denken dat de
wereld misschien op wonderbaarlijke wijze in orde zou komen
terwijl zij zich onder tafel bevond. 'Hierover kun je niet sentimenteel of niet eens nobel doen. Het is gewoon de werkelijkheid. Ik zal
een notaris een document laten opstellen dat je kunt ondertekenen. Wil je dat doen?'

'Lillian, je denkt toch niet dat ik daarover zou twijfelen?' zei Veronica, die onder de tafel vandaan kwam. De serveerster stond pontificaal voor Veronica, met haar bestelling balancerend op een dienblad. Veronica vroeg zich af of ze weer naar beneden moest duiken.

'Veronica?' vroeg de serveerster.

'Ja, ja, dat ben ik. Ik ben Veronica.' Ze knikte geestdriftig naar de serveerster, hevig twijfelend of die misschien al die tijd Veronica had geroepen.

'Dat denk ik helemaal niet,' vervolgde Lillian. 'Maar ik wil wel dat je weet dat ik het serieus meen.'

'En de vader dan?' zei Veronica opeens, haar lippen wit van de slagroom.

'O, die.' Lillian haalde haar schouders op. 'Ik heb een kopie van zijn patiëntendossier bewaard, voor het geval de zygoot ooit meer over hem wil weten. Afgezien daarvan heeft hij wat mij betreft zijn doel gediend. Ik denk niet dat ik hem ooit nog zal zien.'

Veronica knikte en mompelde dingen als 'Natuurlijk', 'Vast', 'Ja' en 'Je hebt helemaal gelijk' totdat Lillian haar verhaal onderbrak en vroeg: 'Weet je zeker dat het wel goed gaat? Ik weet dat mijn verzoek misschien een beetje overweldigend is, en ik snap het best als je er een paar dagen over na wilt denken.'

Veronica, verraderlijk specimen van het schurkachtig en verachtelijk mensdom, kon niet geloven hoe groot de warboel was waarin ze verzeild was geraakt door halsoverkop verliefd op Alex te worden. Ze moest er meteen een einde aan maken. Ze zou ophouden met werken voor *Doodgewone dingen*. Ze zou naar Europa of Zuid-Amerika verhuizen. Wat ze ook zou doen, ze kon geen gehoor geven aan het verzoek van haar zus. Geen enkel kind zou in het gezelschap van Veronica veilig zijn, laat staan onder haar voogdij.

'Rosebud,' zei Veronica. 'Het zat me al dwars sinds ik hier binnenkwam. De foto's zijn gemaakt in werkkamers van psychiaters en de slee is Rosebud uit *Citizen Kane*.'

'De tentoonstelling heet *Dossier Rosebud*. Ik kan maar niet beslissen of ze grappig of afgezaagd zijn, maar ik vind ze mooi,' zei Lillian.

'Ik hoef nergens over na te denken, Lillian,' zei Veronica. 'Ik teken wel.'

XI

'Wie is hier geweest?' vroeg Agnes aan Lillian. Veronica, acht jaar oud, was in de woonkamer voor de tv in slaap gevallen op de lage, deelbare bank met het zwart-witte schaakbordmotief. Ze was wakker geworden toen ze haar moeder van haar werk had horen thuiskomen maar had haar ogen dichtgehouden. Ze kneep ze echter niet dicht. Lillian had tegen haar gezegd dat iedereen kon zien dat ze deed alsof ze sliep als ze haar ogen dichtkneep. Veronica geloofde dat haar oudere zus, die elf was, alles wist wat er maar te weten viel.

Louter uit macht der gewoonte deed Veronica alsof ze sliep, zodat er niet tegen haar zou worden gesnauwd. Hun vader was nu al meer dan tien dagen weg, en zoals gewoonlijk was Agnes rond dag vijf in een snauwend beest veranderd. Nu noemde Agnes zijn naam helemaal niet meer – geen 'Wacht maar totdat je vader thuiskomt' meer, of 'Dat moet je aan je vader vragen' – en ze snauwde regelmatig tegen iedereen die maar in de buurt was, met name tegen haar dochters. Veronica – die zich heel lichtjes op de bank bewoog, met haar gezicht op een zwart kussen en haar benen op een wit kussen – besefte vol plezier dat ze, door te doen alsof ze sliep, ook nog het genoegen zou smaken om haar moeder uitsluitend tegen Lillian te horen snauwen. Lillian trok zich echter niets aan van Agnes' gedrag. Veronica wist niet zeker hoe ze dat deed, maar was vastbesloten het te leren door haar zus te bestuderen, door naar elk woord wat ze zei en de manier waarop ze het zei te luisteren.

'Ik weet dat er iemand is geweest. Ik kan haar parfum ruiken. Zeg maar wie het was, Lillian. Het geeft niet.'

81

Veronica had ook een zoete, talkpoederachtige geur geroken toen ze uit school thuis was gekomen en had zich afgevraagd waarom haar zus, die thuis was gebleven omdat ze koorts had, alle ramen in huis had geopend. Ze wou dat Lillian haar moeder gewoon zou vertellen wat die wilde weten. Ze kon in Agnes' stem dat geluidje horen, als een deurbel of de zoemer van de oven, dat aangaf dat er iets ging gebeuren. Als Lillian gewoon antwoord zou geven, dan zou dat misschien niet hoeven te gebeuren, en dan zou haar zus zien hoe goed Veronica kon doen alsof ze sliep.

'Er is hier niemand geweest, ook Charles niet. Dat parfum is van mij,' antwoordde Lillian.

Lillian en Agnes waren in de keuken. Veronica hoorde dat haar moeder de koelkast opendeed, waarschijnlijk om de melk te pakken voor in het kommetje müsli dat ze na haar werk altijd at. Lillian had aan de keukentafel *Ontbijt voor kampioenen* van Kurt Vonnegut zitten lezen terwijl Veronica naar de woonkamer was gegaan om tv te kijken totdat Agnes thuis zou komen.

'Laat hij je nu voor hem liegen?' zei ze. 'Dat "Ook Charles niet" heeft je verraden, Lillian. Daardoor weet ik zeker dat hij hier is geweest. Je moet nog een hoop leren.'

Veronica kon zich niet voorstellen dat haar zus nog iets moest leren, maar was blij te horen dat er nog steeds een paar dingen waren die ze niet wist. De deur van de koelkast viel met een doffe klap dicht.

'Als het jouw parfum is, laat me dan maar het flesje zien,' eiste Agnes.

'Dat gaat niet. Het is stukgevallen,' zei Lillian.

'Dat komt goed uit. Ligt het flesje in de vuilnisbak?' Agnes zei het met haar mond vol.

'Nee, ik heb de stukjes doorgespoeld.'

'En waar had je dat verdwenen flesje parfum vandaan?'

'Van Veronica.'

Veronica was stomverbaasd. Zo'n onomwonden leugen was niets voor Lillian. Er was iets mis. Charles moest hier met iemand zijn geweest en Lillian wilde niet dat Agnes daarachter zou komen omdat ze toch al de hele tijd spinnijdig op hem was. Veronica was blij dat ze deed alsof ze sliep. Nu wist ze precies wat ze moest doen als haar moeder haar naar het parfum zou vragen: liegen. Ze kon zeggen dat ze het van een vriendinnetje op school had gekregen wier moeder voor Avon werkte. Veronica hoopte bijna dat Agnes haar wakker zou maken en het zou vragen, zodat ze Lillian kon laten merken hoe goed ze kon liegen.

'Als ik je zusje nu wakker maak en haar vraag of ze je een flesje parfum heeft gegeven, zal ik dan merken dat je hebt gelogen?'

Veronica was opgetogen toen ze een keukenstoel over het linoleum hoorde schrapen. Ze zou een kans krijgen om te liegen. Ze besefte dat ze haar ogen stijf dichtkneep en ontspande ze toen snel weer.

'Blijf zitten, jongedame. Waar ga je naartoe?' wilde Agnes weten.

'Terug naar mijn bed. Ik geloof dat ik nog steeds koorts heb.'

Veronica was teleurgesteld.

'Je gaat helemaal nergens heen, jongedame. Ga zitten en luister naar me.'

Gelukkig zou zij niet degene zijn aan wie het onvermijdelijke geraas en getier zou zijn gericht, besefte Veronica. Ze kreeg zowaar een beetje medelijden met Lillian.

'Je vader is een mislukkeling,' begon Agnes. 'Zorg ervoor dat je nooit een mislukkeling wordt, en wat ik daarmee bedoel, is dat je nooit moet denken dat je een mislukkeling bent, want als je denkt dat je een mislukkeling bent, ben je ook een mislukkeling, ook al win je de Nobelprijs. Maar hetzelfde geldt niet voor succes. Je kunt niet alleen maar denken dat je ergens goed in bent. Je moet het ook doen, en vaak ook, als je ergens goed in wilt worden.'

'Agnes, ik zou nu graag naar bed gaan,' zei Lillian, die weer ging zitten.

De meisjes noemden, als ze onder elkaar waren, hun moeder al een tijdje Agnes en hun vader Charles, maar Lillian was de enige die hun voornamen durfde te gebruiken als ze erbij waren.

'Hij zou graag willen dat hij Bob Dylan was, maar hij dénkt dat hij Wallace Stevens is. Nou, hij heeft gelijk wat betreft de verzekeringen, maar hij moet zijn pen nog op papier zetten. Iemand zou hem eens moeten vertellen dat Wallace Stevens dichter was omdat hij dichtte, en niet omdat hij nadacht over dichten. Je kunt niet alleen maar denken dat je dichter bent. Je moet dichten.'

Lillian gaapte luid. Dit was tweederangs geraas en getier, dat ze al vaker hadden gehoord.

'Agnes,' zei Lillian weer. 'Het is al laat en ik ben ziek.'

'Niet zo ziek dat je niet voor je vader kunt liegen. Ga je zus eens wakker maken.'

Veronica was er klaar voor, maar wist niet meer zo zeker of ze wel moest blijven liggen. Als Charles thuis was geweest, moest Agnes dat dan niet weten? Stel dat hij problemen had? Als Agnes dat niet wist, kon ze hem niet helpen. Veronica zou de waarheid moeten vertellen, ook al betekende dat dat Lillian voor altijd een bloedhekel aan haar zou hebben. Had ze maar niet gedaan alsof ze sliep, maar echt geslapen, dan zou ze nooit hebben geweten dat ze de keuze had gehad om de waarheid te vertellen. Doen alsof ze sliep was niet zo geweldig als ze had gedacht.

'Het is al laat.'

'Maak haar wakker.'

Er viel een stilte in de keuken. Veronica hoorde een lepel rinkelen, pagina's ruisen. Ze probeerde nog steeds te doen alsof ze sliep, maar de werkelijkheid was zo verleidelijk.

'Die vrouwen kunnen me eigenlijk niet zoveel schelen,' zei Agnes ten slotte. 'Misschien houdt hij er nog wel een gezin op na. Misschien nog wel meer dan een. Hij zou zeker niet de eerste zijn. Ik kan je zeggen dat dat me niets zou kunnen schelen, dat dat me koud zou laten, als ik niet zou denken dat hij dat deed om me te pesten, om me te kwetsen. Hij neemt wraak, hij wil me laten boeten voor...' Ze aarzelde en nam een hapje müsli.

Dit, dacht Veronica vanaf de verre plek waarheen de slaap haar meetrok, is eersteklas geraas en getier, en van het soort dat we nog niet eerder hebben gehoord. Ze deed een halfslachtige poging om terug te komen, zodat ze kon luisteren, maar gaf zich al snel over aan die andere wereld.

## XII

Op het reclamebord tegenover de woning van Veronica was de foto van de chique doodskist die speciaal voor dode rokers was gere-
serveerd, verwijderd. In plaats ervan stond er nu een zwartwitfoto
van een in een sandaal gehulde vrouwenvoet met donker gelakte
nagels die langs de broekspijp van een man streek. Naast een volle
fles Chivas Regal stond de leus: 'WIL JE IETS VAN ME DRINKEN?'
IS SLECHTS EEN VAN DE MANIEREN OM EEN GESPREK TE BE-
GINNEN. Deze boodschap was, op zijn Gatsby-achtige manier,
duidelijk een toespeling op Veronica's morele achteruitgang, maar
gelukkig was de jongste mededeling van de reclamebordrechter
prikkelend, niet morbide.

Veronica stak haar eerste sigaret van die dag op. Nu ze er herhaaldelijk niet in was geslaagd om Lillian of Nick over Alex te vertellen, had ze besloten om op een andere manier een streep onder
hun gedoemde mislukking te zetten. Ze zou het definitief met Alex
uitmaken als hij haar vanaf de set zou bellen, zoals hij sinds het begin van hun verhouding elke dag had gedaan. Als ze nu een einde
aan hun geheime ontmoetingen zou maken, zou ze haar vriend of
haar zus er misschien nooit over hoeven vertellen. Goed, het betekende een stap naar beneden in de morele hiërarchie, maar wat
maakte dat uit als het gewenste effect werd bereikt? In de loop der
tijd zou de zonde verbleken en met een beetje geluk uit haar geheugen verdwijnen.

Veronica vroeg zich af hoeveel procent van het leven op deze
manier werd rechtgezet. Als ze niet de geur van Lillians ongewone
nieuwe parfum had geroken, zou ze zich waarschijnlijk nooit dat
gesprek hebben herinnerd dat haar moeder en zus lang geleden in
de keuken hadden gevoerd. Nu was het duidelijk dat er een andere
vrouw was geweest. Wat Veronica niet zeker wist, was of Lillian
zich deze gebeurtenis uit hun verleden ook kon herinneren. Veronica vroeg zich af of ze haar zus moest bellen om het te vragen,
maar gezien haar eigen situatie stond ze niet meer zo te springen
om zich in de buitenechtelijke escapades van haar vader te verdie-

pen. Toen Veronica naar de telefoon staarde, vroeg ze zich af of de neiging tot bedrog misschien erfelijk was, net als drankzucht of zwaarlijvigheid.

Ze wendde zich van het reclamebord tot de computer. Het lag meer voor de hand dat haar verval tot trouweloosheid te maken had met haar musical, en niet met genen. De afgelopen weken had ze zich meer dan ooit in het New York van rond 1875 ondergedompeld. Tijdens het bewind van de Tweed Ring had de metropool zich volledig overgegeven aan losbandigheid en misdaad. Van de burgemeester tot de immigrant die net van de boot was gestapt; iedereen werd beheerst door hetzelfde wrede darwinistische ethos: het overleven van de behendigste. De bevolking van de stad bedroeg bijna een miljoen, vijftienduizend wezen schuimden de straten af, en een op de tien New Yorkers had een strafblad. Als je eerlijk was, was je stom. Immigranten konden sneller burgers worden dan dat je een ritje in het reuzenrad op Coney Island kon maken. Het enige wat ze hoefden te doen, was beloven dat ze, minstens één keer, zouden stemmen op degene van wie ze van 'Boss' Tweed moesten stemmen.

Veronica was er vrij zeker van dat ze William Marcy Tweed afstotelijk had gevonden als ze hem zou hebben gekend. Maar het verstrijken van de tijd verzachtte alles, en ze vond Tweed, zijn Ring en hun politieke kermis een onuitputtelijke bron van inspiratie. Ze vond het heerlijk om scènes te bedenken voor de 150 kilo zware, droefgeestig ogende Tweed en zijn corrupte kameraden met hun schitterende namen: Peter Barr 'Slimmerik' Sweeny (beter bekend als Sweeny), de penningmeester van de gemeente; thesaurier Richard 'Aalgladde Dick' Connolly; en burgemeester Abraham Oakey 'Elegante Oakey' Hall (alias burgemeester Gehaaid). Ze was geneigd hun buitensporige gedrag eerder als onverschrokken dan als onbeschaamd te zien, hun oneerlijkheid als geslepenheid te beschouwen en hun meedogenloosheid als onfortuinlijk te zien. Tijdens hun vijf jaar durende bewind ontfutselden ze ongeveer tweehonderd miljoen dollar aan de stad, maar Veronica beschouwde de Boss als een soort overmaatse, machiavellistische Robin Hood,

een man die eerlijk was in zijn uitspattingen en op zijn manier geloofde in het delen van rijkdom, zolang hij maar het grootste stuk
van de koek kreeg. De zakelijke en politieke corruptie die kenmer-
kend was voor de Ring, had geen elitaire trekjes: iedereen, tot en
met de straatveger en de prostituee aan toe, werd aangemoedigd
om te pakken wat er te pakken viel. Wat ze het leukste aan de Boss
en zijn bende vond, was hun buitensporige verbeeldingskracht.
Liederen over hen en hun uitermate inventieve smerige politieke
spelletjes vlogen haar pen uit. Het materiaal was zo vruchtbaar dat
Veronica niet kon geloven dat er nog nooit eerder een musical aan
deze mannen was gewijd.

Bill Tweed begon zijn loopbaan in de politiek toen hij zich aan-
sloot bij afdeling zes van de vrijwillige brandweer, bekend als de
'Grote zes', waarvan het embleem een Bengaalse tijger was. De
'Grote zes' deden, met Bill aan het roer, hun uiterste best om sneller dan andere brandweerkorpsen door de straten van de stad te
scheuren. Ze vergaarden zoveel roem omdat ze altijd als eersten ter
plaatse waren dat ze uiteindelijk een rondreis door het land maakten, waarbij ze in Washington D.C. een bezoekje aan president Millard Fillmore aflegden.

Ik bereik de brand met wagen, kar of paard
En ben nimmer voor een kleintje vervaard
President, dame van plezier, kom aan boord
'Kan niet' wordt in mijn bijzijn toch niet gehoord.

Veronica stelde zich Tweeds eerste solo voor als een dansnummer
met brandweerlieden, politieagenten, straatvegers, prostituees en
zwervertjes. De Raad van Sachems in Tammany Hall leende zich al
even goed voor een spektakel. Hun leden heetten de krijgers, hun
clubgebouw was een wigwam. Ze verkleedden zich regelmatig als
indianen, rookten vredespijpen en hielden krijgsraad.

Ik ben een echte indiaanse held
En erg behendig met mijn geld.

87

We kunnen op onze dapperheid snoeven
Al staan we alom bekend als boeven.
Geef die vredespijp maar even aan
Dan heb ik straks meer op mijn rekening staan.

Ze werkte aan het hoogtepunt van de eerste akte, die zich afspeelde in mei 1871, tijdens de bijzonder uitbundige bruiloft van Mary Amelia, de dochter van Boss Tweed, in de nog niet voltooide districtsrechtbank in City Hall Park. De rechtbank was het extravagantste voorbeeld van het gesjoemel van Boss en had als bijnaam het Plunderpaleis. Bill Tweed was dan wel de kleinzoon van een arme Schot, maar wat betreft zijn voorliefde voor luxe had hij een nazaat van Hadrianus, Cosimo de' Medici en Lodewijk de Veertiende kunnen zijn.

Veronica stelde zich voor dat het doek een replica van de imposante neoclassicistische façade van de rechtbank zou zijn, dat na opening een decor zou laten zien dat sterk deed denken aan de vier verdiepingen hoge, achthoekige hal van het gebouw, met bogen die waren gemaakt van baksteen in Toscaans rood en zuilen van grijsgroen graniet die oprezen naar een prachtig dakraam van gebrandschilderd glas. De bouw van het rijkversierde palazzo in ijzer en marmer (Tweed, die nooit een buitenkansje aan zijn neus voorbij liet gaan, had een marmergroeve voor zichzelf gekocht) had 250 000 dollar moeten kosten, maar ten gevolge van astronomische bedragen aan smeergeld die de Tweed Ring aan de aannemers wist te ontfutselen, bedroegen de totale kosten van de rechtbank ten tijde van de bruiloft al dertien miljoen. Tweed stond op het hoogtepunt van zijn macht.

Wat wil je hebben, een boek of papier?
Maak je geen zorgen, ik heb alles hier.
Wil je soms marmer? Maak je niet dik!
Zie je die groeve? Die bezit ik.
Wat dacht je van pleister? Ook dat is geen punt!
Je dacht toch niet dat je zonder me kunt?

We bezitten echt alles, zelfs de wet
Dus er is letterlijk niets wat ons let
Om te doen wat we willen, en wat we ook doen,
Je laat ons begaan, want wij hebben poen.

Ze stelde zich voor dat ze werkte aan een duet tussen 'Mazzelpik'
George Miller, een timmerman die 360 000 dollar voor een maand-
je werk had ontvangen, en Andrew Garvey, ook wel bekend als de
'Prins van het pleisterwerk' die twee miljoen factureerde voor zijn
aandeel in de klus.

Het Plunderpaleis is een lust voor het oog
En ach, zeg nou niet: De prijs is zo hoog,
want 't is een waar wonder, geschikt voor een vorst!
Er is nog geen druppeltje goudverf gemorst,
De wanden zijn recht, het pleister volmaakt
Hier vind je nimmer een deur die flink kraakt.
Maar als we hier klaar zijn, wat moeten we dan?
Is er nog iemand met ook zo'n groots plan?
Met nogmaals zo'n vent ben ik in mijn sas
Doe er maar eentje, een echte Midas.

Ondertussen werd Mary Amelia gekoppeld aan de zoon van een
van de collega's van haar vader, haar toekomst gewoon een van
zijn vele gevallen van voor wat, hoort wat. Ze was eigenlijk verliefd
op Matthew O'Rourke, een journalist die carrière maakte bij de
*New York Times*, de krant die het felst tegen Tweed gekant was. In
de finale van de eerste akte besluit Mary Amelia dat ze na de solo
van haar vader, 'Waarom zoveel gedoe om wat ik doe?' haar ja-
woord zal geven, maar ze besluit ook dat ze wraak zal nemen door
Matthew te helpen bij het infiltreren in de Tweed Ring, waarbin-
nen hij zich uiteindelijk tot hoofdboekhouder weet op te werken,
zodat hij gemakkelijk toegang heeft tot bewijzen die hem kunnen
helpen de Ring ten val te brengen. Afgezien van de liefdesgeschie-
denis tussen Mary Amelia en Matthew en het verraad van Mary

Amelia jegens haar vader was het grootste deel van het materiaal dat Veronica voor haar musical gebruikte min of meer historisch juist, al maakte ze zich niet al te druk over de waarheid omdat elk verhaal dat ze over de Tweed Ring las wel weer in hevige tegenspraak met andere verslagen was. Zelfs Tweeds biografen konden er niet helemaal hun vinger op leggen. Maar goed, als *Oliver* in Londen en *Les Misérables* in Parijs een groot succes waren geworden, waarom zou *Voor wat, hoort wat* dan niet in New York kunnen zegevieren?

Toen Veronica naar de communicerende voeten op het reclamebord voor haar raam stond te staren, vroeg ze zich af wat er met haar aan de hand was. Ze maakte haar sigaret uit en wilde er meteen weer een opsteken. Ze leed aan grootheidswaanzin, in plaats van dat ze zich afvroeg onder welk voorwendsel ze een einde aan haar verhouding met Alex kon maken. Schuldgevoel vanwege Nicks gebrek aan professionaliteit? Een gedoofde vonk? Nicks vernissage was pas over een aantal dagen, en hij verwachtte niets minder van haar dan dat ze zou komen opdraven én de sieraden van zijn dode moeder zou dragen. Als Veronica nog enig fatsoen in haar lijf had, zou ze het voor die tijd met Alex uitmaken. Ze bracht haar handen naar haar gezicht, bijna in een poging de vraag tegen te houden, en dacht toen: stel dat Alex het meteen met me eens is? Ik dacht precies hetzelfde, zou hij kunnen zeggen. We kunnen er maar beter mee stoppen voordat het te innig wordt. Op deze manier wordt niemand gekwetst.

Ze pakte de telefoon en liep naar de slaapkamer. Ze ging op het keurig opgemaakte bed liggen. De lakens en dekbedhoes waren effen grijs. De kamer was spaarzaam en doorsnee ingericht: een bed, een ladekast, een kleine spiegel, een boekenkast, een stoel. Er hingen geen foto's of schilderijen aan de muur, er stonden geen snuisterijen of hebbedingetjes boven op de meubels. Haar kinderkamer, die ze met Lillian had gedeeld, was niet zoveel anders geweest. Haar kant was keurig en opgeruimd geweest, terwijl er aan Lillians kant overal stapels gekreukte kleren en boeken hadden gelegen. Aan Veronica's muur had een poster gehangen die ze altijd geruststellend had gevonden: Holly Hobby met een traan in haar ooghoek. Nick had haar een van zijn schilderijen gegeven om in haar slaapkamer te hangen, maar om de een of andere reden had het nog steeds niet vanuit zijn atelier haar woning bereikt.

Ze hadden elkaar leren kennen op een tentoonstelling die in het huis van een wederzijdse vriend in de East Village werd gehouden. Ze waren die avond samen naar huis gegaan, en vijf jaar later waren ze nog steeds samen. Ondanks zijn onverzadigbare drang om te behagen had Veronica hem nooit van ontrouw verdacht. Hij was te sentimenteel en te bezitterig om ontrouw te kunnen zijn. Ze vroeg zich af of hij gedurende de afgelopen weken ook maar een greintje twijfel jegens haar had gekoesterd. Als dat zo was, had hij er niets van laten merken. Wanneer ze uit eten of naar de film gingen, vroegen ze geen van beiden aan de ander wat die had gedaan, ervan uitgaande dat de ander het wel zou melden als er iets interessants was gebeurd. In het begin was ze ervan overtuigd geweest dat Nick het ter plekke uit zou maken als ze hem over haar verhouding met Alex zou vertellen, maar nu wist ze het niet meer zo zeker. Hij zou zeker gekwetst en boos zijn en het haar voor altijd kwalijk nemen, maar ze begon te vermoeden dat haar verhouding er misschien wel voor zou zorgen dat hij meer belangstelling voor haar zou krijgen, dat hij meer door haar zou worden uitgedaagd. Ze vroeg zich af of ze nog dieper kon zinken.

Veronica verlangde hevig naar nog een sigaret, maar ze mocht van zichzelf alleen in haar werkkamer roken, en als ze terug zou gaan naar haar werkkamer zou ze weer verder moeten gaan met het script voor *Doodgewone dingen*, waarvan de verhaallijn op dit moment gewoon ondraaglijk was. Het was de aflevering waarin Faith, de tot dan toe onvruchtbare zus van de nymfomane Eve White, die een verhouding had met dokter Trent White, de man van Eve, ontdekt dat ze in verwachting is. Omdat Faith de baby wil houden, besluit ze de nieuwe neurochirurg van Medisch Centrum Paramount, dokter Night Wesley, tijdens zijn welkomstfeestje te verleiden en dan te beweren dat het kind van hem is. Haar oudere zus Eve is natuurlijk al bezig het verse vlees te verslinden, maar dat houdt Faith zeker niet tegen. De laatste regels die Veronica had geschreven, luidden:

> FAITH: Je komt zeker veel dichter bij God als je een hersenoperatie uitvoert.
> NIGHT (grinnikt bescheiden): Ik ben gewoon een arts die zijn werk doet.
> FAITH: Ze zeggen dat je de beste van het land bent, misschien wel de beste ter wereld. Ik zie dat je ongelooflijke handen hebt (neemt zijn handen in de hare).

Veronica, die weinig van doen had met de toekomstige plotlijnen van *Doodgewone dingen* – dat was het terrein van Jane Lust – vond alleen al de suggestie van parallellen tussen de soap en haar eigen leven verontrustend. Ze troostte zichzelf met de uitspraak van Aristoteles dat er slechts vijf mogelijke verhaallijnen zijn die we tijdens onze levens en in de kunst blijven herhalen. De meeste mensen vinden er een en blijven daarbij. Gezien de verhaallijnen van haar musical, van *Doodgewone dingen* en van haar huidige leven begon ze te vermoeden dat de plot van haar keuze om verraad draaide.

Veronica keek naar haar hand. Haar knokkels waren wit. Ze greep de hoorn stevig vast, alsof de telefoon daardoor zou gaan rinkelen. Ze zei tegen zichzelf dat ze zo nerveus was omdat ze het telefoontje van Alex achter de rug wilde hebben, maar feit was dat Alex nog nooit zo laat had gebeld en dat dit kleine gebrek aan aandacht haar zorgen baarde. Begon hij zijn belangstelling voor haar al te verliezen? Het vreemde van het thema verraad was dat het de laatste tijd overal in haar leven de kop op begon te steken. Het verbazingwekkendste aan haar clandestiene affaire met Alex was nog wel dat het niet echt fout zat tussen haar en Nick. Ze was gelukkig. Ze hield van hun leven. Ze voelde zich in intellectueel en lichamelijk opzicht erg tot hem aangetrokken. Iedereen zei altijd dat een verhouding een symptoom van een dieper liggend probleem was, en hoewel ze haar relatie met Nick gemakkelijk als een tikje ongezond zou kunnen zien (het enige wat ze daarvoor hoefde te doen, was met Lillian praten), zou het oneerlijk zijn om haar verhouding met Alex aan een ongelukkige relatie met Nick te wijten.

Misschien had haar verhouding met Alex wel niets met haar relatie met Nick te maken, bedacht ze, en alles met haar relatie met Lillian. Veronica werd haar hele leven lang al door vrienden en familie gezien als de aardige zus, de goede zus. Niet dat Lillian als een slechte zus werd gezien, maar ze werd beschouwd als een zus die, zeg, minder aardig tegen zwerfdieren was, die eerder geneigd was problemen met leraren of jongens te krijgen. In tegenstelling tot Veronica was Lillian niet iemand van wie je na een eerste blik zei dat ze als vanzelfsprekend zou doen wat juist was indien ze met een moreel dilemma zou worden geconfronteerd. Misschien wilde Veronica wel gewoon weten hoe het was om slecht te zijn.

Er was nog een andere visie op de situatie mogelijk, en Veronica was er vrij zeker van dat dat Lillians interpretatie zou zijn: Veronica had zo'n medelijden met die arme vent die door Lillian in de val was gelokt, door haar was gebruikt en daarna achteloos terzijde was geschoven, zonder dat ze er ook maar even aan had gedacht of hij iets voor haar voelde en of hij wel vader wilde worden, dat Veronica besloten had de daden van haar slechte zus goed te maken en hem het op een na beste te geven, namelijk haarzelf. Veronica zette simpelweg iets recht, bracht de zaak weer in evenwicht, maakte Lillians achteloosheid goed. Als Lillian zou ontdekken dat Veronica een verhouding met Alex had, zou ze hoogstwaarschijnlijk niet boos zijn, maar Veronica simpelweg vermoeiend vinden.

En er was nog een laatste visie op de kwestie mogelijk: Veronica en Alex waren hoe dan ook voorbestemd om elkaar te leren kennen en verliefd op elkaar te worden, en dit waren simpelweg de omstandigheden waaronder dat was gebeurd.

De telefoon ging, staccato gepiep steeg op uit haar handpalm. Tussen het gepiep door nam ze een beslissing. Ze kon het niet aan de telefoon uitmaken. Ze moest hem nog één keer zien.

## XIII

Als zij en Alex zouden trouwen, fantaseerde Veronica, nippend aan haar San Pellegrino in Café Luxembourg, zou hij de vader én de oom van Lillians kind zijn. Zou dat zo erg zijn? Op het moment bestudeerde Alex de menukaart en bestudeerde zij op haar beurt zijn gezicht. Zacht en symmetrisch, warm en levendig. Jane Lust en haar zus vergisten zich niet in hun oordeel: hij was een erg mooie man. Goudbruin haar, ivoorblanke huid, ijsblauwe ogen, en de volmaakste onvolmaaktheid: een piepklein moedervlekje, als een rozenblaadje, onder zijn linkeroog.

Alex' schoonheid was detailhandelsschoonheid. Voordat hij rollen in soaps had gekregen, had hij zijn geld verdiend als fotomodel voor postordercatalogi. Nick was daarentegen knap op de ruige manier van een niet bepaald wegkwijnende kunstenaar. Hij was lang en slank en droeg zijn donkere, schouderlange krullen in een losse paardenstaart. Zijn scherpe kin werd door een eeuwig stoppelbaardje gesierd. Veronica voelde zich gemeen toen ze besefte dat ze aan het onvermijdelijke en zondige vergelijken der geliefden was begonnen.

Een lange blonde ober, die Lillians tweelingbroer had kunnen zijn, kwam hun bestelling opnemen.

'Een salade van warme bieten en artisjokharten,' zei Alex tegen hem. Toen glimlachte hij vol aanbidding naar Veronica.

Nick zou steak met friet en rodewijnsaus hebben besteld, dacht ze. Was ze liever met iemand die steak bestelde of met iemand die een salade van warme bieten nam? Verteerd door schuldgevoel bestelde ze een steak, zich te laat herinnerend dat Alex vegetariër was. Hij zou er nooit iets over zeggen, net zomin als hij ooit iets zei over het feit dat ze rookte. Ze had in zijn bijzijn nog geen sigaret opgestoken – een hele prestatie – maar ze wist dat hij wist dat ze rookte. Alex was geen man van veel woorden, maar in de afgelopen paar weken had ze het een en ander over hem geleerd. Hij mediteerde een paar keer per dag, at nooit iets wat uit een pakje kwam en was zich voortdurend bewust van zijn verlangen naar harmonieuze continuïteit in wat hij de 'drie-eenheid van geest, lichaam en omgeving' noemde. Hij was dol op de natuur. Zijn idee van vakantie was twee weken te voet door de wouden van het noorden van Maine trekken. Hij deed twee uur per dag aan Ansura-yoga, en in het weekend volgde hij, als regelmatige deelnemer aan een totale therapie voor lichaam en geest, lessen in trapezewerken in het noorden van de staat New York. Met uitzondering van dat ene bezoekje aan de spoedeisende hulp van het St. Luke's – waar hij niets aan kon doen omdat zijn yogaleraar het alarmnummer had gebeld – ging hij nooit naar een dokter en gaf hij de voorkeur aan natuurgeneeswijzen. Als het mogelijk was, volgde hij workshops op dit gebied. Psychotherapie had hij allang opgegeven (en hij had de meeste varianten geprobeerd), omdat die stroming dat wat hem het dierbaarst was, mentale telepathie, niet serieus genoeg nam. Hij geloofde heilig in telepathie en was ervan overtuigd dat de wereld uit allerlei verschillende soorten energievelden bestond – elektromagnetische energie, zwaartekracht, enzovoort – en dat er op soortgelijke wijze 'gedachtevelden' bestonden waarmee mensen in verschillende kamers, steden, landen en werelddelen onbewust met elkaar communiceerden. Op het plafond van zijn woning stond in grote gouden letters een uitspraak van William James: 'De sprong van de ene geest naar de andere is misschien wel de grootste sprong die de natuur kan maken.' Dit detail, was Veronica opgevallen, had in Lillians beschrijving van Alex' woning ontbroken.

Veronica vond Alex fascinerend en inspirerend, ook al was deelname aan een van zijn activiteiten ondenkbaar. Ze rookte en dronk, sportte nooit en at bijna alles uit een pakje. Haar gesprekken met Jane Lust kwamen het dichtste in de buurt van wat een spirituele zoektocht kon worden genoemd, en wat haar omgeving betreft was haar opvatting van een reisje door de vrije natuur het verlaten van het gebouw waar ze woonde. In haar drie-eenheid was niet veel harmonie te vinden. Eigenlijk, bedacht Veronica zuchtend – met een snelle blik op het aan een lunchroom uit de jaren vijftig herinnerende interieur van het restaurant – hadden

95

zij en Alex gewoon een van die hartstochtelijke affaires waarin mensen afgezien van hun wederzijdse en indringende verlangen om seks te hebben erg weinig met elkaar gemeen hebben. Des te meer reden om er een punt achter te zetten, dacht ze, in het geheel niet overtuigd.

Café Luxembourg was een bekende pleisterplaats voor acteurs, en de wanden waren dan ook passend behangen met spiegels, zodat je, waar je ook zat, altijd jezelf en alle anderen in het vertrek kon zien. Het café lag dicht bij de studio waar *Doodgewone dingen* werd opgenomen, en de kans was erg klein dat hier iemand zou komen die zij of Nick kende, maar het was bij Veronica opgekomen dat ze iemand zouden kunnen treffen die Alex kende. Hij had echter niets te verbergen. De laatste tijd was er 'geen speciaal iemand' in zijn leven geweest. Lillian viel niet in de categorie 'speciaal', vermoedde Veronica, en hetzelfde gold voor god mocht weten hoeveel andere vrouwen. Veronica had tegen Alex gelogen en gezegd dat zij en Nick er een 'wat niet weet, wat niet deert'-politiek op na hielden. Alex had haar erop gewezen dat de militaire politiek met hetzelfde uitgangpunt een enorme vergissing was gebleken.

Maar hetzelfde gold voor monogamie, bedacht Veronica, terwijl ze haar blik van spiegel naar spiegel, van stel naar stel liet gaan en probeerde vast te stellen hoeveel paartjes in het café buitenechtelijk bezig waren. Haar blik bleef rusten op een bekend gezicht dat ze niet kon thuisbrengen, aan een tafeltje vlak bij het hunne. Ze vroeg zich even bezorgd af of hij een vriend van Nick was, maar toen drong het tot haar door dat hij waarschijnlijk acteur was. De vrouw met wie hij was – een knappe roodharige – had Veronica ook al eerder gezien, en ze wist bijna zeker dat dat op tv was geweest. Ze wendde zich tot Alex. Vader en oom. Voom. Ze moest denken aan de beroemde scène uit *Chinatown* waarin Faye Dunaway haar dochter vertelt wie haar vader is door haar eigen relatie met het meisje uit de doeken te doen – 'Moeder, zus; zus, moeder' – maar dit was lang niet zo erg als dat, zei ze tegen zichzelf. Hoe dan ook, ze kon maar beter met het moeilijke gesprek beginnen.

'Alex,' begon Veronica, 'heb je ooit vader willen worden?'

Een verbaasde en beschaamde uitdrukking gleed over zijn gezicht. Veronica was ontzet door haar eigen vraag. Ze begon haar verstand te verliezen. Dit was zeker niet wat ze had willen zeggen. Hij kreeg ongetwijfeld het verkeerde idee.

'Ben je...' begon hij vriendelijk. Hij maakte zijn zin niet af.

'Nee, nee, nee, nee. Dat bedoelde ik helemaal niet. Ik moest laatst aan het onderwerp vaderschap denken...' Ze zocht wanhopig naar woorden, '... en ik vroeg me af hoe je er in theorie over dacht...'

'In theorie zou ik een half elftal willen hebben.' Hij glimlachte zijn sprankelende postorderglimlach. 'Ik ben enig kind en heb altijd al broers en zussen willen hebben.'

Dit was een onderwerp waarvan hoognodig moest worden afgestapt. Ze was er tot nu toe in geslaagd om het onderwerp broers en zussen te vermijden. 'Je zou het trapezewerken op moeten geven,' zei Veronica, zich afvragend waar ze in godsnaam mee bezig was.

De blonde ober bracht hun een mandje met brood.

'De trapeze is helemaal niet gevaarlijk,' zei Alex. 'Er hangt altijd een net onder. En het is een belangrijke oefening in het kweken van vertrouwen: jij moet iemand vertrouwen, iemand moet jou vertrouwen. Ik zou het graag eens met jou doen.' Hij zweeg even. 'Je ziet er geweldig uit. De kleur van je haar doet me aan chocoladetruffels denken.'

'Je hebt gewoon honger,' zei Veronica, die op een stukje foccacia knabbelde en zich probeerde voor te stellen dat ze door de lucht zweefde, met haar armen uitgestrekt in de richting van Alex. In haar gedachten werd Alex Nick, werd Nick Lillian, werd Lillian Charles, werd Charles Lillians ongeboren kind.

'Zou jij een kind willen hebben?' vroeg Alex.

Om de een of andere reden had Veronica niet op deze vraag gerekend, en even was ze uit het lood geslagen. Nick bracht het onderwerp kinderen met enige regelmaat ter sprake, maar slechts in de context van nageslacht als een of ander esthetisch bevredigend en oorspronkelijk idee, als in Gelukkige kunstenaar met kinderen tegenover de Eenzame piekerende kinderloze kunstenaar, die gemeengoed was. Hij had haar nooit simpelweg en rechtstreeks gevraagd, zoals Alex nu deed, of ze kinderen wilde. De ober die op Lillian leek, bleef rond hun tafel hangen, alsof hij op haar antwoord wachtte.

'Nee,' zei ze ten slotte, 'ik wil geen kinderen. Ik vind het onverantwoord.' Ze begon van het liegen te genieten. Ze dacht aan Boss Tweed, en aan het feit dat stelen een verslaving voor hem moest zijn geweest. 'Waarom zou je nog een kind op deze wereld zetten?' Ze zat er helemaal in, was niet meer te stuiten, en dacht: waarom zou je nog aan een trapeze gaan hangen als je met liegen hetzelfde effect kunt bereiken? 'Er zijn al zoveel kinderen. Als ik er dan toch een zou willen, zou ik er een adopteren.'

De ober kwam hun eten brengen en Veronica was ontzet. Alex had een kleurrijke, gezonde en bescheiden lunch voor zich staan. Voor haar stond een groot, grijs, sissend en stinkend instantinfarct.

'Omdat ik zelf geadopteerd ben,' zei Alex, met zachte, vriendelijke stem, 'wil ik erg graag weten hoe het zou zijn om een kind te hebben dat aan mij verwant is. Maar ik ben bang dat ik geen goede vader zou zijn. Ik vertrouw mezelf en mijn drie-eenheid nog steeds niet. Daarom doe ik dingen als trapezewerken, in een poging vertrouwen te vinden.'

Veronica, die zich al een tijdje mentaal instabiel had gevoeld, begon nu echt aan haar gezonde verstand te twijfelen. Ze was helemaal vergeten dat Alex geadopteerd was. Ze voelde zich erg onaangenaam, om niet te zeggen verbijsterd, door zijn gebabbel over zijn drie-eenheid. De acteur aan het tafeltje vlak bij hen, die ze eerder had gemeend te herkennen, zat wild te gebaren en zei iets in het Italiaans. De roodharige vrouw lachte trots, genietend, zoals een moeder om haar kind lacht, en Veronica besefte dat het Roberto Benigni was, de komiek en acteur-schrijver-regisseur van *La vita è bella*, een film over een vader in een concentratiekamp die net doet alsof de holocaust een spelletje is in een poging zijn zoontje tegen de waarheid te beschermen. De vrouw die hem vergezelde, was zijn vrouw Nicoletta Braschi, die in de film ook zijn vrouw speelde. Veronica wilde het net tegen Alex zeggen toen ze zich herinner-de dat ze de film vreselijk had gevonden. Ze had het gevoel gehad dat ze enorm werd gemanipuleerd, dat ze het slachtoffer van een goedkope truc was. Benigni had een reusachtige tragedie uit het echte leven gebruikt om op eenvoudige wijze diepe emoties bij de toeschouwers los te maken, liet hen vervolgens lachen en huilen, voegde er nog eens een kind aan toe, en voilà, de artistieke onder-neming was een Oscarwinnaar geworden. Natuurlijk was dat min of meer wat een artiest behoorde te doen, maar waarom had ze dan zo'n diepgewortelde afkeer jegens de film ervaren?

'Ik vertrouw je,' zei Veronica, die zich erg onbetrouwbaar voel-de. Ze keek naar haar onaangeroerde steak.

'Vertrouwen betekent voor mij simpelweg dat ik in staat ben om de mogelijkheid te aanvaarden dat alles mogelijk is,' zei Alex. 'Ik vertrouwde erop dat ik de meest fantastische vrouw ter wereld zou leren kennen, en kijk eens aan,' hij stak zijn hand uit en liet zijn vinger over haar neus gaan, 'dat is gebeurd.'

Veronica kon niet geloven dat Alex echt dat soort dingen zei. Ze wilde in lachen uitbarsten en zeggen dat hij zich niet zo moest aan-stellen, maar ze wilde hem vooral geloven.

'Laat ik je eens een verhaal vertellen waaruit blijkt wat ik bedoel als ik zeg dat alles mogelijk is,' begon hij. 'Toen ik laatst kiespijn had, ging ik naar een tandheelkundig genezer. Dat was een enor-me, zwaar getatoeëerde kerel met een groot litteken op zijn wang die vroeger lid van de Hell's Angels was geweest.'

Veronica staarde naar haar steak en vroeg zich af of ze ergens in de neerwaartse spiraal die haar leven was met gekkekoeienziekte besmet was geraakt en de symptomen zich nu openbaarden.

'Terwijl hij mijn mond onderzocht,' vervolgde Alex, 'en met een pauwenveer over mijn tong streek en het energieveld van mijn mond bestudeerde, vertelde hij me dat er op een dag een oudere vrouw bij hem was gekomen. Ze had vreselijk veel problemen met haar kunstgebit. Het viel voortdurend uit haar mond, deed pijn aan haar tandvlees, bezorgde haar hoofdpijn. Ze droeg het liever niet, maar daar werd haar familie gek van. Ze konden niet bij haar in de buurt zijn als ze haar kunstgebit niet droeg. Ze was al bij vijf of zes verschillende tandartsen geweest en had drie verschillende gebitten laten maken, wat haar heel wat geld had gekost. Haar zoon en dochter kwamen steeds minder vaak bij haar langs omdat ze de kleinkinderen zo aan het schrikken maakte als ze op de gekste momenten haar gebit uit haar mond haalde. Toen ze in een winkel op zoek was naar een verjaardagscadeautje voor haar beste vriendin, moest ze niezen en viel haar gebit in de etalage.'

Veronica, die concludeerde dat ze waarschijnlijk toch al gekkekoeienziekte had, begon aan haar steak. Ze keek even naar Benigni om er zeker van te zijn dat hij er nog steeds was en ze zich dit allemaal niet had verbeeld. Hij was er nog steeds, en ze vond dat ze te hard over hem had geoordeeld. Elke carrière kende zijn zwakke momenten. Jerry Lewis was bijvoorbeeld de scenarist, regisseur en hoofdrolspeler van *The Day The Clown Died* geweest, een film over een circusclown die de kinderen in concentratiekampen op weg naar de gaskamer had vermaakt.

'Haar leven viel in duigen,' vervolgde Alex. 'De vriendin voor wie ze het cadeautje wilde kopen, vertelde haar over de tandheelkundig genezer. De tandheelkundig genezer voelde aan haar orale veld dat het heel anders was dan de andere velden die hij tot dan toe had gezien. Hij herstelde het zo goed als hij kon en stuurde haar toen naar huis. De volgende dag belde ze hem op om te vertellen dat ze ondraaglijke pijnen leed. Het voelde alsof haar kaak elk moment kon breken, zei ze. Hij zei dat ze onmiddellijk moest komen, en dat deed ze. Weer voelde hij een bijzonder eigenaardig veld en deed hij wat hij kon om het op de een of andere manier terug in vorm te brengen. Toen ze wegging, voelde ze zich iets beter. De volgende dag belde ze hem huilend op. Niet alleen had ze het gevoel dat haar kaak in een bankschroef zat die langzaam werd aangedraaid, haar tandvlees was ook nog eens rauw en bloederig geworden.'

Veronica's steak was werkelijk overheerlijk. Rood, sappig, zacht van binnen, een tikje knapperig aan de buitenkant.

'De voormalige Hell's Angel liet haar weer langskomen en stond weer versteld van wat er volgens hem gebeurde, maar kon het niet echt geloven. De volgende dag belde de oudere vrouw, die hevige pijnen leed, weer een paar keer en liet berichten op het antwoordapparaat achter, maar de tandheelkundig genezer nam niet op. Er gingen twee dagen voorbij. Ze belde weer. Hij nam op, en ze vertelde hem dat ze die ochtend wakker was geworden met een heel nieuw gebit, haar eigen gebit. Ze had nieuwe tanden gekregen!'

'Wauw,' zei Veronica, die zichzelf ervan verzekerde dat ze nooit door iets drastisch als gekkekoeienziekte getroffen kon zijn. Misschien was het wel het begin van schizofrenie. Ze zou het aan Lillian moeten vragen. 'Dat is me nogal een verhaal, Alex. Geloof je het?'

Alex haalde zijn schouders op. 'Het enige wat ik weet, is dat ik geen kiespijn meer heb gehad sinds hij me dat verhaal heeft verteld.'

Weer keek Veronica naar Benigni en zijn vrouw. Ze zaten te praten en te lachen en proefden van elkaars eten. Alex had gelijk, besefte ze, toeschouwers verwachtten niet dat een verhaal letterlijk was. Sterker nog, toeschouwers verlangden, of eisten zelfs, dat ze emotioneel en intellectueel werden gemanipuleerd. Dus waarom, vroeg Veronica zich af, stoorde *La Vita è bella* haar zo? Vanwege het idee van verschrikkingen als een spel? Of kwam het gewoon omdat ze het verhaal niet geloofde? Het probleem was niet dat ze zich gemanipuleerd voelde, het probleem was dat ze zich niet genoeg gemanipuleerd voelde. En omdat ze het verhaal niet geloofde, vertrouwde ze het niet. Ze dacht aan *The Producers* van Mel Brooks, die eveneens de verschrikkingen van Hitler als materiaal voor een komedie had gebruikt en met een verhaal op de proppen was gekomen dat nog veel vergezochter en uitzinniger dan dat van Benigni was, maar voor Veronica was het overtuigend geweest.

'Ik moet terug naar de set,' zei Alex, die zijn hand uitstak en haar over haar wang streelde. 'Wat was er zo dringend dat je het met me wilde bespreken?'

Veronica was het zelf helemaal vergeten. Ze keek weer naar Benigni en Braschi, die volledig in elkaar opgingen. Ze had ergens gelezen dat ze al meer dan tien jaar bij elkaar waren. En Mel Brooks en zijn vrouw, Anne Bancroft, waren al bijna vijftig jaar samen. Dat was zelfs een nog grotere prestatie dan een nieuw gebit voor een gepensioneerde.

'O, dat kan morgen ook nog,' antwoordde ze, en toen ze het café verlieten, was ze er zeker van dat de ober naar haar knipoogde.

# Vier

## XIV

Op een heldere maandagochtend begin mei, toen de kornoeljes en kersenbomen in een schitterende volle bloei stonden en Lillian in Konditorei Hongarije op Veronica zat te wachten, was ze er bijna zeker van dat ze haar baby voor de eerste keer voelde schoppen. Het was niet echt een schopje, het was eerder een fladdering, een vederlichte kus, het gevoel dat je in je buik krijgt als je plotseling van grote hoogte afdaalt. Maar het zou natuurlijk ook indigestie kunnen zijn. Lillian was veertien weken zwanger en kon nog zonder haar adem in te houden haar spijkerbroek dichtknopen. Tot nu toe was ze nog maar een kilo aangekomen. Ze had nooit echt op haar gewicht gelet omdat haar lengte en snelle verbranding er altijd voor hadden gezorgd dat ze slank bleef. Kate had haar verteld dat ze na de eerste drie maanden een pond per week zou aankomen, wat tot nu toe precies zo was gebeurd. De gedachte dat ze misschien wel twaalf kilo zwaarder zou kunnen worden, verbijsterde haar. Het was niet zo dat ze niet wist dat zwangere vrouwen aankwamen. Ze had genoeg vrouwen gezien die zeven, acht maanden zwanger waren en zich verbaasd over hun gewicht en vorm. Maar nu het om haar eigen lichaam ging, was de hele lichamelijke verandering iets onmogelijks, en ze voelde zich als het domme slachtoffer van een typisch geval van pech dat ongelovig zegt: 'Ik had nooit gedacht dat het mij zou kunnen overkomen.'

Hoewel de lichamelijke veranderingen verontrustend waren, vormden de geestelijke aanpassingen een veel grotere uitdaging. Het leek wel alsof haar verbeelding de fantasieën er in hetzelfde tempo uitgooide als de cellen van de foetus zich konden delen. In haar duisterste fantasie was haar lichaam de gastheer van een buitenaardse levensvorm. Ze droeg duivelsgebroed in zich, een driekoppig monster, een zuurspuwende vleeseter. Soms merkte ze dat ze walging voelde voor dit wezen dat voor alles van haar afhankelijk was, en ze gaf het de schuld van het feit dat ze ten gevolge van een of andere bizarre complicatie tijdens de bevalling haar leven zou kunnen verliezen. Ze wilde graag een kind, maar ze wilde ook heel graag niet sterven voor dat kind. Lillian vond deze sombere gedachten verontrustend, maar ze had het nog moeilijker met het feit dat ze, sinds ze zwanger was, vaak golven van liefde en algehele sympathie voor de mensheid voelde. Gelukkig trokken die golven snel weg, en meestal was ze in staat ze onder controle te houden en de plotselinge behoefte om bijvoorbeeld kirrend boven een pasgeborene te gaan hangen of een oud vrouwtje te helpen bij het oversteken te onderdrukken.

Die morgen was het in de konditorei een bijzonder levendige boel. Alle tafeltjes waren bezet, en de gewoonlijk zo chagrijnige klanten leken opvallend vrolijk en babbelden als oude vrienden met elkaar. De foto's van *Dossier Rosebud* hingen nog steeds aan de muur, de meeste met kleine ronde rode stickers met verkocht erop. De geur van koffie en versgebakken taarten en koekjes was weer te verdragen. De plotselinge aanvallen die door willekeurige geuren werden opgewerkt – een ervaring die ze zo afschuwelijk had gevonden dat ze parfum was gaan gebruiken om andere luchtjes op afstand te houden – waren verdwenen. Helaas lokte het parfummonster dat ze in Kates wachtkamer uit een *Vogue* had gehaald een veel ingewikkelder reactie uit. Een paar minuten nadat ze het luchtje had opgebracht, werd ze niet alleen heel erg misselijk, maar werd ze ook plotseling herinnerd aan een pijnlijke ervaring met haar vader die kort voor zijn dood had plaatsgevonden.

Lillian wist dat de reuk het enige zintuig is dat direct zijn weg naar de hersenschors kiest, zonder onderweg nog even te stoppen bij de thalamus, de verkeerstoren van de voorhersenen. Wanneer we een berg zien, zorgt de thalamus ervoor dat we niet alleen maar een berg zien. Er worden signalen naar het taalcentrum in de hersenen gestuurd waardoor we ook het woord 'berg' waarnemen, evenals het soort berg, de kennis over bergen die reeds aanwezig is, en de kennis over de berg die we op dat moment zien. Delen van de hersenen waarin emoties en herinneringen worden verwerkt, wekken uiteindelijk associaties op met de bewuste berg in kwestie en met bergen in het algemeen, maar omdat er, qua bergen, erg veel in de hersenen gebeurt, kunnen we onszelf indien nodig erg snel van die circuits loskoppelen. Gevoelens en herinneringen die met geuren zijn verbonden, zijn echter nagenoeg niet te onderdrukken omdat een eenmaal ingeademde geur direct neuronale activiteiten opwekt in delen van het geheugen- en emotiecentrum, zoals de amygdala en de hippocampus. Sommige neurowetenschappers denken dat het limbische systeem, het systeem dat het nauwst met gevoelens is verbonden, is voortgekomen uit het olfactorisch systeem. En een van de opvallendste neurobiologische ontdekkingen van het afgelopen decennium was het enorme aantal genen dat met de reuk te maken heeft.

In een reflex legde Lillian haar hand op haar onderbuik. Het voelde alsof iemand zojuist een champagnefles in haar baarmoeder had ontkurkt. Ze was er nog steeds niet zeker van dat de explosie binnenin een schopje was geweest. Veertien weken was erg vroeg. Felle verstoringen in de spijsvertering waren een even logische verklaring. Wat het ook was, het gevoel was zowel verontrustend als verheugend.

Lillian keek in de richting van de deur, zich erover verbazend dat haar zus alweer te laat was. Veronica maakte de laatste tijd een zure en terughoudende indruk – ze was veel meer Lillian dan Lillian de laatste tijd was geweest. Lillian begon zelfs het gezelschap van haar zus boven dat van haarzelf te verkiezen, een stand van zaken die ze nooit had kunnen voorzien. Ze hoopte oprecht dat ze door haar zwangerschap niet sentimenteel zou worden. Dat zou ten eerste voor haar werk al desastreus zijn. Ze zou de geloofwaardigheid van al haar cliënten verliezen, wier fijn afgestemde radars al de kleinste zweem van sentimentaliteit die niet kon worden vertrouwd, konden oppikken. Ze maakte zich vooral zorgen over het mogelijke effect op Charlotte. Lillian geloofde dat kinderen wisten wanneer volwassenen hen sentimenteel behandelden. Wat er eigenlijk gebeurde, was het opwekken van nostalgie, dat wil zeggen een misplaatst verlangen naar de eigen jeugd, dat niets te maken had met het kind met wie ze aan het praten waren. Kinderen, concludeerde ze, vatten sentimentaliteit bij volwassenen op als een teken dat ze in de steek zouden worden gelaten. Lillian zou op heel korte termijn aan haar cliënten moeten vertellen – en weer was Charlotte degene aan wie ze echt dacht – dat ze een kind verwachtte. De angst om in de steek te worden gelaten, jaloezie, woede en wrok waren allemaal gevoelens die ze doorgaans met het gemak en de precisie van een supergeleidende magneet in zich opnam en weer terugkaatste. Maar om de een of andere reden was ze, nu dit ding in haar groeide, bang voor de negatieve reacties van haar cliënten. Het was onvermijdelijk dat Charlotte zich afgewezen en ingeruild zou voelen – en om die reden een hekel aan Lillian zou krijgen. Aan de andere hand hoefde het niet per se zo te gaan. Stel dat Charlotte zich zou verheugen op dit nieuwe leven? Stel dat ze zich betrokken voelde bij de geboorte, dat ze een band met het ongeboren kind zou ontwikkelen, met het kind mee zou leven en diens beschermster zou worden? Lillian liet haar kin op haar handen rusten en vroeg zich af wat er in hemelsnaam met haar aan de hand was – ze was zo ontzettend positief dat het gewoon angstaanjagend was.

Een jonge man met veel te lange bakkebaarden ging aan het tafeltje van Lillian zitten. Hij droeg een jasje van rode spijkerstof en had *Slachthuis vijf* van Kurt Vonnegut onder zijn arm.

'Je kunt hier niet zitten,' snauwde ze. 'Ik zit op iemand te wachten.'

Haar vader had een Vonnegut-fase gehad. Ze kon zich nog de boeken op zijn nachtkastje herinneren: *De sirenen van Titan, Welkom op de apenrots, Geen kind en geen wieg, Ontbijt van kampioenen, Slapstik.* Ze had ze als kind allemaal gelezen, in een poging haar vader te begrijpen. De duistere, satirische, sci-fi moraliteiten waren haar grotendeels ontgaan, maar toch had ze ervan genoten, al maakte ze zich door die boeken nog veel meer zorgen over de geestesgesteldheid van haar vader.

De student – donker en knap, zij het onverzorgd – keek haar boos aan en liep verder. Ze zag dat hij om zich heen keek en toen koers zette naar een ander tafeltje waaraan een vrouw alleen zat. In elk geval spermadonormateriaal, dacht Lillian, die even spijt voelde omdat ze hem niet aan haar tafeltje had laten plaatsnemen. Na een lange periode van onverschilligheid had ze de laatste tijd het gevoel dat ze seksueel even uitgedroogd was als een puberjongen. Het leek wel alsof bijna elk exemplaar van de mannelijke soort haar dorst zou kunnen stillen, en daardoor had ze al eens uit een bezoedelde bron gedronken: Ben, de vader van Charlotte. Alle bronnen waren op de een of andere manier verontreinigd, luidde haar redenering. Iets als ongecompliceerde seks bestond gewoon niet. En aan Veronica's uitdrukking te zien (ze was net binnengekomen en liep met een blozend, beschaamd en schuldig gezicht naar Lillians tafeltje) gaf ze zich eveneens over aan seks van de bezoedelde soort.

'Hoi, Lillian,' zei ze, terwijl ze ging zitten. Ze droeg een babyblauw mohair truitje met korte mouwen en een marineblauwe stretchbroek met een motief van witte madeliefjes. Hoewel Veronica de laatste tijd akelig laat was, waren haar kleren nog steeds opgewekt. 'Het spijt me dat ik weer zo laat ben. Ik heb niet goed geslapen.' Ze bloosde.

Ze slaapt niet goed, dacht Lillian, omdat ze met iemand slaapt die niet Nick is. Lillian ging haar niet de waarheid ontfutselen. Ze wilde dat het avontuurtje van haar zus alle kans kreeg om tot volledige passie op te bloeien. Pas dan zou Veronica de moed hebben om een einde aan haar huidige relatie te maken, die nergens toe leidde. Maar Lillian begreep nog steeds niet waarom Veronica haar niets over haar verhouding had verteld. Het kostte Veronica altijd moeite om een geheim te bewaren; ze vond geheimen gemeen omdat ze exclusief waren.

'Op weg hierheen,' ging ze verder, 'drong het tot me door dat ik een onnadenkende zus ben geweest.'

Lillian trok een wenkbrauw op. 'Bedoel je een zus die niet na-denkt of een die niet aan een ander denkt?'

'Wat voor dag was het gisteren?' Veronica sprak tegen Lillian alsof die een klein kind was, en geen volwassen vrouw die een kind ging krijgen.

'Zondag. Hoezo?' antwoordde Lillian, geïrriteerd door het reto-rische, schooljufachtige toontje van haar zus.

'Nee, gekkie, het was moederdag!' Veronica boog zich voorover en gaf Lillian een stevige zoen op haar wang. 'En ik heb je niet eens gebeld. Ik was het helemaal vergeten. Doorgaans probeer ik moe-derdag uit mijn gedachten te bannen, maar nu hebben we een nieuwe reden om het te vieren.'

Lillian voelde zich geïrriteerd en opgelucht tegelijk. Veronica was weer de oude Veronica, die voorbij de grenzen van redelijke opgewektheid dwaalde.

'Heb je haar gebeld?' vroeg Lillian.

'Wie?'

'Toe nou, Veronica.'

'Nee.'

Ze bleven even zwijgend zitten. Een magere ober met een blad gebakjes riep Guinevere. Guinevere bleek de besproete brunette aan de tafel van Vonnegut te zijn. Lillian keek op, en haar blik kruiste die van de jongen. Hij kon nog steeds zo worden geplukt, vertelde de blik haar. Hij had zijn jasje uitgetrokken en droeg een wit T-shirt. Zo te zien sportte hij wanneer hij zich niet met de mo-rele verhandelingen van de gekke wetenschapper van de laat-twin-tigste-eeuwse Amerikaanse literatuur bezighield. Lillian richtte haar aandacht weer op Veronica en vroeg zich af of ze wel of geen zin had in het onderwerp moederdag. Het zou leiden tot hetzelfde slang-eet-zijn-staart-op-gesprek dat ze met enige regelmaat voer-den – een eindeloze spiraal van niet te beantwoorden vragen die het eenvoudige feit dat hun moeder hen niet wilde kennen moes-ten verdoezelen. Het moeilijkste van haar afwijzing was echter dat die niet volledig, definitief of duidelijk was. Bij tijd en wijle ontvin-gen Lillian en Veronica een pakje uit het binnenland van Nieuw-

Zeeland met boeken die Agnes onlangs had gelezen en aan hen wilde doorgeven, met jam en chutney die ze had gemaakt, een trui of blouse die ze in een winkel had gezien en waarvan ze dacht dat die wel geschikt zou zijn voor een van haar dochters. Ze stuurde brieven waarin ze aan hen vroeg of ze langs wilden komen – waarna een ansichtkaart volgde waarop een probleem met de boerderij of het huis stond beschreven dat haar onmiddellijk aandacht vereiste, zodat het nu niet het juiste moment voor een bezoek was. En om de paar jaar beloofde ze naar de Verenigde Staten te komen. Een of twee keer was ze erin geslaagd Californië te bereiken alvorens terug te keren naar huis voor een noodgeval waarbij een pauw of een lama of beide waren betrokken.

'Weet ze dat je een kind krijgt?' vroeg Veronica. Dezelfde magere ober bracht Veronica haar Wiener melange en een kersenstrudel.

'Nee,' antwoordde Lillian, die een slok van haar zwarte koffie nam. 'En ik geloof niet in moederdag. Het is weer een kapitalistische samenzwering om vrouwen te kleineren.'

Lillian vond het al doodeng om Charlotte te vertellen dat ze zwanger was, maar huiverde helemaal bij het idee dat ze het tegen haar moeder zou moeten zeggen. Er waren twee reacties mogelijk. Agnes kon het nieuws geheel negeren, wat niet erg zou zijn. Of ze zou voor de bevalling naar New York komen, wat vreselijk zou zijn.

'Misschien verander je wel van gedachten,' zei Veronica knipogend, 'als je eenmaal moeder bent.' Ze begon te snuffelen, met haar neus omhoog, als een zeehond in de dierentuin die wacht totdat hem een visje wordt toegeworpen. 'Je hebt geen parfum meer op.'

'O, dat. Dat was een mislukt experiment.' Het verbaasde Lillian dat het Veronica was opgevallen.

'Toen ik het rook, kon ik me herinneren dat jij en Agnes ooit eens een vreselijke ruzie over parfum hebben gemaakt. Ze dacht dat Charles een vrouw mee naar huis had genomen en dat jij dat wist. Weet je dat nog?'

'Nee,' loog Lillian. Ze kon zich drie momenten uit haar leven herinneren waarop ze echt bang was geweest: toen ze hoorde dat haar vader en haar zus een auto-ongeluk hadden gehad; toen de riksja dat meisje in Colombo had geraakt; en toen haar vader haar een flesje parfum gaf.

'Weet je dat zeker?' drong Veronica aan. 'Agnes dacht dat er een andere vrouw bij ons thuis was geweest omdat ze parfum rook en jij tegen haar zei dat het jouw parfum was. En toen zei ze dat je loog. Ik weet niet meer wat er daarna gebeurde, maar ik weet dat jullie twee een vreselijke ruzie hadden. Ik denk echt dat Charles misschien nog een gezin had, of in elk geval een minnares.'

'Ik weet het niet meer,' zei Lillian. Ze voegde eraan toe: 'Ik vrij met de vader van een van mijn cliënten, een meisje wier moeder onlangs bij een auto-ongeluk om het leven is gekomen en die ten gevolge van het ongeluk mogelijk zelf neurologische schade heeft opgelopen.'

Veronica keek ontzet. Maar Lillian vertelde haar zus over Ben en Charlotte om te voorkomen dat ze over hun ouders en het parfum zouden praten. Het was een trucje dat ze vaak met zichzelf uithaalde. Wanneer iets ondraaglijk werd, ging Lillian gewoon verder met iets wat nog ondraaglijker was, in de hoop dat het eerste in vergelijking minder erg zou zijn. Iets dergelijks had ze ook met Charlotte gedaan. Het idee dat ze geen rol in Charlottes leven meer zou spelen, was ondraaglijk geworden, maar het idee dat ze Charlotte zou kwetsen, was nog ondraaglijker, dus daarom was ze naar bed geweest met Ben, de vader van Charlotte, waardoor het idee om Charlotte te verliezen iets beter te verdragen was. Lillian wist dat haar gedrag pervers was, maar tot voor kort had pervers gedrag haar nooit zorgen gebaard. En het waren de zorgen die haar zorgen baarde, niet het gedrag.

'De manieren waarop ik dit meisje bedrieg, zijn zo talrijk en vreemd dat ik niet eens doe alsof ik ze begrijp. Maar wat me dwarszit, is dat ik me er schuldig over voel. Ik voel me nooit schuldig.'

'Dat is waar,' zei Veronica, die een hapje van haar gebakje nam. 'En de vader van het meisje?'

Echt iets voor Veronica, dacht Lillian, om zich eerst zorgen over de man te maken. 'Hij is zo radeloos dat hij niet beseft wat hij doet. Ik blijf maar zeggen dat alles wel goed zal komen. En hij heeft geen idee dat ik zwanger ben.'

Veronica legde haar gebakje neer en werd opeens erg druk, bijna onbezonnen. 'Heb je je misschien vergist en is hij de vader van de zygoot, en niet die man van de spoedeisende hulp?' vroeg ze.

'Nee,' zei Lillian, geërgerd dat de vader van haar baby voor Veronica zo belangrijk was. Het was duidelijk dat zij iets in Ben zag omdat ze voor de toekomst hoop koesterde op iets wat op een traditioneel gezinnetje leek. 'Ik heb even over Ben nagedacht, maar op dat moment vond ik dat de situatie al ingewikkeld genoeg was. Ik wil deze geboorte simpel houden.'

Veronica's uitdrukking veranderde en werd ongelukkig. Lillian zou nooit begrijpen waarom haar zus zich zo druk maakte over de vader van haar kind. Wat kon het Veronica schelen wie het was? Haar obsessie had waarschijnlijk iets met memen te maken. Volgens Richards Dawkins' theorie over culturele genetica zijn de hersenen van mensen gekoloniseerd door memen: zichzelf vermenigvuldigende stukjes cultuur, zoals clichés, ideeën en gewoonten. Memen die betrekking hadden op het belang van vaderschap hadden ongetwijfeld de hersenen van Veronica geïnfecteerd.


## XV


Het was een regenachtige, winderige en grijze dag, en Lillian was niet op school, maar lag thuis met koorts in bed. Ze vond het niet erg, want ze hoefde niet over te geven en ze had een hekel aan doctor Small, haar leraar van groep zeven. Hij had een paarse neus waarop een vierkante bril met een hoornen montuur rustte, en zijn vette bruin haar was bedekt met roos zo dik als sneeuw. Hij was niet eens een echte doctor, en Lillian wist dat ze nu al veel slimmer was dan hij ooit zou worden. Agnes had de hele morgen om haar heen gedard: temperatuur gemeten, sap en geroosterde boterhammen gebracht, geprobeerd haar kamer op te ruimen. Uiteindelijk had Lillian haar eraan moeten herinneren dat ze te laat op haar werk zou komen. Het was niet dat Lillian van Agnes af wilde zijn, maar ze had haar gewoon niet nodig.

Lillian voelde weer een kille huivering opkomen en keek verlangend naar de dekens op Veronica's keurig opgemaakte bed, maar had niet genoeg energie om op te staan, een meter te lopen en de keurig ingestopte dekens los te trekken. Veronica hield zoveel van Lillian, de druk ervan was ondraaglijk, nog afgezien van het feit dat, als puntje bij paaltje kwam, Lillian het niet verdiende. Lillian had niets wat een dergelijke aanbidding rechtvaardigde. Ze kreeg er het gevoel van dat ze maar deed alsof, en dat deed ze helemaal niet.

Lillian draaide zich om, waardoor haar flanellen nachtpon langs haar heupen omhoogkroop en haar lange blonde haar tot een hopeloos vogelnest samenklitte. Ze stak haar hand uit naar de stoel naast haar en trok alles wat daar op lag over zich heen: truien, spijkerbroeken, ondergoed, blouses, pyjama's – sommige dingen schoon, de meeste niet. Toen trok ze haar nachtpon recht, langs haar enkels naar beneden. Ze legde haar handpalmen tegen elkaar, alsof ze bad, en klemde die tussen haar dijen, en boog haar knieën en trok haar schouders op in een poging warm te blijven. Ze kroop zo diep onder de dekens weg als ze maar kon, hoopvol wachtend op de volgende fase, waarin ze zou ophouden met huiveren en zou beginnen te zweten.

Ze schrok op toen ze de voordeur dicht hoorde vallen. Agnes heeft vast iets vergeten, dacht ze. Haar vader kon het niet zijn. Hij zou pas over een week thuiskomen. Misschien was het een insluiper, een dief, een moordenaar. Zich niet langer druk makend over haar lichaamstemperatuur hield ze haar adem in en luisterde aandachtig. Haar slordigheid kon haar leven redden, besefte ze, want ze lag verborgen onder haar wasgoed. Toen ze naar de geluiden van beneden lag te luisteren, begon ze last te krijgen van gekke en koortsachtige overwegingen: moest ze blijven liggen waar ze lag en wachten totdat ze zou worden vermoord? Moest ze uit het raam proberen te ontsnappen? Moest ze de slaapkamer van haar ouders binnenglippen en de politie bellen?

Toen ze voetstappen de trap op hoorde komen, bleef ze haar adem inhouden, zich afvragend hoe het zou zijn om te sterven. Lillian dacht gewoonlijk niet over de dood na, maar Veronica had haar er van jongs af aan altijd vragen over gesteld. 'Als ik doodga, gaan jij en alle andere mensen dan ook dood?' had ze willen weten. 'Gaan we dood om plaats te maken voor andere mensen, of gaan we dood zodat we ons beter voelen als we nog leven?' Lillian was van mening dat ze, als ze dood was, niet zou weten dat ze dood was, dus waarom zou ze zich er druk over maken?

Niet in staat nog langer haar adem in te houden ademde ze de zure lucht in die onder de dekens was blijven hangen. Het zou ironisch zijn, dacht ze, als ze door verstikking om het leven zou komen. Het drong tot haar door dat dieven meestal inbreken. Degene die de trap op kwam, had een sleutel gebruikt om binnen te komen, wat betekende dat de insluiper hoogstwaarschijnlijk Charles was. Terwijl ze luisterde naar het bonk, bonk, bonk op de overloop vroeg ze zich af of ze even een kijkje moest gaan nemen. Voordat ze moed had kunnen verzamelen, passeerden de voetstappen haar kamer en gingen verder naar de kamer van haar ouders. Stilte volgde. Lillian kroop terug naar het hoofdeinde van het bed en gluurde onder de dekens vandaan. De lucht die ze inademde, was koel en schoon, en even had ze het gevoel dat ze geen gevaar liep. Maar toen verderop het geluid klonk van laden die werden geopend en gesloten, dook ze weer weg onder de stapel wasgoed. Nu was de insluiper bij de kast op de overloop, waar ze koffers bewaarden. Het moest haar vader wel zijn. Ze kroop weer onder de dekens vandaan.

'Charles,' fluisterde ze.

Ze hoorde meer geritsel, het geluid van laden die werden geopend, vanuit de slaapkamer van haar ouders. Vreemd genoeg merkte ze dat ze met heel haar hart wenste dat Veronica thuis zou zijn, zodat Lillian dapper zou moeten zijn, alleen maar om haar kleine zusje te laten zien dat ze inderdaad dapper was. Ze keek ter aanmoediging naar Veronica's kant van de kamer. Haar verzameling Archie-strips lag in een nette stapel op haar nachtkastje, naast haar dagboek met de stoffen kaft met roze en groene strepen dat met een slotje sloot. De sleutel lag verstopt in een oude sok die achter in de bovenste la van het bureau van haar zusje lag, en af en toe las Lillian het dagboek, maar het was altijd teleurstellend, om niet te zeggen zielig. Het enige wat haar zusje schreef, was dat ze wilde dat mensen, en vooral Lillian, haar aardiger zouden vinden. Lillian kroop haar bed uit en liep naar de deur. Ze gluurde naar de overloop, maar zag niets. Ze hoorde alleen de plotselinge geluiden van iemand die in de kamer van haar ouders rondliep.

'Charles,' zei ze op luidere toon. Het geluid hield op. Een paar seconden later liep er een man naar de deur van de kamer van haar ouders. Heel even herkende Lillian haar vader niet, omdat hij zich een paar dagen niet had geschoren, zijn lichtblonde haar donkerder was dan gewoonlijk en met vet achterover gekamd was en zijn ogen bloeddoorlopen waren, met flinke wallen eronder. Hij staarde haar aan, met een angstige blik in zijn blauwe ogen, alsof zij de insluiper was, iemand die hem pijn zou kunnen doen.

'Ik ben ziek. Agnes zei dat je pas volgende week thuis zou komen. Je hebt me laten schrikken.' Toen ze naar hem toe liep, dook hij weg in de kamer.

'Ik ben teruggekomen om een paar spullen op te halen,' zei hij over zijn schouder, terwijl hij lukraak kleren, boeken en wat papieren van zijn bureau in een koffer gooide. 'Laat me je hoofd eens voelen.' Hij legde zijn handpalm, gezwollen en bezweet, tegen haar voorhoofd. 'O ja, jij hebt koorts. Je moet weer je bed in.'

'Ga je weer weg?' vroeg ze, wijzend op de koffer.

'Niet zo lang, een paar dagen maar, maar ik heb geen schone kleren meer,' zei hij. Hij deed de koffer dicht en liep de overloop op en de trap af. Lillian liep achter hem aan.

'Je moet echt weer in je bed gaan liggen,' zei hij.

Ze gingen naar beneden. Charles liet de koffer bij de voordeur staan en liep de keuken in. Hij deed de koelkast open, pakte een pak melk en dronk eruit, waarbij een deel van de melk langs zijn kin liep. 'Wil je ook wat?' vroeg hij, haar het pak toestekend.

'Nee, dank je,' zei Lillian, die toen zichzelf verbaasde door iets te vragen wat ze al een tijdje had willen vragen. 'Charles, is er iets mis?'

'Mis? Of er iets mis is? Helemaal niet.' Zijn stem trilde, alsof hij elk moment kon gaan huilen. Het speet Lillian dat ze het had gevraagd. Hij zette de melk terug in de koelkast, draaide zich om en staarde haar toen aan, met een vreemde, verdwaasde blik in zijn ogen, alsof hij haar eigenlijk niet zag. 'Ja, Lillian, er is iets mis, heel erg mis,' fluisterde hij. 'Je moet niet schrikken van wat ik je ga vertellen, maar ik geloof niet dat je moeder echt je moeder is. Ik bedoel, ze ziet eruit als je moeder en doet net als je moeder, maar ik ben er niet zeker van dat ze echt je moeder is. Ik weet dat het voor iemand van jouw leeftijd niet gemakkelijk is, maar als ik jou was, zou ik mijn spullen pakken en ervandoor gaan. Als je wilt, kun je nu met me mee.'

Hij ging aan de keukentafel zitten en sloeg zijn handen voor zijn gezicht.

Op dat moment leek elke denkbare verschrikking Lillian mogelijk. Haar moeder was haar moeder niet. Haar vader was haar vader niet. Ze was zichzelf niet. Alles waarvan ze had gedacht dat het waar was, was dat niet. Haar vader had zijn verstand verloren. Zij had haar verstand verloren. Dit gebeurde allemaal niet. Ze ijlde vanwege de koorts. Ze wilde wegrennen en zich verstoppen. Ze probeerde wanhopig te begrijpen wat er aan de hand was. Sprak haar vader de waarheid en ging hij inderdaad maar een paar dagen weg? Of ging hij voor altijd weg? Meende hij echt wat hij over haar moeder zei, of bedoelde hij dat Agnes was veranderd en niet zichzelf leek te zijn? Lillian was te bang om naar een uitleg te vragen. Haar rillingen waren verdwenen en ze had het nu erg warm. Ze wilde de ramen opendoen. Ze haalde diep adem en liep naar haar vader toe, die zijn vingers tegen zijn voorhoofd liet rusten.

'Pap,' zei ze, terwijl ze haar hand zachtjes op zijn schouder legde, 'heeft mama iets verkeerd gedaan?'

Hij trok Lillian op zijn schoot en overdekte haar gezicht met kussen. 'O, Lillian. Luister niet naar me. Let maar niet op mij. En doe me alsjeblieft een plezier en beloof dat je niet tegen je moeder zegt dat ik hier ben geweest. Anders zal ze alleen maar van streek raken. Beloof het me nu.'

'Dat beloof ik,' zei ze, terwijl ze zich probeerde te herinneren wanneer ze voor het laatst op haar vaders schoot had gezeten.

'Brave meid,' zei hij, en hij stak zijn hand in zijn zak. 'Kijk eens, ik heb een cadeautje voor je,' en uit zijn zak haalde hij een klein glazen flesje. 'Parfum voor mijn beste meid.'

Lillian pakte het voorwerp aan. Ze wou dat ze het kon begeren en ervan kon houden en het voor altijd zou willen bewaren. Maar alles aan dat cadeautje was verkeerd, en dat wist ze. Om te beginnen gebruikte ze geen parfum, waardoor ze zich ging afvragen wie dat wel deed. Haar moeder, maar Lillian wist dat het flesje niet voor haar moeder was bestemd. En erger nog, het was een beloning voor het feit dat ze niets zou zeggen, wat misschien bij kleine kinderen als Veronica werkte, maar zij was te oud om te worden omgekocht.

Lillians vader stond zo onverwacht op dat ze bijna op de grond viel. Ze greep naar de tafel om haar evenwicht te bewaren en liet het flesje vallen. Haar vader sprong naar voren om haar op te vangen en vertrapte het flesje onder zijn schoen. De ruimte vulde zich meteen met een zoete geur. Haar vader verstijfde en leek te zijn verbijsterd door de geur. De tranen rolden over zijn wangen.

'Ruik je dat, Lillian? Het zijn lelies, lelies voor Lillian.' Maar het rook niet naar bloemen. Het was een geur die eerder aan muskus deed denken, bijna als babypoeder. Ze bleef doodstil staan terwijl hij neerhurkte en zijn zakdoek gebruikte om de stukjes gebroken glas op te rapen. 'Je hebt blote voeten,' zei hij, en toen tilde hij haar op en droeg haar de keuken uit, terug naar haar slaapkamer. Hij keek naar haar bed en giechelde. 'Nog steeds een sloddervos, net als ik. Laten we je zus een beetje plagen.' Hij trok de lakens en dekens van Veronica's bed en zette haar neer. Hij trok de dekens over haar heen en zei: 'Maak je geen zorgen, Lillian, ik kom weer terug.'

Lillian hoorde zijn voetstappen de trap af gaan en naar buiten lopen. Ze sprong het bed af en rende naar beneden. Ze wilde hem vragen of hij wilde blijven. Maar tegen de tijd dat ze de voordeur bereikte, kon ze nog net zijn olijfgroene Dodge Charger om de hoek zien verdwijnen. Er was iets niet in orde met haar vader. Dat was haar al weken, misschien zelfs al maanden opgevallen. Hij had altijd al last van wisselende stemmingen gehad – het ene moment gelukkig, het volgende in een of andere duistere wereld – maar dit was anders. Haar moeder scheen zich niet al te veel zorgen te maken over het gedrag dat haar vader de laatste tijd vertoonde – het maakte haar alleen maar bozer en argwanender. Lillian durfde nooit goed met Agnes over Charles te praten, want zolang als ze zich kon herinneren, had Agnes haar er altijd van beschuldigd dat ze zijn kant koos. Ze zei, soms bij wijze van grap, soms niet: 'Het begon allemaal toen ik de fout maakte om hem jou de naam Lillian te laten geven. Sindsdien zweert hij met jou tegen mij samen.' De parfumlucht was zo overweldigend dat ze voordat ze naar bed ging het raam beneden opendeed, in de hoop dat de lucht zou zijn verdwenen voordat haar moeder thuiskwam. Lillian, die weer voelde dat er koude rillingen aankwamen, kroop in Veronica's bed en nestelde zich diep onder de dekens. Toen ze in slaap viel, glimlachte ze en dacht: 'Lelies voor Lillian', misschien was het parfum echt voor mij.

## XVI

Het was een prachtige dag in mei – warm en zonnig met een aangenaam briesje. Lillian, Ben en Charlotte zaten op het bovendek van de veerpont naar Staten Island, in houten witte dekstoelen die aan het dek waren vastgemaakt. De lucht rook naar de haven, de wind voerde niet de geur van een wilde zilte zee mee, maar eerder van een soort bedompt pekelwater, afgewisseld met de dieseldampen die de veerboot bij tijd en wijle uitstootte. Af en toe rook de lucht helemaal nergens naar, en voor Lillian was dat heerlijk. Toen de John F. Kennedy – met wat halfhartig gegrom, een paar zachte bonzen en een lange luie stoot op zijn hoorn – bij de Whitehall Ferry Terminal aanmeerde, keken Lillian en Ben even naar Charlotte, die naar het water staarde en een onherkenbaar maar melodieus deuntje neuriede. Even wisselden ze een blik, en de beslissing werd genomen. Ze zouden aan boord blijven en de haven van New York voor de derde keer oversteken. Als het aan Lillian en Charlotte lag, en dat lag het, zouden ze misschien wel de hele dag op de veerpont blijven. Er werden door hen geen woorden uitgesproken, hun taal bleef beperkt tot knipoogjes, glimlachjes en hoofdknikken.

Het aanmoedigen van dit gebrek aan verbale communicatie, vooral nadat een kind provisorisch de diagnose posttraumatische afasie na een geheelde hoofdwond had gekregen, was niet bijzonder lovenswaardig. Maar hoewel Lillian de diagnose had geveld, was ze niet geheel overtuigd van de juistheid ervan – of van de juistheid van welke diagnose dan ook. Iemand die de diagnose longkanker had gekregen, stierf in werkelijkheid misschien aan een gebroken hart. Of misschien stierf iemand wel alleen aan longkanker. Medisch gezien was dat onmogelijk vast te stellen. Feit was dat er nog niet genoeg bekend was over het verband tussen de psyche en het lichaam. Zulke ideeën golden in het vak als ketterij, en ze werd er vaak van beschuldigd dat ze pseudo-geneeskunde beoefende, dat ze was gehersenspoeld door de new-agebeweging, door middelmatigheid. Lillian vond het altijd vermakelijk dat haar diepgewortelde scepsis jegens de geneeskunde haar collega's ertoe aanzette om haar werk als 'vrouwelijk' uit te leggen. Om ervoor te zorgen dat iedereen verward bleef, verhuurde ze zichzelf aan immer verdachte verzekeringsmaatschappijen die bang waren voor verzekeringsfraude. Nu was ze haar eigen fraude aan het plegen.

Charlotte had weliswaar haar hoofd hard gestoten, maar Lillian was er bijna zeker van dat Charlotte aan een ernstige vorm van de angststoornis selectief mutisme leed, waarvoor de prognose op lange termijn gunstig was. Lillians interpretatie van de situatie was simpel: om welke aanvankelijke reden dan ook – een belediging, een grap, psychologisch trauma – kostte het Charlotte moeite om via taal te communiceren. De dood van haar moeder had dat pro-

bleem behoorlijk verergerd. Toch had Lillian Charlotte door andere deskundigen moeten laten nakijken; door een kinderpsycho-
loog, een kinderneuroloog, een spraakpatholoog en anderen. Dat
had ze allemaal niet gedaan. Tot nu toe was het kind uitsluitend
aan de zorg van Lillian toevertrouwd. En wat betreft Charlottes
ogenschijnlijke stemmingswisselingen, haar dissociatieve gedrag,
haar huilbuien, het in zichzelf mompelen en neuriën; al die eigenschappen konden als natuurlijk worden beschouwd voor een erg
gevoelige zesjarige die een groot verlies had geleden. Lillian keek
naar de prachtige Charlotte die vredig in haar houten stoel op het
dek van de veerpont zat, haar vlasblonde haar wuivend in de wind,
en hoopte met heel haar hart dat alles goed zou komen met het
meisje.

In de afgelopen paar weken had Lillian zich bijna helemaal in
het leven van Ben en Charlotte weten te nestelen. Ze at bijna elke
avond met hen in hun woning in Fort Greene en bleef daarna slapen. Als het mogelijk was, bracht ze Charlotte 's morgens naar
school, waar ze een plekje in een klas voor kinderen met leermoei-
lijkheden had gekregen. Toen Lillian voor het eerst was blijven slapen, waren er overal sporen van Charlottes moeder te vinden geweest. Haar kleren lagen nog steeds in de kast, haar make-up stond
in de badkamer, haar handgeschreven briefjes hingen op de koelkast. Lillian had er nooit iets over tegen Ben gezegd, maar sinds die
avond waren de spullen van de dode vrouw of langzaam uit de woning verdwenen, vervangen door Lillians eigen spullen, of opge-
gaan in de bezittingen van Lillian. Het was zo griezelig dat het haar
deed rillen van iets wat op plezier leek, alsof ze een wonder ver-
richtte en de doden tot leven wekte. Ze had geen idee wat de toekomst met betrekking tot Ben en Charlotte voor haar in petto had,
maar ze had haar leven nooit laten bepalen door mogelijke gevolgen en zou daar nu niet mee beginnen. Ze kon zich niet voorstellen
dat ze Charlotte zou kwetsen, maar aan de andere kant kon ze zich
ook niet voorstellen dat ze was weggelopen van dat meisje dat
door haar riksja in Colombo was aangereden. Lillian zag het leven
als iets wat was opgebouwd uit de brokstukken van het onvoor-

stelbare – iets waartegen geen ziel je kon beschermen en waaraan je uiteindelijk wende.

Nu stond Charlotte tegen de reling geleund, met haar ogen dicht en haar armen recht voor zich uitgestoken over zee, met haar handen op gelijke hoogte en ongeveer een centimeter of vijftien uit elkaar. Een handpalm wees naar het water onder haar, de ander naar de hemel boven. Af en toe sloeg ze ze met een stevige klap tegen elkaar, alsof ze ertussen iets probeerde te vangen. Haar driftbuien behoorden nu al een paar weken tot het verleden, maar Charlotte praatte nog steeds niet. Het was duidelijk dat ze begreep wat er om haar heen gebeurde. Maar ze bracht nog steeds veel tijd door in een soort afwezige, op een trance lijkende toestand, waaruit ze bijna niet kon worden gewekt.

Lillian, die Charlotte twee keer per week in haar praktijk bleef zien, probeerde deze plek niet binnen te dringen. Ze was jaloers op die andere wereld en moest een hevig en allesverterend verlangen om Charlotte daarheen te volgen, zien te beheersen. Charlotte had geen mening over het feit dat Lillian in wezen bij hen was ingetrokken. Ze leek de aanwezigheid van Lillian als niets meer dan een betekenisloze verandering in haar leven te zien, net zoals de dood van haar moeder.

Professioneel gezien nam Lillian enorme risico's – maar daar stond ze om bekend – en ze wist dat ze daar vroeg of laat voor zou moeten boeten. Tot dan toe huldigde ze de (bijzonder ongeliefde) opvatting dat 'grenzen' een onzinnige psychoanalytische uitvinding waren die werden gebruikt om elke mogelijkheid tot 'genezing' op te schorten. Iets als 'genezing' bestond niet, er bestond alleen de ontdekking dat je heel erg geïnteresseerd was in wat je mankeerde en dat dat erg interessant was. Ze was er zeker van dat er helemaal niets kon worden bereikt door het überich de touwtjes in handen te geven. Ze geloofde dat zelfkennis en vreugde alleen door middel van onvoorbereide transgressie konden worden bereikt. Natuurlijk was dat een overtuiging die haar goed uitkwam, vooral onder haar huidige omstandigheden, nu ze op zoek naar een emotionele roes haar relatie met dit kind op een obsessieve manier uitbuitte, in de vage en egoïstische hoop dat als de relatie goed was voor haar, de relatie ook goed voor Charlotte zou zijn.

Ben leunde achterover in zijn stoel, met zijn ogen dicht en zijn gezicht naar de zon gericht, die warm was, al hing er nog iets van de kilte van de lente in de lucht. Hij was een knappe man – lang, donker en slank – maar er lag een aarzelende blik in zijn ogen, en door zijn lompe bewegingen kwam hij stuntelig en onaantrekkelijk over. Hij was de letterlijke belichaming van zijn beroep: wereldvreemde wiskundige. Zijn bril met zwart montuur en dikke glazen hielp ook al niet. Lillian kon niet goed peilen wat Ben van haar schoonheid vond. Soms leek die hem volkomen onverschillig te laten. Het leed voor haar geen twijfel dat het leven, wat de praktische doodgewone dingen betreft, voor mooie mensen gemakkelijker was. Bij de traiteur, in de rij voor de bioscoop, bij de bank; vrouwen en mannen wilden je altijd als eerste helpen. Je kreeg als vanzelf het voordeel van de twijfel, en dat was zelfs zo geweest tijdens haar studie medicijnen, toen ze had verwacht dat ze tegen het vooroordeel van het domme blondje zou moeten vechten maar tot haar verbazing ontdekte dat haar leraren maar al te graag wilden dat ze succes zou boeken. Met haar medestudenten lag het echter anders.

Wanneer het om intimiteit ging, waren zowel mannen als vrouwen geneigd afstand te houden. Degenen die bereid waren hun schroom te overwinnen en met haar om te gaan, ontwikkelden al snel een vorm van extreem gedrag. Ze wilden haar helemaal voor zichzelf hebben, of werden overdreven jaloers of achterdochtig of hypocriet. Al snel begreep ze niet meer wat een reactie op haar en wat een reactie op haar schoonheid was. Uiteindelijk besloot ze dat het gemakkelijker was om intimiteit te vermijden.

Lillian legde haar hand in die van Ben. Ze nam aan dat hij nog steeds in shock was – niet alleen vanwege de dood van zijn vrouw, maar ook omdat er zo snel een andere vrouw in zijn leven was gekomen. Ze wist dat hij zich zorgen maakte over zijn dochter, dat hij bang was dat hij niet genoeg voor haar deed, of, erger nog, dat hij zonder het te weten het verkeerde deed.

Voor de derde keer zag Lillian het Vrijheidsbeeld aan de horizon voorbij glijden, een bedrieglijke godin die de inspiratie voor zowel chaos als conformiteit vormde. De veerpont zat vol toeristen en gezinnen die een gratis boottochtje wilden maken met uitzicht op het onwerkelijke spektakel dat de zuidpunt van Manhattan is – een klomp schitterende torens, een boeket wolkenkrabbers. Een meisje van de leeftijd van Charlotte, dat een jas met luipaard-motief en een zwarte legging droeg, staarde haar aan. Haar ouders en broer stonden een paar meter verder op een kaart te kijken. Er was niets vreemds aan Charlottes verschijning, maar ze kon zich op een manier bewegen die onwerkelijk overkwam, alsof ze een buitenaards wezen was dat deed alsof ze een mens was en de kunst bijna geheel onder de knie had. Haar bewegingen waren net iets te langzaam, haar reacties kwamen net iets te laat, alsof ze de dingen moest vertalen voordat ze ze begreep. De meeste mensen merkten niet dat ze anders was. Het meisje deed een stap in de richting van Charlotte, die nog steeds tegen de reling geleund stond en haar handen in een zijwaartse klap op elkaar neer liet komen.

'Wat doe je?' vroeg het meisje.

Charlotte gaf geen antwoord en liet zelfs niet merken dat ze wist dat het meisje er was.

'Ik heet Cassandra, en jij?'

Klap.

'Maar het is niet erg als je niet met me wilt praten. Dat ben ik ge-wend. Mijn broer zegt nooit iets tegen me, behalve als hij wat van me wil, en dan is hij heel aardig tegen me. Ik heb eigenlijk liever dat hij niet tegen me praat, want dan kan ik doen alsof hij niet echt is.'

Stilte.

'Ben je echt?' vroeg het meisje, en toen Charlotte geen antwoord gaf, keek ze eerst naar Lillian en toen naar Ben, de veronderstelde ouders, eigenaren van deze zwijgende pop.

'Is ze echt? Ik bedoel, kan ze praten? Wil ze een vriendinnetje hebben? Als ze niet echt is, is dat niet erg, ik heb heel veel vriendin-nen die niet echt zijn.'

'Cassandra,' riep de stem van een jongen ongeduldig, 'we gaan. De boot meert aan. Kom op.'

Ze liep in de richting van haar familie en draaide zich toen om naar Charlotte. Ze rende naar haar toe, klopte haar zachtjes op haar hoofd, alsof ze een baby was, en rende weg. Charlotte scheen het wederom niet te merken en ging verder met klappen. Maar ongeveer twintig minuten later, toen de veerpont de kade weer verliet, draaide ze zich om naar Ben en Lillian, legde beide handen op het plekje op haar hoofd waar ze was aangeraakt, en begon te giechelen.

'Ik moet jullie iets vertellen,' zei Lillian. Charlotte bleef giechelen. Ben glimlachte.

'Ik krijg een kindje,' zei ze, in Charlottes blauwe ogen kijkend. Toen wendde ze zich tot Ben en vervolgde: 'De vader is een spermadonor. Ik ben eind oktober uitgerekend.' Bens glimlach verdween. Hij trok Charlotte op zijn schoot, waar ze bleef lachen en haar hoofd bleef aanraken.

Lillian had deze informatie ongetwijfeld op de verkeerde manier meegedeeld, maar er was geen goede manier. Ze had het eerst aan Ben kunnen vertellen. Ze hadden kunnen overleggen over de beste manier om Charlotte de situatie voor te leggen. Dat zou het meest volwassen, het verstandigste zijn geweest. Maar Lillian verzette zich tegen verstandig en volwassen, concepten die waren uitgevonden als bescherming tegen de directheid van de verrassing, tegen het soort ervaringen dat kinderen dagelijks hebben. Lillian had gezien dat ouders informatie als een artikel gebruikten waarmee ze hun kinderen onder controle konden houden. Ze bewaarden geheimen, zogenaamd om hun kinderen te beschermen, maar uiteindelijk kwam het gewoon neer op een ingewikkeld machtsspel dat 'wie weet wat en waarom' heette.

Charlotte stak haar hand uit en raakte Lillian aan zoals het in luipaardstof geklede meisje Charlotte had aangeraakt.

Lillian herhaalde. 'Dat is zo. Ik krijg een kindje.'

'Ze zal echt zijn,' zei Charlotte in perfect gearticuleerde bewoordingen. Het was voor het eerst in bijna een jaar dat ze iets zei. 'Ze zal mijn beste vriendin worden.'

Ben hapte naar adem. Een angstaanjagende rilling schoot door Lillian heen. Ze was heel erg betrokken bij Charlotte, genoeg om echt goed te doen, genoeg om echte schade aan te richten.

Lillian zei: 'Misschien is het kindje wel een jongen. Dat weet ik nog niet. Zodra ik het weet, zal ik het je vertellen. Maar of ik nu een jongen of een meisje krijg, Charlotte, het kindje mag zich erg gelukkig prijzen dat het jou zal leren kennen.'

Charlotte leek niet geïnteresseerd in dat gevoel. Ben, bij wie de tranen over de wangen stroomden, nam Charlotte in zijn armen. Hij staarde naar het Vrijheidsbeeld. Hij keek Lillian niet aan, en ze vermoedde dat hij dat niet kon.

XVII

Lillian keek uit het raam naar de skyline van Manhattan, zoekend naar het Empire State Building. Ze deed dit hoewel ze heel goed wist dat ze zich in het bekende gebouw bevond, op de negenenzeventigste verdieping. Toen ze hier de laatste keer was geweest, had ze dit niet gedaan. De nerveuze tic, redeneerde ze, was misschien toe te schrijven aan het feit dat ze zonder dat haar zus het wist naar Bryan Byrd toe was gegaan, of misschien kwam het wel omdat ze zenuwachtig werd van de gedachte dat meneer Byrd misschien verontrustende informatie over haar vader had ontdekt. Of misschien was het gewoon een neveneffect van het voorjaarsgriepje dat ze voelde opkomen. Maar Lillian wist dat de echte reden waarom ze niet wilde toegeven dat ze zocht naar een gebouw dat ze vanaf de plek waar ze stond niet kon zien met iets heel anders te maken had. Ze was die dag naar het kantoor van Bryan Byrd gegaan omdat ze om een heel andere reden van zijn diensten gebruik wilde maken.

'Ik dacht,' zei Bryan Byrd, die opstond van achter zijn bureau waarop hoge, keurige stapels papieren en boeken lagen, 'dat ik was afgevloeid, zoals men in het bedrijfsleven zegt.'

In de linkerhoek van zijn bureau stond een wit vaasje met één stengel gele orchideeën. Hij droeg wederom een linnen pak, dit keer ivoorkleurig met dunne streepjes in de kleur van melkchocolade. Hij heeft thuis waarschijnlijk een kast vol, dacht Lillian, en ze probeerde te raden waar die kast stond: de Upper West Side, East Village, Brooklyn?

'Dat was ook zo, maar ik wil waar voor mijn geld,' zei ze, zijn uitgestoken hand schuddend. Zijn greep was stevig, zijn handpalm zacht.

Hij gebaarde dat ze kon gaan zitten. Lillian, die allerlei verontrustends in haar lichaam voelde, ging op de rand van een stoelleuning zitten. Bryan Byrd keerde terug naar zijn bureaustoel van mahoniehout en rotan. Boven hun hoofd draaide de ventilator heel langzaam rond. Ze kreeg er een duizelig gevoel van en probeerde het te negeren.

'Uw alma mater?' vroeg ze, toen ze een zegel van Harvard in de stoel gedrukt zag staan.

'Nee, nee,' zei hij hoofdschuddend. 'Ik heb niet gestudeerd. Die stoelen heb ik voor cliënten die nog niet zeker weten of ze me zullen inhuren.'

'Hoewel het misschien lijkt alsof ik dat nog niet zeker weet, meneer Byrd,' zei ze, terwijl ze haar knokkels langs de leuning van de stoel liet gaan, 'weet ik dat wel. Mijn zus en ik hebben u ontslagen. Ik wil alleen weten wat u, voordat we dat deden, over Charles hebt ontdekt.' Na hun ontmoeting in Smoke was ze van plan geweest om hem te vragen of hij de zoektocht wilde voortzetten, maar daar was ze niet aan toe gekomen, en toen had ze gedacht aan iets urgenters wat hij voor haar kon doen.

'O,' zei Bryan Byrd grinnikend. 'Die stoelen zijn niet voor jou bedoeld.' Hij zweeg even en vroeg toen: 'Tenzij je denkt dat ze zouden werken?'

Lillian had het gevoel dat ze zichzelf niet was. En ze had Bryan Byrd helemaal niet waar ze hem wilde hebben. Ze moest zien dat ze de overhand kreeg.

'Waarom hebt u niet gestudeerd?' vroeg ze.

'Ik heb een meerderwaardigheidscomplex,' antwoordde hij.

'Volgens mij heeft dat zich ontwikkeld als reactie op de bijnaam "domkop" die mijn klasgenoten op de middelbare school me hebben gegeven. Een ander gevolg van dat vertederende scheldwoord is mijn onopzettelijke obsessie voor het brein, denk ik.'

'Vertelt u me daar eens iets meer over,' zei Lillian. Ze stond op, in de hoop dat ze zich door die beweging beter zou voelen.

'Ja, nou, zoals je weet, ben ik een bedrieger,' zei hij. Zijn schedel deed denken aan koel marmer in de witte zonneschijn. Ze wilde ertegenaan leunen. 'Ik behoor inderdaad tot het Centrum voor Neurale Wetenschappen, het Genootschap voor Neurowetenschap, het Neuro-Psychoanalytische Instituut en nog een paar andere instellingen. Ik ga elk jaar naar hun bijeenkomsten en doe me voor als neuroloog. Meestal woon ik de speculatievere sessies bij, over zaken als neuropsychose, bindingsangst en panpsychisme. Terwijl ik zit te luisteren, denk ik dat ik meer van die dingen begrijp dan de sprekers zelf, maar achteraf onthoud ik altijd opvallend weinig.'

Lillian glimlachte. 'Ik heb me altijd afgevraagd wie er naar dat soort dingen gaan.' Ze liep naar het raam.

'Heb je ooit de neurobiologie van humor onderzocht?' vroeg hij. Voordat ze de kans kreeg om antwoord te geven, zei hij: 'Nee, nee, dat is waar ook, ik weet het weer, dat heb je niet. Misschien moet je het eens overwegen. Ik weet zeker dat het erg boeiend zou zijn.'

Lillian vroeg zich af wie van hen aan waanideeën leed. Ze ging zitten.

'Ik vind het onvoorstelbaar,' ging hij verder, beneveld door zijn eigen geestdrift, 'dat we – nou ja, jij – zo weinig weten van de honderdmiljard neuronen en de honderdbiljoen synapsen die de anderhalve kilo wegende meloen die onze hersenen zijn, bevat.' Hij tikte voorzichtig boven op haar hoofd. 'Er is zelfs een heel decennium aan gewijd, en nog kunnen we het bewustzijn niet verklaren.'

Lillian voelde haar baby schoppen, een goede, stevige, onmiskenbare schop. Als ze had gekeken, had ze misschien zelfs de afdruk van een voetje in haar huid zien staan. Ze maakte heimelijk het onderste knoopje van haar jasje los. Haar kleren gingen elke dag strakker zitten. Ze glimlachte naar de detective en herinnerde zich dat er in de hersenen van haar baby ongeveer 250 000 neuronen per minuut werden gevormd.

'We weten helemaal niets, meneer Byrd,' zei Lillian. 'We weten niet wanneer het heelal ontstond of waarvan het is gemaakt, we kunnen het bestaan of het doel van het grootste deel van ons DNA niet verklaren.' Ze zweeg even, draaide haar hoofd om en keek de detective recht in zijn lichtbruine ogen. 'Wat weet u van mijn vader?'

'Ik bedoel,' vervolgde hij, alsof hij haar niet had gehoord, 'denk je dat het bewustzijn zich op een bepaalde plek in de hersenen bevindt of dat het meer een soort kracht is?'

'Nou,' zei Lillian zuchtend, die dolgraag wilde dat ze bij deze man ter zake kon komen, 'bedrieger of niet, uw vraag over het bewustzijn is op het moment erg in de mode.'

'Wat bewustzijn ook mag zijn, ik ben er zeker van dat we zullen ontdekken dat het niet uit gewone materie bestaat. Maar ik denk ook dat we nooit zullen weten wat het bewustzijn eigenlijk is,' vervolgde Bryan Byrd als een soort Scheherazade, alsof hij zou sterven als hij zou stoppen. 'Ik beken eerlijk dat ik een mysterist ben. Dat is niet een soort club, zoals de vrijmetselaars of de Rotary of Mensa. We geloven simpelweg dat het menselijk brein onmogelijk alles kan weten wat er over het menselijk brein te weten valt.'

Lillian kreeg het opeens erg koud.

'Goed, over je vader. Als ik je zou vertellen dat je vader een vertegenwoordiger was die het vreselijk vond dat hij zo weinig bij zijn gezin kon zijn, dat hij zich opgesloten voelde in een middelmatig baantje met een middelmatig salaris maar geen uitweg zag, dat hij zich behoorlijk rot voelde en op de rand van een zenuwinzinking stond, wat zou je dan zeggen?' Zonder te stoppen om adem te halen, vervolgde hij: 'Nee, geen antwoord geven. Goed, als ik je zou vertellen dat hij ook nog lid was van de Communistische Partij, dat hij nog een gezin had dat in een stad woonde die op een uur rijden lag van de plaats waar je bent opgegroeid, als ik je zou vertellen dat hij onder een pseudoniem een aantal romantische boeken heeft geschreven, dat hij voor het auto-ongeluk had gehoord dat hij aan een dodelijke ziekte leed, dat hij door de FBI in de gaten werd gehouden en een stille voor de CIA was, als ik je zou vertellen dat hij regelmatig als jungiaans psycholoog werkte, welke van deze uitspraken zou je dan als waar beschouwen, als je dat al zou doen? Waarover zou je meer willen weten?'

'Meneer Byrd, wilt u alstublieft ter zake komen?' Ze klemde tijdens het spreken haar kaken opeen om te voorkomen dat ze zou gaan klappertanden.

'Dat heb ik net gedaan,' zei hij zuchtend, spelend met zijn auberginekleurige das. 'In Smoke kreeg ik het onmiskenbare gevoel dat je zus en jij niets van het verleden van uw vader willen weten. Sterker nog, ik ben er bijna zeker van dat dat niet de reden is waarom je hier bent.'

Ze ving een vlaag van de geur van de orchideeën op en kreeg het opeens erg warm. 'Het ziet ernaar uit dat uw intuïtie bijzonder goed is ontwikkeld.'

'Ik doe mijn best,' zei hij. Hij keek haar aan en voegde eraan toe: 'Nu is het jouw beurt om ter zake te komen.'

'Toen ik twee jaar geleden voor Wereld van Artsen op Sri Lanka werkte,' begon ze, terwijl het verhaal snel, koortsachtig, uit haar rolde, 'nam ik op de avond van mijn vertrek een riksja die een meisje aanreed. Ze was zwaar gewond. Ik liep weg. Ik wil weten wat er met haar is gebeurd.' Ze deed waarvoor ze was gekomen, ze had gekregen wat ze wilde, maar op de een of andere manier had ze het gevoel dat ze hierheen was geloodst, als een schip naar een haven. Ze pakte een stukje papier uit haar zak en legde het op zijn bureau. 'Ik heb alle details opgeschreven.'

Terwijl ze sprak, stond Bryan Byrd op en liep naar het raam. 'Zal ik je eens iets griezeligs vertellen?' zei hij. 'Ik merk vaak dat ik uit dit raam sta te kijken en wanhopig op zoek ben naar het Empire State Building.' Hij ging weer achter zijn bureau zitten en pakte het papiertje op. 'Je weet dat het erg moeilijk zal worden,' zei hij. 'En als ik door een wonder ontdek wat er met dat meisje is gebeurd – dat ze dood is, of gehandicapt, of helemaal niets mankeert – wat ga je dan doen?'

Lillian haalde haar schouders op. Net als een luiaard moest ze eerst naar achteren gaan om vooruit te komen.

'Schuldgevoel is net als de zwaartekracht, het kan je alleen maar naar beneden trekken.'

'Kunt u me een plezier doen, meneer Byrd, en in mijn nabijheid de clichés vermijden?'

'Ik hoopte eigenlijk dat je die uitspraak erg scherpzinnig zou vinden,' zei hij, oprecht teleurgesteld.

De detective en Lillian zaten zwijgend bij elkaar terwijl er een heel leger aan dominees voorbijliep.

'Dus je huurt me weer in,' zei hij ten slotte.

'Ja.'

'Die stoelen,' zei hij, wijzend naar de bureaustoelen van Harvard, 'hebben hun magische werk gedaan.'

Lillian stond op om te vertrekken. 'Blijkbaar,' wist ze te zeggen, ook al zag ze sterretjes omdat ze zo snel was opgestaan.

'Ik heb geen graf van je vader kunnen vinden,' zei Bryan. 'Alleen een overlijdensakte. Je moeder heeft hem vast laten cremeren en de as bewaard.'

'Of bij de vuilnis gedaan.'

'En nog iets: zeg toch Bryan. Dat had ik eerder tegen je willen zeggen, maar ik vind het zo fijn om je "meneer Byrd" te horen zeggen.'

Ze liep naar de deur. Met haar hand op de deurknop draaide ze zich om en zei: 'O, Bryan, waar woon je eigenlijk?'

Hij wees met een lange vinger recht in haar richting, wat ook de richting van New Jersey bleek te zijn. 'In Newark,' zei hij. 'In het huis waar ik ben opgegroeid. Ik woon bij mijn moeder.'

'O,' zei Lillian, die bijna in zwijm viel.

## XVIII

Lillian was ziek. Zweetaanvallen en koude rillingen, nachtmerries, dagmerries, de angst dat ze nooit meer haar bed uit zou komen. Nadat ze het kantoor van Bryan Byrd had verlaten, had ze naar Ben en Charlotte in Brooklyn willen gaan, maar ze had besloten dat het beter was als ze gewoon naar haar huis in de Upper West Side zou gaan. Als ze iets nodig had, zou Veronica maar een paar straten verder zijn. Lillian had paracetamol weggewerkt alsof het popcorn was, maar veel effect had het niet. Gewikkeld in haar donzen dekbed staarde ze uit het raam naar de regenvlagen en de kronkelende mist boven Central Park. De vochtige lucht drong door tot op het bot, en door een bedwelmende bedompte geur trok haar zere keel nog verder samen. De kans dat het virus vat zou hebben op de foetus was erg klein, maar Lillian wist dat zieken zich nooit getroost voelden door de statistiek. Ze vroeg zich af of ze Veronica moest bellen, of Ben, Kate, of zelfs Bryan Byrd. Ze nam de hoorn van de haak en koos een nummer.

'Hallo.'

'Hoi.'

'O, Lillian. Ik moest net aan je denken. Wat leuk om iets van je te horen. Wat is er?'

'Niets. We hebben elkaar gewoon al een tijdje niet meer gesproken.' De hemel voor Lillians raam had de kleur van lood.

'Liefje, ik hoor aan je stem dat er iets mis is. Ben je ziek? Heb je koorts?'

'37,7, dus niets bijzonders,' zei Lillian, al had ze het gevoel dat ze dood kon gaan. Ze snapte maar niet wat er met haar aan de hand was. Ze was lichamelijk ziek, maar ze was zich ervan bewust dat haar pijn emotioneel was. Op dat gebied was alles onduidelijk, terwijl ze eraan gewend was dat dat deel van haar leven juist overzichtelijk en eenvoudig was. Bryan Byrd zorgde ervoor dat ze in de war raakte, waardoor het voor haar onmogelijk was om hem te ontslaan. Hij maakte haar nieuwsgierig, en hoewel ze het niet wilde, genoot ze heel erg van zijn overduidelijke belangstelling voor haar.

Wat Charlotte en Ben betreft, ze kon geen genoeg van hen krijgen, maar ze begon ook te begrijpen – al kon ze het niet accepteren – dat haar verlangen naar hen verder ging dan wat zij haar ooit konden geven.

'Wat vervelend voor je.'

Naar die woorden, op een oprecht meelevende toon uitgesproken, had Lillian zo verlangd. Ze zuchtte en luisterde naar het onregelmatige ritme van de regen. Ze vroeg zich af of het in de genen zat om je moeder te bellen als je ziek was. Na al die tijd, na al die jaren waarin ze Agnes niet meer had gezien, kon haar stem Lillian nog steeds troosten. Ze wist dat het gevoel niet lang zou aanhouden en dat ze het gesprek kort moest houden. Maar er was iets dringends, iets wat ze haar moeder moest vragen, of misschien was het iets wat ze haar moeder wilde vertellen. Ze kon het zich niet meer herinneren.

'Weet je nog dat je een keer uit je werk kwam en het huis naar parfum rook en je zo kwaad op me werd? Ik geloof dat je me zelfs hebt geslagen.' Was dat echt wat ze wilde vragen?

'Nee, lieverd, fris mijn geheugen eens op.' Lillian hoorde een geluid, ritmisch, maar niet als regen, kleine metalige klopjes, als een telegraaf.

'Denk je dat Charles een verhouding had?' Was dit het, vroeg ze zich af, met brandend hoofd. Waren het de buitenechtelijke affaires van haar vader waarover ze zo graag meer wilde weten?

Het geluid hield even op en begon toen weer, maar nu sneller.

'Je bent niet lekker, Lillian,' zei Agnes. 'Je zult je zeker niet beter voelen als je aan dat soort dingen denkt. We hebben het er een andere keer wel over.' Het getik werd heftiger. 'Hoe is het met Veronica? Is ze nog steeds met die aardige jongen, Nick? Ik had gedacht dat ik op moederdag wel iets van een van jullie twee zou horen.'

Het was een oude tactiek. Haar moeder zou haar zo ergeren dat ze het gesprek zou beëindigen.

'Wat is dat voor getik?' vroeg Lillian.

'Breinaalden.'

Het was mogelijk, dacht Lillian, dat haar moeder opnieuw was getrouwd en een heel nieuw gezin had gesticht. Ze was kort na haar veertigste weggegaan. Of misschien was ze met iemand getrouwd die al kinderen had die nu zelf weer kinderen hadden en was haar moeder hun oma die regelmatig sokken en truien voor hen breide. Ze vroeg zich af of ze naar dit grote ingebeelde gezin moest vragen, maar deed het niet. Ze vroeg zich af of ze haar moeder moest vertellen dat ze zwanger was, maar deed het niet.

'Brei jij?' vroeg Lillian.

'O, hemel, de bel gaat,' zei Agnes.

Lillian had geen bel of zoemer gehoord en wist zeker dat er niemand bij haar moeder voor de deur stond. Hadden mensen in de binnenlanden van Nieuw-Zeeland eigenlijk wel deurbellen? En hoe laat was het daar trouwens?

'Ik ben blij dat je hebt gebeld, Lillian. Ik weet zeker dat je je snel weer beter zult voelen. Dag, hoor.'

Lillian legde de hoorn op de haak en legde haar hoofd weer op haar kussen. Haar ogen deden pijn. Haar hoofd bonsde. Maar ze wist dat het ergste voorbij was. Ze nam nog een paar paracetamolletjes. Door het raam heen zag ze een gestalte – geen paraplu, met doorweekte hoed en regenjas – uit het park komen. Hij bleef staan, keek op naar haar raam en liep toen verder. Ze herkende hem niet. Ze deed haar ogen dicht en beloofde zichzelf dat ze zich, wanneer ze weer wakker zou worden, goed genoeg zou voelen om haar bed uit te komen.

# Vijf

## XIX

Terwijl Veronica in Konditorei Hongarije aan een honingzserbo zat te knabbelen en door een laagje satijnzachte slagroom aan haar koffie nipte, probeerde ze een goede reden te bedenken om nooit meer op maandagochtend met haar zus te hoeven afspreken – of op welke andere morgen, middag of avond dan ook. Sinds het begin van haar verhouding met Alex waren haar ontmoetingen met Lillian steeds vermoeiender geworden. En omdat Veronica er niet in was geslaagd een streep onder die verhouding te zetten, had ze plan b bedacht: zich van haar zus ontdoen. Lillian vermoorden zag ze niet als een optie, en daarom had ze geconcludeerd dat de stad verlaten het enige was wat ze kon doen. Na enig onderzoek had ze besloten Engels te gaan geven in de zuidelijkst gelegen stad ter wereld, Puerto Williams, in het Chileense Vuurland.

In haar verlangen naar een zuidelijke, exotische en afgelegen plek had ze aanvankelijk gekozen voor de Zuid-Sandwicheilanden, voor de kust van Zuid-Amerika. Die leken volmaakt – ruig en vulkanisch, bergachtig met gletsjers, kortom: sneeuw en zee, zon en plezier – totdat ze ontdekte dat de eilanden bijna geheel met ijs waren bedekt, slechts hier en daar onderbroken door een stukje mos of korstmos. Natuurlijk waren ze onbewoond. Ten slotte koos ze het daar vlakbij gelegen Vuurland – 'de geboorteplaats van de evolutie', pochte het verkeersbureau – als de troon van haar toekomst. Ze had zelfs al een sollicitatieformulier bij het Chileense ministerie van Onderwijs aangevraagd. Het was alsof het noodlot ermee speelde, want nog geen paar minuten nadat ze die aanvraag had ingediend, had toneelgezelschap Zwarte Lagune (aan wie

Veronica in een vlaag van egomanische zelfvernietiging een opzet van *Voor wat, hoort wat* had gestuurd) haar gebeld om te vertellen dat haar musical was geselecteerd om mogelijk in productie te worden genomen. Ze zorgde ervoor dat ze niet te enthousiast werd. Het was fantastisch wanneer je werk werd gelezen, maar de kans dat er meer dan dat zou gebeuren, was nagenoeg nihil. Nu Vuurland nog steeds een optie was, was haar enige dilemma nog of ze het uit moest maken met Alex of hem moest vragen of hij mee wilde gaan. De meeste dagen was ze ervan overtuigd dat ze niet zonder hem kon leven.

Het terrasje voor Konditorei Hongarije was alweer enige tijd opgebouwd, maar Lillian wilde daar nooit zitten, hoe mooi het weer ook was. Dat was die ochtend erg jammer, want de warme junilucht was geurig, het licht zacht en vriendelijk. Zelfs de gebruikelijke somberheid in het café leek zichzelf op een dergelijke fraaie dag niet serieus te kunnen nemen. De kunst die deze week aan de muur hing, deed echter zijn best om de sombere status quo te handhaven en vormde een volmaakte weerslag van Veronica's stemming. Een reeks kubistische engelen in aardetonen fladderde langs de muren. De gefragmenteerde vormen en donkere kleuren gaven Veronica het gevoel dat de engelen verdrietig waren, of zelfs wanhopig, maar op de een of andere manier ook hoopvol. Ze vond de schilderijen erg indrukwekkend en vroeg zich af hoe duur ze waren. Nick zou ze te vrolijk en daarom vreselijk vinden, dat wist ze zeker, maar zijn mening deed er niet langer toe omdat ze het vorige maand had uitgemaakt. Dat had ze kort voor de vernissage gedaan, zodat ze tijdens het evenement niet hoefde te doen alsof ze zijn toegewijde wederhelft of zelfs muze was en zijn glorie onverdiend op haar af liet stralen. Hij was zo verbijsterd geweest dat ze hem zoiets kon aandoen dat ze sindsdien niet meer van hem had gehoord.

'Hoe kun jij *mij* zoiets aandoen?' had hij tijdens een brunch bij Jerry's in Soho luidkeels geroepen. Hoofden werden omgedraaid, mensen staarden hen aan. 'Ik had jou al talloze keren kunnen verlaten, maar dat deed ik niet! Ik kan gewoon niet geloven dat *jij* de gore moed hebt om mij te verlaten,' herhaalde hij. Ze voelde dat iedereen met hem meeleefde. 'Ik heb jouw leven interessant gemaakt. Ik heb jou, schrijfster van soaps, meegenomen maar exclusieve feestjes van belangrijke schrijvers en winnaars van de Pulitzer. Ik heb je voorgesteld aan de avant-avantgarde van New York. Ik heb je meegenomen naar vernissages en premières waarvoor zelfs mevrouw Guy Ritchie met moeite een uitnodiging wist te bemachtigen.' Hij zweeg even, slikte. Veronica was doodsbang dat hij in huilen zou uitbarsten. 'Ik heb je zelfs de sieraden van mijn moeder laten dragen,' fluisterde hij luid. Het hele restaurant zweeg, voelde met hem mee, was ziedend op haar. 'Er kan geen ander zijn,' stelde hij vast. Het was geen vraag, maar toch hielden hij en de andere brunchgangers hun adem in terwijl ze op haar antwoord wachtten. Ten slotte schudde ze haar hoofd.

'Nee, nee, er is geen ander,' zei ze, op de een of andere manier gelovend dat dat de waarheid was, uitgaande van het principe dat Alex een symptoom, en geen oorzaak van haar problemen met Nick was. Ze deed haar uiterste best om te huilen, omdat haar ogen niet natter waren dan een droge martini, en snikte: 'Het spijt me zo.'

Nick was Jerry's uitgerend, met de mededeling dat ze op zijn minst met dit wanstaltige optreden had kunnen wachten totdat hij zijn vernissage achter de rug had en dat ze nooit meer iets van hem zou horen. Afgezien dan van een bijzonder vreemd voorval dat een paar dagen geleden had plaatsgevonden. Volgens de conciërge van haar pand had een privé-detective die zichzelf Rudolp Saturday noemde naar haar gevraagd. Ze vroeg zich af of Nick iets in zijn schild voerde, al kon ze zich moeilijk voorstellen dat hij als een soort Othello op wraak zon. Het lag veel meer voor de hand dat hij zijn status als gekwetste man zou gebruiken om andere vrouwen te versieren. Het van schuldgevoel vervulde dilemma waar Veronica momenteel mee worstelde, betrof de vraag of ze hem wel of niet moest bellen om te vragen hoe het met hem ging. Toen ze Lillian had verteld dat ze uit elkaar waren, had haar zus weinig meer dan 'Misschien bestaat God toch' gezegd.

'Zal ik hem bellen?' had Veronica gevraagd.

'In één keer afkappen, dat is de enige manier.'

Het leed geen twijfel dat Veronica in de greep van de waanzin was als ze zich voor advies over mannen tot Lillian wendde. Toch had ze tot nu toe de wijsheid van haar zus opgevolgd. Veronica keek weer naar de engelen. Ze had geen idee wat Alex van de schilderijen zou vinden, maar het lag in zijn aard om iets te proberen wat zij leuk vond.

'Ik vind dat we elkaar hier niet meer moeten treffen,' zei Lillian, die Veronica liet schrikken omdat die niet had gemerkt dat ze de konditorei binnen was gekomen. 'Ik bedoel, de kunst is steevast zo slecht dat ik mijn mening over het talent van jouw ex-vriendje moet bijstellen.'

'Eigenlijk,' zei Veronica, 'vind ik ze wel mooi. Ik zat er zelfs over te denken om er eentje te kopen.'

'Weet je waar deze clowneske puzzelstukjes van engelen me aan doen denken?' vroeg Lillian terwijl ze ging zitten.

'Nee,' zei Veronica, die zich voor de eerste keer heel erg bewust was van het feit dat haar zus in verwachting was. Als Veronica het kon vermijden, schonk ze doorgaans niet te veel aandacht aan Lillians lichamelijke verschijning omdat dat onvermijdelijk leidde tot het trekken van vergelijkingen tussen haarzelf en haar beeldschone oudere zus die altijd in het nadeel van haarzelf uitvielen – wat natuurlijk betekende dat geen detail van Lillian haar ontging maar dat ze haar best deed het te onderdrukken. Hoewel Lillian afkledende zwarte kleren droeg, was het duidelijk dat haar middel dikker was: een klein heuveltje, een bierbuik, het gevolg van een schaamteloze schranspartij. Haar borsten waren gezwollen, niet groot, maar opvallend vol, en haar gezicht leek ronder, rozer, jonger. Op de een of andere manier was haar zus ten prooi gevallen aan die drachtige staat die gewoonlijk 'moederlijke gloed' wordt genoemd.

'Ze doen me denken aan die poster van Holly Hobby die jij aan jouw kant van de kamer had hangen,' zei Lillian.

'Jeetje, volgens mij heb je gelijk,' zei Veronica, die vond dat die twee afbeeldingen helemaal niets met elkaar gemeen hadden.

Werd Lillian nostalgisch nu ze zwanger was? 'Misschien vind ik ze daarom zo leuk. Ik was die poster helemaal vergeten. Volgens mij had ik hem van jou gekregen.'

'Had ik je die poster gegeven?' Lillian schudde ongelovig haar hoofd. 'Kinderen kunnen zo wreed zijn.'

De ober riep Lillians naam en bracht haar een muntthee en een croissant.

Veronica trok een wenkbrauw op bij het zien van het drankje.

'Kate stelde voor dat ik met koffie zou stoppen. Ik heb last van mijn spijsvertering,' legde ze uit.

'Over kinderen gesproken,' zei Veronica, 'je kunt het nu echt zien, voor het geval je dat nog niet had gemerkt.'

Veronica sprak niet graag over Lillians zwangerschap omdat Lillian dan of van onderwerp veranderde of begon aan een giftige litanie over de schandelijke manier waarop de maatschappij zwangere vrouwen behandelde, met de medische en farmaceutische wereld voorop. Toch had Veronica het gevoel dat ze als zus en toekomstig voogd de plicht had het ter sprake te brengen.

'Je bent grappig,' zei Lillian op een toon die aangaf dat ze zich opmaakte voor een verbale uitval, 'maar niet zo grappig als mijn collega's. Als ik hun reacties op mijn zwangerschap hoor, heb ik het idee dat ik deelneem aan de *Baarmoedermonologen*. De vrouwen die al kinderen hebben gebaard, stellen zich direct alwetend op en overspoelen me met adviezen. Ze beginnen aan eindeloze klaagzangen over de pijn, de verschrikkingen, over hoe walgelijk de hele lichamelijke kant van het verhaal is, en dan, zeggen ze, als het kind eenmaal is geboren, en dan wordt hun klaagzang nog heftiger – niet meer slapen, lichaam verwoest, tijd die voor altijd in een vacuüm wordt gezogen – maar, zeggen ze, het is het beste wat ik ooit heb gedaan. De vrouwen die nog geen kinderen hebben gebaard, doen alsof ze ze heel erg graag willen hebben of kijken je vol angst en beven aan en denken: godzijdank ben ik het niet. Degenen die ook zwanger zijn, vuren meteen de standaardvragen af: wanneer uitgerekend, jongen of meisje, naam, ziekenhuis. Niemand komt op het idee om naar de vader te vragen.'

Een slokje thee, een hapje croissant, en Lillian tierde voort.

'De mannen bieden duidelijk het meeste vermaak in de baarmoederlijke komedie. Voor mannen zijn vrouwen in wezen niet meer dan lichamen, vanaf de nek naar beneden, maar als ze zwanger zijn, is het nog veel erger. Elke schijn dat een vrouw een ingewikkeld, meerdimensionaal menselijk wezen is, wordt overboord gezet. Ze wordt eenvoudigweg een lopende kraamkamer, en mannen denken dat ze het recht hebben om commentaar en adviezen te geven en haar lichaam zelfs aan te raken. In het collectieve onbewustzijn van mannen is een zwangere vrouw in wezen een middel waarmee het hoogste doel van de mensheid – zich voortplanten – kan worden verwezenlijkt, en om die reden is ze publiek bezit.'

Lillian was goed op dreef, maar voor de verandering genoot Veronica er heel erg van.

'Dus wanneer ik tegen een mannelijke collega zeg dat ik zwanger ben, voert hij een variatie op het volgende thema uit: "Gefeliciteerd," zegt hij, en hij denkt: aha, ze vervult eindelijk haar biologische plicht. Hij ontspant zich, voelt zich superieur. "Wat een goed nieuws," roept hij uit, heerlijk neerbuigend, zo met zichzelf in zijn nopjes omdat hij deze lichamelijke vernedering nooit zal hoeven ondergaan. Dan doet hij net alsof hij geïnteresseerd is en begrip heeft: "Hoe voel je je? Zoveel hormonale veranderingen zijn vast heel moeilijk." Hij doet net alsof hij je op een voetstuk zet: "In mijn ogen zijn vrouwen de ware helden," zegt hij, opgelucht denkend dat er weer een concurrent minder is. Totdat eindelijk tot hem doordringt dat er een bepaalde daad nodig is geweest om deze toestand te bereiken en dan vraagt hij aarzelend, angstig, maar dwangmatig: "Wie is de vader?" Door mijn antwoord raakt hij dan in een heerlijke psychoseksuele identiteitscrisis waarvan de enige uitweg het opschrift 'overbodig' draagt.'

Veronica zat onbedaarlijk te lachen. Toen ze nog een kind was, had Lillian haar af en toe ook zo laten lachen, waardoor ze een staat van heerlijke pijn bereikte waarvan ze niet wist hoe ze hem moest beëindigen.

'Dat doet me eraan denken,' vervolgde Lillian. 'Heb je nog iets van Nick gehoord?'

'Nee,' zei Veronica, die zichzelf weer onder controle kreeg. 'Ik heb een rotgevoel vanwege hem.'

Eén blik van Lillian en Veronica gaf zich opnieuw over aan een onbedaarlijk gegiechel.

'Heb je je musical al af?' vroeg Lillian.

'Bijna,' antwoordde Veronica, die zich verbaasde over het inzicht en de vraag van haar zus. 'Volgende week wordt het hele ding gelezen, en ik ben op zoek naar een componist.'

Lillian vroeg bijna nooit naar haar musical, en als ze dat al deed, was het vaak op een geringschattende en terloopse toon. De conclusie zou kunnen luiden dat haar zus zich schaamde omdat Veronica al een paar jaar aan een musical werkte. Maar er was niet veel waarvoor Lillian zich schaamde. Als er al iets was, was het dat ze zich gewoon niet interesseerde voor wat Veronica deed. En voordat Veronica de gedachte kon onderdrukken, was hij er al: er was één ding waarvoor Lillian zich zeker zou interesseren: Alex. Had Veronica soms een verhouding met Alex om de aandacht van haar zus te trekken? Veronica keek naar de engelen, ontzet over haar eigen gedrag. Op dat moment herinnerde ze zich het vreselijke incident met Bronson Harley op de middelbare school. En het feit dat zijn naam uit een donker en ver verleden in haar bewustzijn opdook, moet wel betekenen dat de zaken van toen en de zaken van nu op de een of andere manier met elkaar te maken hadden.

'Ga je nog steeds met Ben naar bed?' vroeg Veronica, die Lillian eraan wilde herinneren dat haar keuze van mannen niet altijd even fortuinlijk was, dat ook zij van het rechte pad afdwaalde – niet dat Lillian zich druk maakte om dat soort dingen.

'Ja. Ik zat er zelfs over te denken om hem ten huwelijk te vragen,' zei ze kalm, nippend van haar muntthee alsof ze het over de man had met wie ze al tien jaar in plaats van twee maanden samen was.

'Ten huwelijk te vragen?' vroeg Veronica, die probeerde te begrijpen wat er aan de hand was. 'Ik dacht dat het hele idee was dat jij in je eentje een kind zou krijgen, zonder vader in de buurt.'

'Op dit moment schrijft de biologie nog voor dat er altijd een vader in de buurt is; of hij nu aan- of afwezig is, hij is er. Zelfs als mannen veruit het zwakste geslacht zijn en mannelijke chromosomen voornamelijk bestaan om genen tussen vrouwen uit te wisselen, zoals mijn nieuwe held, de geneticus Steve Jones, beweert. Dat ik doorgaans een hekel aan mannen heb, wil niet zeggen dat er geen uitzonderingen zijn. Om eerlijk te zijn ben ik erg op Ben gesteld, maar ik ben vooral geobsedeerd door zijn dochter.'

Nu of nooit, besloot Veronica. Lillian biechtte haar zonden en voornemens op. Dit was Veronica's kans om hetzelfde te doen.

'Hoor eens, Lillian, ik wilde het met je over de biologische vader van je baby hebben.'

'O, toch niet weer, Veronica. Waarom blijf je maar over hem doorgaan? Je zou je testosteronniveau eens moeten laten controleren.'

'Heb je er ooit weleens aan gedacht dat deze man later misschien nog wel meer kinderen zou kunnen krijgen en dat jouw kind broers en zussen zou kunnen hebben waarvan hij of zij helemaal geen weet heeft?' vroeg Veronica, die dacht aan de positieve kant van haar relatie met Alex. Als Veronica en Alex kinderen zouden krijgen, zou het kind van Lillian een halfbroer of -zus hebben, die – heel handig – ook zijn of haar neefje of nichtje zou zijn.

'Misschien heeft hij al een kind, weet ik veel,' zei ze.

Alex? Een kind? Wist Lillian soms iets? Veronica was ontzet. 'Ik denk dat ik door mijn breuk met Nick ben gaan nadenken over wat mensen met elkaar verbindt,' zei Veronica. Ze trok de woorden uit de lucht, verzon ze tijdens het praten. Haar echte zorg betrof Alex' groeiende aantal kinderen. 'Ik bedoel, het is heel goed mogelijk dat ik over een paar jaar geen idee heb waar Nick uithangt en zeker geen vrienden meer met hem ben, maar ik weet dat jij altijd een rol in mijn leven zult blijven spelen omdat je mijn zus bent, en wat er ook tussen ons gebeurt, we zullen altijd een manier vinden om het op te lossen of te verwerken. Er valt heel veel te zeggen voor bloedbanden.' Dat klonk best goed, dacht Veronica. Soms was het handig om voor soaps te schrijven.

'Je lijkt je eigen moeder helemaal te zijn vergeten,' zei Lillian. 'Wat mij betreft is dat geneuzel over bloedbanden klinkklare onzin. Er zijn genoeg zussen en broers, moeders, vaders, zonen en dochers die elkaar met opzet uit het oog verliezen en daardoor heus niet slechter af zijn. Bloed is net als het lot, je kunt er van maken wat je wilt en het op verschillende manieren interpreteren. In de neurobiologie wijst de ene na de andere studie uit dat vrienden een grotere invloed op de structuur van onze hersenen hebben dan ouders of broers en zussen. Studies onder mensen die veel tv-kijken hebben zelfs aangetoond dat zij nieuwslezers of personages die ze regelmatig in hun lievelingsseries zien tot hun vriendenkring rekenen. Dus bedenk eens, Veronica, dat dokter Trent White en zijn vrouw Eve, Faith York, Crystal Clear en dokter Grant Monroe – al die mensen die jij voor je werk bedenkt – eigenlijk de hersenen van je kijkers beïnvloeden.'

'Wat eng,' antwoordde ze, zich afvragend hoe het kwam dat Lillian zoveel namen van personages uit *Doodgewone dingen* wist te noemen. Veronica werd erg achterdochtig. Keek Lillian de laatste tijd soms naar het programma? Als dat zo was, dan wist ze dat Alex dokter Night Wesley was. Als ze dat wist, waarom had ze er dan niet iets over gezegd?

'Maar Veronica, wil je iets voor me doen?'

Lillian vroeg haar of ze iets voor haar wilde doen? Dat was pas echt eng. 'Natuurlijk,' zei Veronica.

'Vergeet die biologische vader van mijn kind nu maar. Hij is verleden tijd. Laten we het niet meer over hem hebben, goed?'

Veronica knikte. Vuurland, ik kom eraan, dacht ze.

Lillian stond op om weg te gaan.

'O, trouwens, heb je nog contact met die detective gehad?' vroeg Veronica.

'Bryan Byrd?' vroeg Lillian, alsof er een groter aantal detectives was op wie Veronica zou kunnen doelen.

'Ja, hem,' zei Veronica.

'Nee, waarom?' vroeg Lillian.

'De conciërge van mijn gebouw zei dat er een klein mannetje

met een snor die zichzelf detective noemde in de hal rondhing. Een vent die Rudolph Saturday heette. Ik vroeg me alleen af of Bryan Byrd je er iets over had verteld.'

'Voor zover ik me kan herinneren,' zei Lillian, 'hebben we hem ontslagen.' Ze draaide zich om en wilde weglopen, aarzelde, en draaide zich weer om. 'Maar als je wilt, kan ik hem wel bellen en vragen of hij iets weet,' bood ze aan.

Lillian die aanbood om iemand te bellen? Wederom een vreemd gevolg van haar zwangerschap – of wílde Lillian hem soms bellen, vroeg Veronica zich af. 'Dat zou ik erg fijn vinden,' zei ze.

Veronica zag Lillian bij de toonbank afrekenen en dacht: zelfs met een dikke buik is ze beeldschoon. Veronica bleef lange tijd zitten piekeren over de vraag hoe ze Alex zover kon krijgen dat hij samen met haar heel, heel ver weg zou gaan.

XX

'Een jongen?' vroeg Lillian aan Veronica. Ze stonden langs de rand van de sportvelden achter de middelbare school. 'Je loopt te janken vanwege een jongen?'

Lillian werd geflankeerd door haar drie beste vriendinnen van die week. Ze was bij iedereen op school enorm geliefd: bij de kakkers, de sporters, de alto's, de studiebollen, de brommerfanaten en de leraren. Veronica wist dat ze haar zus niet echt aardig vonden, maar wel allemaal bij haar in de buurt wilden zijn. Lillian had voor geen van hen belangstelling, waardoor ze voor hen nog aantrekkelijker werd. Veronica had de indruk dat Lillian omging met degenen die ze op dat moment het minst irritant vond.

Het was begin juni, de diploma-uitreiking was over een paar weken, en Lillian, die in de hoogste klas zat, vertelde Veronica elke dag dat ze, zodra ze haar diploma had ontvangen, nooit meer een stap in hun gekke, hypocriete, *Invasion of the Body Snatchers*-achtige voorstadje zou zetten. Veronica werd altijd heen en weer geslingerd tussen twee antwoorden: 'Toe, Lillian, zo erg is het niet,' en

'Waar je ook heen gaat, neem mij mee.' Lillian ging naar New York. Ze zou een van de eerste vrouwen zijn die aan Columbia gingen studeren, dat, zoals ze regelmatig te berde bracht, op het terrein van een van de eerste krankzinningengestichten van Amerika was gebouwd. Veronica had ondertussen nog drie jaar middelbare school te gaan.

Veronica was haar jaar in de brugklas met enorm veel aanzien begonnen omdat ze Lillians zusje was, maar het was al snel duidelijk geworden dat Veronica geen middel was om Lillian te bereiken. Veronica had haar relatie met Lillian nooit in haar eigen voordeel uitgebuit omdat ze heel goed wist dat dat tegen haar kon werken. Haar zus was gewoon niet iemand die gemakkelijk kon worden gemanipuleerd.

Toen verscheen Bronson Hartley. Hij kwam halverwege het jaar op school, in de tweede, nadat hij van een particuliere school was gestuurd. Hij was ontzettend leuk: zijdezacht lichtbruin haar, indringende groene ogen, een mond met volle lippen die zich vaak tot een geamuseerd en ondeugend pruilen vertrokken. Veronica was meteen stapelgek op hem, net als bijna alle andere meiden uit de brugklas en een groot deel van de meiden uit andere jaren. Lillian was net lang genoeg met hem bevriend om een flinke plak hasj te verkrijgen. Daarna wilde ze niets meer met hem te maken hebben. 'Wat een sukkel,' zei Lillian tegen Veronica.

Bronson zag Veronica aanvankelijk amper staan, maar op een dag begon hij een praatje met haar, vroeg haar toen of ze naar zijn feestje ter gelegenheid van het einde van het jaar wilde komen, en voegde er, achteloos, aan toe: 'O, en als je wilt, mag je je zus wel meenemen.' Veronica, die heel goed wist hoe ze met haar zus moest omgaan, vertelde Lillian niet alleen over het feestje, maar smeekte haar ook om een paar minuten haar neus te laten zien en zei hoeveel het voor de rest van haar leven voor haar zou betekenen als Lillian met haar naar dat feestje zou gaan, ook al was het maar voor heel even. Lillian antwoordde: 'Een: ik heb een hekel aan elke vorm van samenzijn, en je weet dat er van feestjes eenvoudigweg geen sprake kan zijn. Twee: als ik ooit van mijn leven een uitzondering zou maken, zou ik zeker niet naar een feestje gaan dat wordt gegeven door Bronson Hartley, die rijk, arrogant en saai is. Het is wel duidelijk dat hij via jou mij wil bereiken, Veronica, en eerlijk gezegd zou je zo verstandig moeten zijn om niet voor zo'n lul te vallen.'

Toen Bronson Veronica op het feestje zag, was het eerste en enige wat hij tegen haar zei: 'Waar is je zus?' Zodra hij begreep dat Lillian niet zou komen, liep hij weg en wisselde geen woord meer met Veronica. Die maandag op school negeerde Bronson Veronica, en dat bleef hij de rest van de week doen. Toen ze die vrijdagmiddag de school verliet, kwam ze hem en een paar van zijn vrienden tegen, in hun Lacrosse-kleding op weg naar het sportveld. Ze liep net een stukje met hen mee, vroeg tegen wie ze moesten spelen en wat hun plannen voor het weekend waren, toen Bronson opeens bleef staan, met flikkerende groene ogen, en zei: 'Doe me een lol, Veronica. Doe net alsof ik niet besta, dan doe ik hetzelfde met jou.' De andere jongens lachten, en tot haar verbazing deed ze dat zelf ook. Ze liepen verder, maar zij bleef staan. Toen ze ver genoeg bij haar vandaan waren, ging ze zitten, trok haar knieën op tegen haar borst, liet haar kin erop rusten en deed haar uiterste best om niet te huilen.

De zon scheen warm op haar rug en haar hoofd. De lucht wist nog maar net de koelte van de lente vast te houden. Ze staarde naar een rijtje mieren dat door de dikke knalgroene grassprieten marcheerde. Ze luisterde naar het gestage gemurmel van de verre stemmen van kinderen die in groepjes voor de school stonden, dat af en toe werd overstemd door het geluid van een startende automotor, een sirene, vogelgezang. Ze dacht niet aan wat Bronson net had gezegd. Ze deed haar uiterste best om de overweldigende behoefte tot huilen te onderdrukken. 'Er is niets aan de hand, er is niets aan de hand, er is niets aan de hand,' fluisterde ze, zich afvragend waaraan mieren hun doelbewustheid ontleenden. Ze liet haar gedachten afdwalen naar de rode tien boven aan het proefwerk Engels dat ze die ochtend terug had gekregen, naar het feit dat ze in geen maanden meer een koortslip had gehad. Ze voelde zich alweer veel beter toen ze Lillians stem vlak bij haar hoorde. Ze kon niet goed horen wat haar zus zei, maar haar lach was zoals altijd messcherp en haar stem was stroperig van sarcasme. Veronica keek niet op, tegen beter weten in hopend dat Lillian haar niet zou zien.

'Wat is hier aan de hand? Mijn zusje in de bonen?'

Veronica voelde dat er een arm rond haar schouders werd geslagen die haar snel maar krachtig omhoogtrok. Ze voelde dat al haar moeite om haar verdriet te onderdrukken opeens als een zeepbel uiteenspatte. Achter in haar keel, in haar ogen, voelde ze de scherpe ziltheid van dat verlangen terugkeren. 'Er is niets aan de hand, er is niets aan de hand, er is niets aan de hand,' zei ze tegen zichzelf, heel goed wetend dat er nu zo ongeveer van alles aan de hand was. Voor de ogen van haar zus en de vriendinnen van haar zus in huilen uitbarsten was nog vernederender dan wat er zo-even met Bronson was gebeurd.

'Wat is er?' vroeg Lillian.

Veronica moest iets zeggen. Er is niets aan de hand, er is niets aan de hand, er is niets aan de hand, bleef ze tevergeefs denken. Hardop, in een poging stoer, bijtend, zorgeloos – als Lillian – te klinken, zei ze: 'Ik had het net tegen die Bronson –'

'Een jongen?' onderbrak Lillian haar. 'Je loopt te janken vanwege een jongen?'

Haar drie vriendinnen waren even stil – eentje bloosde, de ander verbleekte, de derde keek naar haar voeten, en toen klonk er een koortje van gegiechel.

Lillian ging verder: 'Als je zo stom wilt zijn om vanwege een jongen te huilen, dan ga je je gang maar.' Haar hand viel van Veronica's schouder, en ze legde een vinger onder Veronica's kin en tilde haar gezicht op, zodat ze elkaar in de ogen konden kijken. 'Sterker nog, ik wil je zien huilen.'

Tranen rolden over Veronica's gezicht. Lillian snoof, fluisterde op bijtende toon 'Zielepoot' en liep weg, met haar vriendinnen in haar kielzog. Veronica wilde het liefste doodgaan, maar toen ze naar huis liep, besefte ze dat ze daarmee slechts Lillians verachting zou verdienen, en niet haar respect of medeleven. Ze wist thuis te komen zonder onderweg een bekende tegen te komen en daaruit putte ze moed, alsof iemand zich eindelijk om haar bekommerde (haar vader? Ze wierp een dankbare blik op de hemel). De voordeur was open, wat betekende dat haar moeder nog niet naar haar werk in het ziekenhuis was. Veronica voelde dat de moed haar in de schoenen zonk. Ze snakte naar medeleven, maar wist uit ervaring dat het medeleven van haar moeder soms gewikkeld was in iets wat onzichtbaar prikkeldraad leek. Ze was per slot van rekening ook de moeder van Lillian.

Veronica zag vanuit haar ooghoek dat ze in de keuken een kop thee zat te drinken, gekleed in haar zalmkleurige verpleegstersuniform dat een maat te klein was. Veronica probeerde meteen naar haar slaapkamer te gaan, maar haar moeder zette haar kopje neer en kwam de keuken uit om haar te begroeten. Ze wierp één blik op haar en zei: 'Veronica, wat is er?' Ze sloeg haar armen om haar heen. 'Wat is er mis, lieverd?'

Zonder een woord te zeggen begroef Veronica onmiddellijk haar gezicht in haar moeders schouder en gaf ze zich voor haar gevoel urenlang over aan gesnik. Langzaam leidde haar moeder haar naar de bank in de woonkamer. Ze liet Veronica liggen, ging toen zelf zitten, tilde Veronica's hoofd op en legde het op haar schoot. Na nog een tijdje, als de naschokken van een aardbeving, ontsnapten Veronica zonder waarschuwing en zonder dat ze wilde, heftige snikken en huiverde ze over haar hele lichaam.

'Het is zo oneerlijk. Lillian is veel knapper dan ik,' flapte Veronica eruit.

Haar moeder gaf een hele tijd geen antwoord, en Veronica was er zeker van dat dat kwam omdat ze geschokt was door de kleinzieligheid en ijdelheid van haar jongste dochter, dat ze met stomheid was geslagen omdat die zo hysterisch deed over zoiets onbenulligs en gewoons als het uiterlijk. Ze had er al heel veel spijt van dat ze haar moeder had verteld hoe ze zich voelde en had er alles voor over om die woorden terug te kunnen nemen.

Haar moeder zuchtte en zei toen: 'Je bent knap genoeg, Nica, maar vergeet niet dat deze wereld verre van eerlijk is – denk maar aan dat meisje verderop in de straat met die hazenlip. Lillians schoonheid en aantrekkingskracht hebben ook hun keerzijden, keerzijden die alleen maar sterker zullen worden naarmate ze ouder wordt. Ze is het soort meisje voor wie mannen zich voor de kop willen schieten. En het zal moeilijk voor haar worden om van iemand anders dan van jou, haar zus, te houden. Jij zult daarentegen altijd van heel veel mensen houden, en heel veel mensen zullen van jou houden.'

'Ze heeft een hekel aan me,' zei Veronica.

'Dat lijkt misschien zo,' antwoordde Agnes. 'Maar Lillian heeft een vreselijk gebrek, dat ik maar al te goed ken: ze kan geen enkele vorm van zwakheid verdragen, zeker niet bij de mensen van wie ze het meeste houdt.'

Veronica voelde zich getroost door de woorden van haar moeder, maar het kon zijn dat Agnes dat alleen maar zei om haar een beter gevoel te geven. De ene zus troosten door de andere zus neer te halen; dat voelde op de een of andere manier niet goed. En trouwens, wie zou er nu een man willen die zich voor de kop zou willen schieten? En was het vermogen om liefde te geven en te ontvangen niet het belangrijkste ter wereld? Terwijl ze in slaap viel, voelde ze die vragen door haar hoofd spoken. Ze merkte amper dat haar moeder een kussen legde op de plaats waar eerst haar schoot was geweest en door de voordeur naar buiten glipte.

XXI

Nadat Veronica's musical op de bedompte zolder van een kerk in Eighteenth Street was gelezen en bediscussieerd, zochten Veronica en Jane de dichtstbijzijnde Ierse pub op en staken onmiddellijk een sigaret op om te vieren dat *Voor wat, hoort wat* zo positief was ontvangen. Veronica blies een rookwolkje de lucht in en gaf zich even over aan de gedachte dat haar musical inderdaad door Zwarte Lagune in productie zou worden genomen. Een paar oudere leden hadden zelfs een paar namen van componisten genoemd. Alex had ook een keer gezegd dat hij een componist kende, dus ze zou zeker snel een partner vinden. Terwijl ze wachtten totdat de whisky werd ingeschonken, probeerde Veronica Janes woordenstroom te verwerken.

'Ik vond de opening echt fantastisch,' zei Jane met haar gruizige stem, 'met die sachems van Tammany Hall en de Krijgers die de immigranten van de boot verwelkomen – hoe ging het refrein ook alweer? "Er is slechts een enkel voorbehoud: voor niets gaat de zon op, als je dat maar onthoudt!"'

Veronica liet het lied door haar gedachten gaan:

> Welkom in New York
> Waar de zon elke dag schijnt
> Welkom in Amerika
> Waar elke schroom verdwijnt
> Er is slechts een enkel voorbehoud:
> Voor niets gaat de zon op,
> Als je dat maar onthoudt!

Veronica koos ervoor om Jane te geloven, ook al stond ze erom bekend dat ze vreselijk kon overdrijven.

> Dit is het land van duizend kansen
> Raap ze nu meteen maar op
> Je moet wel naar onze pijpen dansen
> Want wij doen natuurlijk niets voor nop

Door de jaren was Jane eigenlijk de enige aanhanger van haar musical gebleven.

> Dit is het land van de vrije keuze
> Je mag stemmen op die of die of die
> Ja, het zijn best mooie leuzen
> Maar wij vertellen je wel op wie

Dus toen Veronica door Zwarte Lagune was gebeld, verbaasde het haar dat ze dat niet meteen aan Jane wilde vertellen, want dan zou ze Jane namelijk moeten uitnodigen om mee te gaan naar de eerste lezing.

> De mogelijkheden zijn eindeloos
> Je kunt doen wat je wilt, en met gemak
> Maar maak ons maar niet kwaad of boos
> Want dan eindig je in de bak

Veronica nam een lange trek van haar sigaret.

> Welkom in New York
> Waar de zon elke dag schijnt
> Welkom in Amerika
> Waar elke schroom verdwijnt
> Er is slechts een enkel voorbehoud:
> Voor niets gaat de zon op,
> Als je dat maar onthoudt!

'En die scène waarin Big Bill Tweed president Millard Fillmore bezoekt, was gewoon een giller.' Jane zat echt te giechelen.

De theaterwereld, en zelfs de musicalwereld, verschilde zo ontzettend van de wereld van de soaps. In de studio van *Doodgewone dingen* werd Jane als een echte glamourvrouw beschouwd, met haar felgekleurde Chanel-pakjes, haar bijpassende lippenstift, haar pumps, haar rondingen, haar diepblauwe oogschaduw, haar popperige blos, haar roodblond geverfde haar dat als een waterval over haar schouders viel en aan de einden volmaakt naar binnen krulde. Veronica was bang dat theatermensen Jane gewoon zouden zien als een oud mens uit New Jersey wier haar te lang was voor haar leeftijd, die veel te veel make-up droeg en die, gezien haar figuur, beter zwart zou kunnen dragen. Veronica had zich een paar dagen lang een echt kreng gevoeld omdat ze Jane het goede nieuws maar niet vertelde. Toen ze dat uiteindelijk toch had gedaan, had ze erop gestaan dat Jane mee zou gaan naar de lezing, en godzijdank had Jane ja gezegd. Veronica had de hele beproeving zonder haar nooit kunnen doorstaan.

Tegen de tijd dat hun glazen whisky op tafel verschenen, was Jane klaar met haar lofuitingen en begon ze aan de 'suggesties'. Veronica luisterde, knikte, stemde in. Ze zou er later wel over nadenken, maar nu niet. Nu ging ze gewoon van dat lekkere gevoel genieten.

'Die scène met die twee kinderen op het plein van die school,' zei Jane, 'moet wat duidelijker worden. Het is duidelijk wie Big Bill is, maar het is verre van duidelijk dat het kind dat hij pest Thomas Nast is.' Veronica nipte aan haar whisky terwijl Jane haar vertelde dat ze meer zou kunnen doen met de relatie tussen Mary Amelia en haar zeven broers en zussen, enzovoort. Maar het kon Veronica niet schelen. Ze had het gevoel dat ze nu alles kon oplossen, omdat ze iets had om op te lossen. Nu haar stuk was gelezen, was het echt geworden, een voorwerp, een ding dat ertoe deed.

'En de verhouding tussen Mary Amelia en Matthew O'Rourke...' Jane leek gewoon duizelig '... is zo ingewikkeld, zo hartstochtelijk, zo ongelooflijk dat het volkomen geloofwaardig is. Natuurlijk wil je verliefd worden op degene op wie je absoluut niet verliefd zou moeten worden. Dat is ware liefde.'

Veronica nam een flinke slok van het goudbruine vocht, voelde haar borst branden, haar tenen tintelen, haar hersenen dankbaar verdoven.

'Weet je, nu ik erover nadenk,' ging Jane verder, 'zoals jij er nu uitziet – keurig en blozend – als ik niet zou weten dat jij en Nick een stel zijn, zou ik denken dat je pas verliefd bent geworden.' Ze wierp Veronica een onderzoekende blik toe voordat ze nog een Pall Mall opstak.

'Nick en ik zijn uit elkaar.'

'Aha! Dat dacht ik al,' zei Jane, die met haar knalroze nagels op de bar tikte. 'Ik had al het gevoel dat ik voor iemand inviel. Maar natuurlijk zou ik alles voor je doen.' Jane nam een lange trek van haar sigaret en vroeg toen met de gladde achteloosheid van een professionele roddelaarster: 'Wie is het?'

'Dat kan ik niet zeggen.'

'Laat me niet raden, Veronica, schat. Dat is onbeleefd en irritant.'

'Goed, maar je moet me niet ontslaan. Alex Drake.'

'O, wat onbetamelijk van je! Je gaat met de hulp naar bed.' Ze deed net alsof ze geschokt was en het afkeurde. 'Je hebt die beminnelijke, wereldse Nick ingeruild voor die gevoelige en navelstarende Alex? Ben je gek?'

'Gekker dan je kunt vermoeden.'

Jane fronste nu het nieuws tot haar doordrong. 'Ik zie de aantrekkingskracht niet zo. En er is natuurlijk die toestand met Laralee, al weet ik zeker dat dat alleen maar een gerucht is. Nigel vindt het heerlijk om schandelijke verhalen over Laralees affaires te verspreiden, zeker wanneer hun scheidingsprocedure weer eens de aandacht trekt.'

Veronica had een grote fout gemaakt. Jane was beslist geen goede vertrouwelinge. Veronica moest zich hieruit zien te kletsen, maar ze wist niet hoe. Wat zou Lillian doen, vroeg ze zich af.

Veronica vroeg aan Jane: 'Hoe gaat het met je roman?'

Jane lachte in een poging haar verbazing en schaamte te verbergen. 'O, liefje, die zal ik nooit meer schrijven. Ik denk alleen maar dat ik een roman wil schrijven, en met mij nog vier miljard mensen. Iedereen wil een roman schrijven, maar slechts weinigen zijn masochistisch genoeg om zich zo bloot te geven en de bijkomende vernederingen te ondergaan.'

'Misschien is iedereen wel een roman,' zei Veronica, blij dat ze het onderwerp Alex hadden laten vallen. 'Ik las laatst dat ze hebben uitgerekend dat het complete werk van Dickens op één streng menselijk DNA zou passen, en toen kreeg ik een sciencefictionfantasie dat ons DNA eigenlijk literatuur is en dat de mensheid de bibliotheek van een andere beschaving is.'

'Dus dan is er voor mij geen reden om een boek te schrijven,' zei Jane, aan wier opeengeknepen roze lippen een wolkje rook ontsnapte. 'Ik ben een goedkoop romannetje dat door ontelbare buitenaardse wezens is gelezen. Dat is veel bevredigender. Misschien zou dat het onderwerp van je musical moeten worden. Ik heb nog nooit van een sciencefictionmusical gehoord. Of misschien zou je een musical noir kunnen schrijven.' Jane aarzelde. 'O, dat doet me ergens aan denken: een vrouw, aantrekkelijk, met rood haar...' ze raakte haar eigen haar aan, '... vroeg vanmorgen op kantoor naar je. Toen ik hoorde dat ze aan de receptioniste vroeg waar je was, ben ik naar binnen gelopen. Ze vroeg of jij contact met haar wilde opnemen als het je schikt.' Jane pakte haar handtas, haalde een kaartje eruit en gaf het aan Veronica. Er stond op: Sybil Noonan, privé-detective.

Nog een privé-detective? Wie had haar ingehuurd, en waarom? Nick? Alex? Lillian? Agnes? En waar kwamen al die detectives op-eens vandaan? Waren ze net als ideeën? Je hebt er een, en opeens komen ze van alle kanten? Haar eerste ingeving was Lillian bellen. Maar toen dacht ze aan Alex – stel dat dit iets met hem te maken had? Ze zou hem morgen weer zien, misschien zou hij dan iets la-ten merken. En als dat niet zo was, zou ze zelf contact opnemen met de roodharige vrouw.

Jane zat door haar katachtige nieuwsgierigheid op het puntje van haar stoel. 'Nick,' opperde ze, 'die wil weten wat je uitspookt?'

'Ik denk het niet. Als hij in staat was geweest om een detective in te huren die een oogje op me moet houden, was ik waarschijnlijk wel bij hem gebleven.'

Jane knikte instemmend.

'Luister, Jane,' zei Veronica. 'Ik wil dat je je mond houdt over Alex. Ik weet zeker dat het maar een bevlieging is. Als de mensen van de studio erachter komen, wordt het vast enorm opgeblazen.'

'Denk je dat die vrouw met het rode haar misschien iets met Alex te maken heeft?' vroeg Jane, die Veronica's verzoek ongetwij-feld negeerde omdat ze een veel spannender verhaal rook.

'Misschien,' zei Veronica, die niet langer wist hoe ze op wat dan ook moest antwoorden. 'Maar, Jane, ik meen het. Zeg alsjeblieft te-gen niemand iets over mij en Alex.'

Met een denkbeeldige sleutel deed Jane haar lippen op slot en gaf de sleutel aan Veronica. Veronica maakte het schouwspel af door de sleutel uit Janes hand te pakken en net te doen alsof ze hem doorslikte. Terwijl ze dat deed, herinnerde ze zichzelf eraan dat Jane om veel dingen befaamd was, maar dat discretie daar niet bij hoorde.

## XXII

Veronica zat al meer dan twee uur aan een picknicktafel in High Falls, New York, en zag Alex inderdaad van een trapeze vallen. Het was een heerlijke dag aan het einde van juni – warm in de zon, koel in de schaduw – en Stone Mountain Farm was een en al bedrijvigheid, een beetje als een circus, maar dan eentje waarin het publiek de voorstelling was. Naast trapezewerken werd er een veelvoud aan activiteiten voor alle leeftijden aangeboden, van yoga en trampolinespringen tot minder gebruikelijke bezigheden als Taal Ondersteboven, waarbij mensen Japans leerden terwijl ze op hun hoofd stonden.

Terwijl ze zag dat Alex bij zijn zoveelste poging om in volle vlucht een andere trapeze te pakken naar beneden tuimelde, werd Veronica bang dat ze hem teleur zou stellen. Ze had hem beloofd dat ze die middag een les trapezewerken zou volgen waarin ze voor het eerst van haar leven van een tien meter hoog platform zou zwaaien. Ze keek weer naar de trapezepaal die er met al zijn stangen en draden, riemen en netten uitzag als een martelkamer voor het verfijnd verminken van grote wezens. Ze zou haar belofte moeten verbreken. Geen haar op haar hoofd dacht eraan om daar naar boven te gaan – voor geen goud, en zeker niet uit liefde. En ze had trouwens een idee voor een liefdeslied:

> Ik kan je niet echt zeggen
> Wat ik precies voor je voel
> Je mag mijn broodje beleggen
> Trap je bal maar in mijn doel

Tijdens Alex' twee uur durende pauze tussen de sessies in, hadden ze een paar broodjes gekocht en besloten een korte wandeling te maken in het omringende gebergte, de Shawangunk Mountains.

'Ze worden de Gunks genoemd,' zei Alex, toen ze op zoek naar een plekje om te picknicken het wandelpad volgden.

Veronica knikte alsof ze begreep waarover hij het had, maar ze had te veel aan haar hoofd: de detectives, Vuurland, haar nieuwe lied. Een van die onderwerpen aansnijden was even angstaanjagend als op een trapeze de leegte in zwaaien. Toen ze de lucht inademde, die naar luchtverfrisser met dennengeur rook, zei ze tegen zichzelf dat ze gewoon van dit moment moest genieten. Net als mensen die van de natuur houden doen wanneer ze naar buiten gaan: ze zijn in het moment, ze zijn het moment. Het probleem was echter dat Veronica, hoewel ze hevig wenste dat ze iets voor de natuur voelde, eigenlijk heel nerveus werd van al die ruimte: bergen, dieren, insecten, gras, bladeren, geen mensen.

'Shawangunk is een erg lelijke naam voor zulke prachtige bergen,' vervolgde Alex. 'Maar ik denk dat de plaatselijke bevolking het lief, en niet geringschattend, bedoelt.'

'Heb je altijd al acteur willen worden?' vroeg Veronica, die besloot dat een figuurlijke sprong beter was dan een letterlijke. Ze had de vraag amper gesteld of ze stootte haar teen tegen een rots. Het deed behoorlijk pijn, maar ze dacht dat de pijn weg zou trekken als ze die zou negeren.

Alex liep voor Veronica uit, en ze kon zijn gezicht niet zien, alleen maar de achterkant van zijn hoofd en zijn fijne haar, dat een tikje te lang was voor zijn rol als neurochirurg.

'Laatst zag ik Julia Roberts op Fifth Avenue, in de buurt van Washington Square,' begon hij. 'Ze was met haar vriend, die acteur uit *Law and Order*, en ik was meteen helemaal gefascineerd, net als alle andere mensen die hen zagen. Hoewel ik al aan de late kant was voor een auditie, bleef ik bewust staan kijken. Het was voor mij de hemel: ze viel geen moment uit haar rol van beroemde actrice die net doet alsof ze niet merkt dat de hele wereld naar haar kijkt. Ik heb twintig straten lang achter hen aan over Fifth Avenue gelopen. Natuurlijk miste ik de auditie.'

Veronica, die jaloers op Julia Roberts was, hoewel daar geen reden voor was, begreep niet wat hij hiermee wilde zeggen.

'Ik ben dol op acteurs,' vervolgde hij, 'maar ik heb het nooit leuk gevonden om er een te zijn. Toen ik nog studeerde, vroegen vrienden me altijd of ik in hun films wilde spelen, deed ik wat modellenwerk, kreeg ik een agent, en van het een kwam het ander. Eerlijk gezegd kijk ik liever naar andere acteurs. Niet al te lang geleden kwam ik in een sapbar een actrice tegen. Ze was een lange, ongelooflijk knappe blondine die er heel bekend uitzag. Je weet hoe dat gaat met acteurs, je denkt dat je hen echt kent. Maar goed, ik weet nog steeds niet wie ze was. Ik dronk net een *smoothie* aan de bar omdat ik nog geen zin had om naar een feestje vol beroemdheden te gaan waar ik volgens mijn agent per se heen moest, toen die vrouw naast me kwam zitten en me overduidelijk begon te versieren. Om wat voor reden dan ook – mijn uitstraling, mijn aura – overkomt dat me echt nooit, dus ik was benieuwd naar haar motieven.'

Een paar seconden eerder had Veronica zich krankzinnig jaloers op Julia Roberts gevoeld, maar nu voelde ze zich gewoon krankzinnig. Ze kneep zichzelf zelfs, maar werd niet wakker. Ze was nog steeds op redelijke afstand van de stad, in een wereld die slechts een paar sporen van de beschaving vertoonde – een verpakking van iets lekkers, een platgetreden pad, Alex – en voor het overige was gevuld met bomen, rotsen en een eindeloze hemel. Ze beloofde zichzelf ecn ding: als ze hier ooit vandaan zou komen, zou ze het eiland Manhattan nooit meer verlaten. Ze beloofde zichzelf eveneens dat ze voor altijd in het verleden of de toekomst zou leven, en nooit in het moment.

'In het begin dacht ik dat het misschien een weddenschap was,' zei hij.

Veronica wilde dolgraag elk woord horen, elke mogelijke betekenis die hij uitte doorgronden, zijn toon en woordkeuze helemaal analyseren, al wist ze de hele tijd al dat het resultaat haar te gronde zou richten.

Alex zei: 'Daar leek ze veel te beschaafd voor, en daarom kwam ik tot de slotsom dat ze een scène speelde om te kijken hoe geloof-waardig ze kon zijn.' Hij hield op met praten en draaide zich om. 'Veronica,' riep hij uit, zijn arm om haar heen slaand. 'Gaat het? Je ziet zo bleek.'

'Maak je verhaal nu af!' wilde ze tegen hem schreeuwen, maar in plaats daarvan keek ze naar haar voeten, zodat hij haar gezicht niet kon zien. Haar teen zat onder het bloed, het donkerrood vloekte met haar felroze nagellak. 'Kijk eens, ik bloed,' zei ze, en ze voegde eraan toe: 'Het geeft niet,' hoewel ze bijna moest huilen. 'Ik heb mijn teen gestoten.' Maar het was niet de pijn waaronder ze zo leed, het was de wetenschap dat Lillian, en Julia Roberts al hele-maal, nooit zo stom zouden zijn om tijdens een wandeling met hun geliefde hun teen te stoten.

'Hé, Nica,' zei hij, terwijl hij in zijn rugzak rommelde, 'ik heb een pleister.' Zijn gezicht vertoonde een lieve lach, alsof hij het schattig vond dat een gestoten teen haar zo van streek maakte. Ze verbaasde zich over het gebruik van haar bijnaam van lang gele-den. Hoe wist hij die?

'Laten we gaan eten,' zei hij, 'hier.' Alex stond in de schaduw van een vijf meter hoge rots. Een aantal rotsen van vergelijkbaar for-maat waren over de omgeving verspreid.

'Maar goed, ik ga je een uitgebreid antwoord op je vraag geven,' zei hij. Hij gaf haar een broodje aan en nam er zelf ook een.

'Toe maar, toe maar,' zei Veronica. Ze had geen honger meer, maar deed alsof ze at.

'Ik vond het heerlijk om naar haar te kijken, maar ik wilde haar niet zijn. Ik heb voor acteren nooit zulke gevoelens gekoesterd als voor, zeg maar, muziek. Bij muziek voel ik een bepaalde spanning, lever ik een bepaalde strijd die voortkomt uit de behoefte om te genieten van wat ik hoor. Ik weet wat ervoor nodig is geweest om die muziek uit te voeren, en daarvan krijg ik een enorme kick. Het is het gevoel dat je hebt als je gevangen zit tussen het verlangen om iets voor iemand te doen en het verlangen dat iemand iets voor jou doet. Dat gevoel geeft muziek me. Ik heb altijd al muziek geschreven. Ik heb altijd al componist willen worden. Weet je nog dat ik tegen je zei dat ik wel een componist voor je musical wist? Dat ben ik dus. Dat wil zeggen, als je het met me aandurft.' Alex straalde, en plotseling sloeg hij zijn blik neer. 'Ik kan het best begrijpen als je voor een ander kiest,' zei hij, bijna fluisterend.

Dus dat was het, dacht Veronica. Alex had alleen maar belangstelling voor haar vanwege haar musical. Hij wilde haar libretto gebruiken om als componist voet aan de grond te krijgen. Ze zou hem een kant-en-klare musical kunnen leveren, en hij zou het pom, pom, pom eraan toevoegen. Lillian had gelijk waar het mannen betrof. Ze waren altijd op zoek naar de nummer een – zonder mededogen voor degenen die werden vertrapt terwijl zij hun doel probeerden te bereiken. Hun slachtoffers waren de trofeeën van hun meedogenloze vastberadenheid.

Veronica keek naar Alex. Hij had zich enigszins afgewend, en toen ze de uitdrukking op zijn gezicht zag, besefte ze dat hij zich schaamde. Wat had ze het mis gehad. Hij had haar in werkelijkheid een groot compliment gegeven door blindelings in haar musical te geloven en zich tegelijkertijd helemaal bloot te geven. Wat wilde een vrouw nog meer?

Veronica pakte het broodje uit Alex' hand en legde het weg. Ze duwde hem op zijn rug tussen al die kriebelige stukjes sterk geurende natuur en begon zijn gezicht, zijn nek, zijn lippen te kussen. Het was allemaal erg onhandig en ongemakkelijk, en het laatste wat ze ooit had gedacht te doen was vrijen in de vrije natuur, maar Alex scheen het niet erg te vinden, en het duurde niet lang voordat hij zich letterlijk bloot had gegeven.

Terwijl ze zich naar de les van die middag haastten, begon Veronica te fantaseren over haarzelf en Alex als een groot muzikaal duo van het formaat Rodgers en Hammerstein, Lerner en Loewe, Comden en Green. 'Moore en Drake,' fluisterde ze in zichzelf. Het klonk zelfs goed. Zodra ze weer terug in Manhattan zouden zijn, zou ze hem het libretto en de teksten van *Voor wat, hoort wat* geven. Ondanks alle zotte verwikkelingen zou het tussen hen helemaal goedkomen, dat wist ze gewoon.

Harry Pericolo, een spierbundel van een meter tachtig, stond op Stone Mountain Farm op hen te wachten. Naast hem stonden een man en een vrouw die aan hun uiterlijk te zien regelmatig een triatlon liepen. Hij stelde hen voor als zijn collega's Dave en Gwyneth.

'Ben je klaar?' vroeg Harry aan Veronica.

'Voor wat?' Veronica was haar belofte helemaal vergeten.

Harry glimlachte breeduit en charismatisch. 'Klaar om over te steken naar de andere kant.'

'O, ja,' zei ze, met het gevoel dat ze al was gevallen en dat de adem haar was benomen.

Dave, een gedrongen man met een snor, zei: 'Je zult verhevenheid ervaren.'

Gwyneth, die eruitzag alsof ze de hoofdrolspeelster in haar eigen serie fitnessvideo's was, zei: 'Je zult je eigen angsten leren kennen.'

Veronica vond het vreselijk wanneer ze werd gedwongen om iets te doen wat ze niet wilde doen. Harry, Gwyneth en Dave bleven pogingen doen om haar over te halen. Ze legden uit dat de eerste zwaai het belangrijkste was, dat het werkelijke doel het aanvaarden van je angst en het volledig opgaan in het moment was. Voor de eerste zwaai boden ze erg weinig verbale instructies. Veronica weigerde botweg om het te doen, totdat Alex haar gezicht tussen zijn handen nam en zei: 'Voor wat, hoort wat. Jij zwaait, ik zal een partituur voor je schrijven waarvan zelfs Oscar Hammerstein groen van jaloezie zou zien.'

Veronica keek Alex uiterst argwanend aan. 'Dat is niet eerlijk. En ik snap het trouwens niet. Wat is voor jou het wat?'

'Dat jij iets doet wat je voor niemand anders ter wereld zou doen.' Hij kuste haar op haar voorhoofd.

'Ik doe het,' zei ze, 'maar alleen als je heel eerlijk een vraag wilt beantwoorden.'

Dat wilde hij wel. Maar ze kon zich er niet toe zetten om de vraag te stellen die ze wilde stellen, over de blondine in de bar, en daarom vroeg ze naar een andere blondine. 'Is er iets tussen jou en Laralee?'

Alex lachte. 'Helemaal niets. Ze vindt het gewoon leuk om in mijn kleedkamer te zitten en over natuurgenezers en yogaleraren te roddelen. Ik weet zeker dat ze het heerlijk vindt dat niemand weet hoe het zit, maar ik kan je verzekeren dat er niets stiekems tussen ons gebeurt.'

Veronica beklom de paal, met het gevoel dat ze Marie Antoinette was die het schavot beklom. Waar was ze mee bezig, door voor te stellen dat Alex muziek voor haar zou maken? Ze had nog nooit een compositie van hem gehoord. Hij had waarschijnlijk niet eens een muzikaal gehoor. Hij zou alles verpesten waarvoor ze zo lang en hard had gewerkt. Hij fantaseerde over componeren – betekende dat dat ze haar werk op zijn altaar moest offeren? Als ze na deze sprong nog steeds in leven zou zijn, zou ze nog eens diep nadenken over haar belofte aan Alex. Hij mocht proberen om voor *Voor wat, hoort wat* te componeren, maar dat betekende geenszins dat het in kannen en kruiken was.

Achter haar zei Harry dingen als: 'Spring naar achteren en omhoog, maar niet naar voren, maar maak je maar geen zorgen – wat je ook doet, het is goed.' Terwijl ze het platform naderden, bekroop Veronica een ijzingwekkende gedachte: Alex had inderdaad een van de detectives ingehuurd om de opvallend mooie blondine uit de bar op te sporen en had zo ontdekt dat Veronica de zus van Lillian was. De trapeze was zijn manier om haar uit de weg te ruimen.

> In Tierra del Fuego
> Zeggen ze geen 'prego'
> Volgens Darwin is overleven
> Je rivaal geen kansen geven

Het had geen zin om nog achterdochtiger te worden, dacht ze, toen Harry haar in een harnas gespte en een veiligheidsriem vastmaakte.

'Maak na de sprong je armen en benen lang,' zei hij. 'Als je naar voren zwaait, moet je je armen niet buigen.'

Ze hoorde geen woord van wat hij zei. Ze vroeg zich af of Alex het echt waard was om voor te sterven.

Ze stond op het randje van het platform en wilde dolgraag weten hoe ze daar in godsnaam was beland en hoe groot haar schaamte en ontzetting zouden zijn als ze nu weer naar beneden zou klimmen. Toen Harry de stang in haar handen legde en haar haar armen helemaal liet strekken, ging hij verder met zijn zinloze instructies.

'Je moet doen alsof je op een schommel zit: je zwaait met gestrekte benen zo ver mogelijk naar voren, en als je niet meer verder kunt, buig je je benen en zwaai je in een houding die op een zeven lijkt weer terug. Daarna doe je dat nog een keer, en dan, als je er klaar voor bent, laat je je vallen. Ben je er klaar voor?' vroeg hij.

Veronica had nu helemaal het gevoel dat ze uit haar lichaam was getreden. Ze zag zichzelf op het platform staan, terwijl een aantal mensen beneden op de grond naar haar keken, onder wie de man die, tot een paar minuten geleden, een grote kans had gehad om de liefde van haar leven te worden en er nu op stond dat ze zoiets krankzinnigs als dit deed. Was dit liefde? Ze sprong, liet haar lichaam doen wat het wilde doen – niet strekken, niet buigen, geen houding die op een zeven leek, wat dat allemaal ook mocht betekenen. Terwijl haar lichaam door de lucht zeilde, dacht ze: zo voelt het vast als je je van het Empire State Building werpt. Op het hoogste punt van haar zwaai naar voren, in die fractie van een seconde voordat ze weer naar achteren zou zwaaien, hoorde ze een stem – haar eigen stem – zeggen: 'Hoger.' Ze wachtte niet op de tweede zwaai. Op het laagste punt van de achterwaartse zwaai liet ze de stang los en viel ze in het net. Terwijl ze daar een paar seconden zachtjes op en neer veerde, dacht ze: als ik dit kan, is musicals schrijven in Vuurland een makkie.

# Zes

## XXIII

Konditorei Hongarije was leeg; Lillian was de enige klant die binnen zat. Een paar tafeltjes op het terras werden bezet door toeristen. De vaste klanten – de studenten en doorgewinterde intellectuelen uit de buurt – waren allang verdwenen. Ze struinden rond in buitenlandse archieven of genoten van het buitenhuis van een familielid. Eigenlijk hing in de hele stad de na-de-evacuatiesfeer van een b-film. Morgen was het dinsdag, vier juli, en op de vrijdag daarvoor had de gebruikelijke exodus plaatsgevonden. Central Park en Riverside Park zaten vol met degenen die niet weg konden of niet weg wilden, maar de straten en avenues waren net lege landingsbanen, verlaten maar vol verwachting.

Buiten was het al tweeëndertig graden en het was nog niet eens acht uur 's morgens. De konditorei ontbeerde airconditioning en ventilatoren, maar Lillian, die nu zes maanden zwanger was, had een aversie tegen direct zonlicht ontwikkeld. Ze vroeg zich af, nippend aan haar ijskoffie (cafeïne was voor Lillians algehele welzijn belangrijker dan het vermijden van een beetje maagpijn), hoe groot de kans was dat het wezen dat nu regelmatig in haar lag te kronkelen een vampier was. Het irriteerde Lillian dat de kunstwerken met de in stukken gesneden engelen nog steeds aan de muur hingen. Een van de schilderijen had in zijn rechteronderhoek van de lijst een klein rood stickertje met de tekst verkocht. Ze stelde zich voor dat de klant zonder smaak Veronica was, maar wilde het eigenlijk niet weten. Er was echter één ding aan Veronica dat Lillian wel wilde weten: met wie ze naar bed ging. Sinds Veronica met die geheimzinnige man sliep, was ze steeds afweziger geworden. In zekere zin was dat een opluchting voor Lillian, maar erger was dat Lillian – en dit was iets wat ze onmogelijk toe kon geven – gekwetst was.

Veronica had Nick, die jaren haar vriendje was geweest, verlaten, en dat had ze Lillian pas verteld toen het al lang en breed was gebeurd. Haar musical naderde eindelijk het einde, maar Lillian hoorde er pas iets over wanneer ze ernaar vroeg. Veronica hield er duidelijk een of andere vent op na, maar voelde niet de behoefte om Lillian erover te vertellen. Lillian vroeg zich af of deze gedragsverandering misschien iets met haar zwangerschap te maken had. Aan de andere kant mocht ze niet vergeten dat ze een week eerder op het gemeentehuis met de vader van Charlotte in het huwelijk was getreden en Veronica daar niets over had verteld.

Lillian had Veronica niets over het huwelijk verteld omdat het Lillian, hoe erg ze dat zelf ook vond, het vreemde gevoel gaf dat ze in feite met haar zesjarige cliënte trouwde. Zodra Lillian en Ben hun handtekening op het stadhuis hadden gezet (waarvoor ze een andere toekomstige bruid, Tula uit Calibrië, als getuige de 'kapel' binnen hadden gesleurd) wist ze dat dit huwelijk een enorme vergissing was. Lillian was van mening dat een huwelijk bijna altijd een wanhopige poging was om controle over iets in je leven te krijgen. En dat was in haar geval zeker zo. Sinds Charlotte weer was gaan praten had Lillian het gevoel gehad dat hun relatie veranderde, wat natuurlijk en onvermijdelijk was, en zelfs gezond. Maar Lillian kon niet verdragen dat ze hetgene wat zij en Charlotte hadden, zou verliezen, en daarom was ze met Ben getrouwd. Doorgaans genoot Lillian van de dingen die ze uit pervers egoïsme deed, maar deze keer had zelfs zij het gevoel dat ze te ver was gegaan.

Het kwam in Lillian op dat Veronica's nieuwe vrijer zo taboe en onorthodox moest zijn dat Veronica volgens haar eigen strenge moreel zo'n afschuwelijk misdaad had begaan dat ze Lillian onmogelijk kon vertellen wie hij was. Was hij de beste vriend van Nick, of zijn broer, of, nog beter, zijn vader? Of had het iets te maken met haar werk: een hoofdschrijver bij *Doodgewone dingen*? De directeur van theatergezelschap Zwarte Lagune? Lillian hoopte dat het een Broadway-producent was en dat Veronica via het bed op weg was naar succes. Veronica, die er zoals altijd zonnig uitzag, in een nauwsluitend jurkje van geel linnen en parels, ging tegenover Lillian zitten.

'Waarom verstop je je hier?' vroeg Veronica. 'Je ziet er fantastisch uit.' Ze stak haar hand uit en legde hem op Lillians buik. 'Ik durf te wedden dat je geen zwangerschapskleding draagt.'

Lillian stelde zich voor dat ze met een slagersmes Veronica's hoofd afhakte. Gewoonlijk vond ze het vreselijk om te worden aangeraakt, en nu ze zwanger was, was het nog weerzinwekkender, maar toch leek bijna iedereen te vinden dat ze het recht hadden om haar zomaar aan te raken – en hoe dikker ze werd, des te meer ze werd aangeraakt. Wat dat betreft was de aanraking het minst verontrustende aspect van deze ontmoeting met Veronica. Haar zus had haar nog nooit van haar leven verteld dat ze er fantastisch uitzag. Veronica had nooit het vertrouwen gehad om zoiets te zeggen. Het was te moeilijk voor haar, de jaloezie was te duidelijk.

'Gelukkig,' antwoordde Lillian, 'is stretch in de mode.'

Veronica glimlachte en zei: 'Nou ja, wat het ook is, je ziet er fantastisch uit.'

'Om eerlijk te zijn,' zei Lillian, 'maakt het hele idee van zwangerschapskleding me misselijk. Die zakken zijn zo verschrikkelijk onflatteus – gewoon weer een facet van de samenzwering die vrouwen ervan moet overtuigen dat het moederschap het verlies van je seksuele identiteit betekent. En is het je opgevallen dat de winkels in zwangerschapskleding de laatste tijd in de hele stad als paddestoelen uit de grond schieten? Dat maakt allemaal deel uit van de subliminale campagne om vrouwen uit de middenklasse zover te krijgen dat ze zich laten bezwangeren, hun baan opzeggen en thuis gaan zitten.'

Veronica zuchtte hoorbaar, blies haar pony van haar voorhoofd en keek afgeleid, alsof zij de intolerante zus was.

Lillian liet zich echter niet ontmoedigen. 'Het lijken wel de jaren na de oorlog, alleen wordt nu niet rechtstreeks tegen vrouwen gezegd dat ze thuis achter het aanrecht horen, maar maakt de recessie aan het begin van de eenentwintigste eeuw vrouwen op een medogenloze manier duidelijk dat ze thuis horen te zitten. Elke keer wanneer ze een etalage van zo'n winkel zien, horen ze zich af te vragen of zij die kleren niet zouden moeten dragen. Ik las laatst dat veertig procent van de vrouwen die zwangerschapskleding koopt niet eens zwanger is.'

Veronica kwam ongelooflijk verveeld over en leek niet eens aan het denken gezet door dat sinistere en alarmerende cijfer.

'Trouwens,' zei Lillian, die op een verwant onderwerp overstapte, 'ik heb de uitslagen van de vruchtwaterpunctie binnen. Hij is in orde: vier hartkamers, dichte ruggengraat, botten van de juiste grootte, neuronen die zich vermeerderen, neuronen die zich verplaatsen, neuronen die zich verschillend ontwikkelen, dendrieten die tot wasdom komen. Alles is in orde, en met een beetje geluk wordt hij homo.'

Veronica schrok op. 'Hè? Jezus, Lillian, je vertelt me ook nooit wat. Ik wist niet eens dat ze een vruchtwaterpunctie gingen doen.'

'Let op je woorden. Hij kan je inmiddels horen,' zei Lillian. 'En hij heeft wenkbrauwen.' Ze wreef met haar vingers over de hare. 'Hij is nog steeds zo dun als een sperzieboon, nog geen vet. Ik moet zeggen dat het een opluchting is dat ik nu weet dat ik een jongen krijg. Ik hoef me over veel minder dingen zorgen te maken omdat zijn sekse door de maatschappij in alle opzichten wordt voorgetrokken. En de mannen die ik ken, zijn door dat nieuws nog veel meer van streek dan ooit – een van hun soort loopt met mij als moeder natuurlijk enorm veel gevaar.'

'Hoe ging de vruchtwaterpunctie?' vroeg Veronica. 'Gebruiken ze niet zo'n enorme naald?'

'De dokter moest hem er twee keer in steken. Toen hij de naald voor de eerste keer inbracht, vertelde hij me dat hij van plan was om deze zomer met zijn gezin zes weken langs de grote steden van Europa te trekken, en op het scherm zagen we dat de naald de baby raakte. Zowel de baby als de dokter gingen helemaal over de rooie. Ik was natuurlijk het toonbeeld van rust en dacht: o, nou, ik was er toch al niet helemaal van overtuigd dat een baby zo'n goed idee was. Hij heeft zich aan mijn rechterkant helemaal opgerold en veertien uur lang niet meer bewogen. Ik had zo'n rare vorm, het leek wel alsof ik een kalebas had ingeslikt. Het is allemaal weer goed gekomen. De baby mankeert niets, en de dokter heeft inmiddels Parijs, Praag en Wenen gezien.'

'Jezus, Lillian,' zei Veronica, die met haar parels speelde. 'Je bent het grootste deel van de tijd zo kwaad op van alles en nog wat, maar als je echt uit je vel zou moeten springen, zit je grapjes te maken. Ik ben nu ontzettend kwaad en heb het gevoel dat ik dat kleine boontje moet beschermen. Ik heb het gevoel dat ik gekwetst ben, alsof een deel van mij zich pijn heeft gedaan, en ik wil wraak.'

Lillian haalde haar schouders op. 'Nou, je hebt de documenten ondertekend, dus op een dag is hij misschien van jou en is het jachtseizoen voor Veronica geopend.'

'Kun je nu niet even genieten van het feit dat je dat prachtige nieuwe leven in je draagt?'

De serveerster riep Veronica's naam, hoewel dat niet nodig was omdat ze de enige klanten waren die binnen zaten, en bracht haar een koude Wiener melange en een amandelhoorntje.

'Luister eens, Veronica, ik ga dan wel een kind krijgen, maar dat betekent nog niet dat ik in Onze Lieve Vrouwe verander. Vrouwen krijgen om allerlei redenen kinderen, en niet alleen om de redenen die de dominante cultuur voorschrijft.'

Veronica nam een flinke hap van haar gebakje en zei: 'Daar gaan we weer.'

Lillian negeerde haar en zei: 'Moederinstinct bestaat niet. Het is een concept dat mannen hebben verzonnen om ervoor te zorgen dat vrouwen zich schamen en in de war raken als ze niet voelen wat ze worden geacht te voelen. Moederen is aangeleerd gedrag, en er is niet één manier, laat staan één goede manier, waarop je dient te moederen.'

'Ssst, ssst, ssst.' Veronica legde haar vinger op haar lippen en wees naar Lillians buik. 'Je zei zelf al dat hij je nu kan horen, en hij heeft nog een heel leven vol preken van jou te gaan. Geef hem even wat ruimte nu hij nog in de baarmoeder zit.'

Een vrouw van eind veertig in een wit Lacoste-t-shirt, een licht-groen tennisrokje en witte gympen kwam binnen en liep naar hun tafeltje. Ze had schouderlang blond haar dat met een haarband uit haar gezicht werd gehouden.

'Het spijt me dat ik jullie moet storen,' zei ze met een licht zuide-lijk accent, 'maar mijn portemonnee is gestolen en ik moet terug naar huis, naar Greenwich. Ik wil mijn man niet bellen, want dit soort dingen overkomen mij voortdurend en hij denkt al dat ik gek geworden ben. Kunnen jullie me misschien twintig dollar le-nen, voor de trein? Dan schrijf ik wel een cheque uit als ik weer thuis ben.'

Bij nader inzien was het haar van de vrouw al een tijdje niet meer gewassen, zaten er vlekken op haar t-shirt en haar rokje en hing er een ranzige lucht om haar heen. Lillian had de vrouw eer-der hier in de buurt gezien, mogelijk zelfs in het ziekenhuis. Je hoefde geen neurowetenschapper te zijn om te zien dat er iets mis was met de hersenen van deze vrouw. Haar gevoel voor werkelijk-heid was, ten gevolge van een beroerte of door alcoholgebruik ver-oorzaakte dementie of een mogelijke andere oorzaak, ernstig aan-getast. Door de jaren heen had Lillian mensen leren kennen met neurologische afwijkingen die varieerden van achromatopsie (het onvermogen om kleuren te onderscheiden, zodat de hele wereld muisgrijs werd) tot het syndroom van Cotard (de overtuiging dat bepaalde lichaamsdelen ontbreken of aan het vergaan zijn). Een geval van verwaarlozingssyndroom dat Lillian niet al te lang gele-den had aanschouwd, behelsde de overtuiging dat de mensen die je het meest na staan, met name je partner, bedriegers zijn. Gezien haar recente herinnering aan haar vader en het flesje parfum vroeg ze zich af of ze zich die gebeurtenis correct herinnerde, of dat ze het idee van een bedrieger in haar herinnering had opgenomen vanwege haar ervaring met een patiënt met een verwaarlozings-syndroom; een vrouw die had geprobeerd zichzelf door koolmo-noxidevergiftiging om het leven te brengen omdat ze geloofde dat haar man en zonen buitenaardse wezens waren. Op de scans van haar hersenen waren beschadigingen te zien, maar het was onmogelijk te zeggen wat er eerder was geweest, het geloof dat haar gezin buitenaards was (waardoor ze zelfmoord wilde plegen), of haar verlangen om zelfmoord te plegen, wat haar ertoe bracht om te geloven dat haar gezin op de verkeerde planeet zat. In de maanden voor het ongeluk van Lillians vader was zijn gedrag zo overduidelijk anders geweest dat ze zich nu afvroeg of hij aan een depressie of aan iets ergers had geleden. Misschien had ze dat aan haar moeder willen vragen toen ze die laatst had gesproken toen ze zo ziek was.

Lillian, die de weerzinwekkende geur van urine wilde verdrijven, pakte haar tas, haalde een twintigje uit haar portemonnee en gaf het aan de vrouw.

'O, wat aardig van u. Ik heb in New York zo'n pech gehad met al dat tuig. O, hemeltje toch, u bent zwanger,' zei ze met een kreetje. 'Gefeliciteerd. Ik ben drie keer zwanger geweest en heb van iedere minuut genoten. Toen kreeg ik kanker en moest ik mijn baarmoeder laten verwijderen. Maar nu gaat het weer goed met me, niemand hoeft medelijden met me te hebben. Ik heb drie heerlijke kinderen en een fijne man.' Ze pakte het biljet voorzichtig uit Lillians uitgestoken hand. 'Ik ben gezond, heb een groot huis in Greenwich. Ik schrijf wel een cheque uit als ik weer thuis ben.' De vrouw draaide zich om en liep langzaam naar de voorkant van de zaak, waar ze bleef staan om met de serveerster te praten.

'Denk je dat er iets van waar is?' vroeg Veronica.

'Waarschijnlijk is alles wat ze zegt op een bepaalde manier waar,' zei Lillian. 'Het geheugen heeft geen organisch besef van tijd. We organiseren ons leven door middel van externe narratieven rond het begrip tijd, maar de hersenen zelf zien tijd niet als een bepaalde structuur. Wat er echt mis is met de hersenen van mevrouw Greenwich – of juist niet mis is – is dat ze niet langer in staat zijn tot coherente zelfmisleiding.' Even moet Lillian aan Bryan Byrd denken.

Veronica zei: 'Weet je, Lillian, wat jij doet en wat ik doe ligt niet zo ver uit elkaar als je misschien zou denken.'

'Nou, dan zal ik volgende keer zingen als ik de werking van de hersenen verklaar,' zei Lillian. 'O ja, ik heb Bryan Byrd trouwens naar Rudolph Saturday gevraagd. Hij had nog nooit van hem gehoord maar zei dat dat niets te betekenen had omdat een privédetective even algemeen is als een verkoudheid. Hij bood aan het voor ons uit te zoeken. Tegen een vergoeding, de gierigaard. Denk je dat hij Schots is?'

Veronica lachte, at haar amandelhoorntje op en zei: 'Lillian, ik moet je iets bekennen.'

Lillian zou eindelijk horen wie er in het bed van haar zus sliep. Ze probeerde bezorgd, verbaasd, geërgerd te doen.

'Ik ben de laatste tijd niet helemaal eerlijk tegen je geweest,' vervolgde Veronica. 'Er is iets heel geks gebeurd en ik weet niet zeker waarom ik je er niets over heb verteld.'

'Voor de draad ermee,' snauwde Lillian. 'Hoe heet hij?'

'Hij?' Veronica keek oprecht verbaasd. 'Het is een zij, een privédetective die Sybil Noonan heet en haar kaartje bij de studio heeft afgegeven. Ze wil me spreken.'

'Verdomme,' zei Lillian, 'ik was haar helemaal vergeten. Ze heeft een boodschap voor me achtergelaten in het ziekenhuis, maar ik heb haar nooit teruggebeld. Ik dacht dat ze van een verzekeringsmaatschappij was.'

'Ik heb me de hele tijd rot gevoeld omdat ik iets voor je heb verzwegen, maar nu blijkt dat ze jou ook heeft gebeld,' zei Veronica. 'Ik dacht dat Nick haar misschien had ingehuurd en wilde je er daarom niet bij betrekken.'

Lillian moest toegeven dat haar zus inmiddels aardig bedreven in bedrog was geworden. Als Lillian zich zou kunnen beheersen, zou ze deze poppenkast voor altijd door laten gaan, alleen maar om te kunnen zien dat Veronica er steeds beter in werd. Maar Lillian vroeg zich af of ze wel zou kunnen wachten. Vroeg of laat was het verlangen naar kennis de ondergang van iedereen, van genieën en beschavingen; uiteindelijk zou zij er ook het slachtoffer van worden.

'Ik denk dat we moeten kijken wat al die detectives van ons willen,' zei Veronica. 'Misschien moeten we Bryan Byrd weer in de arm nemen en hem een bijeenkomst laten organiseren, zodat we erachter kunnen komen wat iedereen nu eigenlijk wil.'

'Geen slecht idee. Maar daarmee zullen we even moeten wachten. Ben, Charlotte en ik gaan twee weken naar Sri Lanka, op een soort huwelijksreis.'

'Huwelijksreis?' vroeg Veronica.

'Ben en ik zijn de afgelopen week op het stadhuis getrouwd, niets bijzonders, gewoon tussen de middag,' zei Lillian, alsof ze beschreef wat ze tussen de middag had gegeten. 'Maar voordat ik ga, wil ik nog één ding weten: wie is die vent van wie je helemaal gek bent maar over wie je me niets wilt vertellen?'

Veronica leek ontzet.

'Ik zweer je,' zei Lillian, die haar vingers omhoogstak, 'dat ik hem niet van je af zal pakken.'

'O, Lillian,' zei Veronica, die begon te blozen en woest haar hoofd schudde. 'Hoe heb je dat kunnen doen? Hoe heb je kunnen trouwen zonder er iets over te zeggen?'

Lillian begreep opeens dat het raadsel van de raadselachtige minnaar iets met haar te maken had.

XXIV

Wanneer Lillians vader langer dan een paar dagen thuis was, wat zelden gebeurde, stelde hij vroeg of laat voor dat ze met het hele gezin naar Lovers Lanes zouden gaan, een bowlingbaan aan de rand van het stadje. Lillian, die elf was, vond bowlen stom – een zware bal over een houten baan laten rollen om een paar plastic kegels om te kunnen gooien – en wou dat haar ouders zich realiseerden dat ze in de jaren zeventig, en niet in de jaren vijftig leefden. Haar moeder droeg een hoogwaterbroek in een of andere pastelkleur en een bijpassend vestje met of borduurwerk of pailetten op de kraag genaaid. Ze bond haar haar samen in een hoge paardenstaart maar weerstond gelukkig de neiging om er een lint omheen te binden. Haar vader deed een verwoede poging om de rol van de keurige vertegenwoordiger te spelen – Lillian vroeg zich vaak af of hij daar tijdens zijn werk ook in slaagde – en schudde altijd iedereen de hand. Hij schudde zelfs de hand van de vent die hun gewone schoenen aanpakte en de bowlingschoenen aangaf, zowel ervoor als erna. Het leek wel alsof haar ouders waren verzonken in de gezamenlijke illusie dat de jaren zestig nooit hadden plaatsgevonden.

Lillian had bowlen niet altijd stom gevonden. Toen zij en Veronica nog klein waren, huurden haar ouders altijd twee banen: een voor henzelf en een waarop de meisjes hun gang konden gaan. Ze deed altijd alsof de bal God was en de kegels de gelovigen. Zij en Veronica vonden het vreselijk leuk om de rode kinderbal de baan op te gooien en te zien hoe de reus langzaam aan snelheid won – als hij tenminste niet in de goot belandde, wat in negenennegentig van de honderd gevallen zo was – en ten slotte dood en verderf onder zijn volgelingen zaaide. Ze speelden altijd uren op Lovers Lanes, en hun ouders dronken bier en aten frietjes en speelden keer op keer en wisselden tot Lillians grote schaamte tussen de beurten door lange kussen uit.

Uiteindelijk ging Lillian zich vreselijk ergeren aan alles wat met bowlen te maken had. Haar moeder zag er te oud uit voor die malle kleren, en haar vaders vriendelijke manier van doen strookte gewoon niet met de dikke wallen onder zijn ogen en zijn trillende handen. Ze waren allebei eng. Het enige goede was dat haar ouders elkaar nooit meer kusten, dus er was in elk geval geen kans meer dat ze dat spektakel ten overstaan van andere bowlers zou moeten doorstaan. Niet dat Lillian ooit aan anderen, zelfs niet aan Veronica, liet merken hoe gênant of misplaatst ze het gedrag van haar ouders vond. Lillian had al heel jong geleerd dat het tonen van zwakte zwak was, dat het uitdrukken van zorg of twijfel hetzelfde was als je overgeven aan de vijand. Het was bijna alsof Veronica haar theorie wilde bewijzen, want haar zusje vertoonde een gebrek aan zelfvertrouwen dat haar een akelig gemakkelijk doelwit voor andere kinderen en vooral voor Lillian maakte. Er was echter nog een andere belangrijke les die Lillian had geleerd: het feit dat er iemand was die je wanhopig aanbad, betekende nog niet dat je meer macht kreeg. Degene die je aanbidt, verzwakt je ook. De kegels staan er zodat de bal ze kan omgooien – maar de bal zal missen, in de goot verdwijnen, worden teruggestuurd om wederom te worden opgenomen in de eindeloze cyclus van verslagen worden. Ware kracht, leerde ze, schuilt in apathie.

Bier werd er allang niet meer besteld, het favoriete drankje van beide ouders was nu Jack Daniels. Niemand nam de moeite om in Lovers Lanes iets te eten. Haar moeder hield de score bij, haar vader kletste met de mensen op de banen aan weerszijden van hen en schudde hen de hand. Na het uitwisselen van een paar beleefdheden vroeg hij steevast: 'Wat willen jullie drinken?' en stoof dan naar de bar om drankjes te halen, waarbij hij ook altijd iets voor zichzelf meenam. Agnes fronste altijd bij het zien van alle nieuwe 'vrienden' omdat ze wist dat de drankjes uiteindelijk van haar verpleegsterssalaris zouden worden betaald. Lillian had keer op keer over de financiële zorgen van het gezin gehoord – dat de hypotheek elke maand amper kon worden opgebracht, dat Agnes geen idee had waar Charles het geld liet dat hij op die talloze zakenreizen naar verluidt had verdiend, dat ze minstens anderhalf jaar geleden voor het laatst een nieuwe jurk had gekocht. Haar vader de joviale gastheer op Lovers Lane zien spelen, was een aardige aanwijzing waar het geld bleef, dacht Lillian. Maar ondanks het geklaag en ontevreden gefrons genoot Agnes blijkbaar van de vertoning. Ze ving een glimp op van de man met wie ze dacht getrouwd te zijn; het op plezier verzotte kuddedier. Lillian wist dat het in feite allemaal maar een toneelstukje was dat haar vader opvoerde om haar moeder af te leiden. Waarvan, dat wist Lillian niet zeker. Van hun financiële moeilijkheden? Van hun alcoholprobleem? Of van iets anders? Lillian, die nog niet eens een tiener was, was al veel slimmer dan haar moeder. Ze wist zeker dat er in het leven van Charles heel veel speelde waarvan zijn gezin geen weet had. En waarom ook niet, dacht Lillian jaloers. Ze wou dat zij een paar geheimen had.

'Nog een rondje?' vroeg haar vader opgewekt, doelend op nog een potje. Zijn glas was net weer gevuld.

'O ja!' zei Veronica.

'Graag,' zei Agnes gretig.

'Lillian?' zei Charles, zich tot haar wendend. Zijn blauwe ogen waren vochtig en blij. Lillian vond het vreselijk dat hij altijd om haar goedkeuring vroeg, altijd wilde dat zij bij beslissingen betrokken was, hem steunde, blij was met zijn ideeën.

'Het maakt me niet uit,' zei ze, de onbewogen reus. Ze wilde hem niet geven wat hij wilde. Ze wilde niet zwak zijn.

'Lillian, waarom ben je altijd zo'n spelbreekster?' vroeg Agnes, en Lillian wist dat Agnes zich niet ergerde aan Lillians zwijgzaamheid, maar aan het feit dat Lillians mening voor Charles zo belangrijk was.

Lillian zei niets. Charles wierp Agnes een lelijke blik toe. Veronica speelde met de veter van haar bowlingschoen.

'Goed, dan gaan we naar huis,' zei Charles, voordat hij zijn glas in één teug leegde. 'Misschien is er nog een leuke film op tv.'

Agnes noch Veronica protesteerde tegen Charles' beslissing. Lillian vond hen te zielig voor woorden. Ze verdienden het om thuis te zijn, ze verdienden het om zich rot te voelen, dacht ze. Ze haalde haar schouders op en keek eerst haar moeder en toen haar zusje aan, totdat beiden hun blik afwendden.

Het gezin draaide zich op de hielen van hun bowlingschoenen om en legde de ballen terug in het rek. Charles schudde nog een paar handen, en toen zaten ze weer in de auto op weg naar huis: Charles reed, Agnes zat naast hem, de meiden op de achterbank. Iedereen zweeg toen ze de parkeerplaats verlieten en de weg naar de stad insloegen. Lillian kon zich niet voorstellen dat ze zonder ruzie te maken thuis zouden komen. Haar moeder was teleurgesteld, en wanneer haar moeder ergens teleurgesteld over was, haalde ze alles naar boven waarover ze teleurgesteld was en nam dat hardop door, bijna zonder nadenken, als een non die een rozenkrans door haar vingers laat gaan.

'Charles,' begon ze, 'ik heb deze maand geen cent van je salaris gezien.'

'Dat heb ik nog niet geïnd,' antwoordde Charles, die de radio aanzette en aan de knop draaide totdat hij een jazz-zender had gevonden.

'Wanneer ga je dat doen?'

'Weet ik nog niet. Ik moet morgenochtend eerst weer weg.'

Daar gaan we weer, dacht Lillian. Ze keek naar Veronica, die haar ogen dicht had en deed alsof ze sliep, en zo dadelijk waarschijnlijk echt zou slapen.

'Hoe lang blijf je weg?'

'Geen idee.'

'Jezus, Charles, kun je niet iets preciezer zijn?' Agnes' stem was scherp als metaal. 'Ik bedoel, je bent het grootste deel van de tijd weg, ik weet nooit waar je bent, ik zit mijn hele leven te wachten op ook maar het kleinste beetje nieuws van je. Je zou in elk geval zo vriendelijk kunnen zijn om me een minimum aan informatie over je plannen en je reisdoelen te geven. Stel dat er iets gebeurt? Dan weet ik niet eens waar ik je kan bereiken.'

'Je weet dat je altijd een bericht op kantoor voor me kunt achterlaten. Vroeg of laat krijg ik het dan wel te horen.' Charles' stem was langzaam, diep, belegerd, alsof hij te moe of dronken of verdrietig was om de woorden te vinden die hij zo vaak herhaalde.

'Dat is een troost, "vroeg of laat", en de helft van de tijd neemt niemand de moeite om op te nemen als ik bel. Hebben ze geen secretaresses?' ging Agnes moeizaam verder, alsof ze niet wist wat ze anders moest doen.

'Kostenbesparing.'

Agnes zette de radio uit. 'Ik kan dit niet. Ik heb een bloedhekel aan dit leven. Ik heb een bloedhekel aan jou, aan de kinderen, aan mijn baan. Ik heb er een bloedhekel aan dat ik nooit genoeg geld heb. Ik heb een bloedhekel aan waar we wonen, het huis, de stad. Ik wil weg.'

Ga dan weg, dacht Lillian.

'Wat wil je weten, Agnes, wat ik je niet vertel?'

Haar vader stond op het punt om alle problemen van haar moeder aan haarzelf te wijten, en Agnes zou hem niet tegenhouden, maar zijn stem had een nieuwe klank gekregen, een timbre dat op de een of andere manier hoger, indringender was.

'Jouw gezeur, je onzekerheid, je verlangen om elke beweging van mij te controleren, dat is allemaal zo weerzinwekkend. Het doodt alle plezier en romantiek. Elke keer wanneer ik naar huis ga, ben ik bang voor jouw teleurstelling en jouw woede. Elke keer hoop ik dat je een eigen leven zult hebben opgebouwd, een leven dat me zal boeien en interesseren. Maar ik kom altijd thuis bij een uitzuiger, iemand die het bloed uit het leven zuigt.'

Lillian was onder de indruk. Zijn woorden waren veel wreder dan gewoonlijk. Ze kon merken dat zelfs Agnes met stomheid geslagen was en niet zeker wist hoe ze moest reageren. Lillian vroeg zich af of haar moeder echt een bloedzuiger was of dat haar vader haar alleen maar pijn wilde doen. Ze vroeg zich af waar de waarheid tussen deze twee mogelijkheden lag en concludeerde dat ze dat nooit zou weten en dat het dus niet de moeite waard was om daarover na te denken. Agnes had het grootste deel van de tijd uit het raam zitten staren, en vanaf de achterbank zag Lillian de tranen een voor een van het puntje van haar neus druppelen. Tranen hoorden over wangen te lopen, dacht Lillian, niet van puntige neuzen. Ze had echter bewondering voor haar moeder omdat die haar vader niet liet merken dat ze huilde.

De auto stopte voor een verkeerslicht. Plotseling greep haar moeder haar tas, deed het portier open en wilde uitstappen. De hand van haar vader schoot van het stuur en klemde zich om de arm van haar moeder, de knokkels wit. Haar moeder bleef zich uit de auto hijsen, hoewel de mouw van haar malle trui tussen de vingers van haar vader was geklemd. Ze had beide benen buiten de auto, maar Charles liet niet los. Haar lichaam zat in een vreemde houding, en in Lillians ogen leek het alsof de arm van haar moeder eraf zou worden getrokken, als een eenzame ledemaat in de greep van haar vaders hand.

'Laat haar los!' hoorde Lillian zichzelf schreeuwen, en ze boog zich naar voren en stompte haar vader zo hard als ze kon tegen zijn arm. Hij keek haar aan, met angst in zijn ogen. Hij liet Agnes los.

Ze rende de straat op. Het verkeerslicht sprong op groen. Auto's toeterden. Toen Charles naar voren reed, sloeg het portier, dat nog steeds open stond, dicht. Lillian was teleurgesteld in zichzelf omdat ze tussenbeide was gekomen. Dat ging tegen de gedragsregels in. Erger nog was dat ze in de war was. Ze wist niet zeker of ze haar vader tegen zijn arm had gestompt omdat ze haar moeder wilde beschermen of omdat ze wilde dat haar moeder weg zou gaan.

'Ik moet haar vinden, Lillian,' zei hij.

De opschudding had Veronica wakker gemaakt. Ze huilde. 'Waar is mama?' vroeg ze.

'Hou je mond, Veronica,' zei Lillian. 'Er is niets aan de hand.' Toen wendde ze zich tot haar vader. 'Misschien moet je haar maar even met rust laten.'

'Dat is het probleem, Lillian, ik laat haar veel te veel met rust.' Zijn stem was nu vervuld van verlangen en liefde, en dat vond Lillian vreselijk. Ze voelde zich bedrogen, voor de gek gehouden. Het ene moment stond hij nog op het punt om haar moeders arm te breken, maar het volgende moment verlangde hij wanhopig naar haar. Het was zo inconsequent dat Lillian het niet kon verdragen. Haar vader draaide de auto opeens honderdtachtig graden en reed terug naar de plek waar Agnes de auto uit was gesprongen. Hij reed de straat in waarin ze was gevlucht, maar Agnes was nergens te zien. Charles bleef het volgende half uur systematisch langzaam door de omringende straten rijden, alsof hij een agent in een surveillanceauto was die een voortvluchtige zocht.

'Ik hou heel erg veel van je moeder, Lillian,' begon haar vader, en Lillian wist dat ze niet wilde horen wat hij zou gaan zeggen. Wat hij wilde zeggen, ging veel verder dan wat ze wilde weten. Ze vroeg zich af of ze zelf uit de auto zou ontsnappen, maar dat betekende veel meer drama dan ze aankon. 'Ik hou meer van haar dan van wie of wat dan ook ter wereld,' ging hij verder, 'afgezien van jou en je zus. Agnes was mijn eerste liefde, en niets, niets ter wereld kan dat ooit veranderen. Ik zal je moeder nooit verlaten.'

Lillian had gelijk. Hij zei veel te veel. Wat moest ze doen om hem af te remmen, vroeg ze zich af. Mensen zeiden nooit dat ze iets nooit zullen doen, tenzij ze het serieus overwogen. Ze had opeens erg veel medelijden met haar moeder, maar duwde dat gevoel snel opzij en oordeelde dat ze dom en zwak was. Lillian besefte dat Charles al een tijdje deed alsof hij wilde vertrekken. Het enige wat Agnes kon doen om de eer aan zichzelf te houden, was zelf als eerste vertrekken. Maar haar moeder zou haar vader nooit verlaten omdat ze te veel van hem hield, iets wat Lillian niet begreep. Hoe kon ze van iemand houden die zulke nare dingen zei, die nooit thuiskwam, die duidelijk niets om haar gaf? Lillian hield zeker niet van hem. Lillian zou het zeker niet toestaan dat ze door hem zou worden verlaten.

'Ik wou dat je nooit meer thuiskwam,' zei Lillian, terwijl de auto door de straten bleef voortkruipen. 'Ik wou dat je wegging en nooit meer terugkwam. Als het me genoeg kon schelen, zou ik zelfs wensen dat je dood was.'

Veronica keek ontzet naar haar op. Charles zei niets, maar al snel reed de auto sneller en waren ze op weg naar huis. Lillian was trots op zichzelf. Ze was net zo goed als hij, of misschien wel beter.

Ze reden zwijgend naar huis, op Veronica's gesnuf na. Charles zette de auto voor het huis neer, maar liet de motor lopen. Lillian opende het portier en stapte uit, gevolgd door Veronica. Voordat ze het portier sloot, zei haar vader op dezelfde ernstige toon die hij tegen haar moeder had gebezigd: 'Wees voorzichtig met wat je wenst, Lillian.' Hij reed de straat uit.

Lillian had de sleutel van het huis niet bij zich. Zij en Veronica probeerden de achterdeur en een paar van de ramen, maar alles was dicht. Ze gingen op de stoep bij de voordeur op hun moeder zitten wachten. Een paar buren staarden af en toe uit hun ramen naar hen. Auto's minderden vaart wanneer ze hen naderden, en eentje reed zelfs een paar keer in het rond. Veronica probeerde Lillian zover te krijgen dat ze zou vertellen wat er zo-even was gebeurd en waarom iedereen zo boos was. 'Heb ik iets verkeerd gedaan, Lillian?' vroeg ze. Lillian lachte schamper en weigerde Veronica's vragen te beantwoorden of zich anderszins met haar te bemoeien. Lillian bleef zwijgen en voelde zich erg sterk. Nadat er nog een paar auto's voorbij waren gereden en er nog een paar gezichten naar hen hadden gekeken, stelde Veronica voor om bij de achterdeur te gaan zitten. Lillian liet haar zwijgen voor wat het was en zei: 'Het kan me niet schelen wie er naar me kijkt of wat ze van me denken.' Maar dat waren de enige woorden die ze sprak, totdat Agnes na een paar uur uit het donker naar hen toe gelopen kwam. Ze tilde Veronica op, die veel te groot was om te worden opgetild. Ze deed met haar sleutel de deur open en ze gingen allemaal naar binnen.

'Je weet als geen ander, Lillian, dat dit allemaal jouw schuld is,' zei ze terwijl ze Veronica de trap op droeg en haar zacht op haar voorhoofd kuste. Ze bleef boven aan de trap staan en keek met een boze blik op Lillian neer. 'We hadden allemaal zo'n plezier, maar jij moest het verpesten. Dit was onze kans om als een gewoon gelukkig gezinnetje samen te zijn, maar jij moest voor iedereen de pret bederven. Je moest in het middelpunt van de belangstelling staan. Het is niet genoeg dat je mooi bent en populair op school. Je wilt dat we allemaal naar je kijken, en dan vooral je vader, en als we niet doen wat je wilt, verpest je het voor ons allemaal.'

Lillian zei niets, maar keek haar moeder aan totdat die met Veronica in de slaapkamer van Lillian en Veronica was verdwenen. Lillian bleef beneden totdat ze de deur van haar moeders slaapkamer dicht hoorde vallen. Toen liep ze naar haar kamer en kroop met haar kleren aan in bed. Na een tijdje hoorde ze Veronica tegen haar fluisteren.

'Lillian,' zei Veronica, 'hij weet dat je het niet meent. Hij weet dat je echt niet wilt dat hij weggaat en nooit meer terugkomt. Iedereen zegt de hele tijd dingen die ze niet menen.'

Lillian voelde een golf van onvervalste afkeer. Op dat moment kon ze Veronica wel wurgen omdat die zo hard haar best deed om alles weer recht te zetten, maar het daardoor alleen maar erger maakte. 'Veronica,' zei Lillian, die niet fluisterde. 'Ik meende wat ik zei. Ik wou dat hij voor altijd wegging, en wat mij betreft kun jij met hem meegaan als hij dat doet.'

'Waarheen? Waar zouden we heen moeten gaan, Lillian?' fluisterde Veronica. Ze klonk bang.

'Naar de hel,' zei Lillian. 'Daarheen.'

Ze hoorde Veronica hikken en daarna snikken. Lillian staarde naar het plafond en voelde verachting voor de zwakheid van haar zus, het inconsequente gedrag van haar vader, de behoeftigheid van haar moeder. Ze kon niet wachten totdat ze oud genoeg was om hen allemaal achter zich te laten. Na een tijdje stapte ze uit bed, nog steeds helemaal aangekleed, en ging boven op de dekens naast Veronica liggen totdat ze zeker wist dat haar zusje echt helemaal in slaap was gevallen.


## XXV


Toen Lillian bij het kantoor van Bryan Byrd aankwam, merkte ze dat de deur open stond, dat de secretaresse niet aan haar bureau zat, dat de deur van Bryans kamer op een kier stond en de plafond-ventilator in het rond draaide, maar dat de privé-detective nergens te bekennen was. Hij verwachtte haar niet, dus Lillian wist niet ze-ker waarom ze teleurgesteld of zelfs een tikje beledigd was omdat hij niet op haar zat te wachten. Ze had Bryan Byrd niet meer gezien sinds haar zwangerschap zichtbaar was geworden, en ze was be-nieuwd hoe hij erop zou reageren.

Lillian liep naar zijn bureau. De gele orchidee was verdwenen en had plaatsgemaakt voor lavendel en blauwe klaprozen. Ze liet haar blik langs de nette verzameling pennen, notitieblokken, een asbak vol paperclips, een opgezwollen rolodex en stapels boeken en pa-pieren van verschillende dikten gaan totdat haar ogen bleven rus-ten op het *Neuropsychoanalytisch tijdschrift* dat haar meest recente artikel over empathie en bewustzijn bevatte, getiteld 'Decoheren-tie/antidecoherentie: hoe verstrengeld zijn we eigenlijk?' Ze keek onder het NT en zag andere tijdschriften met artikelen van haar hand liggen: 'Functionele hersenbeschadigingen = de dood van de vrije wil' in het *Tijdschrift voor neurofilosofie*, 'Amygdala: het hart der duisternis van de geest' in *Cognitie*; 'De reis van het onmiddel-lijke langetermijngeheugen naar het permanente langetermijngeheugen: een odyssee' in *Geheugen* en 'Omgeving en genoom: het verschil' in *Brein*. Helemaal onder aan de stapel lag een exemplaar van het obscure en allang opgeheven blad *Duistere blik* met een artikel dat ze tijdens het eerste jaar van haar promotieonderzoek had geschreven, 'Buitenaardse wezens, moeders, genen en Hollywood: aan wie kunnen we *Rain Man* wijten?'

Lillian glimlachte, ervan overtuigd dat dat artikel nog steeds het beste was dat ze ooit had geschreven. Ze maakte zich een klein beetje zorgen omdat de detective zo overduidelijk door haar was geobsedeerd, maar aan dat soort dingen was ze gewend, en ze kon het wel aan. Het was echter ook mogelijk dat hij in het geheel geen belangstelling voor haar had en zich alleen maar gedegen voorbereidde. Ze keek naar het nummer van *Duistere blik* en dacht: heel erg gedegen. Aan de andere kant kon hij natuurlijk ook een seriemoordenaar zijn. Per slot van rekening woonde hij nog steeds bij zijn moeder. Ze stootte haar buik tegen de rand van zijn bureau en keek naar de deur van zijn kamer, maar er was niemand. Ze bleef zijn bureau bekijken. Er lag een stapel brieven van verzekeringsmaatschappij Norfolk, de agenda voor de vijfde internationale conferentie over neuro-ethologie, en een andere voor de conferentie over 'Neurowetenschap, ethiek en overleven'. Ze zag een briefje waarop in roze letters 'Ik neem ontslag' stond, met onder die woorden, in plaats van een handtekening, een pappige afdruk van roze lippen. Er lagen drie reisgidsen over Sri Lanka: van Fodor, Lonely Planet en eentje waarvan Lillian nog nooit had gehoord. Daaronder lagen exemplaren van *Hoe de menselijke geest werkt* van Steven Pinker, *De vergissing van Descartes* van Antonio Damasio en *De nieuwe geest van de keizer* van Roger Penrose.

Net toen ze een bekende naam, Sybil Noonan, zag staan, en een telefoonnummer dat op een stukje papier was gekrabbeld, hoorde Lillian voetstappen in de gang. Ze liep snel terug naar de andere kant van het bureau en bleef geleund tegen de rugleuning van een van de grote zwarte stoelen staan. Haar voetbalbuik stak naar voren.

'Wat een verrassing,' zei Bryan toen hij Lillian zag. Ze kon niet zeggen of hij op haar onverwachte bezoek of op haar naderende moederschap doelde. Bryans linnen pak had de kleur van koffie-creamer, met een das van bruine zijde zachtjes in zijn nek gevou-wen. 'We hadden toch geen afspraak, hè? Mijn secretaresse is naar grootsere en betere oorden vertrokken, waardoor mijn agenda een puinhoop is geworden.' Hij gebaarde dat ze kon gaan zitten en deed dat zelf ook. Ondanks de ventilator had Lillian het warm. 'Wat brengt jou hier op deze mooie zomerdag?' vroeg Bryan, die blijkbaar geen oog had voor haar nieuwe vorm en omvang. Mis-schien projecteren forse mensen hun omvang wel gewoon op an-dere mensen en zien ze niet dat een lichaam heel erg verandert, dacht Lillian.

'Ik wil dolgraag weten of je al iets hebt ontdekt over dat meisje in Colombo.' Ze zweeg even en vervolgde toen: 'Ik ben in oktober uitgerekend, voor het geval je het je afvraagt. De vader is een soort bankier, een anonieme donor die zijn sperma in de toekomst van de soort investeert.' Het was verontrustend te merken dat ze zon-der dat het haar werd gevraagd en niet geheel eerlijk aan Bryan vertelde wie de vader van het kind was.

'Gefeliciteerd,' zei hij. 'Hopelijk neem je het me niet kwalijk dat ik je vraag wat je allemaal hebt ontdekt terwijl ik even weg was?'

'Je zuigt Norfolk helemaal leeg, maar je cijfers zijn nog steeds in het rood, je secretaresse is ervandoor omdat je niet met haar naar bed wilde, je hebt een exemplaar van alles wat ik ooit heb geplubli-ceerd, je hebt de opdracht over Sri Lanka afgerond en nagenoeg niets ontdekt, je belangstelling voor de hersenen is amateuristisch en romantisch, en je weet iets over mijn vader wat je me niet wilt vertellen.'

De detective keek uit het raam. 'Je hebt het mis wat Emily, mijn secretaresse, betreft. Een paar jaar geleden huurde haar moeder, die in North Dakota woont, me in om haar te zoeken, en toen ik haar vond, smeekte Emily me om haar niet naar huis te sturen, met opgaaf van redenen die hout sneden. Ik nam haar aan als mijn secretaresse totdat ze achttien zou zijn, wat ze afgelopen week is geworden. En het is niet je vader, maar je moeder over wie ik iets heb ontdekt.'

'Mijn moeder,' zei Lillian, geërgerd. 'Wie heeft je gevraagd om –'

Hij onderbrak haar. 'Ik niet. Een andere privé-detective – niet Rudolph Saturday, die is nog steeds niet boven water – belde me vanmorgen. Ze heeft ontdekt dat jullie cliënten van mij zijn.'

'Wat heeft Sybil Noonan met mijn moeder te maken?'

'Ze werkt voor je halfbroer. Hij is een paar jaar jonger dan jij, een jaar ouder dan Veronica. Hij wil jou en je zus leren kennen. Je moeder heeft hem na zijn geboorte onmiddellijk opgegeven voor adoptie.'

Een halfbroer? Zou Lillian het niet hebben gemerkt als haar moeder zwanger was geweest en er geen baby was? Misschien niet op haar tweede. Pas als een kind drie of vier is, kan het episodische geheugen informatie op een dusdanige manier opslaan dat die ook weer gemakkelijk te achterhalen is. 'Halfbroer?' vroeg Lillian, die het meer tegen zichzelf dan tegen Bryan Byrd had. 'Dat betekent dat mijn vader niet zijn vader is. Wie is zijn vader dan?' De baby schopte.

'Hij was co-assistent in het ziekenhuis waar ze werkte. Het ziet ernaar uit dat het iets eenmaligs was. Hij beweert echter bij hoog en laag dat je halfbroer niet zijn zoon is. Sybil heeft iemand bij het adoptiebureau omgekocht om het dossier te kunnen inzien.'

Dus het was Agnes, en niet hun vader, die nog een gezin had gehad, dacht Lillian. Blijkbaar had Charles van dat kind geweten. Reed Agnes in hun gezin de scheve schaats en dreef ze Charles tot waanzin met haar ontrouw? Het leek onmogelijk, zelfs onbenullig. Vreemd dat je zulke vaststaande ideeën over mensen uit je familie kunt hebben en dat die, wat er ook gebeurt, even onwrikbaar zijn als de rots van Gibraltar. Misschien was hun moeder niet alleen maar een teleurgestelde huisvrouw en hun vader niet alleen maar een alcoholistische vrouwenjager, zoals haar geheugen haar wijsmaakte. Maar het geheugen was als een palimpsest, of een stuk rots – elke regel of laag vertelde zijn eigen verhaal, maar de hele tekst of de hele rots vormde pas het geheel. Het drong tot haar door dat haar moeder misschien naar Nieuw-Zeeland was gevlucht om aan dat gezin te ontsnappen, en niet aan haar eigen.

Maar bij nader inzien dacht ze: nee, zoveel geluk kon ze niet hebben. Haar moeder had haar halfbroer en diens vader reeds lang geleden snel en doelmatig achter zich gelaten. Was er misschien nog een gezin geweest waaraan ze had willen ontsnappen? Buiten stootten wolken als botsautootjes tegen elkaar.

Lillian lachte.

'Wat is er zo grappig?' vroeg Bryan Byrd.

'Voor zover ik me kan herinneren, heb ik altijd gezworen dat ik nooit zoals mijn moeder zou worden, dat doen dochters altijd. Ik heb mijn leven vanuit die gedachte vormgegeven, en nu werk ik in een ziekenhuis, ben ik getrouwd met een man van wie ik niet hou, ben ik zwanger van een kind dat zijn vader nooit zal kennen. Het is zo voorspelbaar, mijn leven is net zo'n schilderen-op-nummer-plaatje – maar ik had heel andere ideeën over hoe dat plaatje eruit zou moeten zien. Het onbewuste – waarvan niemand, en wetenschappers al helemaal niet, weet hoe het precies werkt – imiteert de duizelingwekkende wreedheid van een kind dat een insect aan de muur prikt en het ziet worstelen.'

'Ik denk dat het vrij hilarisch is dat we erin slagen de hele tijd dezelfde genen te houden. Zei je dat je getrouwd was?' vroeg hij.

'Ja, maar het heeft niets te betekenen. Zijn dochter is een cliënte van me. We hadden allemaal snel een gezin nodig en dit leek logisch.'

Bryan knikte. 'Dubbel gefeliciteerd dan maar.'

Wat zijn obsessie ook was, hij had een verfrissende manier om hem tot uiting te brengen, bedacht Lillian. 'Veronica en ik zouden ons nieuwe familielid natuurlijk graag willen leren kennen en we zouden het op prijs stellen als je via Sybil Noonan een ontmoeting zou kunnen regelen, maar het zal nog een paar weken moeten wachten. Ik vertrek morgen. Ik ga op huwelijksreis naar Sri Lanka.'

Bryan zuchtte. 'Ik heb bewondering voor je doelmatigheid.' Hij haalde een dossier uit de stapel op zijn bureau. 'Ik heb rapporten van de drie ziekenhuizen in Colombo die het dichtste bij de plek lagen waar het meisje is aangereden. Er zijn die dag achttien slachtoffers binnengebracht die bij aankomst al overleden waren. Twee

ervan waren meisjes van onder de vijftien. Ik heb verslagen van
vier meisjes onder de vijftien die met hoofdletsel zijn binnengebracht en het hebben overleefd. Alle informatie is uitermate vaag.
Hier is de papierwinkel. Mijn rekening zit erbij.'

Lillian pakte de papieren van hem aan, wees toen naar de stapel
met haar eigen artikelen en vroeg: 'Wat heeft dat te betekenen?'

De blik in Bryans scheefstaande ogen kruiste die van Lillian en
hield die vast. 'Ik wil alles over je weten wat er te weten is.'


## XXVI


Kort nadat ze aan boord was gegaan voor de zeventien uur durende vlucht van Colombo naar New York, kreeg Lillian last van een
harde buik. Ze hoopte althans dat dat het was. Tijdens haar hele
verblijf in Sri Lanka had ze af en toe gevoeld dat haar baarmoeder
zich samentrok. Ze had zich geen zorgen gemaakt omdat dat soort
vroege weeën normaal waren en tot nu toe maar een heel klein
beetje pijn hadden gedaan. Pas toen het vliegtuig ergens boven de
Indische Oceaan vloog, op weg naar zijn eerste tussenlanding in
Jemen, vroeg ze zich af of de samentrekkingen regelmatiger waren
geworden en of ze last kreeg van een harde buik of zelfs echte
weeën. Ze dronk nog wat meer water, liep in het gangpad op en
neer en las Charlotte een hoofdstuk uit *Het wonderlijke archief
van mevrouw Fitzalan* voor. Sinds die eerste woorden op de veerpont naar Staten Island was Charlotte als een normale zesjarige
blijven praten, alsof haar woorden, als diamanten van DeBeers,
om een onbekende reden een tijdlang waren opgepot en nu de
markt overstroomden. In veel opzichten was Lillians 'huwelijksreis' met Ben en Charlotte er een uit het boekje geweest: vrolijk,
romantisch, exotisch, uitbundig. Maar uiteindelijk was het niet alleen de huwelijksreis die voorbij was.

Toen ze vijftien dagen eerder in Colombo waren aangekomen,
hadden ze een nacht in het Hilton doorgebracht en de stad de volgende dag in een huurauto verlaten. Lillian had aan Ben en Char-

lotte bekend dat ze Sri Lanka om een bepaalde reden tot bestemming van haar huwelijksreis had gekozen. Ben had een of twee vragen over het incident gesteld en het onderwerp toen laten rusten. Charlotte had niets gezegd.

Ze waren naar het zuiden gereden, langs Galle, naar een vakantieoord in Weligama, tegenover het eilandje Taprobane, dat ooit als het toevluchtsoord van achtereenvolgens een Franse graaf, Paul Bowles en in het recentere verleden Arthur C. Clarke had gediend. Ze waren een paar dagen gebleven, waarin ze sliepen, lazen, naar de vissers op stelten keken die met grove bamboehengels ver weg in de branding stonden. Daarna waren ze langs de kust teruggereden, hadden Colombo gepasseerd en waren bij Kandy, de culturele hoofdstad van Sri Lanka, de heuvels in gereden. Lillian wilde Charlotte dolgraag een leeszaal in de bibliotheek van de Tempel van de Tand laten zien. De leeszaal, een smalle achthoek met een erg hoog plafond, was gevuld met glazen boekkasten waarin in leer gebonden boeken in honderden talen stonden.

Toen Charlotte in de bibliotheek te midden van al die boeken zat, was ze in vergelijking met de laatste tijd ongewoon stil. Lillian, in gedachten verzonken, herinnerde zich hoe dol ze was op dat vertrek dat tijdens haar lange jaar op dat door problemen geplaagde eiland zo'n troost had geboden. Ze was zo blij dat ze het aan Charlotte kon laten zien, en misschien zou ze op een dag terug willen keren met haar zoon.

'Als ik groot ben, Lillian,' zei Charlotte, die het boek sloot waarin ze had zitten bladeren, 'wil ik net zo worden als jij. Ik wil lang en mooi worden, en een dokter en een ontdekkingsreiziger.'

Lillian lachte. 'Weet je, Charlotte? Als jij groot bent, wil ik ook dat je net zo wordt als ik. En weet je wat nog meer?'

'Nee,' zei Charlotte, die een lok haar rond haar vingers wond.

Lillian zei tegen Charlotte: 'Ik wil al een hele tijd net zoals jij zijn. En naarmate ik ouder word, doe ik steeds meer mijn best om zoals jij te zijn. Wat vind je daarvan?'

Charlotte deed een ander boek open. 'Dat wist ik al.'

'Waarom zei je dat niet?' vroeg Lillian, die haar zachtjes onder haar arm kneep.

Charlotte trok zich langzaam terug. 'Ik wil dat jij wilt dat je net zoals mij bent, maar ik denk dat andere mensen het raar vinden dat jij net zoals ik wil zijn.'

'Raar is goed.'

'Betekent dat dat jij me raar vindt?' vroeg Charlotte.

'Ben je dat?'

'Ja.'

'Dan zijn we samen raar.'

Kandy was halverwege de *perahera*, en 's avonds trok er een optocht van olifanten in kleurige, rijkversierde zijde door de straten, gevolgd door goochelaars, jongleurs, dansers bedekt met wit poeder, vrouwen op stelten, mannen in vrouwenkleren, vuurspuwers, geesten met dikke buiken en tongen van dertig centimeter lang. De mensen die langs de rand van de straten stonden te kijken, waren bedwelmd van vreugde, en het was aanstekelijk. Lillian had echter een hekel aan mensenmassa's en kreeg er een claustrofobisch gevoel van. Er botsten ook voortdurend mensen tegen haar op, en omdat ze zwanger was, vond ze dit duizend keer zo erg als gewoonlijk. Charlotte hield de hele tijd stevig haar hand vast, maar op een bepaald moment prikte een man met een baard, wiens tanden zwart waren van het kauwen op betelblad, Lillian in haar buik, en ze liet Charlottes hand los zodat ze hem een mep kon geven. Toen ze zich omdraaide, waren Ben en Charlotte verdwenen. Lillian zocht een tijdje naar hen, en toen ze hen niet kon vinden, ging ze terug naar het hotel. Een half uur later kwamen zij ook terug naar het hotel en was iedereen blij dat ze elkaar weer hadden gevonden. Maar opluchting kon niet verdoezelen dat Lillian om de een of andere reden – en Charlotte had ze ongetwijfeld allemaal doorgenomen – de hand van Charlotte had losgelaten.

In het vliegtuig terug naar New York zat er ergens in een rij achter de hunne een baby te janken. Lillian voelde weer een wee. Ze keek op haar horloge: drie in minder dan een uur. Jemen was allang gekomen en gegaan. Haar onderrug deed zeer, maar ze geloofde dat de doffe pijn werd veroorzaakt door het feit dat ze zo lang had gezeten. Lillian mocht van zichzelf niet denken dat deze spierkrampen iets anders waren dan een harde buik. Desalniettemin maakte ze in gedachten een lijst van dingen die ze nodig zou hebben als ze in het vliegtuig zou bevallen: warm water, een schaar, dekens, een couveuse. Als er geen complicaties optraden, zou ze het wel redden, maar de baby had technisch gezien nog meer dan tien weken te gaan voordat hij niet langer als prematuur zou gelden, en hij zou waarschijnlijk medische hulp nodig hebben. Als ze het nog even kon volhouden tot de tussenlanding in Londen kon ze de baby daar ter wereld helpen en zou haar kind twee paspoorten hebben.

Lillian keek voor troost en afleiding naar Charlotte. Charlotte had een koptelefoon op en staarde naar het filmdoek, al vroeg Lillian zich af of ze echt zat te kijken. De wezenloze uitdrukking op haar gezicht en de lege, roerloze ogen gaven aan dat ze zich allang had teruggetrokken in een innerlijke wereld – een wereld waarheen Charlotte nog te vaak ging en waartoe Lillian nu al helemaal geen toegang meer had. Op een bepaald niveau had taal hun samenzijn een heel nieuwe wereld geboden, maar het was een barrière geworden voor de wereld die ze zonder taal waren gaan scheppen. Voor wat, hoort wat, dacht Lillian, alles was een ruil. Ze moest denken aan Veronica en haar musical en dacht eraan dat ze binnenkort hun halfbroer zouden leren kennen, het kind dat hun moeder had gebaard en altijd voor haar had verzwegen.

Naarmate de huwelijksreis vorderde, had Lillian, die had gedacht dat ze het grootste deel van de herinneringen aan het hele jaar dat ze in Sri Lanka had doorgebracht uit haar geheugen had gewist, zich verbaasd over het enthousiasme dat ze voelde toen ze de plekken van vroeger bezocht en nieuwe ontdekte. Tegelijkertijd dwaalde de geest van het meisje van de riksja elk uur naast haar over het eiland. Ze vervaagde niet en verdween niet naar de achtergrond. Ze bleef altijd in de buurt. Lillian bleef vasthouden aan het idee dat we het ondraaglijke alleen kunnen verdragen als het op de een of andere manier al draaglijk is geworden. Toch had ze nog geen flauw idee wat ze moest doen met de schamele informatie waarmee Bryan Byrd op de proppen was gekomen. Naarmate de tijd verstreek, kon Lillian zich steeds moeilijker voorstellen dat ze haar laatste dagen in Colombo door de dossiers van ziekenhuizen zou gaan zitten bladeren, op zoek naar het lot van het meisje. Het zou oneerlijk tegenover Ben en Charlotte zijn, en het was een absurde en futiele onderneming. Ze moest het meisje laten gaan.

In Nuwara Eliya verbleven ze in de Hill Club, die tijdens het bewind van de Britse raj een jachtverblijf was geweest en nu als hotel diende, en maakten ze dagtochtjes. Op een ochtend, drie uur voor zonsopgang, gingen Charlotte en Ben Adam's Peak beklimmen. 4440 treden leidden naar een top waar, afhankelijk van je religie, de voetstap van Adam of Boeddha of Shiva in een schrijn te vinden is en waar tijdens zonsopgang de schaduw van Adam's Peak een paar minuten lang een volmaakte driehoek vormt die zich over het dal en het eiland in de richting van de zee uitspreidt.

Terwijl Ben en Charlotte naar de hemelen klommen (Lillian was te zwanger om op zoek naar God te gaan) maakte Lillian een wandelingetje door de brede glooiende straten van Nuwara Eliya, die waren omzoomd met Victoriaanse, gedeeltelijk uit hout opgetrokken, imitatie-Tudor- en gotische huizen, gebouwd door de Britten en nu nog steeds als zomerhuizen bij de rijken van Colombo in gebruik. Tijdens het wandelen keerden haar gedachten terug naar de vragen in haar achterhoofd: moest ze, nu ze toch helemaal hierheen was gekomen, geen poging doen om het meisje te vinden? En stel dat ze dat zou doen, wat dan? Zou ze haar verontschuldigingen aanbieden? Stel dat het meisje dood was, zou ze zich dan beroerder of opgelucht voelen? Was de martelende onzekerheid over haar lot makkelijker of moeilijker te verdragen dan de waarheid?

Die avond, nadat Charlotte naar bed was gegaan, speelden Lillian en Ben een potje pool in de biljartkamer. Ben was stil en concentreerde zich op de finesses van het spel. Het grootste deel van hun gesprek had te maken met de organisatie van de laatste dagen van hun reis. Tijdens het derde potje hield Ben opeens op, vlak voordat hij een stoot wilde geven, en zei: 'Het spijt me zo, Lillian, maar dit is verkeerd.'

'Dat weet ik,' zei ze.

'Toen ik tussen al die pelgrims die eindeloze trap op liep, besefte ik dat ik jou als een soort vreemde godin zie die is gezonden om me van verdriet en pijn te verlossen,' zei Ben. Hij wrong de keu tussen zijn handen heen en weer alsof het een natte doek was. 'Ik dacht dat ik er goed aan deed om te trouwen. Ik dacht dat ik vanzelf van je zou gaan houden. Maar het is te snel. Ik hou nog steeds van mijn vrouw. En Charlotte – ik denk dat ze weet dat ik niet van je hou op de manier waarop ik van je zou moeten houden, op de manier zoals zij van je houdt.'

Lillian zette haar keu tegen de muur. Ze nam zijn handen in de hare.

'Jij en Charlotte gaan helemaal in elkaar op,' vervolgde hij, 'jullie houden van de intensiteit, de uitdaging, en het plezier van het simpelweg in elkaars nabijheid zijn. Jij en ik hebben dat niet.'

'Nee,' zei Lillian. 'Dat hebben wij niet.'

Ze hadden nog steeds twee dagen van hun huwelijksreis te gaan.

Een stewardess wekte Lillian uit haar overpeinzingen door aan te kondigen dat er het komende kwartier enige turbulentie kon optreden en dat ze over twee uur Heathrow zouden bereiken, waar ze de geplande tussenlanding zouden maken alvorens verder naar New York te vliegen. Charlotte, die nog steeds haar koptelefoon droeg, tekende nu geometrische vormen in haar schrijfblok. Ben zat te slapen.

Nadat Ben in de biljartkamer van de Hill Club zijn bekentenis aan haar had gedaan, waren ze de volgende morgen zoals gepland naar Colombo vertrokken en hadden ze hun intrek genomen in een klein hotel in de wijk Cinnamon Gardens. Die middag besloot Lillian gebruik te maken van de informatie die Bryan Byrd haar had gegeven.

Op Independence Avenue hield Lillian een gemotoriseerde riksja aan. Ze had tot op dat moment het gebruik van riksja's in Sri Lanka vermeden. Ze had het toen ook kunnen vermijden. Er reden taxi's, bussen, auto's. De riksja was niet bepaald het paard waar ze van af was gevallen en waar ze weer op moest klimmen. Als ze gedurende de rest van haar leven nooit meer een riksja zou nemen, zou ze volmaakt gelukkig zijn. Het was alleen dat ze het gevoel had dat ze iets afsloot door voor dit specifieke doel een riksja te nemen, dat er sprake was van een bepaalde symmetrie. Ondanks de enorme spanning die ze voelde toen ze voor de eerste keer sinds het ongeluk in de kuip klom, had ze het gevoel dat het onvermijdelijk was. Ze gaf de chauffeur het adres van het ziekenhuis, en ze vlogen ervandoor.

Lillian voelde zich meteen duizelig en dacht dat ze tegen de chauffeur moest zeggen dat hij moest stoppen, of dat ze zichzelf in het ziekenhuis moest laten opnemen in plaats van vragen te stellen over een geval van lang geleden. Ze voelde dat het zweet op haar voorhoofd kwam te staan en over haar rug liep toen ze bedacht – hoewel dat helemaal niets voor haar was – dat ze haar leven aardig in het honderd had laten lopen. Ze was binnen een paar weken getrouwd en zou zo weer gescheiden zijn, ze was zwanger van een kind dat zijn vader nooit zou kennen, ze had te veel risico in haar vak genomen en ze had het vervreemden van degenen die haar het meeste na stonden tot een religie verheven; dat gold vooral voor haar zus, die het aanbidden van Lillian tot een religie had verheven en nu aan een geloofscrisis leed. Ze was rechtstreeks in de voetstappen van haar wispelturige moeder gaan lopen en had haar dode vader onterecht veroordeeld. Terwijl ze zich zat af te vragen wat ze moest doen – uit de riksja stappen, teruggaan naar het hotel, doorrijden naar het ziekenhuis – zette de chauffeur zijn voertuig opeens langs de kant van de weg en kwam bij haar achterin zitten.

'U bent het,' zei hij, hoofdschuddend. 'Ik kan het niet geloven. Ik heb uw gezicht vijf jaar lang elke nacht in mijn dromen gezien. Na het ongeluk ben ik u in elk hotel gaan zoeken. Ten slotte hield de politie me tegen; ze dachten dat ik gek was geworden.'

Lillian luisterde en geloofde geen enkel woord van wat de man in zijn rollende gekunstelde Engels zei. Was de wereld echt zo'n wonderbaarlijke plek, dacht ze, dat er zoiets kon gebeuren? Of leed ze soms aan wanen, zoals de vrouw uit Greenwich die ze in Konditorei Hongarije had gezien?

'Ik moest u dit vertellen omdat ik het aan uw gezicht zag toen ik u achter die hortensia zag zitten, en ik heb het de afgelopen vijf jaar op uw gezicht in mijn dromen gezien – de ontzetting en hopeloosheid. U dacht dat ze dood was, maar dat is ze niet. Dat wilde ik u vertellen, maar u was verdwenen, poef, als de duif van een goochelaar. Ze maakt het goed, meer dan goed; weet u, ze is nu van ons.' Hij wees naar Lillians zwangere buik, alsof dat gebaar een verklaring kon bieden.

'U bedoelt het ongeluk op Galle Road? U was de chauffeur?' vroeg Lillian, hoewel ze hem nu herkende. Ze wist nog dat de mannen hem vasthielden, dat handen naar zijn armen en benen grepen, dat hij ontzette kreten had geslaakt.

'Ja, ja, ja. Ik weet dat het bijna niet te geloven is. Maar u bent hier en ik ben hier, en hier zijn we dan.'

'En het meisje?'

'Nisha is onze dochter. We hebben haar geadopteerd. Weet u, mijn vrouw en ik, we konden geen kinderen krijgen. Nisha zwierf op straat, ze was een Tamil-weesje uit het noorden. Haar ouders zijn allebei gedood bij gevechten en een buurman verborg haar in een vrachtwagen die naar Colombo ging.'

'Het meisje is dus niet dood?'

'O nee. Ziet u, daarom heb ik naar u gezocht. Ik wist dat u dacht dat ze dood was. Ze had een hersenschudding, ja. Maar het bloed kwam van haar oor; haar oorbel was erafgerukt. Er was heel veel bloed. Ik heb haar meegenomen naar het huis van mijn broer. Hij is dokter. Ze heeft in zijn kliniek gelegen totdat ze weer beter was.'

Lillian sloeg haar handen voor haar gezicht en keek toen op. 'Wat is er met u gebeurd? Die mensen leken zo boos, klaar om u aan stukken te scheuren.'

'O, nee, nee, nee. Dat hebt u mis. Ze hielden me vast omdat ze bang waren dat ik mezelf iets zou aandoen omdat ik zo wanhopig was. Ik heb naar u gezocht, ik zei tegen hen dat ze u moesten zoeken, want ik vreesde ook voor u.'

'Ik dacht...' begon Lillian. 'Wat heb ik me vergist. Ik dacht dat de mensen kwaad waren, dat ze ons pijn wilden doen omdat we dat meisje pijn hadden gedaan.'

De chauffeur glimlachte om zijn verwarring te verbergen. 'Waarom zouden ze kwaad zijn? U en ik, het was niet onze bedoeling om Nisha pijn te doen. Helaas worden dieren en kinderen de hele tijd aangereden. Vaak merkt de chauffeur het niet eens. En u, u was alleen maar de passagier.' Hij streelde haar voorzichtig over haar schouder. 'Natuurlijk was het niet mijn bedoeling om het meisje aan te rijden. Toch was het mijn schuld.' Hij schudde zijn hoofd. 'Maar begrijpt u, het is allemaal in orde gekomen.' De chauffeur stak zijn hand uit. 'Ik ben Anupam Puri. Ik weet dat dit allemaal erg vreemd is, maar mag ik u aan mijn gezin voorstellen?'

Ze reden terug naar het hotel, haalden Ben en Charlotte op en gingen naar het huis van de familie Puri voor een heerlijk maal van sambals en buriyani. Nisha was een beeldschoon meisje met donker haar in een enkele vlecht. Ze droeg een spijkerbroek en een t-shirt en had kleine diamanten knopjes in haar oren en neus. Ze wilde dolgraag de vrouw leren kennen die volgens haar vader zo'n grote rol had gespeeld bij de fortuinlijke gebeurtenis waardoor ze zijn dochter was geworden. Charlotte zei tijdens het eten bijna helemaal niets, maar ze hield elke beweging van Nisha in de gaten met de aandacht van een wetenschapper die zijn oog tegen een miscroscoop gedrukt houdt. Tegen het einde van de maaltijd begonnen Nisha en Charlotte met elkaar te praten. Lillian probeerde te luisteren naar wat ze zeiden en tegelijkertijd de vragen van Anupam en zijn vrouw over het leven in Amerika te beantwoorden. Toen Ben uitlegde hoe het schoolsysteem in elkaar zat, hoorde Lillian Nisha zeggen: 'Dus ze is je moeder niet?'

'Nee,' zei Charlotte, 'mijn moeder is dood. Zij is alleen maar mijn dokter en een goede vriendin.'

'Is je moeder in een oorlog omgekomen?' vroeg Nisha.

'Nee, bij een auto-ongeluk. Ik was erbij.'

'O,' zei Nisha, met een knikje naar Anupam en zijn vrouw. 'Zij zijn ook niet mijn ouders.'

De tussenlanding in Londen duurde maar anderhalf uur. Ze

waren ergens boven de Atlantische Oceaan toen Lillian zich realiseerde dat de krampen waren opgehouden, maar dat er een pijn in
haar borst voor in de plaats was gekomen. Brandend maagzuur,
indigestie, misschien de voetjes van de baby. Ze dacht aan naar
huis gaan, aan de woning van Ben en Charlotte verlaten, aan Veronica en haar verboden geliefde, aan hun halfbroer, aan het feit dat
ze morgen op tijd in Konditorei Hongarije moest zijn. Lillian viel
in slaap en werd pas wakker toen ze op JFK landden. Haar baby
zou, vroeg of laat, in New York worden geboren.

# Zeven

## XXVII

Konditorei Hongarije was dicht. Op de deur hing een snel gekrabbeld briefje dat meldde dat de familie op vakantie was naar Griekenland maar het voornemen had vroeg of laat weer terug te komen, waarschijnlijk rond begin september. Het kon Veronica niet schelen of ze terugkwamen of niet omdat dit toch de laatste keer was dat ze Lillian hier zou zien. Het was nog geen negen uur 's morgens, bewolkt en warm. Ze keek aan de andere kant van de straat uit naar Lillian, vanaf een bankje in het plantsoen bij St. John the Divine, naast een reusachtig ijzeren beeldhouwwerk, een orgie van vreemde beesten dat Vredesfontein heette. Ze staarde naar de kluwen van reusachtige krabscharen, het omgekeerde hoofd van een duivel, een sinister gezicht in de vorm van een maan, een gevleugelde draak-man, een giraffe met twee hoofden, en ze vreesde het gesprek dat ze met haar zus zou moeten voeren, een gesprek dat zelfs nog vreselijker dreigde te worden dan het gesprek dat ze onlangs met Alex in de studio van *Doodgewone dingen* had gevoerd.

Toen was Veronica, net als nu, in de ban geweest van een allesoverheersend verlangen naar een sigaret. Zij en Alex hadden net seks gehad op het bankje in zijn kleedkamer. Het was een dubbel cliché, besefte ze, maar dat vond ze helemaal niet erg. Seks in de kleedkamer van een soapster, tussen de opnamen door, was een gebeurtenis die zeker een sigaret waard was.

'Ik heb een detective ingeschakeld,' zei hij, 'om je te vinden.'

Veronica begon haar kleren weer aan te trekken. Ze had het gevoel dat het noodlot elk moment kon toeslaan en wilde erop gekleed zijn.

'Ik heb een vrouw ingehuurd die Sybil Noonan heet omdat ik mijn echte familie wilde vinden.'

'Ja, en?' Veronica's hart was een ander cliché: het sloeg snel als een boorhamer, brekend.

'Mijn moeder heet Agnes Moore, mijn vader heet Maxwell Jones, mijn halfzussen heten Lillian en Veronica Moore.'

'Dat moet een vergissing zijn,' zei Veronica, die doorging met het vastknopen van haar blouse. 'Ik heb nog nooit van Maxwell Jones gehoord.'

'Hij was een collega van je moeder in het ziekenhuis waar ze toen werkte. Hij is nu een neurochirurg in Scranton. Hoewel hij ten overstaan van Sybil ontkende dat hij mijn vader is, staat zijn naam wel op mijn geboorteakte.'

Alex zat nog steeds in zijn blootje op het leren bankje. 'Moet je zo dadelijk niet de set op?' vroeg Veronica in de hoop dat hij zichzelf zou bedekken. Ze kon gewoon niet geloven wat hij haar vertelde. Het enige wat ze kon bedenken, was dat dit wel een erg vreemd excuus van Alex was om het uit te maken. Maar het was wel waterdicht.

'Veronica,' zei hij, terwijl hij opstond, 'ik hou van je.'

'Als van een zus?' vroeg ze, en toen sloeg ze haar handen voor haar gezicht. Door het woord 'zus' dacht ze in één klap niet meer aan deze schok, maar aan Lillian. Wist Alex dat hij de vader van Lillians baby was? Had die rode Sybil zo diep gegraven? Of was er een medische verklaring voor dit alles? Veronica had haar hoofd gestoten en lag nu in coma.

'Alex, kleed je aan,' drong Veronica aan. 'En waarom vertel je me dit pas na de seks?'

Alex trok de badjas aan die hij had gedragen toen ze binnen was gekomen. Die had ze in feite direct nadat ze de deur achter zich dicht had gedaan van hem af getrokken.

'Ik had wat meer tijd nodig om hierover na te denken,' zei Alex. Hij trok haar naast zich op de bank, sloeg zijn armen om haar heen en drukte haar dicht tegen zich aan. 'Niemand kan er iets aan doen, en zo erg is het niet,' ging hij verder. 'Trouwens,' zei hij, op luchtiger toon, 'we kunnen altijd nog weggaan. In Maine of Spanje zouden we niet eens opvallen. En waren Zeus en Hera ook geen broer en zus?'

'Caligula en Drusilla ook. Maar dit is niet grappig,' zei Veronica, hem van zich af duwend.

'Het feit is, Veronica, dat ik er geen probleem van maak. We hoeven het aan niemand te vertellen, als dat het makkelijker maakt. Ik ben al zo lang een wees geweest dat ik, als het betekent dat ik met jou samen kan zijn, best gedurende de rest van mijn leven een wees wil blijven.'

Veronica kon het niet verdragen dat ze door zoveel ongeluk was getroffen, dat de goden zo wraaklustig waren geweest. Ze verlangde zo naar een sigaret dat ze opstond en zei dat ze even een ommetje ging maken. Ze zei dat ze zo weer terug zou komen. Alex, droevige ogen, trillende lippen, kuste haar op haar voorhoofd, en ze liep weg. Op Broadway vielen haar afkeurende blikken ten deel, blijkbaar vanwege de tweedehandsrook, maar ze zag aan hun ogen dat ze wisten dat ze nog veel grotere misdaden op haar kerfstok had. Ze zuchtte, blies haar pony van haar voorhoofd en nam een trek van haar sigaret, zo diep dat het leek alsof ze aan yoga deed. Nu haar hartstochtelijke affaire eindelijk voorbij was, begon ze praktisch te worden. Ze zou haar moeder bellen om te vragen hoe ze erin was geslaagd om tussen Lillian en Veronica in nog een kind te krijgen over wie ze bovendien nooit iets had gezegd. Ze zou haar zus in Sri Lanka opsporen en haar vertellen dat ze niet alleen een halfbroer hadden, maar dat hij ook nog de voormalige geliefde van Veronica en de vader van de baby van Lillian was. Maar deze praktische voornemens konden niet verhullen dat Veronica van zichzelf walgde. Ze had dit allemaal aan zichzelf te danken, en nu leed het geen enkele twijfel meer, ze was echt weerzinwekkend. Toen ze langs Seventy-second Street liep, hoorde ze in gedachten alleen maar de demonische mantra 'De gruwel! De gruwel!' Ze kunnen me net zo goed Kurtz noemen, dacht Veronica. Bij Zabar's draaide ze zich om en liep meteen terug naar de studio van *Doodgewone dingen*. Ze besloot voor haar vertrek naar

Vuurland open kaart te spelen. Ze zou Alex over Lillians baby vertellen.

Ze liep dezelfde weg terug. De warmte van de dag steeg op van het trottoir en ze merkte dat ze wou dat Lillian niet in Sri Lanka zat. Per slot van rekening was Lillian in het grote geheel net zo schuldig aan deze puinhoop als Veronica. Was Lillian niet degene die zich zonder nadenken door Alex had laten bevruchten, zonder te denken aan hem of aan de eventuele vragen die hun kind ooit zou hebben? Lillian dacht dat ze zo slim was omdat ze hem had uitgekozen nadat ze zijn dossiers en bloedonderzoeken had bekeken toen hij in het ziekenhuis zat, maar ze had verzuimd naar zijn DNA te kijken. Maar goed, waarom zou ze dat ook doen? Hoe groot was de kans dat Lillian zomaar haar onbekende halfbroer als vader van haar kind zou kiezen? En hoe groot was de kans dat haar plannetje echt zou werken? Om nog maar te zwijgen van het feit dat hij voor dezelfde soap werkte als Veronica. Maar kansen waren, hoe gemeen en verraderlijk en ronduit wreed ze soms ook konden zijn, hier niet het probleem. Dat was Veronica.

In de studio liep Veronica door een lange gang met eindeloos veel deuren naar Alex' kleedkamer. Op weg daarheen had ze het gevoel dat ze in Alice' wonderland of de chocoladefabriek van Sjakie verzeild was geraakt. Achter elke deur zat een persoon of een gebeurtenis die ons idee van de waarheid tartte. Veronica's eigen avontuurtje ontbeerde de onschuld en morele boodschap van een kinderverhaal. Haar verhaal was ronduit pervers. Ze bleef even staan, keek meewarig naar die andere deuren en beende toen weer verder, met heel haar hart wensend dat ze in een sprookje was beland waar persoonsverwisselingen en pas ontdekte bloedbanden leidden tot bruiloften en koninkrijken en harmonie voor iedereen, en niet tot incest, bedrog en onherroepelijke onvrede.

Toen ze verder liep door de gang die Jane Lust de Egosteeg noemde, las ze de namen op de deuren: Tripp Jones, Nigel Thorpe, Ashley Diamond, Melody Weaver, Laralee Lamore, Bianca McGee, Alex Drake.

Veronica bleef voor de deur van Alex staan staren naar een foto waarop hij in vrije val was afgebeeld, met de Shawangunks als grote handen die hem naar de hemelen tilden. Ze vroeg zich net af welke waanzin haar ertoe had aangezet om een relatie te beginnen met de vader van het kind van haar zus toen de deur openging en er een gekreukelde maar zinnelijk ogende Laralee naar buiten kwam. Ze keek Veronica met roodomrande ogen aan en haastte zich de gang op.

Veronica liep Alex' kleedkamer in. Zachte, harmonieuze muziek vulde de kleine ruimte. Alex zat aan zijn kaptafel, voor de spiegel, met zijn ogen dicht. Hij zag er zo vredig uit, alsof hij zat te mediteren, terwijl hij waarschijnlijk alleen maar zat te wachten totdat zijn schmink droog was. Het was haar nog niet opgevallen dat er een exemplaar van *Voor wat, hoort wat* op tafel lag. Ze liep naar hem toe en zei: 'Hallo, ik ben er weer.'

Ze kon niets anders doen dan het hem vertellen. Langzaam, voorzichtig, ontwarde Veronica de kluwen van het verhaal, als een oude vrouw die een trui uithaalt in de hoop een deel van het garen opnieuw te kunnen gebruiken. Ze vertelde hem over de spoedeisende hulp, over Lillian, de zwangerschap, het buitengewone toeval dat juist hij een rol in *Doodgewone dingen* had gekregen. Veronica bekende dat ze had geweten wie hij was maar dat ze, om redenen die ze zelf niet kon verklaren, door was gegaan en verliefd op hem was geworden. Terwijl het verhaal zich ontvouwde, bleef Alex met een uitdrukkingsloos gezicht en gesloten ogen zitten. Toen ze klaar was, eindigde ze met wat naar ze hoopte een positieve noot was, hoewel het voor haar moeilijk was om ook maar iets in dit verwrongen verhaal als positief te zien, maar Alex zei niets. Ze wachtte totdat hij weer iets zou zeggen, hoe lang het ook zou duren.

Ze had echter nog geen halve minuut gewacht of de deur van Alex' kleedkamer vloog open. Nigel Thorpe stormde naar binnen, greep Alex met één hand beet en tilde hem uit zijn stoel, om vervolgens een vuist midden op zijn neus te planten. Hij schreeuwde: 'Blijf uit de buurt van mijn vrouw, vuile lul.' Een publiek van staf en acteurs verzamelde zich in de deuropening terwijl het bloed uit Alex' neus stroomde en zich met zijn schmink vermengde. Laralee rende de kleedkamer in, greep de witte doktersjas die aan een hangertje bij de kaptafel hing en begon het bloed op te deppen, terwijl ze Alex' hoofd in haar schoot legde. Een groepje acteurs in doterskledij keek gebiologeerd toe toen de verpleegkundige van de set en vervolgens het ambulanceteam verklaarden dat Alex zijn neus had gebroken. Veronica verliet stilletjes de studio, alsof ze zich op verboden terrein had begeven en elk moment kon worden betrapt. Later had ze wanhopige pogingen ondernomen om Alex te bereiken – ze had zelfs voor zijn woning op hem staan wachten – maar hij was nooit komen opdagen en beantwoordde geen van haar talloze telefoontjes.

Nu, in het plantsoen bij de kathedraal, speurde Veronica's blik het donkere, verwrongen beeld af, op zoek naar een lichaam dat bij de reusachtige, in de lucht zwevende scharen hoorde. Ze had het gevoel dat ze een personage in een parodie op een Griekse tragedie was, waarin de enige oplossing voor de verwikkelingen een ernstig geval van een bloedneus was. Het drong niet meteen tot Veronica door dat de zwangere blondine die het briefje op de deur van Konditorei Hongarije stond te lezen Lillian was. In nog geen drie weken tijd had de amper zichtbare mierenhoop zich tot een uitstekende en puntige kernkop ontwikkeld.

Veronica riep Lillians naam en wuifde vanaf de overkant van de straat naar haar. Lillian zag haar en stortte zich in het verkeer, alsof haar buik niet meer bevatte dan een heliumballon. Veronica deed haar ogen dicht toen ze een dubbeldekker over Amsterdam Avenue zag razen, in de richting van haar zus.

'Lijkt het je niet vrij smakeloos als jij en je kind zouden worden geplet door een bus vol toeristen?' vroeg Veronica. Lillian zag er uitgerust en ontspannen uit, alsof ze terug was gekomen van drie weken in de East Hamptons in plaats van de andere kant van de wereld.

'Alleen jij, Veronica, maakt je zorgen over een smakeloze dood. Die Hongaren zijn toch niet te geloven? Op vakantie? Weten ze niet dat dit Amerika is?' klaagde ze. 'Ik heb het zo warm. Laten we de kerk in gaan.'

'Hoe was je reis?' vroeg Veronica toen ze in de richting van de kathedraal liepen. Ze zou nooit meer slecht over koetjes en kalfjes denken.

'Toen ik Sri Lanka voor de eerste keer verliet,' zei Lillian, 'zwoer ik dat ik nooit meer terug zou komen. Toen ik deze keer vertrok, had ik het gevoel dat ik graag nog eens terug zou gaan, dus dat zal waarschijnlijk nooit gebeuren.'

Ze betraden het op een grot lijkende stenen bouwwerk, en de lichte wereld werd plotseling donker en koel, met bedompte lucht die hen omsloot, een enigszins onaangename geur. Ze liepen door het rechterpad, waar de eerste nis die ze zagen de Dichtershoek was, een mozaïek van grafschriften van de graven van de beroemdste schrijvers van Amerika.

'Ik heb echt een bloedhekel aan kerken,' fluisterde Lillian toen ze op een marmeren tree ging zitten. 'Zoveel dood die je door de strot wordt geduwd.'

'Het kan niet erger zijn dan ziekenhuizen,' zei Veronica. Nu ze in dat hoog oprijzende gebouw was, kreeg ze opeens weer hoop.

'"Er zijn dingen die hij aandikte, maar hij sprak vooral de waarheid," Mark Twain,' las Lillian hardop, en toen zei ze: 'Je hebt gehoord dat we een halfbroer hebben.'

Veronica knielde naast Lillian neer. 'Dus je weet het,' zei ze, verbaasd over haar zusters gelatenheid. Lillian was een emotionele rots in de branding, maar dit was eng. 'Hoe heb je het ontdekt?' vroeg ze. Hoe verdorven haar zus ook mocht zijn, Veronica had verwacht dat zelfs Lillian van streek zou zijn als ze ontdekte dat haar kind het resultaat van incest was. Maar nu was ze de rust zelve. Veronica hoefde tenminste niet het slechte nieuws te vertellen, al moest ze nog wel bekennen dat ze zelf een verhouding met Alex had gehad.

'Sybil Noonan heeft het aan Bryan Byrd verteld, en hij heeft het kort voordat ik naar Sri Lanka vertrok aan mij verteld. Ik zei dat de kennismaking met onze halfbroer zou moeten wachten totdat ik weer terug zou zijn.'

'Kennismaking?' vroeg Veronica, verward. 'Je kent hem al.'

'O ja?' vroeg Lillian. 'Wie is hij dan? Ik had zo'n haast dat het niet bij me opkwam om Bryan naar zijn naam te vragen. Zeg alsjeblieft niet dat het Bronson Hartley of een of andere sukkel van de middelbare school is.'

De opluchting die Veronica een paar seconden lang had gevoeld, werd wreed weggerukt. Het voelde vreselijk oneerlijk, als een uitgereikte prijs die weer werd opgeëist, als een stuk speelgoed dat werd gegeven en meteen weer werd weggegrist. Veronica zag het grafschrift van Elizabeth Bishop staan: 'Alle onorderlijke bezigheden gaan door – vreselijk maar opgewekt.'

'Luister, er is geen goede manier om je dit te vertellen,' zei ze, 'maar Alex Drake is onze halfbroer.'

Een paar seconden lang keek Lillian Veronica vragend aan. Toen trok alle kleur opeens uit haar gezicht weg en werd het even bleek als haar blonde haar, en ze legde haar handen op haar buik, een gebaar dat Veronica haar zelden zag maken.

'Je vruchtwaterpunctie was in orde, Lillian, weet je nog? Ik las op internet dat de kans dat kinderen van halfbroers en -zussen een genetische afwijking hebben slechts een fractie hoger ligt dan voor de rest van de bevolking.'

'Spaar me de statistieken,' zei Lillian, die onverwacht opstond en verder de kathedraal in liep. Veronica volgde op enige afstand. Ze kwamen langs verschillende nissen met wandtapijten, het graf van een New Yorkse bisschop en een futuristische maquette van de kathedraal met een toren vol zonnepalen en een biosfeer eroverheen. Ten slotte bleef Lillian staan voor een duizend kilo zwaar en tweehonderd miljoen jaar oud reusachtig stuk kwartskristal dat in Arkansas was gevonden. Op een bordje stond: TER ERE VAN DE SCHOONHEID VAN GODS SCHEPPING EN ONS HEILIGE RENTMEESTERSCHAP VAN DE AARDE.

Veronica, die uit ervaring wist dat uitstel van het onvermijdelijke de zaak alleen maar erger zou maken, zei: 'Lillian, er is nog meer aan de hand. Alex heeft de rol van neurochirug in *Doodgewone dingen* gekregen en ik heb ongeveer een half jaar lang een verhouding met hem gehad.'

Lillian staarde Veronica aan en barstte toen in lachen uit, in hetzelfde hysterische gelach waaraan ze zich als kind hadden overgegeven. Veronica deed met haar mee. Toen ze zich probeerden in te houden, moesten ze alleen maar harder lachen. Een priester kwam naar hen toe, en ze haastten zich, nog steeds giechelend, de kapel van Sint Ansgar in, waar zich een fonkelnieuwe urnengalerij bevond. Op veel van de graven waren brieven, foto's en bloemen geplakt. 'Dat geeft een geruststellend tintje aan het idee dat je de rest van de eeuwigheid in een dossierkast moet doorbrengen,' merkte Lillian op, terwijl ze de tranen uit haar ogen wreef. Ze keken elkaar aan en begonnen weer te lachen, en dus verlieten ze de urnengalerij en liepen naar de oudere en traditionelere kapellen. In de kapel van Sint Columba gingen ze op piepkleine houten stoeltjes voor een klein altaar zitten en probeerden zich op de ernst van de zaak te concentreren.

Veronica vormde met moeite een uitleg. 'Kort nadat je me had verteld dat je zwanger was, werd een acteur die Alex Drake heet aangetrokken om in *Doodgewone dingen* een hersenchirurg te spelen, maar hij moest de repetities uitstellen omdat hij tijdens zijn yogales een ongelukje had gehad. Ik wist dat hij het was. O, Lillian,' zei ze, terwijl ze haar best deed om niet te lachen, 'het spijt me zo.' Veronica kon er niets aan doen, maar vond dat haar zus, zoals ze daar op dat kleine stoeltje zat, wel iets weghad van Alice nadat die uit het flesje met groot had gedronken.

'Ik heb altijd al gedacht dat je vreemder was dan je leek,' zei Lillian. 'Maar ik zie niet goed wat nu eigenlijk het probleem is. Jij en Alex, ik en Alex, Alex de verloren gewaande broer – het is allemaal al eens eerder gedaan. Ik bedoel, jij bent degene die voor soaps schrijft. Het bewijst maar weer dat dit een kleine wereld is en dat we uiteindelijk altijd de klos zijn. Maar de geest, die houdt niet op ons te verbazen. We herinneren ons alleen wat past bij de fantasie over wie we zijn. We willen best onder ogen zien dat dit soort dingen de hele tijd in bijvoorbeeld de Appalachen en bij Jerry Springer gebeuren, maar God verhoede dat het aan de Upper West Side zou gebeuren.'

'Lillian,' merkte Veronica op, 'je bent onschuldig. Je kon niet weten dat Alex je halfbroer was.'

'Beloof me dat je na mijn dood op mijn graf zult zetten wat Graham Greene op het zijne liet zetten: "God behoede ons voor de onschuldigen en de goeden". Ik ben heel veel dingen genoemd, maar onschuldig hoort daar zeker niet bij. Onze hersenen hebben zich in de loop van de evolutie zo ontwikkeld dat we anderen aantrekken. We hebben taboes als incest ontwikkeld om te voorkomen dat we op zoek gaan naar wat we echt willen. En we hebben de afgelopen paar eeuwen keihard gewerkt om in intellectueel opzicht onze instinctieve neiging tot het geheel afwijzen van degenen die anders zijn dan wij te overwinnen. In mijn eigen volkomen egoïstische verlangen naar een kind heb ik toevallig iemand gekozen die meer op me leek dan ik had durven hopen. Wat een geluk.'

Veronica zuchtte. Lillian zou, zoals gewoonlijk, door theoretiseren de situatie leren aanvaarden. Als het maar werkt, dacht ze.

Ze zaten een tijdje zwijgend naast elkaar, en toen zei Lillian: 'Na al mijn pogingen zal ik uiteindelijk de intiemst mogelijke band met de vader van mijn kind hebben.'

Veronica zei niets, tegelijkertijd vervuld van vreugde omdat Alex nu altijd een rol in hun leven zou spelen maar ook verslagen omdat hij nooit die speciale rol in haar leven zou vervullen waarvan ze had gedroomd.

Lillian stak haar hand uit en pakte die van Veronica vast. Ze legde hem plat op haar buik en Veronica voelde een onregelmatig geduw tegen haar palm.

'Is dat een voetje?' vroeg ze aan Lillian.

'Ik mag het hopen,' zei Lillian, en ze barstten onder toeziend oog van Sint Columba wederom in lachen uit.


## XXVIII

In de maand augustus van het jaar waarin Charles stierf, liep Lillian weg. Het was een bloedhete zomer. Op de meeste dagen zaten

Veronica en Lillian in de achtertuin onder de kornoelje met de tuinsproeier aan. Veronica ging alleen naar binnen om iets te drinken voor hen te halen of om naar haar lievelingssoaps te kijken. Lillian en Agnes hadden vreselijke ruzies. Veronica begreep niet goed waar die ruzies over gingen. Lillian zei altijd lelijke dingen tegen hun moeder, zoals: 'Ik heb een hekel aan je. Ik wou dat ik geen moeder had. Ga weg, laat me met rust.'

En Agnes zei dingen als: 'Je bent ondankbaar en lastig. Je maakt mijn leven nog erger dan het al is. Hoe verwacht je dat ik het allemaal red?'

'Wie heeft jou gevraagd om dit te doen?' antwoordde Lillian dan. 'Waarom heb je ons niet geaborteerd of opgegeven voor adoptie?'

Veronica wist niet zeker hoe ze zich moest voelen wanneer ze Lillian dat soort dingen ook uit haar naam hoorde zeggen. Ze vond het meestal fijn wanneer Lillian haar in een adem met zichzelf noemde, maar in dit geval betwijfelde ze of ze met Lillian mee had willen gaan.

'Wees voorzichtig met wat je wenst, jongedame,' zei Agnes dan dreigend.

Die laatste zin maakte Veronica doodsbenauwd, want het was iets wat haar vader vaak had gezegd. Betekende dat dat haar moeder ook snel zou sterven? Veronica wou dat ze ophielden met ruziën en greep elke gelegenheid aan om haar moeder en zus mild te stemmen, maar daar walgde Lillian alleen maar meer van. En Agnes maakte het alleen maar erger door dingen te zeggen als: 'Gelukkig heb ik ook nog een goed kind,' of de klassieker: 'Waarom lijk je niet wat meer op Veronica?'

Op de dag dat Lillian wegliep, was het zo heet dat Veronica's haar tegen haar slapen kleefde toen ze wakker werd. De zweetdruppels parelden op haar voorhoofd en neus. Lillian en Agnes stonden beneden in de keuken tegen elkaar te schreeuwen.

'Dit moet nu ophouden, Lillian,' zei Agnes. 'Je kunt niet net doen alsof alle ellende van de wereld mijn schuld is. Daar ben je te oud voor. Je moet me helpen, en niet altijd maar steen en been lopen klagen en het iedereen moeilijk maken.'

'Goed,' zei Lillian. 'Je wilt me hier niet. Ik ga wel.' En Veronica hoorde de voordeur dichtslaan.

Haar moeder liep achter Lillian aan de deur uit en schreeuwde: 'Ga dan weg. Kies maar voor de gemakkelijkste oplossing. Maar denk maar niet dat je zomaar weer bij ons terug kunt komen.'

Nu werd Veronica bij de uitlatingen van haar moeder betrokken, en weer wist ze niet goed wat ze ervan moest denken. Veronica dacht dat ze Lillian altijd in de buurt wilde hebben, wat er ook gebeurde.

Agnes was die morgen naar haar werk gegaan. Als Lillian terug zou komen, had ze tegen Veronica gezegd, dan moest ze tegen haar zeggen dat ze moest wachten totdat Agnes weer thuis was en dan moest vragen of ze binnen mocht komen. Veronica mocht Lillian in geen geval binnen laten.

'Maar mam,' had Veronica geprotesteerd, ontzet over de consequenties van die eis.

'Geen als, en of maar. Als je haar binnenlaat, kun je zelf ook je koffers pakken. Begrepen?' vroeg Agnes.

Veronica bad dat Lillian niet thuis zou komen voordat haar moeder terug was uit het ziekenhuis. Ze keek tv totdat ze zo'n hoofdpijn had dat ze alleen nog maar in slaap kon vallen. Ze lag badend in het zweet op de bank in de woonkamer te slapen toen Agnes thuiskwam en haar wakker maakte.

'Waar is Lillian?' wilde Agnes weten, alsof Veronica haar ergens had verstopt.

'Ze is niet meer teruggekomen,' zei Veronica. Ze had geen hoofdpijn meer, hoewel de lucht nog steeds verstikkend was. Ze had honger.

Zij en haar moeder aten zwijgend een broodje aan de keukentafel en gingen daarna naar bed. Agnes controleerde of alle ramen beneden en de voordeur en de achterdeur op slot zaten. Veronica lag in bed te luisteren of ze Lillian hoorde en viel pas in slaap toen de kleur van de hemel van pikzwart in uitlaatpijpgrijs veranderde.

De volgende morgen hoorde Veronica haar moeder bellen met mevrouw Wilcox, de vrouw van de dominee van de presbyteriaanse kerk. Uit het eenzijdige gesprek kon ze opmaken dat Lillian in hun opvanghuis voor ongehuwde moeders verbleef. 'Nou, als u het niet erg vindt,' zei haar moeder, 'dan mag ze daar wat mij betreft nog wel even blijven. Ze moet een lesje leren. Ik weet gewoon niet wat die meid bezielt. Als ze weer thuis wil komen, moet ze eerst om mijn toestemming vragen.' Agnes kon erg hard zijn, maar het duurde nooit lang, en later zat ze altijd vol verontschuldigingen en uitgebreide excuses voor haar 'ongepaste' gedrag. Veronica wou alleen dat haar moeder opschoot en aan de tweede akte van dit drama met Lillian zou beginnen.

Tijdens de dagen die volgden, behandelde Agnes Veronica alsof ze een prinsesje was. Ze gingen kleren kopen, uit eten, naar de film – dingen die ze zelden deden en zeker sinds het ongeluk niet meer hadden gedaan. Veronica voelde zich schuldig omdat ze al die dingen zonder Lillian deed, maar tegelijkertijd genoot ze er heel erg veel van. Ze vroeg zich af wat er zou gebeuren als Lillian weer thuis zou zijn. Zou haar moeder Lillian dan ook meenemen? Of zouden de uitjes gewoon ophouden? Lillian was vijf dagen weg toen Veronica een telefoontje kreeg.

'Ik heb schone kleren en een boek nodig,' zei Lillian.

'Mama is naar haar werk,' zei Veronica tegen haar. 'Je kunt ze komen halen.'

Er viel een lange stilte.

'Ze zal je vermoorden,' zei Lillian.

Veronica zei helemaal niets.

'Laat gewoon de volgende keer dat Agnes en jij weggaan het keukenraam openstaan, dan kom je verder niet in de problemen. Ze zal denken dat ze vergeten is om het dicht te doen.'

Toen ze hadden opgehangen, liep Veronica naar het keukenraam en deed het open. Ze keek naar de straat en vroeg zich af hoe Lillian zou weten dat zij en Agnes het huis hadden verlaten. Hield ze hen in de gaten? Veronica miste Lillian, ook al spraken ze niet zoveel met elkaar als ze er was. Veronica kon niet geloven dat alles zo lang na het ongeluk nog steeds zo slecht ging. Zou dit hun hele leven lang zo blijven? Was het allemaal haar schuld? Ze zuchtte en blies haar pony van haar voorhoofd. Er kwam geen antwoord. Ze zou gewoon haar leven moeten leiden en moeten zien hoe het ging.

Die avond gingen Veronica en Agnes bij het plaatselijke restaurant een hamburger en een milkshake halen. Voordat ze weggingen, liep Agnes alle ramen beneden na. 'Hoe heb ik dat over het hoofd kunnen zien?' zei ze, terwijl ze het keukenraam dichtdeed dat Veronica eerder had geopend. Veronica voelde zich verslagen. Ze vroeg zich wanhopig af hoe ze het raam open zou kunnen maken zonder dat haar moeder het merkte. Lillian zou haar haten, zich verraden voelen, geen schone kleren hebben als Veronica niet op de een of andere manier het raam open zou laten. Agnes reed net de oprit af toen Veronica zei: 'Sorry, mam, ik moet heel nodig plassen.'

'Kun je het niet even ophouden totdat we er zijn?' vroeg haar moeder.

Veronica klemde haar benen stijf over elkaar en zei: 'Ik geloof het niet. Ik moet echt heel, heel nodig.'

Agnes gaf haar de sleutels van het huis en zei: 'Nou, schiet op dan, en vergeet niet de deur achter je op slot te doen.'

Toen ze weer thuis waren, ging Veronica meteen naar bed. Ze probeerde net in slaap te vallen, hopend dat Lillian had gepakt wat ze nodig had, toen haar moeder zonder het licht aan te doen haar kamer binnenkwam en Veronica uit haar bed de grond op trok. 'Hoe heb je dat kunnen doen?' schreeuwde ze, met een stem die dieper en heser klonk dan gewoonlijk. 'Hoe heb je dat kunnen doen? Ik sloof me de hele week voor je uit en dit is mijn dank?' Veronica sloeg haar handen om haar hoofd en rolde zich tot een bal op. Agnes schopte haar zachtjes. 'Hoe heb je me zo kunnen verraden? Ik had mijn redenen om haar niet in huis toe te laten, en nu heb je alles verpest. Het was mijn enige kans om haar weer thuis te krijgen.' Ze stond een tijdje zwijgend over Veronica heen gebogen en zei toen: 'Ik weet waarom je het hebt gedaan. Je doet net alsof je zo lief en aardig bent, maar dat ben je helemaal niet, hè? Je bent gemeen, net als zij, maar bij jou woekert het stiekem voort. Je wilt helemaal niet dat Lillian thuiskomt, hè? Je vindt je zus niet aardig. Je bent altijd al jaloers op haar geweest.'

Veronica snikte. 'Nee, nee, dat is allemaal niet waar. Ik wilde haar helpen. Ik wilde ervoor zorgen dat ze het goed had.' Veronica geloofde oprecht in wat ze zei en was er zeker van dat ze het raam alleen maar voor haar zus open had gezet omdat dat uiteindelijk voor iedereen beter zou zijn. Maar er school ook een zekere waarheid in wat haar moeder zei, en dat greintje waarheid zorgde ervoor dat ze zich schaamde. Veronica had zich talloze keren voorgesteld hoe de wereld zonder Lillian zou zijn, zowel voor als na de dood van haar vader. Die werelden behelsden elke mogelijke variatie en combinatie van emoties, van complete gelukzaligheid tot uiterste wanhoop. Eén ding hadden ze echter allemaal gemeen, namelijk dat ze veilig waren. Veronica was zich ervan bewust dat de wereld sinds de dood van hun vader niet meer veilig voor hen was geweest, ook al deed Agnes alsof dat wel zo was. Agnes wilde Lillian niet straffen; ze wilde haar terug. Agnes wilde Veronica ook niet straffen; ze wilde Lillian terug. Veronica wilde Lillian ook terug. Agnes liep de kamer uit en liet Veronica op de grond liggen. Bij de deur draaide ze zich om en zei: 'Nu krijg je misschien wel wat je wilt. Misschien komt ze nooit meer thuis.'

Lillian kwam een paar dagen later thuis. Ze verscheen gewoon rond etenstijd, toen Agnes er was, en vroeg of ze mocht blijven. Daarna ging het leven zoals gewoonlijk verder. School begon weer, en Agnes maakte lange dagen in het ziekenhuis. Na school keek Veronica naar soaps of schreef in haar dagboek, en deed Lillian haar huiswerk of las boeken van de planken van hun vader. Een half uur voor het einde van de dienst van hun moeder trokken ze hun pyjama's aan en gingen ze in het donker in bed liggen. Veronica deed haar ogen pas dicht als ze haar moeders voetstappen op de trap hoorde en de streep licht vanaf de overloop op de vloer van hun kamer zag vallen. Ze wist dat Lillian wakker was, want zolang als ze zich kon herinneren, wachtte Lillian altijd totdat Veronica als eerste in slaap was gevallen.

## XXIX

'Wat je net deed, was eigenlijk heel moeilijk,' zei Jane Lust, die over de baan naar de bal van Veronica staarde, die in de goot was beland. Jane liep met wiegende heupen de baan op en daarna weer naar achteren, ondertussen een strike gooiend. Ze droeg een strakke zwarte lycra broek en een rood katoenen vest met paarlen knoopjes, waarvan de drie bovenste open waren om haar diepe decolleté te laten zien. Haar roodblonde haar was een roerloze massa. Haar lippenstift paste natuurlijk bij haar vestje. Even had Veronica gedacht dat ze door de tijd terug was gereisd en met haar moeder aan het bowlen was, al was er bijna geen fysieke gelijkenis. O god, dacht ze, was Jane haar surrogaatmoeder geworden? Was hun relatie een vorm van overdracht? Veronica ademde diep in en blies de lucht weer uit. Sophocles en Freud hadden gelijk, stelde ze vast. Liefde is op volwassen leeftijd weinig meer dan een herhaling van de zetten in een gezin: moeder en zoon, vader en dochter, zus en broer en alle mogelijke variaties daartussen.

'Alex wordt ontslagen en dokter Night Wesley gaat dood,' zei Jane. Ze zagen dat haar bal, ook glanzend rood, door het systeem werd uitgebraakt en terug op het rek rolde. 'Ik heb van de producenten gehoord dat ik hem onmiddellijk moet ombrengen.'

'O nee,' zei Veronica, naar adem happend, met het gevoel dat het op de een of andere manier haar schuld was. 'Arme Alex. Hoe ga je het doen?'

'Auto-ongeluk,' zei Jane. 'Ze willen hem niet terug op de buis, zeker niet met die neus. Het ziet er te echt uit. Ik heb het volgende bedacht: in een vlaag van jaloerse razernij knoeit dokter Trent White met de remmen van dokter Night Wesleys BMW. Tijdens het ongeluk zal Eve ook in de auto zitten. Ze overleeft het. Nigel wil haar voor de rest van haar leven verlamd maken, maar zelfs de producenten zijn het met me eens dat dat niet praktisch is. Ik dacht eraan om haar misschien een of andere zeldzame neurologische aandoening te geven – daar moet ik het eigenlijk even met je zus over hebben. Maar goed, er komt een onderzoek en dan een rechtszaak. Het spijt me voor Alex, maar ook hier zit een positief tintje aan: ik heb weer een jaar aan materiaal.' Jane wees naar de kegels, die weer overeind stonden, klaar om te worden omgegooid. 'Jij bent.'

Veronica's bal liet alle tien de kegels ongemoeid.

'Je moet er nog een beetje in komen,' stelde Jane haar gerust.

'Waarom hebben ze hem ontslagen?' vroeg Veronica, die weigerde naar het aangroeiende rijtje nullen op het roze scherm te kijken.

'Dat weet ik niet precies, afgezien dan van het feit dat hij zijn neus heeft gebroken en op de een of andere manier Nigels scheiding in de weg zit door het over alternatieve huwelijkstherapeuten en dat soort dingen te hebben.'

Tot Veronica's grote opluchting gooide haar volgende bal meer dan de helft van de kegels om. 'Waarom laten ze Eve niet doodgaan?' vroeg ze. 'Is zij niet het probleem?'

'Te veel fans. Ze nemen haar voor lief, maar ze wilden Alex de herrieschopper eruit hebben – ze waren toch al nooit zo blij met hem.'

Veronica kon er niets aan doen. 'Je denkt toch niet dat er echt iets tussen Alex en Laralee is, hè?'

'Als ik af moet gaan op wat ik allemaal heb gehoord, is hun relatie zuiver platonisch. Maar, Veronica,' zei Jane, een wenkbrauw optrekkend, 'je zet je relatie met Alex toch niet voort, hè?'

'O, nee, nee, nee,' zei Veronica. 'Ik vraag het uit zusterlijke nieuwsgierigheid, dat is alles.' Ze had Jane die ochtend aan de telefoon alles over Alex verteld. Moeder. Vertrouwelinge. Vriendin. Wat dan ook. Jane had naar haar geluisterd, tijdens het hele verhaal naar adem gehapt en gebulderd van de lach, en had er toen op gestaan dat ze zouden gaan bowlen.

'Ik snap het al,' zei Jane, voordat ze naar de baan heupwiegde en erin slaagde om negen van de tien kegels om te gooien. Blijkbaar boos omdat er eentje was blijven staan, vervolgde ze, een tikje geergerd: 'Hoe dan ook, Alex zou iets anders met zijn leven moeten doen. Hij vindt acteren niet eens leuk. Hij krijgt alleen maar werk omdat hij zo mooi is.' Ze pakte haar rode bal op en ruimde de overgebleven kegel uit de weg. 'Heeft hij *Voor wat, hoort wat* ooit gelezen?' vroeg ze.

'Dat weet ik niet,' zei Veronica. 'Oliver Callow belde gisteren. Als Zwarte Lagune het geld bij elkaar kan krijgen, willen ze de musical opvoeren, maar ze willen hun eigen componist gebruiken. Ik krijg een soort beperkt laatste woord. Ik zei dat ik erover na zou denken.'

Jane liep naar haar tas en pakte haar mobiele telefoon. 'Bel hem nu en zeg dat je het doet. Je hebt te hard gewerkt om malle ideeën over integriteit roet in het eten te laten gooien.'

'Wat is er mis met artistieke integriteit?' vroeg Veronica, die honger had. Ze wilde een hotdog en frietjes bestellen, maar dat was iets wat je gewoon niet met goed fatsoen voor twaalf uur 's middags kon doen, evenmin als alcohol drinken. In plaats daarvan stak ze een sigaret op.

'Het is een mythe,' zei Jane, die met een Pall Mall menthol light met haar meedeed. 'Compromissen hebben onder kunstenaars een erg slechte naam, maar ze sluiten ze allemaal omdat ze weten dat echte integriteit betekent dat je je werk doet, het zo snel mogelijk naar buiten brengt en dan doorgaat met het volgende project. Ik denk dat de ware bijdrage van de kunstenaar niet is wat ze maakt, maar het feit dát ze iets maakt. Echte kunst is voor mij het beoefenen van kunst. De rest is een product – wat voor de een pure genialiteit kan zijn en voor de ander rotzooi – maar waar het op neerkomt, is dat het een product is, en geen kunst.'

'Als dat zo is, Jane, wáarom schrijf jij dan geen romans? Je zegt dat je niet doet wat je wilt doen omdat de wereld niet op nog een slechte roman zit te wachten. Maar nu zeg je dat de roman er zelf niet toe doet. Ik snap het niet.'

Jane lachte. 'Aha, je hebt me door,' zei ze door een waas van rook. 'Want mijn theorie is, zoals alle theorieën, een verdediging. Hoewel ik oprecht in mijn theorie geloof, weet een deel van me dat ik hem ter rechtvaardiging van mezelf heb ontwikkeld. Daarom kan ik niet in goed vertrouwen nog een slechte roman vervaardigen.'

Veronica schudde haar hoofd. 'Ik kan het niet meer volgen.'

'Geeft niet, ik heb toch gelijk.' Ze stak haar de telefoon toe. 'Laat Zwarte Lagune doen wat ze moeten doen, dan kun jij terug naar je computer.'

Veronica pakte niet de telefoon uit Janes hand, maar nam haar beurt. Lillian had voor vandaag een afspraak met Alex. Zouden ze over Veronica praten? Zouden ze verliefd worden? Daar kon ze maar beter niet aan denken. Ze liet haar arm door het gewicht van de bal naar achteren gaan voor een trage zwaai. Toen haar arm naar voren zwaaide, liet ze de bal te vroeg los, en hij schoot dwars over het midden van de baan en maaide alle kegels omver.

Toen Veronica triomfantelijk terugkeerde naar de scoretafel – Jane leek apetrots op haar – viel haar deze gedachte in: een loodgieter hoorde zijn tangen te kennen en een advocaat de wet, en hoorde zij, een schrijfster, dan niet veel meer te weten over haarzelf en daarmee haar ouders? Ze wist eigenlijk zo weinig over hen. Ze wist duidelijk veel minder over haar moeder dan ze had gedacht te weten, en ze had nooit de illusie gehad dat ze veel over haar vader wist. Nu wist ze niet alleen nog steeds niet waar haar vader haar op de dag van het ongeluk misschien mee naartoe had willen nemen, maar evenmin genoeg om dat te kunnen raden, om iets te verzinnen, om een fantasie te koesteren. Als het om haar vader ging, leed ze aan het ergste waaraan een kunstenaar kon lijden: ze had geen materiaal – ze was een schilder zonder verf, een beeldhouwer zonder marmer of klei. Ze kon nergens haar doek mee kleuren, nergens vormen mee uitdrukken. Ze moest twee dingen doen: Bryan Byrd vragen of hij zijn onderzoek naar haar vader wilde voortzetten en Agnes bellen.

### XXX

Veronica deed de deur van haar werkkamer dicht, legde een opgerolde handdoek tegen de onderkant van de deur om te voorkomen dat de lucht tot in haar hele woning zou doordringen en stak een sigaret op. Het reclamebord met de doodskist was allang verdwenen, maar ze herinnerde zich de leus: 'Roken is dodelijk'. Dat, en nog een miljoen andere zaken, dacht ze, maar van de meeste heb je niet eens weet, zoals landbouwgif op de broccoli, lood in het water, een losse steen op het dak van een hoog gebouw. Met roken wist je tenminste wat je kansen waren, en voor sommigen had roken nog het voordeel dat het sexy was. Het eten van broccoli ontbeerde elk gevoel van erotiek. En zoals ze op school tijdens de lessen over seks en drugsmisbruik had geleerd, kon een kleine misstap grote gevolgen hebben. Ze keek uit haar raam, half in de verwachting haar foto op een reclamebord te zien, met de leus: 'Incest – het is het gewoon niet waard'.

Ze drukte voor de tiende keer sinds ze van het bowlen was thuisgekomen op het knopje van haar antwoordapparaat. 'Er zijn geen nieuwe berichten,' zei het apparaat vol leedvermaak. In haar gedachten streden verschillende fantasieën over het lot van Lillian en Alex om voorrang, waarvan de ergste was dat ze besloten om samen naar Vuurland te vluchten. De prikkende rook in haar longen voelde goed.

De bel ging. Ze drukte vol spijt haar sigaret uit en liep naar de voordeur. Door de intercom hoorde ze de stem van Bryan Byrd. Ze kon niet geloven dat het al zo laat was. Veronica had aan Bryan gevraagd of hij voor zijn optreden in Smoke even langs wilde komen. Wat was er eigenlijk met Lillian en Alex gebeurd? En wat wilde ze precies tegen Bryan Byrd zeggen? Ze opende de deur voor Bryan, die gekleed was in een caramelkleurig pak en een bolle koffer met zijn tuba droeg. Buiten was het warm, en hij zweette. Ze vroeg hem binnen en bood hem een glas water met ijsblokjes aan. Hij ging op haar bank zitten en dronk het glas in één teug leeg. Toen haalde hij een keurig gestreken en gevouwen zakdoek uit zijn zak en veegde zijn voorhoofd af.

'Goed,' zei hij. 'Waarom ben ik hier? Gaat het om je vader, om Alex, om Lillian, of om iets waarvan mijn bescheiden geest nog niet is doordrongen?'

'Alex?' vroeg Veronica, voor wie zelfcensuur niet eens tot de mogelijkheden behoorde. 'Wat weet je van Alex?'

'Maak je geen zorgen,' zei Bryan, 'zeker niet meer dan jij.'

Veronica bloosde. 'Hij is nu bij Lillian,' zei ze zomaar. Natuurlijk kende Bryan het hele verhaal van Alex.

'Wat kan ik voor je doen?' vroeg hij weer.

'Ik heb besloten dat ik wil dat je je onderzoek naar mijn vader voortzet,' zei Veronica. 'Ik wil weten waar hij me op de dag van het ongeluk mee naartoe nam. Ik wil alles weten wat er over hem te weten valt.'

Bryan Byrd schudde zijn hoofd. 'Jullie zijn echte draaikonten. Maar goed, ik neem aan dat het een van die eeuwenoude vragen is: hoe goed willen we iemand eigenlijk kennen? Het spijt me, Veronica, ik ben gestopt met mijn werk als detective. Ik heb een baan bij een verzekeringsmaatschappij aangenomen.'

'Ga je verzekeringen verkopen?' vroeg ze.

'Nee. Claims onderzoeken.'

'Waarom?' vroeg ze, terwijl ze aan de andere kant van de bank ging zitten.

'Nou, het is grotendeels werk dat ik toch al deed, en ik word ook een dagje ouder. Ik heb een pensioen nodig, secundaire arbeidsvoorwaarden.' Veronica zag dat hij zijn zakdoek keurig opvouwde en weer in zijn zak stopte. 'En ik raakte trouwens afgestompt. Mannen die vreemdgaan, vrouwen die vreemdgaan, inhalige erfgenamen. Mannen, vrouwen en kinderen die niet gevonden willen worden door familieleden die wanhopig op zoek zijn. Toen ik begon, wilde ik hun verhalen graag horen, maar na een tijdje kon ik het niet meer aan. Als je een beetje aan het laagje op elk leven krabt, komen er geheimen en trauma's en nare duistere waarheden boven water die de doos van Pandora op een schatkist laten lijken. En het ergste was nog dat al die mensen dachten dat ik het anwoord op hun vragen had. De aantrekkingskracht verdween. Het werd te eenzaam.'

Veronica weerstond het verlangen om een sigaret op te steken. Haar privé-detective had midden in haar woonkamer last van een midlifecrisis. Ze had gevraagd of hij bij haar langs wilde komen omdat ze zijn hulp nodig had, maar nu moest ze een manier verzinnen om hem te helpen.

Bryan glimlachte. 'Ik wil je graag helpen, Veronica, maar het gaat niet. Bovendien denk ik dat je de verkeerde vraag stelt. Naar mijn mening is de belangrijkste vraag niet wie je vader was, maar of jij je vader hebt gedood. Je wilt weten of jij het ongeluk hebt veroorzaakt.'

In gedachten zag Veronica de derde knoop op het overhemd van haar vader. Ze hoorde zichzelf zeggen: 'Papa, je knoopje zit los.' Ze zag dat hij naar beneden keek, toen weer naar haar, met een gezicht dat tegelijkertijd droevig, gepijnigd en vol angst was. Ze voelde de auto van de weg glijden. Veronica deed haar ogen dicht. 'Bryan, ik heb er nooit aan getwijfeld. Ik weet dat ik hem heb gedood.'

Byran zei: 'Nee, dat heb je niet gedaan. Hij leeft nog.'

Als, zoals het geval was bij honden die op hun baasjes gingen lijken, haar leven niet langer van haar baan te onderscheiden zou zijn, zou Veronica ontslag nemen bij *Doodgewone dingen*.

'Hij leeft nog? Hoe kan dat?' Veronica dacht aan de kapotte voorruit, de man die haar uit de auto trok die op zijn kop lag, het bloed. 'Ik zat bij hem in de auto.'

'Hij is niet doodgegaan, Veronica. Rudolph Saturday is door de directeur van het instituut waar je vader nu verblijft ingehuurd om jou en je zus te vinden. Je vader heeft bij het ongeluk ernstig hoofdletsel opgelopen, en uit de röntgenfoto die toen werd gemaakt, bleek dat hij een goedaardige hersentumor had. Er was sprake van een flinke bloeding in de mediale temporaalkwab, maar er kon met geen mogelijkheid worden vastgesteld of die door de tumor of door het ongeluk was veroorzaakt. Hoe dan ook, de druk van de tumor op zijn hersenen heeft waarschijnlijk tot bepaalde neurologische klachten geleid, van kleine dingen zoals hoofdpijn tot ernstigere aandoeningen als depressies of zelfs waanvoorstellingen. De operatie waarbij de tumor is verwijderd, verliep niet bepaald vlekkeloos. Je vader heeft er een permanente hersenbeschadiging aan overgehouden die met het syndroom van Korsakov te vergelijken is. Hij lijkt zich niets te kunnen herinneren, het is alsof zijn leven elke minuut wordt ververst. Hij lijdt ook aan Broca's afasie, wat betekent dat hij min of meer wel begrijpt wat er om hem heen gebeurt, maar dat zijn spraakvermogen zo is verstoord dat hij zich alleen in clichématige zinnen kan uitdrukken, bijvoorbeeld in kinderversjes of liedteksten. Hij kan wel schrijven. Hij herkent niemand, maar geeft iedere persoon die hij ontmoet een bepaalde identiteit, een rol in een van zijn verzonnen autobiografische verhalen, maar die identiteit verandert ook weer keer op keer zodra hij haar tot uiting brengt. Hij zal geen idee hebben wie jullie zijn.'

'Waar is hij?' vroeg Veronica, die zich afvroeg of ze nu geen of juist opnieuw deel had aan haar vaders ellende. Maakte het iets uit? Haar nieuwe baan zou net als die van haar vader zijn: haar autobiografie op muziek zetten. Om te oefenen zou ze misschien zingend haar vragen aan Bryan Byrd moeten stellen.

'In een neurologisch instituut in het noorden van de staat,' antwoordde hij.

'Was er geen begrafenis?' zong ze bijna. Björk kon haar spelen in de filmversie.

Bryan Byrd haalde zijn schouders op. 'Nou, nee. Je moeder heeft gewoon tegen jullie, jullie vrienden en buren gezegd dat het wel zo was. Ze werkte in een ziekenhuis. Ze wist hoe ze alles moest regelen. Ik denk dat je moeder geloofde dat dit de beste oplossing voor jou en je zus zou zijn.'

'Typcrend,' zei Veronica, die zich verbaasde over zijn mildheid jegens Agnes. 'Hoe lang weet je dit al?'

'Een tijdje.'

'Waarom heb je niets tegen ons gezegd?'

'Ten eerste trokken jullie de opdracht in. Maar er speelt nog iets anders mee. Weet je, mijn vader had Alzheimer. Alzheimer doet in het laatste stadium erg aan Korsakov denken. Het is een hel voor alle betrokkenen. Zelfs Dante had dat nooit kunnen bedenken. Ik kan natuurlijk niet voor de patiënt zelf spreken, maar wel als telg van de patiënt. Dood kan een luxe worden; het was iets wat ik heel graag voor mijn vader wenste, iets waarvan ik me van tijd tot tijd afvroeg of ik er een misdaad voor zou willen begaan. Moest ik

Agnes' zorgvuldige en ongetwijfeld moeizaam gerealiseerde plan ter bescherming van haar dochters aan het licht brengen, simpelweg omdat het mijn werk was?'

Was Agnes' motivatie wel zo nobel als Bryan vermoedde? Er was van alles mogelijk. 'Maar wat is er nu veranderd?' vroeg Veronica.

'Lillian.'

Hij sprak Lillians naam precies zo uit als hij eerder die van Alex had uitgesproken, zonder nadenken. 'Lillian? Weet ze het al?' vroeg Veronica.

'Nee. Maar ze moet in die tijd iets hebben vermoed. Ze was elf. Niet veel ontgaat een kind van acht, de leeftijd die jij toen had, en bijna niets ontgaat een kind van elf. En kijk nu eens wat ze voor de kost doet. Het lijkt allemaal met elkaar verbonden te zijn. Ik vind het verkeerd om dit voor haar geheim te houden. Maar ik heb ook het gevoel dat het kan wachten totdat de baby er is.'

'Waarom heb je het aan mij verteld?'

Hij haalde zijn schouders op. 'Je vroeg ernaar.'

'Ja, ik denk het wel,' zei ze. De bel ging. Veronica sprong op en liep naar de deur. Door de intercom zei Lillians stem: 'Ik ben het.' Veronica had net gehoord dat haar vader nog leefde, maar de komende paar minuten kon ze alleen maar aan Alex denken, en aan wat er tijdens het gesprek tussen hem en haar zus was gebeurd.

Lillian liep de woonkamer in. Zoals gewoonlijk was ze helemaal in het zwart: zwarte zonnebril, zwart mouwloos hemdje, zwarte broek met wijd uitlopende pijpen, witte lak op haar teennagels. Niets aan haar verried hoe het met Alex was gegaan.

'Hallo, Lillian,' zei Bryan, die opstond.

Lillian keek even naar Veronica en zei: 'Wat doe jij hier, Bryan Byrd? Heb ik me vergist? Ik dacht dat je door mij werd geobsedeerd.'

'Wat dat betreft is er niets veranderd,' zei Bryan Byrd, die Lillian aankeek op een manier die Veronica eerder was opgevallen, maar waarvan ze nu begreep dat het aanbidding was.

'Nou,' zei Lillian, 'nu dat allemaal duidelijk is, wat is er dan aan de hand?'

Bryan en Veronica wisselden een blik die zo uit een soap had kunnen komen. Moesten ze het haar vertellen? Moesten ze het geheim houden?

Maak er een cliffhanger van, dacht Veronica. Regel het maar in de aflevering van volgende week.

De telefoon ging.

## XXXI

'Hallo,' zei ze, nadat ze de hoorn van de haak had genomen. Lillian en Bryan bleven midden in haar woonkamer roerloos staan, alsof de tijd was stilgezet.

'Veronica, met Agnes.'

'Agnes?' zei Veronica, alsof ze niemand kende die zo heette.

Lillian schudde haar hoofd en ging toen op de bank zitten. Bryan keek op zijn horloge en pakte zijn tubakoffer. 'Ik moet zo op. Ik spreek je wel weer,' fluisterde hij, en hij liep naar buiten.

Lillian ging achterover op de bank liggen en deed haar ogen dicht. Veronica wilde tegen haar moeder zeggen: 'Luister eens, mens, je hebt heel wat uit te leggen.' Ze wilde ophangen en doen alsof de beller verkeerd verbonden was. Ze wilde in de hoorn roepen – of beter nog, zingen: 'Hoe heb je dat kunnen doen? Hoe heb je al die jaren tegen ons kunnen liegen?'

'O, Agnes, ben jij het,' zei ze. 'Je klinkt alsof je hiernaast zit.'

Natuurlijk was dat heel goed mogelijk. Een moeder die zo huichelachtig was als de hare kon overal zijn. Misschien had ze alleen maar een adres in Nieuw-Zeeland waarvandaan de post werd doorgestuurd. Misschien werden haar telefoontjes automatisch doorverbonden.

'Ik wil je alleen even laten weten dat ik eind oktober naar New York kom,' zei ze, zonder een spoor van schuldgevoel of excuses, alsof ze niet al talloze keren had beweerd dat ze zou komen en nooit was verschenen. 'Ik hoop dat dat jou en Lillian goed uitkomt.'

'We kijken ernaar uit,' zei Veronica. Ze zei beleefd tegen haar moeder dat dit geen geschikt moment was en vroeg of ze terug kon bellen. Ze hing op en zei tegen Lillian: 'Agnes zei dat ze eind oktober naar New York komt, net wanneer de zygoot is uitgerekend. Heb je haar nog steeds niets over hem verteld?'

Lillian schudde haar hoofd. 'Nou,' zei ze, 'Agnes is niet alleen gestoord, maar kan ook gedachten lezen. Ze komt, ze komt niet, wat maakt het uit.'

'Hoe is het met Alex gegaan?' vroeg Veronica.

Lillian, die zich amper bewoog op de bank, vroeg: 'Waarom was Bryan hier, Veronica?'

Veronica besefte dat ze dit gesprek onmogelijk uit de weg kon gaan. Ze moest Lillian precies vertellen wat Bryan Byrd haar had verteld. Veronica zou geen geheimen meer hebben, ook al maakte het hebben van geheimen deel uit van haar genetische code.

'Lillian, ik moet je iets vertellen.'

Lillian deed haar ogen open en ging rechtop zitten. Ze zei: 'Hij is niet bij dat ongeluk om het leven gekomen, hè?'

Veronica, die er zeker van was geweest dat er niets was wat haar ooit nog zou kunnen verbazen, was met stomheid geslagen door Lillians woorden, maar haar gevoel werd tevens bevestigd. In een wereld die vergeven was van voortdurende onzekerheden was er één ding waarvan Veronica zeker kon zijn: Lillian, gestoord en gedachten lezend, was in elk geval de dochter van haar moeder.

# Acht

## XXXII

Lillian nam twee hapjes van haar croissant en gaf het toen op. Ze had nog maar zo weinig ruimte voor iets anders dan de snel groeiende foetus. Ze kon zich niet voorstellen dat hij vanaf nu tot het moment waarop hij zou besluiten haar te verlaten (hij was uitgerekend met Halloween, over acht weken) nog twee keer zo groot zou kunnen worden. De uitdrukking 'Ik heb het gevoel dat ik knap' had voor Lillian al enige tijd elke metaforische betekenis verloren. In Konditorei Hongarije hingen niet langer de schilderijen met de engelen aan de muur, maar zelfportretten à la Cindy Sherman, waarop de fotograaf zich als verschillende versies van Barbie had verkleed: bruid-Barbie, vernissage-Barbie, hondenshow-Barbie, première-Barbie, Nigeriaanse-Barbie, modeshowlunch-Barbie, Harley-Davidson-Barbie. In tegenstelling tot Cindy Sherman was deze fotograaf echter een man. Lillian dacht erover om première-Barbie als cadeautje aan Veronica te geven om haar te feliciteren met het recente succes van *Voor wat, hoort wat*.

Ze was blij dat de konditorei weer open was, al wist ze niet zeker waarom – ze was niet echt dol op dit etablissement. Het zat er alleen al zo lang dat ze vond dat het er altijd zou moeten zitten. Deze laatste gedachte was dermate barbaars dat Lillian zich af begon te vragen of de veronderstelling dat de hersenen van een zwangere vrouw in moes veranderen misschien toch waar was. Ze keek op haar horloge. Veronica was laat. Lillian vroeg zich af of Alex daar iets mee te maken had. Veronica had tegen Lillian gezegd dat Alex en zij besloten hadden vrienden te blijven, en meer niet. Geen van beiden, had Veronica gezegd, 'kon het idee aan' dat ze bloedverwanten waren. Lillian vond dat een lafhartige uitleg, maar wie was zij om tegen hen te zeggen dat ze het sterkste taboe van de beschaving moesten negeren? En om eerlijk te zijn was haar eigen ontmoeting met Alex, die onlangs had plaatsgevonden, een bezoeking geweest, zelfs voor haar.

Lillian had tegen Alex gezegd dat ze hem wilde treffen bij de Thalia, een bioscoop voor oude films aan de Upper West Side waar het scherm door de jaren heen vaker donker was geweest dan verlicht door een film. Ze koos voor de Thalia omdat ze dacht dat twee uur in het duister zitten de gemakkelijkste manier zou zijn om hun tamelijk lastige situatie wat te verzachten. En hoewel ze Alex duidelijk wilde maken dat ze hem dankbaar was voor zijn bijdrage had ze hem eigenlijk niet veel te zeggen. Als onderdeel van het 'Blauwe Festival' van de Thalia draaide *Blue Velvet* van David Lynch, en dat leek Lillian een goede keus.

Toen Alex binnenkwam, leek hij van streek, als een drugsverslaafde die een shot nodig heeft. Hij was bleek en liep te trillen en was niet in staat om langer dan twee seconden zijn blik ergens op gericht te houden. Zijn gezicht was opgezwollen en er zat een pleister op zijn neus.

Lillian gaf Alex zijn kaartje en zei: 'Schiet op, het is al begonnen.'

En Lillian had hun ontmoeting inderdaad zo gepland dat het felgekleurde, kitscherige, voorstedelijke schouwspel van *Blue Velvet* al over het scherm rolde toen ze de zaal betraden. Het was het begin van de middag, en hoewel het een warme dag in augustus was, zaten er maar twee andere mensen in de zaal, iets waarmee Lillian rekening had gehouden. Ze gingen een flink eind bij het andere stel vandaan zitten.

'Ik dacht dat we een betere kans zouden hebben om te zeggen wat we willen zeggen als we in het donker zouden zitten, met mensen op een scherm die dingen zeggen waarvan hen verteld is dat ze die moeten zeggen en die ons vragen te geloven dat hetgeen wat ze zeggen hetgeen is wat ze bedoelen,' zei Lillian. Alex keek haar nietszeggend aan. 'Jij bent acteur en weet natuurlijk precies wat ik bedoel,' voegde ze eraan toe.

Hij schudde zijn hoofd. 'Nee, niet echt. Ik snap er helemaal niets van.' Zijn stem trilde. 'En ik ben ontslagen bij *Doodgewone dingen*, dus ik ben een acteur zonder werk. En zelfs dan nog is dat woord in mijn geval niet helemaal correct, want zoals je zelf hebt kunnen merken, ben ik niet iemand die een rol speelt, maar iemand met wie wordt gespeeld. Ik ben eerder een speelbal dan een speler.'

Dit begon niet goed. Lillian besloot meteen ter zake te komen. 'Zoals je ziet, ben ik zwanger,' zei ze.

'Dat zei Veronica al tegen me,' wist hij nog maar net uit te brengen.

'Het spijt me dat ik je heb misleid,' zei ze onzeker. 'Ik had geen idee dat je er ooit achter zou komen.'

Op het scherm verscheen een brandweerman die aan een glimmende rode brandweerauto hing en naar hen lachte en woest wuifde.

'Dit was niet precies wat ik had verwacht,' begon Alex, maar hij hield op om zijn keel te schrapen.

Lillian hoopte hevig dat hij niet zou gaan huilen, en als hij dat wel zou doen, hoopte ze dat hij het verborgen zou proberen te houden – nog een voordeel van een donkere bioscoop.

'Ik zou zelf niet deze manier hebben gekozen om vader te worden,' zei hij ten slotte.

Zijn verfijnde gevoelens en zijn onvermogen om kwaad te worden deden Lillian aan Veronica denken. Zijn aarzeling en zijn duidelijke verlangen om te wensen dat alles ter wereld goed zou komen, gaf Lillian het gevoel dat ze hem al haar hele leven kende. Dit was echter geen argument in het voordeel van de genetica. Soms waren er mensen in je leven – niet zozeer in Lillians leven, maar ze wist dat het fenomeen mogelijk was – van wie je je na één ontmoeting al kon voorstellen dat je ze al heel lang kende. Dat was evenmin een argument voor reïncarnatie. Het was gewoon iets wat voorkwam.

'Zoals ik al zei, het spijt me. Het was niet de bedoeling dat je het zou weten,' antwoordde Lillian, die haar woorden probeerde te verzachten.

'Dat het niet de bedoeling was dat ik het zou weten,' zei hij, met een stem die niet langer aarzelend klonk, 'zal voor mij nooit als argument gelden, Lillian. Ik ben geadopteerd. Het enige wat ik ooit heb willen weten, is wie mijn ouders waren, of ik ergens nog broers of zussen had. Ik vraag me af of je je kunt voorstellen hoe blij ik was toen ik ontdekte dat ik twee zussen had, en vervolgens de marteling die ik ervoer toen ik ontdekte dat ik al op een vreemde manier met beide was verbonden.'

'Dus je bent, net als de rest van de mensheid, niet blij met het rondje incest?' Ze lachte, hoewel ze wist dat het niet grappig was. Ze keek naar haar buik. 'Ik denk dat we daar niet veel meer aan kunnen doen. Ik geloof niet dat het taboe op incest ons grootste probleem is. Niemand heeft de machtsstructuur van het gezin gebruikt om de ander seksueel te kunnen misbruiken. Op dit moment is het grootste probleem dat het niet mijn bedoeling was om het kind een vader te geven en dat het niet jouw bedoeling was om een zoon te krijgen.'

Ze zagen dat een tiener genaamd Jeffrey Beaumont op een verlaten landje in de buurt van zijn huis een afgesneden oor vond.

'Het spijt me als ik je plannen heb verstoord, Lillian,' fluisterde Alex, 'maar ik wil wel mijn kind leren kennen. Ik ga niet weg. We zullen samen een oplossing moeten vinden.'

Dat was het dan. Precies waar ze zo bang voor was geweest. Een vader.

Aan het einde van de film stond Lillian op om weg te gaan. Alex legde een hand op haar arm en zei: 'Ik geloof niet dat ik al klaar ben om te gaan.' Lillian haalde haar schouders op en ging weer zitten. Dat was het minste wat ze kon doen, veronderstelde ze, ook al had ze geen belangstelling voor de volgende film, *Blue Steel* van Kathryn Bigelow met Ron Silver en Jamie Lee Curtis. ('Geloof je echt dat ze een hermafrodiet is?' vroeg Alex toen de begintitels over het scherm rolden. 'Dan mag ze zich gelukkig prijzen,' antwoordde Lillian.) Het was een ongeloofwaardige en stripverhaalachtige film over een meisje met een wapen. Af en toe, met name tijdens de gewelddadigste scènes, fluisterde Lillian tegen Alex dingen als: 'Ik heb geen verwachtingen van jou als vader. Ik zou het min of meer het gemakkelijkst vinden als je een oom was, en dat ben je ook, dus dat komt goed uit.' Of: 'Toen ik klein was, bad ik elke avond om een broertje. Veronica was zo'n watje.' Of: 'Als jij en Veronica kinderen zouden krijgen, zullen onze kinderen halfbroer of -zus en neef of nicht zijn, wat dubbel gevaar betekent. We zullen ze in de gaten moeten houden.'

Toen *Blue Steel* afgelopen was, stond zij noch Alex op om weg te gaan. De volgende film was *Der blaue Engel* van Josef von Sternberg, met Marlene Dietrich en Emil Jannings. Lillian had hem al eerder gezien, meerdere malen, en het stoorde haar altijd, de aanblik van een man die zich vanwege zijn liefde voor een vrouw zo verlaagde.

'Lillian, ik heb een idee,' fluisterde Alex.

'Dat is een troost,' fluisterde ze terug. 'Vertel eens.'

'Nou, we hoeven dat hele halfbroer-vader-oom-gedoe niet te verbergen, maar we kunnen het beperken tot degenen die er nu van weten en het niet verder bekend maken. Dat is voor ons allemaal misschien makkelijker.'

Ze hoorden Lola Lola *'Ich bin von Kopf bis Fuß auf Liebe einge-stellt, denn das ist meine Welt. Das ist, was soll ich machen, meine Natur'* tegen de verrukte professor zingen.

'Wat ik bedoel,' vervolgde Alex, 'is dat we dit niet per se hoeven te ontkennen.'

*'Männer umschwirren mich, wie Motten um das Licht, und wenn sie verbrennen, ja dafür kann ich nichts.'*

'We zouden,' ging hij moeizaam verder, 'het een beetje kunnen onderdrukken door het niet aan de hele wereld te vertellen. Wie weet het tot nu toe? Een stel detectives, een neurochirurg in Pennsylvania die geen belangstelling voor me heeft, onze moeder – en zelfs dat kleine groepje weet niet eens hoe...' hij zweeg even, zoekend naar de juiste woorden '... het echt zit.'

Op het scherm was het tijd voor 'de volgende ochtend'. Professor Rath kwam volledig gekleed en met een pop in zijn handen uit Lola Lola's bed.

'Alex, ik ga je de harde waarheid vertellen. Het heeft geen zin om je kop in het zand te steken. Het Oedipuscomplex vormt de kern van ons menszijn. De ontdekking ervan was voor de psychologie wat de ontdekking van de kwantummechanica voor de natuurkunde was, en de evolutie voor de biologie. Natuurlijk zijn al deze theorieën in wezen nog incompleet. Maar waar het om gaat, is dit: aan alle seks ligt een incestueus verlangen ten grondslag. Het idee is zo weerzinwekkend dat we ons tot het uiterste inspannen om die waarheid te vergeten, al gaat dat vaak ten koste van seks. Het gevolg is dat mensen of helemaal maar geen seks meer hebben zodat ze niet met hun onbewuste verlangens om hoeven te gaan – een uitermate vaak voorkomend fenomeen – of dat ze perverse gewoonten en fetisjen ontwikkelen die als vervanging voor de impuls tot incest moeten dienen en dat ze zo een "gewoon" seksleven hebben. Freuds belangrijkste conclusie over seksualiteit was dat een "gewoon" seksleven een verstoord seksleven is. Zoals de psychofilosoof Adam Philips zei: "Oedipus Rex is een tragische held omdat hij de gewoonste man ter wereld is".'

De professor en Lola Lola zaten te ontbijten in haar boudoir. Vogels tsjirpten terwijl zij thee voor hem inschonk. De twee leken van het huiselijk geluk te genieten.

Alex zei: 'Dat is een bijzonder interessant idee, Lillian. Ik vraag me alleen af hoe ons kind dat allemaal moet uitleggen op het schoolplein of aan de ouders van een vriendje als hij of zij daar gaat spelen.'

De professor keerde terug naar zijn eenzame bestaan en probeerde Lola Lola te vergeten, maar ze bleef dag en nacht in zijn gedachten. Tegen beter weten in begon hij Der blaue Engel op regelmatige basis te bezoeken, zodat hij haar het hof kon maken.

'Er mag echter niet worden vergeten,' zei Lillian, 'dat Freud en zijn meest vooruitstrevende volgelingen, zoals Otto Rank, Sándor Ferenczi en Carl Jung, allemaal met minstens één van hun patiënten in bed eindigden, ongetwijfeld uit naam van het wetenschappelijk onderzoek. Met een patiënt naar bed gaan is het beste wat je kunt doen, na met je moeder naar bed gaan. Nu we het toch over de duvel hebben, ik neem aan dat je contact met Agnes hebt gehad?'

Alex zei: 'Ze komt eind oktober naar New York om me te leren kennen. Ze zei dat er een paar details waren waarvan ze het gevoel had dat ze die voor ons allemaal moet verduidelijken.'

'Dus ze weet van...' Lillians vinger maakte een rondcirkelende beweging die haarzelf, haar buik en Alex betrof.

Hij knikte. Lillian vond hem er nu kalmer uitzien dan eerder die dag, maar dat kon door de lichtval komen. 'Ze zei dat ze dat enorme toeval van ons geruststellend vond,' zei hij. 'Ze zei dat ze, doordat ze in Nieuw-Zeeland woont, niet langer het idee heeft dat de wereld in feite zo klein kan zijn.'

Terwijl Lillian naar de ultieme vernedering van de professor keek, probeerde ze de verbanden tussen de drie blauwe films te vinden. Afgezien van het feit dat David Lynch in zijn film vele verwijzingen naar die van Von Sternberg maakte (de vogel, de nachtclubzangeres, bondage) ging het bij alle drie de films in wezen om hetzelfde: vrouwen, seks en geweld vanuit het perspectief van de man (met name in *Blue Steel*, die door een vrouw was geregisseerd). De mannelijke hoofdrollen waren weggelegd voor respectievelijk een sadist, een gek en een masochist – die allen door hun verlangen naar een vrouw de dood in werden gedreven. Van de drie vrouwelijke hoofdrollen leek alleen het personage van Marlene Dietrich te beseffen dat haar rol van femme fatale voor haarzelf net zo'n val was als voor de professor. Zodra ze de macht in handen kreeg, gebruikte ze die, maar wel in de wetenschap dat alle macht van de Faustiaanse soort was.

Toen de film afgelopen was en het licht weer aanging, wendde Lillian zich tot Alex en zei: 'Veronica zal het moeilijk krijgen met het feit dat jij de vader van dit kind bent.'

'Zo kun je het ook bekijken,' zei hij. 'Haar jaloezie jegens jou was dat wat haar in de eerste plaats naar mij voerde, dus het kan alleen maar goed zijn.'

Lillian zei niets. Zijn opmerking was zo Veronica-achtig – iets negatiefs omdraaien zodat iets positief leek, ten koste van rede en gezond verstand. Broer of geliefde, hij en Veronica verdienden elkaar. Toen ze de Thalia verlieten, stroomde er een grote massa mensen naar binnen. De volgende film was *The Blues Brothers*.

Achter in Konditorei Hongarije nam Lillian een flinke slok van haar ijskoffie, het betreurend dat ze niet voor *The Blues Brothers* in de Thalia was blijven zitten. Ze had die film nooit gezien omdat hij als een musical werd aangekondigd, maar ze begon haar mening over het genre bij te stellen. De baby gaf haar een fikse schop. Soms vroeg Lillian zich af of ze terug moest schoppen, vooral wanneer hij haar blaas raakte. Hij werd voor Lillians gramschap behoed door het naderende klik-klak van Veronica's sandalen met plateauzolen.

'Beeldschoon, stralend, even mooi als altijd,' zei Veronica, die tegenover Lillian aan tafel ging zitten. Veronica zag er zelf ook erg mooi uit, iets wat Lillian doorgaans niet opviel. Maar in de afgelopen paar maanden was er iets aan Veronica veranderd. Het was eerder een uitstraling dan iets tastbaars, alsof er een of andere knop was omgedraaid en ze haar schoonheid nu naar buiten toe uitstraalde in plaats van die te negeren.

'Weet je, Veronica, voordat ik zwanger werd, zei je nooit iets over mijn uiterlijk.'

'Is het mogelijk dat het moederschap je siert?' antwoordde Veronica met een indrukwekkende onoprechtheid.

'Ik ben nog geen moeder,' zei Lillian kortaf. 'In deze verregaande fase van mijn zwangerschap tegen me zeggen dat ik mooi ben is net zoiets als tegen een lelijk meisje zeggen dat ze mooi haar heeft. Je probeert positief te zijn, en dat is zo overduidelijk dat het een belediging is.' Lillian schoof het bordje met de croissant bij hen beiden vandaan.

'Je bent onmogelijk,' zei Veronica met een zucht.

Lillian had schoon genoeg van haar zwangerschap. Ze had nu elke twee weken een afspraak met Kate, en dat zou binnenkort elke week zijn. Ze stond in de verleiding om Kate te vragen of ze de bevalling met zesendertig weken kon opwekken, wanneer de baby technisch gezien rijp zou zijn, maar ze wist dat Kate dat niet zou doen. Ze was het type dat alles volgens het boekje deed.

'Als mannen kinderen konden krijgen, was de kunstbaarmoeder nog eerder dan het wiel uitgevonden,' zei Lillian. 'Helaas krijgen mannen geen kinderen, dus hun grootste angst – afgezien van castratie natuurlijk – is dat hun rol bij de voorplanting van bijna nihil tot nihil zal worden gereduceerd.'

Veronica sloeg haar ogen ten hemel en blies haar pony van haar voorhoofd.

Lillian ging verder: 'Het is al mogelijk om embryo's in een petrischaaltje te maken door stukjes DNA aan het eitje van een vrouw toe te voegen. Geen sperma meer nodig.'

'Nou, Lillian,' zei Veronica, 'dan heb je een interessant probleem te pakken. Je wilt mannen overbodig maken, maar toch voeg je er weer eentje aan de wereldbevolking toe.'

'Ik heb nooit gezegd dat ik mannen overbodig wilde maken,' wierp Lillian tegen. 'Ik wilde hun rol bij de voortplanting overbodig maken. In de huidige situatie hoeven ze maar één klein dingetje te doen dat hun vervolgens een veel groter wettelijk, moreel en sociaal recht op het kind geeft dan ze verdienen. Het zal niet lang duren voordat voortplanting voor zowel mannen als vrouwen een kwestie van een bepaalde keuze zal zijn: biologische baarmoeder, kunstbaarmoeder, petrischaal, sperma, DNA, klonen, vader en moeder, twee moeders, twee vaders, alleenstaande moeder, alleenstaande vader – welke combinatie je maar wilt.'

'Bravo,' zei de kleine, mogelijk Hongaarse serveerster met de geelbruine teint. Ze zette Veronica's Wiener melange en een knalroze cakeje met crème au beurre en marsepein op tafel en liep weer weg.

Lillian kromp ineen. 'Ik wil Charles zien,' zei ze.

'Ik ook,' zei Veronica opgewekt terug, met een gretigheid die Lillian eerder vond passen bij het voorstel om een dagje te gaan winkelen dan om een bezoek te brengen aan een twintig jaar lang doodgewaande vader die een ernstige hersenbeschadiging bleek te hebben. Veronica wees naar Lillians romp. 'Maar misschien kunnen we beter wachten totdat hij er is.'

'Dat snap ik niet,' zei Lillian. 'Waarom zouden we wachten?' Ze voelde een vreemd trillen rond haar hart, dat waarschijnlijk iets te maken had met haar zwangerschap, of – dat was ook heel goed mogelijk – een psychologische reactie was op de angst die de gedachte aan een ontmoeting met haar vader bij haar opwekte.

'Het lijkt me gewoon niet verstandig om je in jouw toestand aan zoveel stress bloot te stellen. Ik bedoel, ik heb begrepen dat Charles allesbehalve normaal is,' zei Veronica, en ze zette haar tanden in haar knalroze cakeje.

'Ik ben zwanger, Veronica, niet hysterisch.'

Veronica likte het neon glazuur van haar lippen. 'Lillian. Ik denk aan Junior.'

'Met Junior is niets mis. Sterker nog, het is waarschijnlijk beter als hij zijn opa leert kennen terwijl hij nog in de baarmoeder zit, waar hij goed is beschermd.'

'Je kunt je altijd ergens uit of in praten, Lillian, maar je denkt zelden aan de gevolgen.'

'Ik ga zaterdag naar Charles toe. Ik zou het fijn vinden als je meeging,' zei Lillian. 'Heb je Alex de laatste tijd nog gezien?'

'Voortdurend,' antwoordde Veronica, die haar cakeje opat. 'We scrabbelen samen.'

'Scrabbelen,' zei Lillian, een wenkbrauw optrekkend. 'Vast.'

## XXXIII

Agnes was aan het winkelen en Veronica deed een dutje. Lillian en haar vader waren voor het eerst aan het scrabbelen. Het was zijn idee geweest, en Lillian was blij, gevleid, nerveus van opwinding. Scrabble was een spel dat haar ouders doorgaans speelden. Hoewel Lillian nog maar zes was, kon ze al een tijdje met gemak lezen en schrijven. Ze had haar vader willen vragen of hij met haar wilde scrabbelen, maar ze was bang dat ze te horen zou krijgen dat het een spel voor grote mensen was, dus toen hij voorstelde om het te spelen, was Lillian helemaal overrompeld geweest en had ze geen antwoord kunnen geven.

'O, Lillian, we kunnen ook iets anders doen,' had Charles ge-zegd. 'Het leek me alleen leuk omdat je zo goed kunt lezen. We kunnen ook ganzenborden of mens-erger-je-nieten.'

'Ik wil scrabbelen,' zei Lillian uiteindelijk.

'Ik ook,' zei Charles met een glimlach. 'Het is mijn lievelings-spel.'

Ze gingen aan weerszijden van de salontafel in de woonkamer zitten en speelden anderhalf uur lang. Charles, die een beetje naar rook en citroenen rook, stak de hele tijd geen sigaret op. Lillian kreeg vierentwintig punten voor 'zoo' op een vakje met drie keer woordwaarde en dertig punten voor 'liefde' op een combinatie van dubbele woordwaarde/drieletterwaarde. Charles maakte 'fabel' met haar f van 'liefde' en 'zodiak' met haar z van 'zoo' en verdiende daarmee meer punten dan Lillian. Charles maakte woorden waar-van Lillian de betekenis niet kende, zoals 'veracht' en 'tergen'. Hij vertelde haar wat die woorden betekenden, en ze hadden het een tijdje over de verschillende betekenissen die woorden konden hebben, afhankelijk van de tekst eromheen. Een woord als 'zoo', legde hij uit, kon naar een echte dierentuin met dieren verwijzen, maar ook naar de kamer van Lillian, die leek op een plek waar die-ren zouden kunnen leven.

'En "liefde",' vroeg Lillian, 'kan dat nog verschillende betekenis-sen hebben?'

'Dat heeft waarschijnlijk van alle woorden ter wereld de meeste betekenissen,' zei Charles. 'Liefde betekent elke keer wanneer iemand het zegt weer iets anders voor hem of haar.'

'O,' zei Lillian, die niet zeker wist of ze hem begreep.

'Bijvoorbeeld,' zei Charles, 'elke keer wanneer ik "ik vind je lief" tegen je zeg, wordt mijn liefde voor jou sterker omdat ik elke mi-nuut meer van je hou.'

Lillian bloosde. 'Echt?' vroeg ze. 'Kan dat?'

'Natuurlijk kan dat.'

'En hou je elke minuut ook meer van Veronica?'

'Huh-huh,' zei hij, starend naar zijn letters.

'En van mama?'

'Jep. Jij bent.'

Lillian geloofde hem, maar vroeg zich af hoe het met haar vermogen tot liefhebben was gesteld. Ze wist niet helemaal zeker of ze wel elke minuut meer van haar moeder hield, en ze wist zeker dat ze niet elke minuut meer van Veronica hield. Haar liefde voor Veronica leek zelfs te krimpen. Ze wilde haar vader hiernaar vragen, maar het leek haar beter om eerst haar beurt te spelen. Ze kreeg negen punten omdat ze een x bij de e van liefde legde.

'Als je de volgende keer weer weggaat, mag ik dan met je mee?' vroeg Lillian. 'Ik vind het vreselijk om hier bij Veronica en mama te moeten blijven. Mama schreeuwt de hele tijd en Veronica is zo recalcitrant.' Ze zweeg even. Het was een nieuw woord dat ze van een ouder kind op school had geleerd, en ze had het nog niet in het bijzijn van een volwassene gebruikt.

Charles lachte en stopte een lok haar die voor haar ogen hing weg achter haar oor. 'Ja, ze kan een beetje recalcitrant zijn, hè?' zei hij. 'Maar je moet niet vergeten dat ze nog klein is. Ze is nog niet zo'n grote meid als jij.'

'Maar mag het, papa, mag ik met je mee?' vroeg Lillian.

'Het is een schitterend idee, Lillian, en op een dag vraag ik je misschien wel om mee te gaan. Maar je zou je vervelen. Ik praat de hele dag met saaie mensen over saaie dingen, en we zouden nooit zoveel plezier hebben als we nu samen hebben.'

'We zouden het scrabblespel mee kunnen nemen,' stelde Lillian voor. Vanuit haar ooghoek zag ze Veronica de trap af komen, met de deken achter zich aan. Lillian negeerde haar in de hoop dat ze zou verdwijnen.

'Kijk eens wie we daar hebben! Als dat prinses Slaapkopje niet is,' riep Charles uit. Lillian keek niet op. Ze bleef naar haar letters kijken.

Veronica giechelde en rende met uitgestrekte armen naar Charles toe. Lillian vroeg zich af hoe ze moesten spelen met Veronica in de buurt. Ze hoopte dat haar moeder thuis zou komen en zich over Veronica zou ontfermen. Maar ze was ook bang, al wist ze niet waarom, dat haar moeder kwaad zou worden als ze zou zien dat

Lillian met Charles zat te scrabbelen. Veronica liet zich in Charles' armen vallen. Met haar voeten stootte ze tegen het scrabblebord op de grond, zodat alle kleine houten blokjes door de hele kamer vlogen.

'O, o,' zei Charles opgewekt tegen Veronica. 'Ik geloof dat ons spelletje voorbij is. Lillian, kun je alle letters even oprapen, anders kunnen je moeder en ik niet spelen. We hebben fijn gespeeld, lieverd.'

Terwijl Lillian de letters opraapte, kietelde hij Veronica, zodat die onbedaarlijk begon te giechelen. Lillian moest haar uiterste best doen om te voorkomen dat ze zou gaan huilen, maar dat kwam niet omdat ze teleurgesteld was omdat het spel voorbij was. Ze was vreselijk teleurgesteld, maar ze was vooral heel erg in de war. Veronica kon niet eens lezen of schrijven. Sterker nog, ze kon amper een hele zin vormen. Het was niet logisch dat haar vader meer belangstelling had voor Veronica, maar blijkbaar had hij dat wel. Lillian begreep gewoon niet wat haar vader zo leuk aan Veronica vond. Charles stak een sigaret op terwijl Veronica met zijn schoenveters speelde. Lillian borg het spel op de vaste plek op, op de plank onder de tv, en ging toen naar boven, naar haar kamer.

## XXXIV

Toen de receptioniste belde om tegen Lillian te zeggen dat Bryan Byrd naar haar op weg was, gaf de baby een schop. Lillian vroeg zich af of hij bezwaar maakte of dat ze een hartklopping voor een schopje aanzag. Het maakte eigenlijk niet uit, besloot ze. Haar zoon wist ongetwijfeld veel beter hoe ze psychologisch op emotionele situaties reageerde dan zijzelf. Bij de gedachte aan dit wederom onverwachte aspect van het moederschap verscheen er een wrang lachje rond haar lippen. Natuurlijk was een schopje gewoon een schopje, hoe toevallig de timing ook was. Er werd op haar deur geklopt.

'Binnen,' zei ze.

Haar kleine werkkamer was ingericht met meubilair dat beschikbaar was gesteld door het ziekenhuis. Aan de lichtgrijze wanden hing niets, niet eens een kalender. Het middaglicht van eind september viel door een groot rechthoekig raam naar binnen. Het licht was bijna te sterk, en Lillian vroeg zich even af of ze de jaloezieën naar beneden moest trekken, maar ze vond de manier waarop Bryan Byrds ogen flonkerden leuk. Hij droeg een linnen pak met de kleur van melkchocolade, een das met de kleur van dikke room en zijn gebruikelijke bordeauxrode schoenen. Ze vroeg zich af of hij er eetbaar uit wilde zien. Hoewel hij altijd een variatie op hetzelfde pak droeg, was ze er zeker van dat hij zich voor haar zo had aangekleed. Zij droeg natuurlijk zwart: een zwart haltertopje met een zwarte rayon broek met wijde pijpen, die op een pyjamabroek leek. Er was een glimp van haar uitstekende buik zichtbaar.

Het had haar bijzonder verbaasd dat ze die ochtend, toen ze haar met uitsluitend zwart gevulde klerenkast doorploos, aan Bryan Byrd had gedacht. Als ze zich al voor iemand op een bepaalde manier kleedde, dan deed ze dat met een bepaald doel. Dan wilde ze iets. Ze wilde een meerdere om een gunst vragen, ze wilde dat een cliënt zou doen wat ze vroeg, ze wilde een aanbidder intimideren, ze wilde betere plaatsen in het theater, enzovoort, enzovoort. Ze wist niet helemaal zeker wat ze van Bryan Byrd wilde – hij was op zoveel vreemde manieren met haar leven verstrengeld geraakt – ze wist alleen maar dat ze er voor hem goed uit wilde zien. Deze onbekende behoefte baarde haar zorgen, ten eerste omdat ze er nooit eerder aan had getwijfeld dat ze er goed uitzag en ten tweede omdat ze alles uit de kast haalde voor een te grote, te overdreven geklede privé-detective die zich regelmatig voor neurowetenschapper uitgaf en nog bij zijn moeder woonde. Toen Bryan en Lillian aarzelende gebaren maakten in een poging elkaar de hand te schudden, bewoog de baby zich weer, als een soort voorwereldlijk wezen dat door het slijk kroop. Ten slotte schudden ze elkaar de hand, beiden met een ferme grip. In de kamer hing de zwakke geur van citroenen.

'Ga zitten,' zei ze, wijzend op een fauteuil waarvan de zowel voor binnen als buiten geschikte bekleding al lang geleden versleten was geraakt. Ze ging tegenover hem in precies zo'n stoel zitten. Hoewel ze hem heel veel wilde vragen – waarom hij zijn werk had gestaakt, waarom hij bij zijn moeder woonde, hoe lang hij al tuba speelde, waarom hij niet met zijn secretaresse naar bed was geweest, waarom hij altijd linnen pakken droeg, of hij nog steeds door haar geobsedeerd was – wachtte ze totdat hij iets zou zeggen.

'Ik neem aan dat het meisje het goed maakt,' zei hij.

'Charlotte bedoel je?' vroeg ze.

'Nee, het meisje in Sri Lanka.'

'Nisha. Ja, ze maakt het goed. Bedankt voor je hulp, al heb ik haar uiteindelijk door stom toeval gevonden.'

'Soms heeft het toeval een plan nodig om te kunnen zegevieren,' zei hij, nog steeds met glanzende ogen. 'Hoe dan ook, niets te danken. Je hebt me betaald.'

'Je zei gisteren aan de telefoon dat je me over Charlotte Taylor wilde spreken,' zei Lillian. Het was verfrissend om te zien dat Bryan Byrd op de een of andere manier de neiging onderdrukte om naar haar zwangere buik te staren. Wanneer ze tegenwoordig een gesprek met iemand voerde, keken ze een eeuwigheid naar haar verbazingwekkende vorm, alsof zwangerschap een bijzonder recent fenomeen was.

'De verzekeringsmaatschappij waarvoor ik nu werk, heeft me op de zaak gezet. Ik ben hier voor een tweede gesprek.'

Het zonlicht werd te scherp. Lillian liep naar het raam en trok de jaloezieën naar beneden. Die maakten een zacht, metalig ruisend geluid, als lepels in een vaatwasser. Ze was opgelucht nu ze merkte dat Bryan Byrd nog steeds door haar was geobsedeerd, maar ze vroeg zich ook af hoe ver hij zich door zijn obsessie zou laten leiden. Had hij op de een of andere manier ontdekt voor welke verzekeringsmaatschappijen Lillian werkte, daar een baan weten te krijgen en toen een manier gevonden om op haar zaken te worden gezet? Had hij met Charlotte gewoon geluk gehad, of had hij echt ontdekt dat ze Lillians zwakke plek was en had hij bewust voor haar zaak gekozen? Of was dit allemaal stom toeval, net zoals de dag

233

waarop ze vijf jaar na het ongeluk in een riksja met dezelfde chauffeur was gestapt? Bryan moest dit helemaal hebben uitgedacht, concludeerde ze. Ze sloot de jaloezieën niet helemaal, en de kamer vulde zich met strepen licht en schaduw. Ze ging weer zitten.

'Dus jij en ik zijn nu een soort collega's,' zei ze.

'Ja, maar omdat jij getrouwd bent met de vader van de patiënte die je voor het bedrijf moet onderzoeken, zijn ze niet langer van je onpartijdigheid overtuigd.'

'O, ik snap het,' zei ze. De detective die altijd alles leek te weten, dacht dat ze nog steeds met Ben getrouwd was. 'Het huwelijk is door de staat New York nietig verklaard,' zei ze, hoewel ze dat niet wilde vertellen. Deze informatie had geen invloed op het oordeel van een verzekeringsmaatschappij die haar toch al partijdig vond, nam ze aan. Ze vroeg zich echter af of ze überhaupt wel iets over haar huwelijk met Ben wisten. Bryan probeerde gewoon te bepalen hoe het met haar affectie was gesteld, en om de een of andere geheimzinnige reden werkte ze mee. 'Een echtscheiding zou gemakkelijker zijn geweest, maar Ben wilde het zo. Hij zei tegen de rechter dat ik zwanger was van een kind dat niet het zijne is, en dat was het dan.'

Bryan Byrd knikte. Zijn gezichtsuitdrukking bleef neutraal – geen spoor van opluchting of vreugde of verbazing over het nieuws dat Lillians burgelijke staat was veranderd – net zoals toen ze hem had verteld dat ze met Ben getrouwd was. Lillian kon niet vaststellen of dit betekende dat hij onaangedaan, stoïcijns of erg zelfverzekerd was. Het laatste, concludeerde ze. Er waren per slot van rekening voordelen aan het eeuwig bij je moeder wonen.

'Zie je Charlotte nog steeds?' vroeg hij.

'Ja. Ze was hier vanmorgen nog. We werken samen aan een project over de neurobiologie van denkbeeldige vriendjes.'

Bryans mond krulde zich tot een glimlach. Zijn stralenkrans van blond haar glansde in een streep zonlicht. 'Toen jij in Sri Lanka zat, heb ik een conferentie in Santa Fe bezocht. Deze keer deed ik me voor als een neurovoedingsdeskundige die het effect van kurkuma op de hippocampus van gezonde mensen en patiënten met

Alzheimer onderzocht.' Hij boog zich voorover. Schaduwen speelden over zijn gezicht. 'Het blijkt dat de curcuminoïde in kurkuma bij regelmatig gebruik niet alleen geheugenverlies tegengaat, maar dat het bij patiënten met Alzheimer die het een vast bestanddeel van hun voedingspatroon maken ook nog eens de negatieve effecten op het neurologisch functioneren vermindert.'

'Kurkuma is de specerij waarmee curry geel wordt gemaakt,' stelde Lillian vast, die zich afvroeg of ze uiteindelijk met Bryan Byrd zou moeten trouwen om hem uit de buurt van Charlotte te houden. 'Dat heb ik in Sri Lanka veel gegeten.'

'Ja, dat dacht ik al,' zei Bryan.

'Dus was mijn voedingspatroon tijdens mijn huwelijksreis de reden waarom jij je in vermomming naar een neurologische conferentie hebt begeven?'

'Ik wilde een voordracht over GPCR-receptoren horen,' zei hij, geen antwoord op haar vraag gevend. 'Ik begreep er nagenoeg niets van, maar op een zeker moment maakte de vrouw die de voordracht gaf een zijsprongetje, waarbij ze van toon veranderde om duidelijk te maken dat hetgeen ze ging zeggen geen deel vormde van haar voordracht, en daardoor luisterde ik des te aandachtiger. Ze zei: "In de hersenen bevinden zich miljoenen receptoren waarvan we nog niet weten welk doel ze dienen. Ze liggen daar gewoon te wachten totdat ze worden gestimuleerd door iets waarvan we ons nog geen voorstelling kunnen maken".'

Lillian knikte, en voelde een glijden, een fladderen. 'Denkbeeldige vriendjes, misschien?'

Byran zweeg, en Lillian was bang dat hij haar vraag serieus had genomen en een antwoord aan het bedenken was. Ten slotte vroeg hij: 'Hoe rechtvaardig jij je obsessie met Charlotte?'

Lillian vond het een fijne vraag. Het was een echte vraag, een vraag die ze onmogelijk kon beantwoorden, en juist daarom was het beantwoorden van dat soort vragen het leukste. 'De behoefte tot uitleggen is onlosmakelijk met de hersenen verbonden,' zei Lillian. 'Ik kan je een willekeurig aantal allemaal even geloofwaardige redenen voor mijn obsessie met Charlotte geven. Denk eens aan wat er gebeurt als je het lachcentrum in de hersenen van een patiënt elektrisch stimuleert. Hij zal onbedaarlijk beginnen te giechelen en zich dan meteen geroepen voelen om uit te leggen waarom hij moet lachen. Hij zal zeggen dat de dokter een grappig gezicht trok of dat de wolk die hij uit het raam had gezien een bijzonder vermakelijke vorm had. Bij patiënten van wie de linkerhersenhelft niet langer met de rechterhelft is verbonden, is het een gebruikelijk verschijnsel dat de verbale linkerhelft eindeloze verhalen verzint die de handelingen van de rechterhelft moeten verklaren, zoals bij het Strangelove-syndroom, waarbij de patiënt zich met zijn eigen hand probeert te wurgen. Hij zal deze vorm van geweld proberen te verklaren door te zeggen dat de hand eigenlijk die van zijn schoonmoeder is, of, in het geval van een vrouw, van haar ex-vriendje, maar nooit van zichzelf. En dan heb je nog het Stockholm-syndroom, waarbij iemand die is ontvoerd of wordt gegijzeld sympathie opvat voor zijn ontvoerder en ervan overtuigd raakt dat de ontvoerder of gijzelnemer in het belang van de gijzelaar handelt omdat dat de enige draaglijke verklaring is voor het lot dat hem ten deel is gevallen. Uit dit alles blijkt dat we eigenlijk heel weinig over onszelf, over onze motieven en over onze wereld, weten, maar dat we onze rijke verbeelding gebruiken om onszelf ervan te overtuigen dat we in elk geval íets weten. De menselijke hersenen hebben zich zo ontwikkeld dat we onszelf gemakkelijk een rad voor ogen kunnen draaien.' Buiten op straat klonk opeens het geluid van de sirene van een ambulance, dat toen weer wegstierf.

'Je verklaring is verrukkelijk,' zei Bryan. 'Vind je het erg als ik een andere voorstel?'

'Ga je gang.'

'Er is iets taboe aan jouw liefde voor Charlotte, die om die reden zo boeiend is dat ze bijna een obsessie wordt. Dat is de basis van alle liefde.'

'Onzin.' Lillian lachte. 'Een obsessie wordt snel sleets, vooral voor degene die het subject van de obsessie is. Aan de andere kant heeft liefde niets statisch. Liefde ontwikkelt zich per definitie voortdurend. Mijn relatie met Charlotte ontwikkelt zich.' Ook Lillian wist dat ze in de problemen begon te komen. Ze bood deze man niet alleen de gelegenheid om haar te verleiden, maar verleidde ook nog eens onbeheersbaar degene die al geheel en al verleid was.

'Dus je bent nog steeds overtuigd van de diagnose dat Charlottes ongeluk heeft bijgedragen tot haar neurologische aandoening, ook al had ze voordien al last van een andere aandoening?' zei Bryan op een bijna gespeelde formele toon, alsof haar werkkamer was voorzien van afluisterapparaat van de verzekeringsmaatschappij en zijn meerderen meeluisterden.

Lillian antwoordde op dezelfde toon. 'Meneer Byrd, het meisje heeft hoofdletsel opgelopen en haar moeder verloren ten gevolge van gebrekkige banden waarvan de fabrikant al jaren wist dat ze niet in orde waren. Eerdere aandoeningen spelen hier geen rol.'

'Je bent vooringenomen. Je zou van de zaak moeten worden ontheven.'

'Zonder vooringenomenheid zou de wereld onvoorstelbaar saai, om niet te zeggen niet-bestaand zijn.'

Hij stond op. 'Heb je zin om met me uit eten te gaan?'

Ze stond op. 'Ja, maar alleen als je me eerst mee naar huis neemt en me aan je moeder voorstelt.' Lillian vond het heerlijk om Bryan te zien blozen. Ze wees naar haar romp. 'We zouden zelfs kunnen doen alsof deze van jou is.'

Bryan liep hoofdschuddend haar kamer uit. Bij de deur bleef hij staan en zei: 'Niets in mijn fantasie kan ooit met jou wedijveren.'


## XXXV


Neurologisch Instituut Boszicht bestond uit een verzameling lage rechthoekige gebouwen die als dominostenen over het terrein verspreid lagen. Op de parkeerplaats bleven Lillian en Veronica zwijgend in de zongele vw-kever zitten die Veronica tijdens haar studie tweedehands had gekocht zodat ze de stad kon verlaten en de natuur in kon gaan, maar die ze voornamelijk had gebruikt om tussen de Upper West Side en Tribeca heen en weer te rijden. Hoewel het voor eind september een erg warme dag was, had geen van hen beiden aanstalten gemaakt om uit te stappen sinds Veronica tien minuten eerder de motor had uitgezet.

'Ik geloof dat ik verliefd ben,' zei Lillian ten slotte.

'Bryan Byrd,' antwoordde Veronica, die nog steeds recht voor zich uit keek.

'Sinds wanneer ben ik zo doorzichtig geworden?' vroeg Lillian, die op haar stoel heen en weer schoof en vond dat ze met haar omvang allesbehalve doorzichtig kon worden genoemd.

'Hij is ook verliefd op jou. Dat vertelde hij me min of meer toen hij laatst bij mij thuis was,' zei Veronica.

Lillian keek naar haar zus. Ze hield haar korte donkere haar met vlinderspeldjes uit haar gezicht. Lillian wilde Veronica net een preek geven over hoe het dragen van zulke trendy, kinderachtige accessoires bijdroeg aan de verraderlijke socioculturele onderdrukking van vrouwen, maar vroeg in plaats daarvan: 'Waarom heb je me dat niet verteld?'

'Het duurde even voordat ik het in de gaten had,' zei ze, terwijl ze de speldjes uit haar haar trok en in de asbak gooide. 'Ik bedoel, jullie zijn niet bepaald een voor de hand liggende combinatie.'

'Is het ooit bij je opgekomen,' vroeg Lillian, 'dat jij en ik weleens verschillende vaders zouden kunnen hebben? Ik bedoel, we lijken helemaal niet op elkaar.'

'Jezus, Lillian, alsof we nog niet genoeg hebben om ons druk over te maken. Ik wil er niet eens aan denken.' Veronica opende haar portier. 'Kom op, laten we gaan. Hoe heet die arts ook alweer?'

Lillian opende haar portier en hees zich uit de auto. 'Brad Fitzgerald.'

'Dat klinkt als iemand die ik voor *Doodgewone dingen* had kunnen verzinnen,' zei Veronica, die haar portier dichtsmeet. 'Ik denk dat ik maar ophoud met voor hen te schrijven.'

Ze liepen een betonnen pad op dat zonder enige reden als een golf heen en weer slingerde.

'Dat werd tijd,' zei Lillian.

Veronica kneep haar lippen opeen en blies toen haar pony van haar voorhoofd.

'Maar waarom nu?' vroeg Lillian, die de deuren aan de voorkant van het gebouw opende. Geen antwoord van Veronica, alleen maar geblaas. Lillian deed in Veronica's ogen blijkbaar iets verkeerd: ze was ongevoelig, bood niet genoeg steun, reageerde smalend. Lillian besloot er niet op in te gaan.

Binnen rook Lillian tot haar verbazing kaneel. Ze had op de gebruikelijke lucht van dood en ontsmettingsmiddelen gerekend. Lillian had een hekel aan medische instellingen in het algemeen maar met name aan instellingen die te maken hadden met aandoeningen aan de geest. Telkens wanneer ze ook maar een vaag vermoeden had dat een van haar cliënten uiteindelijk in een dergelijke inrichting zou kunnen eindigen, waarbij het noodzakelijk zou zijn dat zij het verzoek tot opname zou ondertekenen, brak ze de behandeling voortijdig af en verwees ze de cliënt naar een andere arts. Een aantal collega's had haar gewezen op de problematische ethiek van dit gedrag, maar zij had simpelweg het gevoel dat ze deed wat ze moest doen. Ze had geen morele bezwaren tegen psychiatrische instellingen. Een deel van het beste werk, de indrukwekkendste genezingen, kwamen voort uit zulke instellingen, en zonder deze zou er voor veel mensen helemaal geen hoop meer zijn. Maar dat was niet haar probleem. Lillians grootste angst was dat ze er in een zou eindigen. Om die reden zou ze het niet tegenover zichzelf kunnen verantwoorden als ze een ander mens naar haar nachtmerrie zou sturen.

Nu ze wist dat haar vader door toedoen van haar moeder al vijfentwintig jaar in een inrichting opgesloten zat, leek de oorsprong van haar angst duidelijk. Ze besefte dat ze het al die tijd al moest hebben geweten. Wat ze niet had kunnen bepalen, was of ze het bewust had geweten en vervolgens had verdrongen, of dat die kennis altijd al tot het rijk van het onderbewuste had behoord. Dit was iets waarover ze jaren zou kunnen piekeren, maar Lillian was meer geïnteresseerd in wat ze op dit moment ervoer, in iets wat ze het Lazarus-effect had genoemd.

239

Toen zij en Veronica hadden vernomen dat de vader die ze al een kwart eeuw dood hadden gewaand nog leefde, hadden ze die informatie allebei uitermate zelfverzekerd in zich opgenomen. Ze waren geen van beiden buitensporig geschokt geweest en hadden het waarheidsgehalte van die mededeling geen moment in twijfel getrokken. Ze hadden tamelijk probleemloos aanvaard dat mensen inderdaad uit de dood konden herrijzen. Aan de andere kant: ze hadden de laatste tijd met zoveel ongewone onthullingen te maken gehad dat deze er ook nog wel bij kon.

'Goed,' zei Lillian, 'nu weet je in elk geval dat jij hem niet hebt gedood.'

'Dat is grappig,' zei Veronica. 'Bryan Byrd zei bijna precies hetzelfde, zij het in iets mildere bewoordingen.'

Bij de receptie zat een oudere vrouw met paars haar appels te schillen en in stukjes te snijden.

Een patiënt, dacht Lillian. 'Hallo,' zei ze.

'O, ik zag jullie meisjes niet binnenkomen,' zei de vrouw, die haar mes neerlegde en haar handen aan haar rode schort afveegde. 'Ik ben zo snel afgeleid. Vandaag is het namelijk appeltaartdag.' De traagheid waarmee de spieren aan een kant van haar gezicht bewogen, wees op een beroerte. 'Jullie zijn vast de dochters van Charlie. Brad zei dat jullie vandaag zouden komen. Charlie zal zo blij zijn. Ik piep Brad even op.' Aan haar rechterzijde bevond zich een elektronisch paneel met een aantal grote verlichte knoppen die waren voorzien van initialen. Ze drukte op de knop met BF. Toen keek ze op en zei met een verbaasd gezicht: 'O, ik zag jullie meisjes niet binnenkomen. Kan ik jullie helpen?'

Lillian zei: 'We hebben om twaalf uur een afspraak met dokter Brad Fitzgerald.'

'O,' zei ze met een vriendelijke glimlach. Haar paarsgrijze krullen vingen het licht dat door het raam viel en zagen er heel even bijna smaakvol uit. 'Jullie zijn vast de dochters van Charlie. Hij zal zo blij zijn jullie te zien. Brad zei al dat jullie zouden komen. Ik piep hem wel even op. Wisten jullie dat het vandaag appeltaartdag is?'

Toen ze weer op de grote witte knop met de initialen drukte, zei Lillian: 'We gaan wel even daar zitten.' Ze ging met Veronica in de wachtruimte tegenover de receptie zitten.

Veronica keek naar Lillian en fluisterde: 'Is dit normaal?'

'Brad Fitzgerald is in Frankrijk opgeleid.'

'O, ik snap het,' zei Veronica.

'De theorie luidt dat de artsen, verpleegkundigen en andere werknemers neurologisch gezien even uniek zijn als de patiënten,' zei Lillian. 'Er wordt dus bijna geen onderscheid tussen hun rollen gemaakt. Kunst, koken, muziek, theater – welke vorm van uitvoerende kunst dan ook – vormen het leeuwendeel van de therapie, en iedereen moet op de een of andere manier daaraan deelnemen. Medicijnen worden tot een minimum beperkt, en hetzelfde geldt voor bezoek van familieleden. Die methode is in ons land nog niet echt aangeslagen.'

Verderop in de gang ging een deur open, en er verscheen een aantrekkelijke man met schouderlang donker haar en een korte zwarte baard. Hij droeg een wit t-shirt, een kaki broek en instappers.

*Parlez-vous français?* dacht Lillian.

'Wat een lekker ding,' fluisterde Veronica.

Hij keek even naar Lillian en Veronica en liep toen naar de receptie. 'Mary,' zei hij, 'heb je me opgepiept?' Hij had een zwaar accent dat te herkennen was als een accent uit Jersey. New Jersey.

'O ja?' vroeg ze, glimlachend naar hem opkijkend. Hij knikte in de richting van Lillian en Veronica, en Mary's blik volgde de zijne.

'Nou zeg, wanneer zijn die binnen komen strompelen?' vroeg ze op een luide fluistertoon. 'Je zou zeggen dat ze me wel even hadden kunnen laten weten dat ze er zijn.' Toen verhief ze haar stem en zei op luidere toon tegen Lillian en Veronica, die waren gaan staan: 'Kan ik jullie helpen?'

'Ja,' zei Lillian. 'We hebben een afspraak met dokter Fitzgerald.'

'Nou, dan hebben jullie geluk, want hij staat vlak voor je,' zei Mary quasi-ongeduldig. Toen wendde ze zich tot Brad en zei: 'Ik denk dat het de dochters van Charlie zijn.'

'Laten we het vragen,' zei Brad tegen haar. 'Zijn jullie twee... wijven die kijven, met hun lekkere lijven... soms de dochters van Charlie Moore?'

Veronica deed een stap naar achteren.

'Ja, dat zijn we,' zei Lillian onverstoord. 'U hebt contact met ons opgenomen over een bezoek.'

'Ja, dat heb ik inderdaad gedaan,' zei hij, terwijl hij met de vingers van zijn ene hand snel op de palm van zijn andere tikte. 'Ik ben blij dat jullie konden komen. Jullie vader is hartstikke gestoord, heb je het gehoord, overboord. Het kostte me moeite om jullie te vinden. Komen jullie maar even mee naar mijn kamer, dan leg ik uit hoe het zit, wit, sikkepit.'

Hij gebaarde dat ze hem moesten volgen. Mary zat weer te schillen. Veronica keek Lillian ontzet aan.

'Het is niet erg,' legde Lillian uit. 'Hij heeft Tourette.' Ze wendde zich tot Brad en zei: 'U had ons wel even kunnen waarschuwen.'

'Daar hebt u vast gelijk in,' zei hij. 'Ik weet nooit wat ik moet doen. Het is elke keer weer anders, maar ik dacht dat ik in uw geval een oneerlijk voordeel zou hebben omdat ik er zeker van ben dat u goed in bed bent, dat u voor pret bent, dat u voor pret in bed bent, omdat u me niets over uw syndromen hebt verteld. Kom binnen, lekkere vriendinnen, laten we elkaar beminnen.' Hij wendde zich tot Veronica en stak zijn hand uit. 'Kom alstublieft mee.'

Tot Lillians grote verbazing pakte Veronica Brads hand. Ze liepen met zijn drieën door de gang en daarna door een doolhof van gangetjes en deuren naar de kamer van Brad. Onderweg – in slaapkamers, conversatiezalen, buiten in de tuin, in de eetzaal – zagen ze veel mensen, waarschijnlijk patiënten en verzorgers, al was het moeilijk te zeggen wie wie was. Een paar mensen wuifden of lachten toen ze voorbijliepen, sommige keken lelijk, eentje spuwde, en een ander stak zijn middenvinger omhoog. Brad liet Veronica's hand geen moment los. Af en toe haalde hij met een snelle, trillende beweging zijn linkerhand over de rug van haar hand en daarna over zijn eigen hand, onder het uiten van een stroom gemompel dat slechts gedeeltelijk te begrijpen was.

De kamer van Brad Fitzgerald was groot en ruim, met langs twee wanden ramen die uitkeken op een grote tuin met bomen en bankjes en schommels en fonteinen en beelden. In de tuin liepen mensen, sommige in groepjes, andere alleen. Het enige meubelstuk in de kamer was een oud eiken bureau, en op het bureau lagen geen papieren of potloden, zelfs geen paperclip. Er stond alleen een Apple iBook met de kleur van mandarijntjes.

'Krijgen jullie subsidie van de staat?' vroeg Lillian. Brad deed de deur dicht en liet Veronica's hand los.

Brad lachte. 'Geen cent. Het ministerie van Volksgezondheid zou ons het liefste tot sluiting willen dwingen, maar omdat ze weten dat de meeste patiënten dan hun verantwoording zullen worden, hebben ze niet zo'n haast.'

'En wie betaalt voor mijn vader?'

'Uw moeder.'

'Weet ze dat u contact met ons hebt opgenomen?'

'Ja, nee, misschien,' riep hij. 'Goed gezien, domme trien, springbalsemien.'

'Waarom hebt u zoveel moeite gedaan om ons te pakken te krijgen?' vroeg Lillian.

'Het spijt me als ik jullie gekwetst heb. Vader, broer, dader, hoer. Toen meneer Saturday me vertelde dat jullie geen flauw idee hadden dat jullie vader nog leefde, beefde, zweefde, kleefde, dat jullie moeder de lijkschouwer van het ziekenhuis zover had gekregen dat hij de overlijdensakte had getekend en een nepbegrafenis in de kapel van het ziekenhuis had georganiseerd, had ik geen idee wat ik moest doen, poen, zoen, groen, kapoen. Jullie moeder is me er eentje, beentje, kleine teentje. Maar goed, om eerlijk te zijn moest ik om jullie te vinden mijn hele ethische code negeren, die net zo erg is als die van Starfleet. Ik volg doorgaans de Eerste Richtlijn – je weet wel, geen slapende honden wakker maken. Maar toen herinnerde ik me dat Jean-Luc Picard de Eerste Richtlijn ook nooit volgt, dus voilà, hier zijn jullie dan, dus het kan, wat een plan, niet mijn pakkie-an. Eigenlijk was ik een beetje teleurgesteld dat meneer Saturday jullie niet sneller had gevonden, want in onze laatste theatervoorstelling speelde jullie vader koning Lear en dat deed hij geweldig. Neem alsjeblieft plaats.'

Zelfs Lillian, die wist dat de inspectie voor de gezondheidszorg alleen in actie kwam als er een flinke financiële beloning tegenover stond, kon zich niet voorstellen dat het instituut onder deze directeur mocht blijven draaien. Ze was erg onder de indruk van wat Brad Fitzgerald zo te zien met Neurologisch Instituut Boszicht had weten te bereiken. In het kantoor van de directeur was niets waarop je kon gaan zitten: geen stoel, geen bank, geen veel te grote zitzak, niets. Veronica ging in kleermakerszit op de grond zitten. Lillian en Brad Fitzgerald bleven staan. Hij keek naar Veronica, wees naar zijn mond en zei: 'Ik kan jullie beloven dat dit minder wordt zodra ik wat minder nerveus ben.'

Veronica knikte en zei met zachte stem: 'Geen probleem. Maakt u zich alstublieft geen zorgen om mij.' Lillian vond het geweldig dat Veronica zo beleefd kon blijven terwijl ze eigenlijk helemaal over de rooie ging.

'Als u het dossier van uw vader hebt gezien,' zei Brad tegen Lillian, 'dan weet u dat er flinke schade is opgetreden in het linkeroccipito-pariëtale deel van de hersenen, met name in area 44 van Brodmann in zijn gebied van Broca. Zal ik vertellen hoe het is om hem te zijn?'

Lillian zei: 'Nee.'

Veronica zei: 'Ja.'

'Goed dan,' zei hij, terwijl hij tegenover Veronica op de grond ging zitten, eveneens in kleermakerszit. 'Wat zijn visuele waarneming betreft ziet hij dingen alsof ze onder water zitten. Voor hem is niets ter wereld duidelijk gedefinieerd. Dingen verschijnen, verdwijnen, smelten weg. De wereld waarin hij leeft, had door Salvador Dalí bedacht kunnen zijn.'

Lillian leunde tegen het raam. Van op de grond zitten kon geen sprake zijn, en dat was waarschijnlijk ook zo geweest als ze niet zwanger was geweest. Het idee dat ze na hun onderonsje weer op zou moeten staan, liet de kans dat ze deel van de stam zou worden geheel verdwijnen.

'Hij is zich evenmin,' vervolgde Brad, 'bewust van de rechterzijde van zijn lichaam. Het komt vaak voor dat hij zijn arm voor zijn
been aanziet, dat hij denkt dat zijn rechtervoet niet van hem is, of
dat zijn hoofd op de plaats van zijn testikels zit.'

Het viel Lillian op dat dokter Brad Fitzgerald geen last van verbale uitbarstingen had nu hij verslag van haar vaders gezondheid
deed.

'Zijn geheugen is volkomen verstoord, en er is geen sprake van
een coherent denkproces. Het kost hem moeite om te bepalen hoe
belangrijk een detail is en wat de verhouding tussen details is. Met
andere woorden, als hij een appel ziet, ziet hij iets wat rond, rood
en eetbaar is; voor hem allemaal eigenschappen die hij los van elkaar ziet en die voor hem allemaal even belangrijk zijn. Als hij naar
een appel zou kijken als hij honger heeft, zou hij het feit dat een appel eetbaar is waarschijnlijk niet met zijn honger in verband brengen. Hij kan onmogelijk kiezen uit alle mogelijke dingen die een
appel kan zijn, en daarom zijn ze allemaal mogelijk.' Brad zweeg
even. Lillian rook gebakken taartdeeg. 'Wanneer hij jullie ziet, zou
hij heel misschien wel na veel inspanning kunnen begrijpen dat
jullie zijn dochters zijn, maar het zou geen betekenis voor hem
hebben. En binnen een paar minuten of zelfs seconden is hij alweer vergeten wie jullie zijn.'

Veronica keek op naar Lillian en hapte naar adem. Lillian draaide zich naar links en zag een man die zijn gezicht stevig tegen de
ruit duwde, zodat zijn trekken, en ook zijn tong, tot een grotesk,
gelatine-achtig masker werden geplet. Met beide handen hield hij
taartdeeg plat tegen de ruit gedrukt. Brad sprong op, liep naar het
raam en tikte zachtjes tegen het glas, en de man liep weg.

'Hij is degene die 's middags buiten toezicht houdt,' legde Brad
uit, die weer ging zitten. 'Hij liet me even weten dat ze zijn begonnen met het bakken van de taarten. In sommige opzichten is het
voor je vader het moeilijkste,' vervolgde hij, alsof ze nooit waren
onderbroken, 'maar ook het verbazingwekkendste dat hij zich,
omdat zijn frontaalkwabben intact zijn, volkomen bewust is van
de situatie en ondanks jaren en jaren vol minimale resultaten vast-

besloten is om die te veranderen. Hij doet erg aan Zazetsky denken.' Hij keek even naar Lillian, die de verwijzing op waarde wist te
schatten. Zazetsky was een patiënt geweest van A. R. Luria, de Rus-
sische psycholoog die de grondlegger van de neuropsychologie
was en wiens werk een van de redenen was waarom Lillian besloo-
ten had voor dit vakgebied te kiezen. 'En nog iets,' besloot Brad,
zijn handen stil, zijn spraak duidelijk, 'hoewel de schade aan zijn
hersenschors het voor hem onmogelijk maakt om verschillende
delen tot één geheel samen te voegen en hij door allerlei vormen
van afasie wordt geplaagd, lijkt het erop dat zijn mechanisch geheugen voor taal, dat in het gebied van Wernicke aan de rechterkant van de hersenen zit, onaangetast is. Daarom uit hij zich vaak
in kinderversjes of liedteksten.'

Brad ontstrengelde zijn benen en stond op, gevolgd door Veronica. 'Zullen we?' vroeg hij.

Veronica liep gretig achter Brad aan de kamer uit. Lillian was
verbijsterd omdat haar zus zo onaangedaan was. Lillian voelde
zich flauwtjes. Ze wilde graag geloven dat dat kwam omdat ze het
warm had en acht maanden zwanger was, maar ze wist wel beter.
Ze zou nooit van haar leven tegenover Veronica toegeven dat dit
bezoek een vergissing was, dat ze niet hadden moeten komen. Ze
wilde de missie afbreken, uitstellen tot nooit. Ze had haar vader al
vijfentwintig jaar niet gezien, waarom zou je slapende vaders met
hersenbeschadigingen wakker maken?

De vader van Lillian en Veronica zat aan een bureau in zijn kleine, goed verlichte kamer voorovergebogen over een vel papier te
schrijven. Aan zijn linkerkant lag een keurige stapel onbeschreven
wit papier, aan zijn rechterkant lag een veel hogere stapel vellen die
bedekt waren met golven van een klein, priegelig handschrift. Ze
hadden hun vader voor het laatst gezien toen hij vijfendertig was.
Hij was nu zestig.

'Charlie,' zei Brad. 'Je dochters zijn er.' Hij knipte een paar keer
snel met zijn vingers.

'Poesje zei tegen de uil: je bent zeker geen windbuil! Wat zing
je toch mooi,' zei hun vader, die opstond en zich omdraaide. Zijn

kastanjebruine haar was nu bijna helemaal grijs. Hij was altijd al erg dun geweest, maar was nu nog magerder. Zijn stralende blauwe ogen waren doffer geworden. Maar hij was, aan de buitenkant, nagenoeg dezelfde man die Lillian als kind had verafgood, veracht, bewonderd, afgewezen, aanbeden en gevreesd.

'Jullie vader en ik,' zei Brad, 'hebben een gebrek of twee gemeen.'

'Pap,' zei Veronica, en ze deed een stap naar voren.

Hij wendde zich van haar af en ging weer aan zijn bureau zitten. Hij pakte zijn pen en begon te schrijven.

'Charlie,' zei Brad, 'laten we buiten even een wandelingetje gaan maken.'

'Twee emmertjes water halen,' antwoordde hij, en hij ging weer staan. Hij liep naar buiten en liet hen met zijn drieën in zijn kamer achter.

'Wat is dat?' vroeg Lillian, wijzend naar de stapel papier aan de rechterkant.

'Hij is al aan het schrijven sinds hij hier is beland. Wanneer de stapel een bepaalde hoogte heeft bereikt, gooit hij alles weg.'

'Hebt u er weleens iets van gelezen?'

'Ja.'

'En?'

'Nou, potverdikkie, geef mijn portie maar aan Fikkie, daardoor besloot ik naar jullie op zoek te gaan.'

'Hoe bedoelt u?' vroeg Lillian.

'Het grootste deel bestaat uit woorden die zonder betekenis aan elkaar zijn geregen, of die althans voor mij geen betekenis hebben. Maar af en toe zijn er stukken die geschreven lijken te zijn wanneer hij probeerde niet meer te schrijven, kijven, wijven, beklijven, die samenhangend zijn en herinneringen bevatten aan het leven dat hij hiervoor leidde – aan zijn jeugd, en aan jullie jeugd. Mis, pis, slisslis. Daardoor wist ik dat hij twee dochters had die Veronica en Lillian heetten. Jullie moeder hield vol dat er geen kinderen waren. En uit zijn papieren viel op te maken dat ze de waarheid sprak. Het is ook vrij gebruikelijk dat mensen met afwijkingen zoals jullie vader hele gezinnen verzinnen en over hen spreken alsof ze echt zijn.

Maar ik had een vermoeden, een gevoel, een voorgevoel, een ver-moedelijk voorgevoel, en ik denk dat ik gewoon de waarheid wilde weten.'

Brad liep de kamer uit. Veronica en Lillian liepen achter hem aan. Ze gingen door een andere deur de tuin in die ze vanuit de ka-mer van Brad hadden gezien. Charles stond voor een vrouw die op een bank zat. Ze droeg een roze blouse. Met een hand knoopte ze haar blouse los, en met de andere weer vast. Hun vader droeg 'Drie kleine kleutertjes' voor.

'Die vreemde handgebaren,' zei Lillian tegen Veronica, 'wijzen op een neurologische stoornis die gewoonlijk het gevolg is van een beroerte en waarbij de ene hand de andere niet vertrouwt en voortdurend een tegengesteld gebaar maakt.'

Brad pakte Charles voorzichtig bij zijn arm, en ze liepen naar een plek waar een aantal stoelen van kronkelig smeedijzer rond een kleine fontein stonden. Ze gingen allemaal zitten en keken naar het water dat uit de mond van een grote marmeren vis stroomde.

'Ik heb dat ding voor twintig dollar bij een boedelveiling op de kop getikt. Ik geloof dat het eigenlijk uit Italië komt,' zei Brad.

Ze zaten in de schaduw van een grote tulpenboom. De lucht rook een beetje naar schimmel, maar het was geen nare geur. 'Charles,' zei Lillian. Hij zat nog steeds naar het water te staren en liet niet merken dat hij wist dat er tegen hem werd gesproken. 'Er was ons verteld dat je dood was. Ik ben blij dat je dat niet bent. Ik wil je graag weer leren kennen.'

Hij liet niet merken dat hij begreep wat ze tegen hem zei, of dat ze tegen hem praatte. Veronica stond op, liep naar hem toe en pak-te zijn hand.

'Pap,' zei ze, huilend. 'Het spijt me zo.'

'Pompompompedom,' zei hij, 'ik ruik het bloed van een Engels-man.'

Lillian leunde achterover in haar stoel en liet haar gedachten afdwalen naar een dagmerrie terwijl de baby acrobatische trucjes deed. Ze zou samen met Brad de instelling leiden, Veronica zou de theatervoorstellingen schrijven en regisseren, en ze zouden hier nooit meer weggaan.

Charles keek naar Lillian en zei: 'Slaap kindje slaap, daar buiten loopt een schaap. Een schaap met witte voetjes.'

'Nou,' zei Brad, 'dat lijkt me wel genoeg voor vandaag.'

Ze hadden nog geen tien minuten bij hun vader gezeten. Lillian was opgelucht, dankbaar.

'Dat is alles?' zei Veronica. 'Vijfentwintig jaar en dat is alles?'

'Het koren staat zo hoog als een olifantenoog,' zei Charles.

'En dat was waarschijnlijk te veel voor iedereen, maar ik heb moeite met grenzen,' zei Brad. 'Weten jullie de uitgang nog te vinden?'

Ze stonden op, zeiden dag tegen hun vader en toen tegen Brad.

'Kom snel weer eens terug,' zei hij. 'Vlug, stug, mijn rug. Ik zou jullie graag weer eens willen zien. Misschien volgende maand. We kunnen wel wat hulp gebruiken bij onze nieuwe voorstelling. We gaan *Phèdre* opvoeren.'

Lillian en Veronica keken elkaar aan, en het was duidelijk dat deelnemen aan de *Phèdre* van Brad Fitzgerald het laatste ter wereld was wat beiden wilden doen. 'Goed, hoor,' zeiden ze tegelijkertijd.

Ze liepen weg, Brad en hun vader achterlatend bij de fontein. Lillian draaide zich om. 'Waarom bent u ons eigenlijk gaan zoeken?'

Brad haalde zijn schouders op. 'Dat heb ik al gezegd. Ik wilde weten of de meisjes over wie ik in Charles' manuscript had gelezen echt bestonden, en als dat zo was, wilde ik hen leren kennen, ze jennen, ze bekennen. Het is een van de gekste, bevlekste, vreemdste, ontheemdste projecten van mijn leven geweest – en je kunt je wel voorstellen dat ik de nodige vreemde dingen heb meegemaakt. Maar ik heb nog nooit eerder een detective ingehuurd om de personages uit het boek van een gek te vinden.' Hij legde zijn hand op de arm van hun vader en tikte er even op. 'Veel beter dan drugs. Ik kan het iedereen aanraden. En hoewel het niet mijn voornaamste reden was, denk ik dat Charles het ook wel fijn vond om zijn meiden weer te zien, grien, gekke Trien.'

Toen ze door het op een dominospel lijkende gebouw terugliepen naar de vrouw met het paarse haar, de parkeerplaats, de auto, kwamen ze langs de kamer van hun vader. Ze aarzelden en keken elkaar aan. Lillian wist wat Veronica wilde, want Lillian wilde het ook: het manuscript. Stel dat hij het weg zou gooien voordat ze volgende maand terug zouden komen? Hoeveel jaar had hij erover gedaan om zoveel woorden te schrijven? Hoe lang zouden ze moeten wachten totdat hij er weer zoveel zou schrijven? Stel dat hij dat niet zou doen?

Veronica duwde de deur open. 'We nemen gewoon de helft mee,' fluisterde ze. 'Dan merkt hij het misschien niet.'

Lillian pakte Veronica's hand en trok haar zachtjes bij de kamer vandaan. Toen ze terugkwamen bij de auto lag er op de voorstoel een vers gebakken appelkruimeltaart op hen te wachten.

# Negen

## XXXVI

Het was een van die frisse, heldere dagen halverwege oktober die Veronica het gevoel gaven dat alles mogelijk was. Ondanks de vallende bladeren en de belofte van verval leek de herfst altijd de hoop op iets nieuws te bevatten. Een overblijfsel uit haar schooltijd, nam ze aan. En, dacht ze, kijkend naar de bijzonder zwangere Lillian die aan de andere kant van het tafeltje achter in Konditorei Hongarije zat, dit jaar zou er echt iets nieuws komen wat hun leven voor altijd zou veranderen. Een klein stukje boven Lillians hoofd hing een foto van een man die zich had uitgedost als een blonde barbiepop en een zwart-leren motorbroek, een jasje en een pet droeg en schrijlings op een enorme zwart met zilveren motor zat. Het model zag er bijna uit als Lillian die zich als een travestiet had verkleed. Veronica vroeg zich af of ze haar zus op de gelijkenis moest wijzen, maar besloot het maar niet te doen.

De afgelopen maand had Veronica Lillian steeds willen vragen of ze bij de geboorte van Lillians baby aanwezig mocht zijn. Ze was bang dat Lillian nee zou zeggen, het zou weigeren, erop zou staan om het alleen te doen. Veronica wilde erbij zijn, en ze was van plan voet bij stuk te houden. Ze zei: 'Lillian, ik wil erbij zijn als de zygoot eruit komt.'

De serveerster die op een zigeunerin leek, zette een kop zwarte koffie voor Lillian neer.

'Goed, hoor,' zei Lillian, 'je mag erbij zijn, maar alleen jij. Alex niet, Agnes niet – totdat ik zin heb om hen te zien. Het is geen voorstelling.'

'O, Lillian,' zei Veronica bijna zingend, 'echt? Mag ik erbij zijn?

Wat een eer! Ik voel me al zo verbonden met dat ventje. Ik wil hem laten weten dat ik er vanaf het allereerste begin voor hem zal zijn. Ik wil...'

Lillian hief haar hand op. 'Stil. Waarom heb ik in jouw nabijheid altijd het gevoel dat ik gevangen zit op de set van *Les parapluies de Cherbourg*? Ik behoud het recht voor om van mening te veranderen. En je moet trouwens weten dat ik alleen maar ja zeg omdat ik dolgraag wil weten hoe jij kijkt wanneer je wordt geconfronteerd met de verschrikkelijke werkelijkheid van de beslist niet wonderbaarlijke gebeurtenis die een geboorte is. Mannen verwonderen zich altijd over het feit dat vrouwen kunnen weigeren om seks te hebben, maar welke vrouw die bij haar volle verstand is zou na zo'n ervaring ooit weer seks willen hebben? Tot voor kort waren complicaties bij de bevalling de voornaamste doodsoorzaak onder vrouwen. En vandaag de dag sterven er nog steeds elk jaar zeshonderdduizend vrouwen per jaar bij de bevalling, wat betekent dat er elke minuut ergens ter wereld een vrouw sterft terwijl ze een kind baart. Die kennis moet een ingrijpend en blijvend effect op het vrouwelijke brein hebben gehad, maar op de een of andere manier kijkt iedereen eroverheen.'

'Je hebt me zelf verteld dat vergeten een noodzakelijke en belangrijke functie van het brein is,' zei Veronica, die zich realiseerde dat ze een prijs voor het 'geschenk' van haar zus zou moeten betalen.

'Dat is waar, maar vergeet niet: vergeten is een kunst,' zei Lillian. 'Als je het niet op de juiste manier doet, vinden herinneringen manieren om je te storen, te kwellen en te plagen, en altijd op momenten dat het je niet uitkomt.' Ze stak haar hand uit en pakte die van Veronica vast, zoals ze had gedaan in de kapel van Sint Columba in de kathedraal, en legde die plat op haar buik. 'Hij voelt toch als een soort reptiel?'

Veronica voelde uiterst zachte tikjes tegen haar handpalm en dacht aan de padden die ze vroeger in de koekoeken van de lagere school had gevangen. Ze had een pad in haar handen naar huis gedragen en gevoeld dat die al springend zachtjes langs haar huid streek. Thuis had ze hem in een glazen pot gedaan, maar waar ze die ook verstopte, Lillian vond hem altijd en liet de pad dan weer vrij. Ze had altijd gedacht dat Lillian gemeen wilde doen, maar in de loop der jaren was de gedachte bij haar opgekomen dat Lillian zich misschien ook wel zorgen over het welzijn van de pad had gemaakt.

De serveerster kwam terug met Veronica's Wiener melange en een bordje met petitfours in lichtgevend geel, roze en blauw.

'Ik heb Brad Fitzgerald gisteren gebeld,' zei Lillian, die Veronica's hand van haar lichaam haalde, 'om te vragen of hij het manuscript voor ons wil bewaren als Charles het weer eens weggooit. Na een paar krachttermen vertelde hij me dat hij alle manuscripten van Charles heeft bewaard, dat hij ze uit de prullenbak vist als Charles ze heeft weggegooid, en dat hij, voor het geval we geïnteresseerd zouden zijn, zelfs de betreffende pagina's heeft gemarkeerd. Hij zei dat hij ze naar ons kan opsturen of ze aan ons kan geven als we de volgende keer komen.'

Veronica zuchtte en at de slagroom op die ze van haar koffie had gelepeld. 'Het is een beetje eng. Ik weet niet of ik wel wil lezen wat hij heeft geschreven.'

'Maar je wilde zijn manuscript stelen.'

'Waarom heb je me tegengehouden? Het is niets voor jou om zo braaf te zijn.'

'Braaf zijn had er weinig mee te maken. Ik wilde daar gewoon weg.'

Dat kon Veronica wel begrijpen. Ze had zich sinds hun bezoek aan Neurologisch Instituut Boszicht veelvuldig afgevraagd of ze zich er ooit toe zou kunnen zetten om er naar terug te keren. Ze knabbelde op een blauwe petitfour. 'En Bryan Byrd? Ben je nog steeds verliefd op hem, of is het over?'

'Hij doet onderzoek naar me. Hij heeft ervoor gezorgd dat de verzekeringsmaatschappij van Charlotte hem heeft aangenomen, en ze trekken mijn onpartijdigheid in twijfel omdat ik met haar vader getrouwd ben geweest.'

'Dat is bespottelijk,' zei Veronica, die deed alsof ze het bespottelijk vond.

'Hij is door me geobsedeerd.'

'Echt?' Ook dat was iets nieuws, dacht Veronica, dat Lillian zo in de war was vanwege een man.

'Ik word geacht zijn moeder te leren kennen en met hem uit eten te gaan, maar ik zie ertegenop,' zei ze, terwijl ze haar lange blonde haar achter op haar hoofd tot een knot wikkelde.

'Waarom?'

'Wat voor soort man woont op zijn tweeënveertigste nog bij zijn moeder?'

Veronica antwoordde: 'Jouw soort.'

'En ik sta op het punt om het kind van mijn halfbroer te baren,' ging Lillian verder. 'Als hij dat opwindend vindt, is er vast iets mis met hem. En hij was trouwens onze privé-detective. Is het niet helemaal fout om verliefd te worden op je privé-detective?'

'Was jij niet degene die met de vader van een patiënt trouwde?' Veronica lachte. 'Was jij niet degene die voorstelde dat ik gewoon met Alex moest blijven slapen? En nu ga je je afvragen of het wel ethisch verantwoord is om met je privé-detective uit te gaan?'

'Ik weet het niet,' zei Lillian, een tikje dromerig. 'Op de een of andere manier lijkt het allemaal een beetje te...'

'Intiem?' maakte Veronica haar zin af. 'Weet je, ik moest er laatst nog aan denken dat Charlotte opeens was opgehouden met praten, en aan het auto-ongeluk van haar moeder, en dat deed me denken aan –'

'Jezelf,' onderbrak Lillian haar, haar zin afmakend. 'Dat was al bij me opgekomen. En wat intimiteit betreft, je zou ondertussen moeten weten dat dat zwaar overschat is.'

'Natuurlijk,' zei Veronica, die wist dat het tijd was om van onderwerp te veranderen.

De Hongaarse serveerster, die vandaag een paarse in plaats van de gebruikelijke rode bandana over haar haar droeg, liep met een reusachtig stuk chocoladetaart langs hun tafeltje. Veronica gebaarde naar haar en zei: 'Ik wil dit al een hele tijd vragen, bent u toevallig Hongaars?'

'Iraans en Portugees. Ik geloof niet dat hier Hongaren werken.

De eigenaren zijn Grieks. Maar het gebak is in elk geval naar Hongaars recept gemaakt,' zei ze bemoedigend. Toen liep ze, onder het roepen van 'Rocco', naar een ander tafeltje, waar een jonge man met een zwart leren jack en een donkere bril, die zich al een paar dagen niet had geschoren, zijn hand omhoog had gestoken.

'Ik zat erover te denken om de baby zo te noemen,' zei Lillian.

Ze keken allebei naar Rocco, die door zijn donkere bril in de schamel verlichte ruimte een manuscript zat te lezen. Veronica probeerde zich voor te stellen dat hij Lillians volwassen zoon was.

Veronica wendde zich weer tot haar zus. 'Lillian, hoe bang ben je?'

'Rationeel gezien maak ik me geen zorgen over deze bevalling. Ik bedoel, dit is per slot van rekening New York, en niet Bangladesh. Maar af en toe merk ik dat ik gek word van de zenuwen als ik aan de bevalling denk, en aan het feit dat ik verantwoordelijk voor zijn leven zal zijn. En dan voel ik de dwang om dealtjes te sluiten. Ik ga dood, hij blijft leven. Hij gaat dood, ik blijf leven. Ik heb nog niet besloten voor welke deal ik kies. Het kan best zijn dat wanneer puntje bij paaltje komt en ik in de verloskamer dealtjes begin te sluiten, ik opeens zeg: "Hij en ik blijven leven, zij gaat dood"?'

'Met andere woorden, je schijt bagger,' zei Veronica. 'En daarom wil ik erbij zijn, want ik schijt ook bagger, maar wel wat minder als ik bij jou ben.'

'Zolang je maar weet waar je aan begint,' zei Lillian, en toen pakte ze een roze petitfour en stopte die in haar mond.


XXXVII


Na het ongeluk lag Veronica twee weken in het ziekenhuis. Daarna lag ze nog twee weken thuis in bed. Op een dag zei haar moeder ten slotte: 'Goed, dametje, je hebt genoeg kunnen herstellen. Nu ga je weer naar school.' Tijdens haar herstel had Veronica niet veel gezegd. Haar moeder draaide dubbele diensten in het ziekenhuis, de Poolse vrouw die voor Veronica zorgde, sprak geen Engels, en Lillian was nooit in de stemming voor een gesprek. Pas toen Veronica weer terug op school kwam en iedereen op school, van het hoofd tot de bibliothecaresse tot kinderen die niet eens bij haar in de klas zaten, met haar wilde praten, merkte ze dat ze het praten best wel was verleerd. Iedereen keek haar oprecht bezorgd en belangstellend aan en vroeg: 'Hoe gaat het met je?', maar wanneer ze probeerde te antwoorden ontdekte ze dat ze geen flauw idee had hoe het echt met haar ging, en daarom had ze het gevoel dat ze beter niets kon zeggen. Maar ze genoot wel van alle aandacht, totdat ze besefte dat ze haar beroemdheid aan haar vaders dood te danken had. Het was een vreselijke fout geweest, zei ze tegen zichzelf, een ongeluk. Het was niet haar bedoeling geweest dat hij zou sterven.

Ze kwam zonder een woord te zeggen de eerste dag door. Iedereen was vol begrip. 'Maak je niet druk, we begrijpen het wel,' zeiden ze, vol medeleven knikkend. Op de tweede en derde dag schonken de leerkrachten en zelfs de kinderen, die volledig op de hoogte waren gesteld van wat er bij Veronica thuis aan de hand was, geen aandacht aan het feit dat ze niets zei. Maar tegen het einde van de week begonnen de volwassenen zich zorgen te maken omdat ze niets zei en werden de kinderen nieuwsgierig. Ondertussen bleef Veronica ook thuis zwijgen, maar niemand scheen het daar te merken.

Tijdens haar tweede week terug op school veranderden de bezorgdheid en nieuwsgierigheid over haar antiverbale gedrag langzaam in frustratie en woede. Haar juf hief haar handen op en zei: 'We kunnen je niet helpen als je ons geen kans geeft, Veronica,' en de kinderen plaagden haar en scholden haar uit voor 'Veronica Keller' en 'Dombo'. Veronica wist niet goed waarom ze niet praatte. Ze raakte van streek wanneer ze merkte dat andere mensen van streek raakten omdat ze niet praatte, maar ze kon er niets aan doen. Het voelde gewoon goed om niets te zeggen.

Totdat Veronica op een dag de klas mocht verlaten en naar het hoofd werd gestuurd. In de wachtruimte zag ze haar moeder zitten, in haar verpleegstersuniform, met haar kastanjebruine haar in een wrong en haar lippen pas gestift. In de wachtruimte zat eveneens, in een van de grote houten stoelen, de sociaal werkster van de school, mevrouw Livingston, die vele pogingen had ondernomen om Veronica te helpen door telkens weer te zeggen dat het normaal was dat ze zich verdrietig voelde vanwege de 'gebeurtenissen'. 'Er is geen juiste manier om je verdriet te uiten,' zei ze. 'Dit is jouw manier. Maak je geen zorgen. Je bent volkomen normaal.' Het leek Veronica verre van normaal dat je je vader doodde, en ze voelde zich eigenlijk helemaal niet zo verdrietig omdat hij dood was, maar dat kwam omdat ze te veel piekerde over het feit dat Lillian nu een hekel aan haar zou hebben omdat ze hun vader had gedood. Mevrouw Livingstone was zelfs een paar keer bij hen thuis geweest om Veronica op te zoeken en met haar moeder te praten. Veronica kon merken dat haar moeder mevrouw Livingstone niet mocht, maar ze wist niet zeker waarom. Ze dacht dat het misschien kwam omdat mevrouw Livingstone een slechte adem had. Hoe kon een sociaal werkster slechte adem hebben? vroeg ze zich af. Mevrouw Livingstone was ook erg mager en leek op een vogeltje, maar dat stoorde Veronica minder.

Veronica ging in een stoel tegenover haar moeder zitten, met haar voeten bungelend boven de grond. Dat herinnerde haar eraan dat het erg onwaarschijnlijk was dat ze ooit zo lang als Lillian zou worden. Ze had de wens dat haar haar ooit nog van donker in blond zou veranderen allang opgegeven, maar ze koesterde nog steeds de hoop dat ze misschien 'omhoog zou schieten'. Haar moeder glimlachte, maar zei niets.

Na een paar minuten deed het hoofd, meneer Allen, een man met wit haar en een bril met een metalen montuur, de deur van zijn kamer open en zei: 'Dames, komt u binnen.'

Veronica en mevrouw Livingstone sprongen overeind. Agnes bekeek het hoofd van top tot teen en stond toen met een bijna verveelde uitdrukking op haar gezicht op uit haar stoel. Ze liepen de kamer van meneer Allen in, en nadat ze een paar minuten lang stoelen heen en weer hadden gesleept gingen ze allemaal zitten; meneer Allen achter zijn bureau, zijn drie bezoekers ervoor.

Meneer Allen deed zijn bril af en zei: 'Nog gecondoleerd, mevrouw Moore, met uw recente verlies.'

'Waarom ben ik eigenlijk hier, meneer Allen?' antwoordde ze. Ze liet niet merken dat ze had gehoord dat hij haar condoleerde.

Meneer Allen schraapte zijn keel, zette zijn bril weer op en staarde naar de papieren op zijn bureau. 'Zoals u waarschijnlijk wel weet,' zei hij ten slotte, 'lijkt Veronica haar tong te hebben verloren.'

Veronica bewoog haar tong in haar mond heen en weer en stelde vast dat die uitdrukking niet alleen onjuist, maar ook walgelijk was. Ze stelde zich voor dat ze in de ruimten van haar leven – haar slaapkamer, de school, het speelplein – naar haar tong liep te zoeken. En stel dat iemand anders hem eerder dan zij vond? Wat zouden ze er dan mee doen? Veronica keek naar haar moeder, wier tong sierlijk langs haar bovenlip gleed. Veronica was bang dat ze misschien haar lippenstift uit zou smeren. Mevrouw Livingstone hield daarentegen haar kaken stevig opeengeklemd.

'Meneer Allen,' zei Agnes, met haar lippenstift intact. 'Ik heb nu lunchpauze en moet weer terug naar het ziekenhuis. Misschien kunt u me snel laten weten wat ik voor u kan doen.'

'Goed, dan kom ik meteen ter zake. Veronica heeft nog geen woord gezegd sinds ze weer op school is. Mevrouw Livingstone heeft contact gehad met Veronica's kinderarts en het blijkt dat er geen medische reden voor haar zwijgzaamheid is.' Meneer Allen keek Veronica recht aan terwijl hij sprak, hoewel hij praatte alsof zij er niet bij was. 'Haar onwil om te spreken maakt onze taak erg moeilijk, zelfs onmogelijk. Ik heb u laten komen, mevrouw Moore, om te zien of u enig licht kunt werpen op Veronica's weigering om aan het normale leven op school deel te nemen.'

Agnes stond op. 'Ik ben bang dat ik u niet kan helpen. Ik ben er zeker van dat Veronica's gedrag niet alleen noodzakelijk, maar ook opbouwend is. Sterker nog, ik vind dat ze de nodige bewondering verdient voor wat ze de laatste tijd heeft klaargespeeld.' Ze knipoogde naar Veronica. 'Als u het niet erg vindt, ga ik nu weer aan het werk.'

'Ik neem aan dat u zich dus aan uw verantwoordelijkheid in deze kwestie onttrekt?' zei meneer Allen.

'U mag aannemen wat u wilt, meneer Allen,' zei haar moeder. 'In tegenstelling tot mijn oudste dochter is Veronica een uitermate gezeglijk kind. Persoonlijk vind ik haar beslissing om zich op dit moment verbaal niet te uiten geruststellend. Hiermee bespaart ze ons allemaal veel problemen. Maar als u zich zorgen wilt maken, zal ik u niet tegenhouden. Ik weet zeker dat Veronica het niet erg vindt.' Met een boze en trotse blik in haar donkere ogen keek Agnes weer naar Veronica, en daarna liep ze de kamer uit. Veronica was blij met wat haar moeder tegen het hoofd had gezegd, maar ze wou dat ze haar niet alleen had gelaten met hem en mevrouw Livingstone. Ze wilde opspringen en achter haar moeder aan lopen, maar op de een of andere manier wist ze dat dat niet onder de noemer 'gezeglijk' zou vallen.

'Goed, Veronica,' zei meneer Allen, 'heb je daar nog iets op te zeggen, of heb je zelf nog iets te melden?'

Veronica keek naar haar handen.

'Ga maar terug naar je klas, dan zullen mevrouw Livingstone en ik wel bedenken wat we met je gaan doen,' zei hij, gebarend dat ze kon vertrekken.

Toen Veronica de volgende dag op school kwam, werd ze door haar juf meteen naar de bibliotheek gestuurd. 'Totdat je besluit te praten,' zei haar juf, 'ga je elke dag in de bibliotheek zitten lezen.' De bibliothecaresse gaf haar de opdracht de biografieën van vrouwen te lezen die de nodige obstakels hadden overwonnen en beroemd waren geworden. Veronica begon met Helen Keller en ging daarna verder met Florence Nightingale, Marie Curie, Jenny Lind en Annie Oakley. Ongeveer een week later, toen ze halverwege de biografie van Pocahontas was, zei de bibliothecaresse tegen haar dat ze weer bij meneer Allen moest komen. Toen ze bij zijn kamer aankwam, zat Lillian rechtop op een stoel in de wachtruimte, met haar voeten stevig op de vloer geplant.

Meneer Allen leidde hen snel naar binnen. 'Ten gevolge van een onbedoelde suggestie van je moeder hebben we besloten je hysterische kwaal op een andere manier te benaderen,' zei hij tegen Veronica. 'Totdat je weer weet hoe je moet praten, zal Lillian de middagen samen met jou in de bibliotheek moeten doorbrengen, of, als het weer goed genoeg is, op de speelplaats. Jullie hoeven geen van beiden naar de les, maar jullie moeten wel je huiswerk maken.' Meneer Allen keek Veronica streng aan. 'Je hebt toevalligerwijs niets over deze regeling te zéggen, hè?'

Veronica keek naar Lillian, die naar meneer Allen keek.

'Goed, dan kunnen jullie gaan,' zei hij.

In de week die volgde haalde Lillian Veronica elke middag na de middagpauze uit de klas (tot ongenoegen van de juf moest Veronica 's morgens wel weer in de klas gaan zitten). Daarna gingen ze naar de schommels buiten, hoewel het begin april was en nog steeds vrij koud, en schommelden de resterende twee uur van die schooldag, of juist niet, zonder ook maar een woord tegen elkaar te zeggen. Aanvankelijk was Veronica bang dat Lillian boos op haar zou zijn. Maar op de tweede dag zei Lillian: 'Veronica, wat mij betreft kun je doen wat je wilt. Je kunt praten of niet, je kunt huilen of niet, schommelen of niet, het kan mij niet schelen. En maak je geen zorgen over de vraag of ik boos op je ben, want dat ben ik niet. Ik moet dan wel bij jou blijven, maar dat is altijd nog beter dan in die stomme les zitten.' Veronica ontspande zich, en ze zaten nog de nodige middagen zwijgend bij elkaar. Af en toe riep het hoofd Veronica bij zich en stelde haar vragen waarop ze zonder uitzondering antwoordde door naar haar handen te kijken. Nadat hij haar op een ochtend bij zich had geroepen en haar vroeg hoe het met haar ging, keek ze naar hem op en zei: 'Een stuk beter, meneer.'

'Zou je nu terug naar je klas willen gaan?' vroeg hij, over de rand van zijn bril turend.

'Ja, meneer.'

'En zul je antwoord geven als je iets wordt gevraagd?'

'Ja, meneer.'

'Kun je uitleggen waarom je de afgelopen paar weken niet hebt gesproken?'

'Nee, meneer.'

Meneer Allen haalde zijn schouders op. 'Goed, ga dan maar tegen je zus zeggen dat alles weer normaal is en dat ze niet meer op hoeft te passen.'

Veronica liep door de gang naar de lokalen van de hogere klassen, die in de zomer tot open ruimten zonder muren werden omgetoverd. De kinderen hielden zich voornamelijk bezig met wat 'zelf leren' werd genoemd, wat betekende dat ze elke dag zelf mochten kiezen welk vak ze wilden doen. Lillian vond de nieuwe regeling vreselijk en kon niet wachten totdat ze volgend jaar naar de middelbare school zou gaan. Op Veronica kwamen de open klassen erg chaotisch over. Er waren geen schoolbanken, alleen maar tafeltjes, en kinderen renden heen en weer tussen de hoeken met kunst en kennis der natuur. Leerkrachten praatten met kleine groepjes kinderen, terwijl de rest van de leerlingen maar een beetje rond leek te hangen. Veronica vond Lillian in de leeshoek, waar ze wiskundesommen zat op te lossen.

'Ik moest van meneer Allen tegen je zeggen dat alles weer normaal is en dat je niet meer op hoeft te passen.'

Lillian keek op. Veronica had Lillians ogen al ontelbare keren gezien, maar de intensiteit en beweeglijkheid van die blauwe kleur verbaasden haar, vooral omdat haar eigen ogen, net als die van haar moeder, door en door zwart waren.

'Ten eerste,' zei Lillian met haar laten-we-dit-eens-even-rechtzetten-stem, 'bestaat iets als "normaal" niet. En ten tweede paste ik niet op. Ik analyseerde je.'

'Je deed wat?' Veronica voelde zich opgelucht nu ze hoorde dat Lillian niet het gevoel had gehad dat ze de oppas moest spelen, maar dat andere klonk nog erger, vooral gezien de manier waarop Lillian haar doorgaans behandelde.

'Ik analyseerde je. Ik probeerde te begrijpen waarom je deed wat je deed.'

'O,' zei Veronica. Lillian ging verder met haar wiskundesommen, en Veronica draaide zich om om weg te gaan, maar bleef staan. 'Begrijp je waarom ik het deed?' vroeg ze.

Lillian keek op van haar wiskundeboek. 'Nee,' zei ze, 'dergelijke dingen zijn onmogelijk te begrijpen.'

## XXXVIII

Veronica en Jane Lust zaten in het niet-rokengedeelte van Smoke. Ze waren allebei gestopt, en dit was een lakmoesproef van hun doorzettingsvermogen: een jazzclub die een van zijn tien tafels voor niet-rokers reserveerde, en dat tafeltje stond naast de wc. Ze hadden een uur voordat Lillian zich voor de eerste set van Bryan Byrd en de Low Blows bij hen zou voegen hier afgesproken. Janes pakje was babyblauw, maar kraag, manchetten en zoom waren met zwart fluweel afgebiesd. Ze droeg een collier met grote parels en bijpassende oorbellen. Haar oogleden hadden de kleur van haar pakje, haar wimpers waren vals, haar lippenstift lichtgevend. Als het licht uit zou vallen, zou Veronica Jane weten te vinden. De fles Veuve Clicquot die Jane had besteld, werd op tafel gezet, ontkurkt en uitgeschonken.

'Gefeliciteerd,' zei Jane. 'Moge *Voor wat, hoort wat* alle succes van de wereld boeken.'

Veronica had het liever gevierd op het moment dat de musical echt werd opgevoerd. Theatergezelschap Zwarte Lagune had haar die ochtend gebeld om te zeggen dat de directie had besloten om haar musical volgende zomer tijdens het Internationale Avantgardefestival in New York op te voeren. Veronica had hen zover gekregen dat ze Alex een kans wilden geven om de partituur te componeren. Ze hadden er onder voorbehoud mee ingestemd en hem drie maanden de tijd gegeven om drie voorbeeldliedjes te schrijven. Als hij de toets der kritiek niet zou kunnen doorstaan, zouden ze een eigen kracht inhuren.

De ruimte begon zich met mensen te vullen, en daarmee ook met rook. De twee vrouwen ademden diep in.

'Wat zou je zeggen van een sigaret om het te vieren?' vroeg Veronica aan Jane, in de hoop dat Janes wilskracht net zo weinig voorstelde als die van haar.

'Niet voor mij,' zei Jane. 'Sinds ik gestopt ben, heb ik heel wat geld bespaard. Sterker nog, ik heb uitgerekend wat ik de komende tien jaar ga besparen en ben naar Tiffany's gegaan en heb het in een mooie steen geïnvesteerd.' Ze hield haar hand omhoog. Veronica had de diamant ter grootte van een kumquat al aan Janes middenvinger zien prijken. Eromheen zaten verschillende diamantjes en parels ter grootte van lycheezaadjes.

'Wauw,' zei Veronica. 'Dat noem ik pas echt creatief investeren.'

'Ik stop met *Doodgewone dingen*, zodat ik die roman kan gaan schrijven,' zei Jane, wier toch al blozende wangen nog donkerder roze kleurden.

Veronica hief haar glas. 'Daar drink ik graag op. Gefeliciteerd, Jane.'

'Ik hoopte dat ik als een voorbeeld zou kunnen dienen,' zei ze, haar door juwelen gesierde hand gebruikend om de koepel van haar pas geverfde roodblonde haar in model te kneden.

'Ik wil ook wel stoppen, maar stel dat *Voor wat, hoort wat* een grote flop wordt?'

'Stel dat?' herhaalde Jane. 'Stel dat? Stel je eens voor dat Christoffel Columbus had gezegd: "Stel dat ik de nieuwe wereld nu eens niet ontdek?" Of dat Elizabeth Taylor had gezegd: "Stel dat niemand met me wil trouwen?" Wat doe je dan? Dan schrijf je er nog een.'

'Nu moet ik echt een sigaret hebben,' zei Veronica, die om zich heen keek om te zien bij wie ze het gemakkelijkst een sigaret zou kunnen bietsen. Een oudere man was het gemakkelijkste doel, maar kon voor de meeste problemen zorgen. Een jongere vrouw zou minder snel voor problemen zorgen, maar kon een blik vol vernietigende minachting werpen, of, erger nog, nee zeggen.

'Trouwens,' zei Jane, 'hoe kun je bij *Doodgewone dingen* blijven nu alle leuke lui weg zijn? Ashley, Alex, ik.'

'Zijn Nigel en Laralee al gescheiden?' Veronica dronk het laatste restje Veuve Clicquot uit haar glas en schonk zichzelf nog eens in.

'Nog steeds zo naïef,' zei Jane hoofdschuddend. 'Ze hebben zich hartstochtelijk en erg publiekelijk met elkaar verzoend. Het hele gedoe, van begin tot eind, was een opzetje van de bladen, en Nigel en Laralee hebben erg vakkundig hun echte ik gespeeld. Wanneer soapsterren niet in beeld zijn, acteren ze nog. Hoe is het met Alex' neus?'

Veronica richtte haar aandacht op een vent van haar leeftijd met tatoeages op zijn armen. 'Goed. Een tikje scheef. Dat zou verklaren waarom Nigels advocaten bakken met geld bieden als hij de zaak buiten de rechter om wil schikken.' Het viel haar op dat de man met de tatoeages een sigaret zonder filter rookte, beschouwde hem als ongeschikt en zocht verder.

'En de volgende?' vroeg Jane.

'De volgende? Hoe bedoel je?' vroeg Veronica, die een nieuwe potentiële donor op het oog had: een vrouw van in de vijftig met een gelooide huid die ongetwijfeld meer dan eens had geprobeerd te stoppen en haar heel goed zou begrijpen.

'Waar gaat je volgende musical over?' hield Jane vol.

'O, bedoel je dat.' Veronica keek naar het podium, in de hoop dat er iemand spontaan een mopje zou gaan spelen, zodat ze niet op Janes vraag hoefde te antwoorden. 'Ik weet het niet,' zei ze schouderophalend. Toen liep Bryan Byrd, alsof hij haar wens had gehoord, in een linnen pak met de kleur van bittere chocolade naar binnen, met zijn armen rond zijn tuba geslagen alsof het instrument zijn vriendin was. Hij droeg een wit overhemd, geen das, en zijn kale hoofd glom. Ze gebaarde, misschien een tikje te geestdriftig, dat hij naar hen toe moest komen, stelde hem voor aan Jane en vroeg hem wat hij en zijn groep die avond voor muziek zouden gaan spelen. Na zijn antwoord vroeg Veronica, in een wanhopige poging om het gesprek gaande te houden zodat ze Janes vragen over haar volgende meesterwerk niet zou hoeven beantwoorden, geheel ongepast aan Bryan hoe de ontmoeting tussen Lillian en zijn moeder was verlopen.

Bryan lachte. 'Mijn ergste nachtmerrie is uitgekomen. Het eerste wat mijn moeder doet zodra ze Lillian ziet, is naar haar buik wijzen en zeggen: "Ik hoop met heel mijn hart dat je niet gaat proberen om dat ding voor het kind van mijn zoon door te laten gaan." De rest van de avond was het net alsof ik niet meer bestond. We zijn zelfs nooit meer uit eten gegaan.'

'Het spijt me,' zei Veronica.

'Ja, het was vreselijk,' vervolgde hij, al leek hij eerder blij dan teleurgesteld. 'Ze konden gewoon geen genoeg van elkaar krijgen. Het is echt erg als een ouder degene voor wie je belangstelling hebt leuk vindt. Het voelt bijna als incest.'

Jane grinnikte, Veronica staarde hem aan. Moesten alle wegen op deze wereld naar incest leiden?

'Genoeg gekletst, voor de draad ermee,' zei Jane, zodra hij weer was weggelopen.

'Waarmee?' vroeg Veronica onschuldig. Toen stond ze op en – het was alsof ze op een frisse ochtend in een zwembad sprong – liep ze naar de vrouw met de huid als leer, die Veronica's lievelingsmerk bleek te roken. Zo charmant als ze maar kon, legde ze uit dat ze probeerde te stoppen maar smachtte naar een laatste sigaret, enzovoort. De vrouw nam een lange haal, blies de rook in Veronica's gezicht en zei: 'Sorry, niet goed voor mijn karma. Probeer maar een ander.'

'Goed, ik zal je mijn idee vertellen,' zei Veronica, die verslagen terugkeerde. 'Maar daarna ga ik een pakje sigaretten kopen.'

'Het is jouw geld,' zei Jane. 'Ga verder.'

'Nou, het gaat over een man die na een auto-ongeluk, waarbij hij zwaar hersenletsel oploopt, door zijn vrouw in een inrichting voor geesteszieken wordt gestopt. De vrouw overtuigt iedereen, ook haar twee jonge dochters, ervan dat haar man, hun vader, dood is. Vijfentwintig jaar later leest een neuroloog in de instelling een manuscript waaraan deze patiënt al jaren werkt. Het manuscript is bijna niet te lezen, maar bepaalde delen zijn helder. In die delen schrijft de vader alles op wat hij zich kan herinneren van zijn dochters, zijn vrouw en van zijn leven voordat hij werd opgeborgen – maar door zijn neurologische afwijking schrijft hij deze herinneringen uitsluitend als liedteksten op, met klassieke rijmschema's. De neuroloog, die aan Tourette lijdt, besluit een privédetective in te huren die de dochters moet opsporen – die wel of niet bestaan. In de tussentijd huren de dochters, die nooit veel over hun vader hebben geweten, een andere privé-detective in om meer over hem te weten te komen.'

'Dat klinkt als een kruising tussen Oliver Sachs en Raymond Chandler.'

'Echt?' vroeg Veronica, die haar teleurstelling probeerde te verbergen. 'Ik wilde er een soort romantische komedie vol verbaal steekspel van maken.'

'Verbaal steekspel misschien wel, maar waar is de romantiek?'

'O, dat ben ik vergeten. Tijdens hun zoektocht worden de detectives verliefd op elkaar.'

'Een romantische komedie in de vorm van een musical met een homoseksueel tintje. Dat bevalt me wel,' zei Jane, die oprecht positief klonk.

'O nee, een van de detectives is een vrouw. Ze is gebaseerd op die roodharige vrouw die je hebt ontmoet, Sybil Noonan. Ik ga haar naam natuurlijk veranderen.'

'Hoe loopt het af?' vroeg Jane.

'Ik weet het niet.' Veronica zuchtte. 'Ik dacht aan een oplossing als een stuk-in-een-stuk, hoewel dit dan een musical-in-een-musical zou zijn, opgevoerd door de patiënten van de inrichting.'

'Nog één vraag,' zei Jane, 'en dan laat ik je met rust. Waar is de moeder?'

'O ja, de moeder,' zei Veronica. 'Die duikt aan het einde op.'

'En wat gebeurt er dan?'

'Dat weet ik nog niet.'

Veronica wilde net de ober aanschieten en een pakje sigaretten bestellen toen het haar opviel dat een aantal mensen in de club hun hoofd in de richting van de ingang had gedraaid. Ze volgde hun blikken en zag Lillian, in de vorm van een vraagteken en gekleed in een strakke zwarte jurk, naar hun tafeltje lopen. Lillian ging zitten, bestelde een glas melk en vertelde het verhaal over haar ontmoeting met de moeder van Bryan Byrd. Veronica's verlangen naar een sigaret was al snel helemaal vergeten.

## XXXIX

Rocco, drie dagen oud, geboren met tien vingers en tien teentjes en in alle opzichten gezond, huilde zijn longen uit zijn lijfje. Oma Agnes hield hem tegen haar schouder en liep met hem door de kamer in het ziekenhuis, hem ondertussen op zijn rug kloppend en zeggend: 'Toe maar, toe maar, het is gewoon een beetje gas. Laat maar eens een lekker boertje. Laat je familie trots op je zijn.' Lillian, die in een zwarte negligé rechtop in het ziekenhuisbed zat, was aan het bellen. Veronica hoorde dat ze vanwege de pijnstillers iets langzamer sprak dan normaal, maar verder ging het erg goed met haar. De bevalling had haar in geen enkel opzicht milder gemaakt. Kate Cornell had ervoor gezorgd dat Lillian een eigen kamer had, op een hoek, met een babyblauwe inrichting. Als Rocco een meisje was geweest, zou de kamer dan roze zijn geweest? vroeg Veronica zich af.

Veronica zat in een van de twee fauteuils die waren bekleed met stof met hobbelpaarden en teddyberen en keek naar *Doodgewone dingen* op een tv die boven het voeteneinde van Lillians bed aan het plafond was geschroefd. Ze deed haar uiterste best om zich geen zorgen te maken over de vraag of haar moeder de baby zou laten vallen of dat Lillian een vreselijke vergissing had begaan door voor flessenvoeding te kiezen. Ze had ontelbare artikelen in de *New York Times* gelezen waarin werd beweerd dat baby's die de fles hadden gekregen een lager IQ, een minder goed werkend immuunsysteem en een veel grotere kans op het plegen van misdadige handelingen hadden. Op het scherm beschuldigde Eve White, de nymfomane echtgenote van dokter Trent White, haar dochter Lily White van passief-agressieve wraakzucht, die zich uitte in haar onlangs genomen beslissing om novice in de orde der carmelitessen te worden.

'Een keizersnede,' zei Lillian. 'Mijn vliezen braken en het was een stuitligging. Kate wilde hem wel met de hand keren, maar ik wilde hem er gewoon uit hebben. Ik heb niet eens echt weeën gekregen. Het was binnen twintig minuten voorbij, maar het doet verschrikkelijk zeer; ik heb het gevoel dat ik uit elkaar ben getrokken en van mijn ingewanden ben beroofd. Godzijdank heb ik flink wat pijnstillers gekregen.'

De baby bleef huilen, en Veronica was er zeker van dat haar moeder, die op de dag van de geboorte was aangekomen, iets verkeerd deed – ook al had haar moeder jaren als verpleegster gewerkt. En omdat Veronica nu, nadat ze bij de bevalling van Lillian aanwezig was geweest, zeker wist dat ze zelf nooit kinderen zou krijgen, wilde ze er zeker van zijn dat ze bij dit kind alles goed deed.

'Veronica was erbij, maar ik weet zeker dat ze er liever niet bij was geweest,' ging Lillian verder.

Drie dagen eerder had Lillian, nadat ze in een plasje warm water wakker was geworden, in het holst van de nacht Veronica gebeld en gezegd: 'Het doet me verdriet je te kunnen melden dat de zygoot toch niet met Halloween ter wereld zal komen.'

'O, god, Lillian, moet ik een ambulance bellen?' vroeg Veronica, die voelde dat ze elk moment verlamd van angst kon raken en voor dat moment nog iets wilde doen.

'Rustig maar, Veronica, ik heb nog niet eens weeën. We nemen wel een taxi.'

Toen Veronica een paar minuten later bij Lillian aankwam, stond Lillian beneden in de hal te wachten met haar tas, waarin, zo ontdekte Veronica later, een tandenborstel, ondergoed, een zwarte negligé, twee setjes kleren voor Rocco en een babydekentje zaten. In de taxi op weg naar het ziekenhuis keek Veronica naar de chauffeur, ene Jean Baptiste, vermoedelijk afkomstig van Haïti, en stelde tot haar grote opluchting vast dat hij waarschijnlijk in staat zou zijn om Lillians kind ter wereld te brengen, als dat nodig mocht zijn.

'Ik ben blij dat je bij me bent, Veronica,' zei Lillian. 'Maar als we eenmaal in het ziekenhuis zijn, hoef je niet per se bij de geboorte zelf te zijn. Tijdens mijn studie heb ik de nodige ervaring met bevallingen opgedaan, en hoe goed alles ook gaat, naar mijn mening is en blijft het een in alle opzichten traumatische gebeurtenis. De menselijke voortplanting is een perfect voorbeeld van een foutje in de evolutie. De vogels hebben het begrepen. Die leggen een ei en gaan erop zitten. Er is niets natuurlijks of intelligents aan een watermeloen door een rietje persen. Ik wil evenmin verantwoordelijk zijn voor jouw PTSS.'

'PTSS?'

'Posttraumatische stressstoornis.'

Veronica zei tegen Lillian dat ze overdreef, dat velen, onder wie zijzelf, van mening waren dat de geboorte van een kind de mooiste ervaring van je leven was. Ze was er echter niet helemaal zeker van dat dat waar was. Toen ze op de middelbare school een documentaire over de geboorte van een kalf had gezien, was ze flauwgevallen. De taxi kwam voor het ziekenhuis tot stilstand. Veronica was opgelucht dat ze Jean Baptiste niet had hoeven vragen om een andere rol dan die van chauffeur te vervullen. Ze namen de lift naar de vierde verdieping, waar Kate Cornell, in een pak met krijtstrepen en hakken van acht centimeter, stond te wachten – mascara en lippenstift net aangebracht, haar geföhnd – alsof het volkomen normaal was om er om vier uur 's nachts zo netjes uit te zien. Kate onderzocht Lillian en drukte een paar lange minuten lang haar handen op Lillians onderbuik.

'Het voelt als een stuitligging,' zei ze. 'Laten we even een echo maken.'

Een stuitligging, wat had dat nu weer te betekenen? Veronica had het woord vaker gehoord maar wist niet zeker wat het betekende voor een baby in de baarmoeder. Het was geen fraai woord, vond ze, met die harde klanken. Ze wilde net aan Kate vragen wat een stuitligging inhield toen een verpleegster een groot apparaat met een beeldscherm naar binnen sleepte. Kate pakte een flesje, spoot wat gel op Lillians ontblote buik en streek toen een eeuwigheid lang met iets wat nog het meest op een metaaldetector leek over Lillians huid.

'Ik kan het niet vinden,' zei Kate uiteindelijk. Ze klonk gefrustreerd. 'Denk je dat dat het kan zijn?' vroeg ze aan Lillian, naar de zijkant van het scherm wijzend.

'Wat kun je niet vinden?' flapte Veronica eruit. Op het scherm kon ze alleen maar een klompje ronde grijze vormen onderscheiden.

'Het hoofdje,' zei Lillian.

Veronica leunde tegen het bed om te voorkomen dat ze om zou vallen. Wat betekende dat, dat ze het hoofd niet konden vinden? Kon de baby een genetische afwijking hebben en zou hij zonder hoofdje worden geboren? Ze wilde het antwoord niet eens weten. Ze keek naar Kate en Lillian, die geen van beiden erg overstuur leken te zijn.

'Aha, daar is het,' zei Kate, die naar de bovenkant van het scherm wees. 'Verstopt bij je hart.' Ze haalde het apparaat waarmee ze babydelen kon onderscheiden nog een paar keer over Lillian heen en zei toen: 'Het ziet eruit als een echte stuitligging, en omdat je vliezen al zijn gebroken, raad ik manueel draaien af. Maar je weet dat ik alles voor je zou doen, dus als je echt wilt dat ik het probeer, dan doe ik het.'

'Nee,' zei Lillian zonder aarzelen. 'Als hij met zijn voeten naar voren naar buiten wil komen, dan wil ik hem dat best gunnen. Laat alleen geen spons in me zitten of zo.'

Kate knipoogde en zei voordat ze wegliep tegen Lillian: 'Goed, dan zie ik je zo in de operatiekamer. Het liefst halen we dat kereltje eruit voordat je weeën krijgt.' Tegen Veronica zei ze: 'Leuk je te leren kennen. Lillian heeft me zoveel fantastische dingen over je verteld.'

Veronica keek Lillian om te zien wat Kate bedoelde.

'Ze liegt,' zei Lillian. 'Ze is net als jij, ze zegt gewoon dingen waarvan ze denkt dat een ander zich beter zal voelen.'

Terwijl verpleegkundigen af en aan liepen om Lillian bloed af te nemen en een catheter en een infuus aan te brengen, legde Lillian aan Veronica uit dat een stuitligging betekende dat de baby ondersteboven in de baarmoeder zat, met zijn achterste op de plek waar zijn hoofdje hoorde te zitten. Omdat de kans op complicaties voor moeder en kind bij een vaginale bevalling veel groter was dan bij een keizersnede, was een keizersnede bij een stuitligging de standaardprocedure. Het was mogelijk het kindje manueel te draaien, dus door de buikwand heen, maar dat was erg pijnlijk en had maar in de helft van de gevallen succes.

'Luister eens, Veronica, er is eigenlijk helemaal niets "moois" aan deze operatie, dus als ik jou was, zou ik de operatiekamer laten voor wat hij is en in de wachtkamer gaan zitten. Wachtkamers zijn er niet voor niets. Koop maar een paar sigaren, ga wat lopen ijsberen, smeed een band met de andere vaders.'

Veronica schudde haar hoofd. 'Ik wil bij je zijn.'

Lillian werd naar de operatiekamer gereden voor een ruggenprik. Toen Veronica met haar mee probeerde te gaan, hield de verpleegster haar tegen en zei dat er verder niemand bij de ruggenprik aanwezig mocht zijn. Ze legde uit dat er al te veel vaders waren flauwgevallen toen ze die enorme naald in de ruggengraat zagen verdwijnen. Veronica werd door een andere verpleegster naar het toilet gebracht, kreeg sokken, een masker en een operatiehemd uitgereikt met de opdracht om alles aan te trekken en haar handen grondig te wassen. Dat deed ze uiterst minutieus en wachtte toen nog een minuut of tien totdat de verpleegster terugkwam en haar naar de operatiekamer bracht.

Te midden van glanzend chroom, knipperende apparaten en helder licht betastte een vrolijke jongeman met donkere krullen en een buitenlands accent Lillians voeten, benen en bekken en vroeg: 'Voel je dit? En dit?' Een paar operatiezusters legden een laken neer dat als een gordijn over Lillians borst spande. Iemand gaf Veronica een krukje waarop ze kon gaan zitten.

De vrolijke jongeman stelde zichzelf voor. 'Ik ben Juan, de anesthesist.' Tegen Veronica zei hij: 'Je bent dapper.' Hij keek naar een grafiek en draaide aan een paar knoppen van een beeldscherm. 'De helft van de echtgenoten, ik bedoel partners...' hij bloosde '... willen er niet bij zijn, en de helft van hen die er wel bij zijn, vallen flauw.' Veronica had een visioen van vaders die overal in het ziekenhuis het bewustzijn verloren. Juan vroeg aan Lillian hoe ze zich voelde en zei toen, bijna achteloos, tegen Veronica: 'Je voelt je toch niet slapjes worden, hè?'

Veronica schudde haar hoofd. Eigenlijk voelde ze zich misselijk en licht in het hoofd omdat ze nog steeds niet helemaal was hersteld van de gedachte aan een neefje zonder hoofd. Ze vroeg zich af of ze misschien een enorme fout had gemaakt. Als ze zich nu terug zou trekken, zou Lillian zich dan in de steek gelaten voelen, ondanks alles wat ze had gezegd? Zou iemand het zien als ze de hele tijd haar ogen dicht zou houden?

'Ze is mijn zus, niet mijn partner,' zei Veronica.

Juan keek naar Lillian en toen naar Veronica. 'Ook goed,' zei hij. 'Ik zeg doorgaans tegen de partners dat ze het beste de hand van de moeder vast kunnen houden en naar haar gezicht kunnen kijken. Dat wil niet zeggen,' zei hij hakkelend, 'dat jij geen moeder bent omdat je niet aan het bevallen bent.' Veronica glimlachte en knikte, wensend dat hij gewoon zou opschieten en zijn zegje zou doen. 'Het ergste wat jij moet doen, is je ogen dichtdoen of je blik op iets anders richten.'

Veronica besloot Juans raad op te volgen en legde haar hand in die van Lillian. De kracht van Lillians vingers rond de hare verbaasde haar. Lillian had haar ogen dicht, maar elke spier in haar gezicht, vooral die rond haar mond en in haar voorhoofd, leek tot het uiterste te zijn gespannen.

'Ik hoor niet veel van je, Lillian,' zei Juan. 'Alles is in orde. Raak je soms in paniek?'

Veronica maakte zich op voor een snedig antwoord, maar haar zus zei niets. Was Lillian soms in paniek geraakt? Hoewel Veronica zelf doodsangsten uitstond, kon ze zich niet voorstellen dat Lillian, die daar onder de felle lampen op de tafel lag en elk moment kon worden opengesneden, iets anders dan het toonbeeld van rust zou kunnen zijn.

'Ik geef je wel wat valium, Lillian,' zei hij.

Veronica wilde roepen dat hij dat niet moest doen, dat haar zus eigenlijk helemaal geen medicijnen nodig had, maar toen besefte ze dat Juan waarschijnlijk wel wist wat hij deed. Ze vroeg zich zelfs even af of ze zou vragen of hij ook wat valium voor haar had, maar toen kwamen Kate en haar ploegje artsen – schoongeboend en omgekleed – de operatiekamer in. Ze gingen bij het andere uiteinde van het witte gordijn staan. Het enige wat Veronica kon zien, was een groepje gemaskerde, op en neer bewegende hoofden zonder lijven.

'Goed, mensen, laten we beginnen,' kondigde Kates stem aan. 'Lillian, alles is in orde en dit is zo gebeurd. Iedereen in deze ruimte en waarschijnlijk nog veel meer mensen erbuiten weten dat er niemand is die deze operatie zo goed, precies en elegant uitvoert als ik.' De op en neer bewegende hoofden waren het ermee eens, zeiden dingen als 'een wonder zonder littekens', 'verloskundige van de sterren' en 'Cornell, voor onder de bikinilijn'.

Rond Lillians lippen verscheen een vage glimlach. Ze huiverde, hoewel haar hand die van Veronica nog steeds als in een bankschroef vasthield.

'Lillian, ik ga de eerste incisie maken. Als ik eenmaal ben begonnen, zeg ik niet veel meer, omdat ik me dan concentreer op wat ik doe, maar als je iets wilt weten, moet je het maar zeggen. En je mag me later altijd de oren van het hoofd vragen. Ben je zover?'

Lillian knikte. Veronica deed toen precies wat haar was ontraden. Ze draaide zich om en keek naar het ploegje hoofden. Dikke klodders rood kwamen op het witte laken neer, alsof Jackson Pollock aan de andere kant stond. Ontzet draaide Veronica met een ruk haar hoofd om, waarbij haar blik die van Juan kruiste. Hij keek haar bestraffend aan en meldde op die manier zonder iets te zeggen: ik zei het toch.

Ze keek naar Lillian, die veel bleker was dan gewoonlijk. Veronica werd duizelig. Ze kon dit gewoon niet. Ze had naar Lillian moeten luisteren. Veronica probeerde aan Juan te laten merken dat ze dringend hulp nodig had, maar hij hield zijn aandacht op zijn apparaten gericht.

'Veronica,' fluisterde Lillian. 'Zing iets voor me. Zing een liedje uit *Voor wat, hoort wat*.'

'Moet ik voor je zingen?' zei Veronica, die dacht dat een liedje zingen voor Lillian het enige ter wereld was wat enger was dan in deze ruimte zijn. Aan de andere kant, zou er ooit een betere gelegenheid zijn dan deze, nu Lillian werd opengesneden en onder de valium zat?

'Goed,' zei Veronica, met haar blik op haar zus gericht. 'Het lied-je heet "Mijn meiden". Boss Tweed zingt het nadat een van zijn dochters hem heeft verraden en hij is gearresteerd wegens diefstal en fraude. Vergeet niet dat het nog maar een opzetje is, niet meer dan een idee voor een lied. En de melodie die ik gebruik, is vrese-lijk.'

Lillian zei: 'Veronica, hou op met kletsen en zing.'

'Daar gaan we dan,' en Veronica zong:

> Mijn meiden zijn parels,
> een wit en een zwart
> zuiver als sneeuw
> verdorven van hart.
>
> Mijn meiden zijn 'n droom
> Een slecht, de ander goed,
> Een verlegen, vol schroom
> De ander puur addergebroed.
>
> Mijn meiden zijn bloemen
> Een geurig, een stinkt
> De een is als goud
> Terwijl de ander niet blinkt.
>
> Theodora is aanbiddelijk
> Mary Amelia verschrikkelijk
> Maar ik ben hun vader
> (wat een kruis)
> en vind ze beiden aanminnelijk.
>
> Mijn meiden zijn schatten
> Duur en goedkoop
> De een zal nooit katten
> Bij d'ander is dat slechts hoop.

Mijn meiden zijn wagens
De een rap en snel
De ander die sputtert
Maakt rijden een hel.

Mijn meiden zijn boeken
Ja, open en dicht,
Ik kan de een wel vervloeken
Ben voor de ander gezwicht.

Theodora is aanbiddelijk
Mary Amelia verschrikkelijk
Maar ik ben hun vader
(wat een kruis)
en vind ze beiden aanminnelijk.

Tijdens het zingen zag Veronica dat Lillians gezicht zich ontspande en dat haar aarzelende glimlach in een brede grijns veranderde. Godzijdank voor de valium, dacht Veronica. Veronica voelde zich net een stuk beter, alsof ze deze ervaring wel zou overleven, toen ze een afgrijselijk geluid hoorde, raspend en gruwelijk, als het gegrinnik van een demon. Het geluid, concludeerde ze, was het akelig verwrongen gehuil van een pasgeborene.

'Maak je geen zorgen over dat geluid, Lillian,' zei Kate, 'je hebt echt geen Rosemary's baby gebaard. We geven hem gewoon wat zuurstof, dat is gebruikelijk, en daardoor klinkt hij wat vreemd. Hij maakt het goed, alles is in orde. We maken hem even schoon en brengen hem straks naar je toe. Ik zal je eerst even dichtnaaien.'

Op dat moment was Veronica blijkbaar flauwgevallen, van haar krukje gegleden en op de grond beland, gelukkig zonder zichzelf te verwonden. Ze wist nog dat ze in een ziekenhuisbed bij was gekomen, naast Lillian in de verkoeverkamer. Lillian had Rocco in haar armen, die haar zwijgend aankeek.

'Het hele team vond je lied prachtig, Veronica,' zei Lillian. 'Ze vonden het heel erg dat je geen toegift kon geven.'

Op dezelfde manier als Rocco na zijn geboorte naar zijn moeder had gekeken, keek hij nu drie dagen later in de kamer in het ziekenhuis naar zijn oma, haar trekken in zich opnemend, een patroon van haar gezicht makend. Het verbaasde Veronica dat Agnes in veertien jaar zo weinig was veranderd. Ze was nog steeds mooi, nog steeds welgevormd, droeg nog steeds donkere lippenstift en was nog steeds volkomen onvoorspelbaar. Rocco krijste niet langer onbedaarlijk. Was het mogelijk, vroeg Veronica zich af, dat haar moeder weer naar Nieuw-Zeeland zou verdwijnen en veertien jaar weg zou blijven? Een dergelijke scheiding kon ze zich op dit moment, nu Agnes en Rocco elkaar met hun ogen verslonden, moeilijk voorstellen.

Lillian hing op.

'Wie was dat?' vroeg Veronica.

'Ben,' antwoordde Lillian. 'Hij komt later nog even langs, samen met Charlotte.'

Veronica zette de tv uit en keek naar de baby. Hij droeg een zwart katoenen mutsje met witte sterretjes en zilveren maantjes en was gewikkeld in het zwarte fleecedekentje dat Lillian in haar tas mee had genomen. Zijn gezicht was helemaal niet verschrompeld en zijn hoofdje was volmaakt rond – normaal voor een baby die met een keizersnede was gehaald, had een verpleegster haar verteld, omdat hij niet door de schede was geperst. 'Baby's die met een keizersnede zijn gehaald, zijn ook slimmer,' had dezelfde verpleegster tegen Veronica gezegd, 'omdat hun hersenen niet worden geplet.' Veronica nam aan dat het verlies van IQ vanwege het gebrek aan borstvoeding zou worden gecompenseerd door de winst die hij had geboekt omdat hij er niet uit was geperst.

De baby deed zijn ogen dicht. Agnes legde hem in zijn doorzichtige plastic ziekenhuiswiegje op wieltjes en ging toen in een van de stoelen zitten en pakte haar breiwerkje. Ze was een rood wollen vestje voor Rocco aan het breien. Veronica liep naar het raam en keek naar Park Avenue. Een kleine kudde fel beschilderde beelden van koeien graasde in de middenberm terwijl een stroom van taxi's, personenauto's en MPV's voorbij zoefde. Die koeien hebben mazzel, dacht ze, dat ze zijn gemaakt, en niet zijn geboren.

Er werd op de deur geklopt en Alex kwam binnen. 'Hoe gaat het vandaag met het kleine ventje? Lijkt hij nog steeds op mij?'

Lillian zuchtte hoorbaar. Ze zei: 'Ik lag net te bedenken dat er hier niet genoeg familie is.'

Agnes wees met haar breinaalden naar het wiegje. 'Kijk zelf maar. Hij is je evenbeeld.'

Veronica glimlachte naar Alex toen hij naar het wiegje liep. Het verbaasde haar dat Lillian zo verdraagzaam jegens hem was. Sinds de geboorte van de baby was hij elke dag even langsgekomen, en hij bleef uren zitten. Lillian had hem er nog maar een paar keer uit laten gooien.

'Je bent hier nu drie dagen,' zei Lillian tegen Agnes. 'En als je weer vertrekt, mag God weten of we je ooit weer zullen zien. Daarom lijkt het me verstandig om nu een paar dingen op te helderen.'

'Natuurlijk, lieverd,' zei Agnes. 'Het was mijn bedoeling om jullie en Alex het hele verhaal te vertellen zodra jij, Lillian, je goed genoeg zou voelen. Ik neem aan dat dat nu het geval is?'

Lillian trok het afgezakte bandje van haar negligé over haar schouder. Ze zei: 'Veronica en ik zijn een paar weken geleden in Neurologisch Instituut Boszicht geweest om Charles op te zoeken.'

'Dat weet ik. De directeur met Tourette heeft me gebeld. Hij zei dat hij altijd al had geweten dat ik loog toen ik zei dat Charles geen kinderen had. Hij zei dat hij een detective in de arm had genomen die jullie moest opsporen. Dat schijnt dezer dagen prima werk te zijn.' Agnes' breinaalden tikten terwijl ze sprak. 'Ik kan niet redelijkerwijze verklaren wat ik heb gedaan en het evenmin rechtvaardigen. Ik heb de afgelopen vijfentwintig jaar toch genoeg tijd gehad om een verklaring of rechtvaardiging te bedenken, maar ik heb er geen. Ik kan jullie alleen maar vertellen wat er ten tijde van het ongeluk is gebeurd.' Ze legde haar breinaalden neer. 'Toen de neurochirurg klaar was met het opereren van jullie vader zei hij tegen me dat Charles, als hij ooit zou herstellen, een ernstige hersenbeschadiging zou hebben en voortdurende zorg nodig zou hebben. Ik begreep dat al onze levens verwoest zouden zijn. Toen hij bijkwam en het steeds duidelijker werd dat zijn hersenfuncties ernstig waren aangetast, nam ik de volkomen egoïstische beslissing om zijn dood in scène te zetten en hem te laten opnemen. Dat ging verbazingwekkend gemakkelijk. Charles werd in het holst van de nacht per ambulance naar een instelling in het noorden van New York gebracht die toen Bergzicht heette. Ik vervalste Charles' akte van overlijden en kocht de lijkbezorger om die die nacht dienst had. In het ziekenhuis hebben ze een lege kist gecremeerd.'

'Laat het maar aan Agnes over om de voorhoede van de bioethiek te vormen,' zei Lillian. 'Misschien zit er nog een tweede carrière aan het Instituut voor menselijke waarden van Princeton voor je in. Maar dat was niet het enige waarvan je de voorhoede vormde, nietwaar?' Er kwam een verpleegster binnen die Lillians temperatuur en bloeddruk mat. Agnes ging verder met breien. Toen de verpleegster weer weg was, zei Lillian: 'Brad Fitzgerald heeft me het medische dossier van Charles gestuurd. Hij dacht dat ik er als neuroloog wel belangstelling voor zou hebben. Het bleek dat Charles als tiener de ziekte van Hodgkin heeft gehad en daardoor onvruchtbaar is geworden.'

'O, ja, dat,' zei Agnes. Haar naalden klikten driftig tegen elkaar. 'Ik neem aan dat jullie wel willen weten wie jullie echte vaders zijn?'

Veronica wendde zich tot Lillian. 'Waarom heb je niets tegen me gezegd?' vroeg ze.

Lillian zei: 'Misschien kun je je nog wel herinneren dat ik het onderwerp heb aangesneden, maar ik ben er verder niet op doorgegaan omdat het me niet belangrijk leek. En als er iets is wat we van Agnes kunnen leren, is het dat geheimen, en dan vooral in gezinnen, hoe goed of slecht ze ook zijn bedoeld, altijd geneigd zijn om tot onbeheersbare verdeeldheid te leiden.'

Er werd weer op de deur geklopt. Bryan Byrd, in een linnen pak zo zwart als drop, slenterde de kamer in met een groot boeket roze, gele en blauwe orchideeën in zijn handen.

'Agnes, Alex,' zei Lillian, 'dit is Bryan Byrd, de privé-detective

van de familie.' Tegen Bryan zei ze: 'Agnes is net bezig een toenemende hoeveelheid werk voor je te creëren. Ze wilde ons net vertellen wie we echt zijn.'

Hij legde de orchideeën in de gootsteen en zei: 'Ik ben gestopt
met het detectivewerk.'

'Wat jammer. Het lijkt een beroep te zijn waarin men nooit om
werk verlegen zit,' zei Agnes.

'Hoe is het met je moeder?' vroeg Lillian.

'Goed, dank je,' zei Bryan. 'De orchideeën zijn van haar.'

Agnes legde haar breiwerkje neer, stond op en liep de kamer uit.
Veronica duwde de babyblauw geruite gordijnen opzij en deed het
raam open om wat frisse lucht binnen te laten. Ze vroeg zich af
waar haar moeder heen was en of ze ooit terug zou komen. Veronica vroeg zich ook af of haar leven zou veranderen als ze zou weten
wie verantwoordelijk was voor de andere helft van haar genen. Het
zou interessant zijn om het te weten, oordeelde ze, maar het was
geen halszaak. Per slot van rekening leefde ze al dag na dag, jaar na
jaar met die genen; ze zou niet opeens ingrijpend veranderen.

Agnes kwam weer binnen met een grote glazen vaas in haar
handen. Terwijl ze de orchideeën in de vaas schikte, zei ze: 'Ik twijfel er niet aan dat jullie allemaal een vrij goed idee hebben wie jullie zijn. Het klopt dat de man van wie jullie denken dat hij je vader
is dat niet is. En in het geval van Alex...' ze hield op met schikken
'...is de vrouw van wie hij sinds kort denkt dat zij zijn moeder is dat
niet. Alex is niet mijn zoon. Hij is op geen enkele manier met mij of
Lillian of Veronica verwant.'

Lillian zei: 'Dat nieuwtje zal Rocco jaren aan therapie besparen.'

Veronica voelde een huivering door haar heen gaan toen ze naar
Alex keek, die bij het horen van het nieuws was verbleekt. Hij zat in
een van de teddybeerstoelen en sloeg zijn handen voor zijn gezicht. Veronica wilde hem gaan troosten, maar was zo in de war dat
ze niet precies wist waarom ze hem moest troosten. Ze besefte dat
ze door het dolle heen zou moeten zijn. De man van wie ze ooit
had gedacht dat hij haar grote liefde was, was nu niet langer haar
halfbroer en daarom opnieuw beschikbaar. Toch was het vreemde

dat ze alleen maar kon denken aan de vraag of ze de liedjes die Alex zou schrijven wel of niet in haar musical zou willen hebben. Zou hij voor haar kunnen zingen?

Agnes wendde zich tot Alex en vervolgde: 'Ik vond het goed dat jouw moeder, die veertien was, mijn naam op het geboortebewijs liet zetten, want ze was doodsbang. Ze dacht dat haar familie haar zou ombrengen als ze er ooit achter zouden komen dat ze een kind had gekregen. Ze heeft me nooit willen vertellen wie de vader was. De naam van de vader op het geboortebewijs is ook onjuist. Dat is de naam van een collega van me. Het ziekenhuis heeft je adoptie geregeld.'

Voordat ze verderging, zette Agnes de vaas met orchideeën, een uitbarsting van kleur en doorwrochte compositie, op het klaptafeltje naast Lillians bed. 'Ik heb je nu genoeg informatie gegeven, Alex, om iemand als de pas gestopte meneer Byrd hier in te huren om je biologische ouders te zoeken, maar ik zou het je niet aanraden. Je zou heel veel problemen veroorzaken. En ik denk dat je al een ander soort familie hebt gevonden.' Haar blik scheerde door de kamer. 'Natuurlijk moet je het zelf weten. Soms moeten we iets gewoon weten, ten koste van alles.'

Alex keek op, met zijn stralende blauwe ogen die zo op die van Lillian leken dat Veronica er ooit van overtuigd was geweest dat ze met elkaar verwant moesten zijn. Hij zei: 'Mijn tandheelkundig genezer vertelde me laatst dat negenennegentig procent van het heelal uit een soort geheimzinnige donkere materie en energie bestaat. Hij zei dat gewone materie – het spul waaruit sterren, planeten en mensen bestaan – slechts vier procent van het heelal vormt. Hij wees me op een verwrongen logica: als het grootste deel van het heelal uit iets geheimzinnigs bestaat, waarom noemen we onszelf en onze tastbare wereld dan gewoon? Omdat we gewoonweg niet meer over de rest van het heelal weten, noemen we het exotisch. De andere negenennegentig procent van het heelal zegt waarschijnlijk over ons: "Dat is me toch een vreemd gedoe." Ik wil je niet beledigen, Bryan, maar ik heb genoeg van detectives. Jullie lijken te veel op wetenschappers en psychologen: er altijd maar op uit om het onverklaarbare te verklaren. Als ik van nu af aan iets wil weten, raadpleeg ik wel mijn tandheelkundig genezer.' Hij keek naar de nog steeds slapende Rocco. 'En waarom zou ik betalen voor informatie over een onzeker verleden wanneer ik kan bijdragen aan een toekomst?'

'Ik werk nu voor een verzekeringsmaatschappij,' bracht Bryan hem in herinnering.

'Het wrede, wrede lot,' zei Lillian hoofdschuddend. Veronica vroeg zich af of ze naar Bryans nieuwe baan of naar Alex' voorgenomen bemoeienis met Rocco's opvoeding verwees.

'Wat jullie meiden betreft,' vervolgde Agnes, 'in het ziekenhuis waar ik werkte, was een internationaal uitwisselingsprogramma aan de gang, en een groot deel van de artsen deed mee aan een project voor spermadonors. Het project had anoniem moeten blijven, maar ik heb stiekem gekeken. Lillian, jouw vader was een Zweedse cardioloog uit Uppsala die Sven Rolfson heette. Veronica, jouw vader heette Lino Alegra en was een Portugese neurowetenschapper uit Lissabon.'

Lillian ging rechtop zitten. 'Weet je dat zeker?'

'Heel zeker,' zei Agnes. 'Hoezo?'

Lillian zei: 'Lino Alegra is een wereldberoemde neurowetenschapper wiens baanbrekende werk op het gebied van de neurobiologie van geluk, en dan met name de neurobiologie van de glimlach, hem waarschijnlijk een Nobelprijs gaat opleveren. Als hij Veronica's vader is, is het debat over de rol van erfelijkheid en opvoeding wat mij betreft beslecht.'

Veronica had geen boodschap aan de vermeende prestaties van haar vader, maar glimlachte toch. Het zou het lot zijn, dacht ze, terwijl ze een zware druk op haar borst voelde, als zij en Lillian, die niet langer volle zussen waren, uit elkaar zouden groeien, vooral omdat zijzelf degene was die op het idee was gekomen van deze ongeloofwaardige zoektocht naar verloren gewaande en hervonden vaders, broers, moeders en minnaars, alleen maar omdat ze doodsbang was geweest dat ze haar zus aan een zygoot zou verliezen.

Bryan zei: 'Ik heb laatst iets gelezen over een evolutietheoreticus die stelt dat vrouwen in primitieve gemeenschappen hun kinderen door verschillende vaders laten verwekken omdat dit de kans op overleven voor henzelf en haar kinderen vergroot. De vaders bekommeren zich om alle kinderen omdat ze niet precies weten welke van hen zijn, en de moeders putten voor hun nageslacht uit een grotere genenpoel. Ik zie het als op verschillende paarden wedden.'

'Ik had er zo nog nooit naar gekeken, meneer Byrd,' zei Agnes.

'En Charles stemde hiermee in?' vroeg Veronica aan haar moeder.

'We hebben de beslissing samen genomen,' zei ze, terwijl ze haar breinaalden weer pakte. 'Je vader zei dat het hem niet kon schelen of jullie wel of niet aan hem verwant waren; voor hem waren jullie zijn kinderen. En dat is nooit veranderd. Charles was allesbehalve doodgewoon, en daarom ben ik verliefd op hem geworden. Hij schreef poëzie. Hij zat bij politieke bewegingen. Hij was een vreselijke flirt. Hij ging weer studeren om zijn titel in de sociologie te halen. Hij vond het heerlijk om alleen te zijn. Hij dronk te veel. Hij verdiende zijn brood met de verkoop van haarborstels en stofzuigers. Op een gegeven moment, toen jullie nog klein waren, kreeg hij een baan als assurantieverkoper. Maar Charles is nooit geïnteresseerd geweest in een vaste baan. Hij wilde alles, hij wilde alles doen en alles zien en alles zijn. Om die reden hield ik van hem en verachtte ik hem. Hij was gewoon een man die voor de onmogelijke taak stond een man te zijn. Laten we hopen dat Rocco het gemakkelijker krijgt.'

'Misschien moet je maar in de buurt blijven, dan kun je het zelf zien,' zei Lillian.

Agnes knikte en bleef doorbreien. 'Een paar maanden voor het ongeluk,' vervolgde ze, 'begon Charles te veranderen. Hij beschuldigde me ervan dat ik hem op allerlei bizarre manieren bedroog. Hij dacht dat ik vreemdging, dat ik geld van hem stal, en dat ik hem ervan had overtuigd dat hij onvruchtbaar was terwijl hij dat niet was.' Agnes keek op van haar breiwerk. 'Ik wist dat Lillian in de gaten had dat er iets heel erg mis was, en ik begon me zorgen te maken over het effect dat hij op jullie zou kunnen hebben. Toen hij jou op de dag van het ongeluk in de auto meenam, Veronica, dacht ik dat hij je misschien mee wilde nemen naar je biologische vader, die, zo hadden we gehoord, tot onderzoeker aan Princeton was benoemd.'

'Is dat geen bekend soaptrucje?' vroeg Lillian aan Veronica. 'Als een personage te onsamenhangend of te moeilijk of te verwarrend wordt, geef je hem gewoon een hersentumor, en daarmee is alles verklaard?'

'Onmiskenbaar een kneepje van het vak,' zei Veronica. 'Ik wil graag nog één ding weten, Agnes. Waarom ben je gaan breien?'

Agnes antwoordde: 'Ik heb nog niet zo lang geleden in het blad *Hersenen* gelezen dat breien de activiteit in de linker prefrontale cortex verhoogt, wat ervoor zorgt dat je minder vatbaar bent voor stress en positiever in het leven staat. Het artikel zei dat mediteren en trampolinespringen een vergelijkbaar neurologisch effect hadden. Ik koos voor breien omdat het resultaat dan een sjaal, deken of trui behelst.'

In de hoop op verdere uitleg keken Veronica, Bryan, Alex en Lillian allemaal naar Agnes, wier naalden bleven tikken. Er kwam een verpleegster binnen die zei: 'Tijd voor uw pijnstiller.'

'Ik durf te wedden dat zij ook breit,' zei Lillian, wijzend naar de verpeegster.

Bryan Byrd, die naast het wiegje stond en naar de slapende Rocco keek, zei: 'Tijdens de eerste paar jaar van ons leven worden er op elke vierkante centimeter van het oppervlak van de hersenen ongeveer dertigduizend nieuwe synapsen per seconde gevormd. En intelligentie zit in de verbindingen tussen de neuronen, niet in de neuronen zelf.'

'Dat is waar,' zei Lillian, voordat ze haar pillen doorslikte, 'maar ik denk dat we niet mogen vergeten dat geremdheid van wezenlijk belang voor een gezond brein is. Als er te veel verbanden als razenden tekeer gaan en er te veel neuronen doorbranden, krijg je last van attaques.'

Een stel uit duizenden, dacht Veronica. Ze keek weer uit het raam naar de koeien op Park Avenue. Een man had een kind op de rug van een ervan getild, en een vrouw nam een foto van hen. Een paar mensen waren op de stoep blijven staan en keken naar het tafereeltje. Een van hen bood aan om een foto van het drietal tussen de koeien te nemen. Veronica liep bij het raam vandaan en ging naast Lillian op het bed zitten. Veronica vroeg zich af of zich hier ergens het einde van haar nieuwe musical bevond. Het maakte eigenlijk niet uit – alles heeft altijd op de een of andere manier zijn einde. Ze hoopte wel dat haar moeder er nog zou zijn als *Voor wat, hoort wat* de komende zomer op het Avant-gardefestival zou worden opgevoerd. Rocco begon te huilen. Veronica gleed van het bed en tilde hem op. Ze dacht dat hij misschien honger had, pakte het flesje en bracht hem naar Lillian. Agnes, Alex en Bryan kwamen om haar heen staan en zagen dat Rocco onder het slaken van knorrende geluidjes zijn piepkleine roze mondje om de bruine speen sloot en gretig begon te zuigen; een doodgewoon kind dat de doodgewone dingen deed die hij moest doen. En toch was dit kind allesbehalve doodgewoon, dacht Veronica. Of misschien was hij bijzonder doodgewoon, want in deze wereld was het buitengewone doodgewoon.

## OVER DE AUTEUR

Jenny McPhee is de auteur van de roman *Nora* en een van de auteurs van *Girls: Ordinary Girls and Their Extraordinary Pursuits*. Ze heeft *Canone Inverso* van Paolo Maurensig en *Varcare la Soglia della Speranza* van paus Johannes Paulus 11 vertaald. Haar korte verhalen zijn verschenen in talloze literaire tijdschriften zoals *Glimmer Train*, *Zoetrope* en *Brooklyn Review*, en haar non-fictie is verschenen in onder andere *The New York Times Magazine*, *The New York Times Book Review* en *Bookforum*. Ze is bestuurslid van de Bronx Academy of Letters.